KB241370

창의

靑衣(Qingyi)
by Bi Faiyu

Copyright ⓒ Bi Faiyu, 2002
Korean Translation Copyright ⓒ MUNHAKDONGNE Publishing Corp., 2008

This Korean Edition is published by arrangement with
The Susijn Agency Ltd. through Carrot Agency.
All rights reserved.

이 책의 한국어판 저작권은 캐럿 에이전시를 통해
The Susijn Agency Ltd.와 독점 계약한 (주)문학동네에 있습니다.
저작권법에 의해 한국 내에서 보호를 받는 저작물이므로
무단 전재 및 무단 복제를 금합니다.

이 도서의 국립중앙도서관 출판시도서목록(CIP)은
e-CIP 홈페이지(http://www.nl.go.kr/cip.php)에서 이용하실 수 있습니다.
(CIP제어번호: CIP2008001310)

청의

靑衣

비페이위 소설 ― 김은신 옮김

문학동네

친애하는 한국 독자들에게

「청의(青衣)」가 이렇듯 폭넓은 영향력을 발휘하는 이유가 무엇인지 저는 아직도 잘 알지 못합니다. 그 영향력의 절반은 사실 오해에서 비롯된 것입니다. 저는 「청의」가 경극과는 아무 상관없는 작품임을 수도 없이 강조해왔지만, 사람들은 여전히 「청의」를 경극에 관련된 작품으로 알고 있고, 중국의 수많은 독자들 역시 그렇게 생각하고 있습니다. 제가 「청의」에서 보여주고 싶었던 것은 '아픔'입니다. 저는 아픔을 두려워합니다. 솔직히 말해 정말 싫어합니다. 저는 모든 사람들이 이 죽어 마땅한 유령으로부터 가능한 한 멀리 떨어지길 바라지만 이 유령은 온몸에 발이 달린 듯 다니지 않는 곳이 없습니다. 육체의 구석구석을 침범했다가 이내 마음속 깊은 곳을 유린하곤 하는 것이지요. 여기에 대해 우리가 무엇을 할 수 있을까요? 소리 높여 비명을 지르는 것 외에 달리 할 수 있는 게 있을까요? 동시에 우리는 얼굴에 인내와 의연함이 서린 표정도 준비해야 할 것입니다.

　저는 이 한국어판 서문에서 제가 가진 모든 아픔을 모조리「청
의」의 샤오옌추라는 불쌍한 여인의 어깨에 올려놓은 미안함을 충
분히 설명해야 할 것 같습니다. 그 때문에 수많은 여성 독자들은
저의 잔인함을 용서하지 않고 있습니다. 아마도 저를 샤오옌추를
괴롭히는 괴수로 낙인찍은 것 같습니다. 하지만 억울합니다. 제가
억울하다고 외치는 이유는「청의」가 중국에서 여성이 남성보다
더 많은 아픔을 간직하고 있다는 전제에서 시작된 소설이기 때문
입니다.「청의」는 사실을 말한 것에 불과합니다. 그리고 사실의
배후에는 운명이라는 것이 존재합니다.

　저는 운명이라는 것에 관심이 많습니다. 하지만 사실 이것은 허
튼소리에 불과합니다. 운명 앞에서 평상심을 유지할 수 있는 작가
가 과연 얼마나 될까요? 아마 한 명도 없을 것입니다. 저는 저 자
신이 운명 앞에서 이성적일 수 없음을 잘 알고 있습니다. 그리고
저 자신이 비이성적인 사람인 것을 다행스럽게 생각합니다. 비이
성적인 생각은 제게 더할 나위 없이 귀한 기회를 안겨주었습니다.
홀로 고독하게 서재를 지키고 있으면서도 항상 수많은 사람과 같
이 있는 것과 같습니다. 운명이 같은 사람들은 함께 숨을 쉬기 때
문입니다.

　제가 묘사한 샤오옌추는 저와 비슷한 연배의 여인입니다. 그녀
는 저처럼 편집증이 있고, 또한 흔히 ‘새로운 시기’라고 불리는
길고 힘겨운 개혁개방의 시기를 지나왔습니다. 또한 저와 함께 새
로운 세기를 맞이했으며 저처럼 아픔을 두려워했습니다. 그녀와

제가 다른 것이 있다면 저는 현실 속에 존재하고 그녀는 가상의 세계를 돌아다닌다는 것뿐입니다.

'가상의 세계'라는 말은 저의 모국어(중국어)로 미화시킨 말이긴 하지만 저는 이 말의 허구성을 인정한 적이 없습니다. 중국어가 현실이라면 중국어로 묘사한 세계는 중국의 현실일 수밖에 없는 까닭입니다.

마침내 「청의」가 한국에 선보이게 되는 지금, 한국 독자 여러분에게 꼭 하고 싶은 말이 있습니다. 여러분 모두에게 행운이 있기를 바랍니다. 한 사람 한 사람 모두 빠짐없이 매일 매일 행운이 함께하기를!

2008년 봄
비페이위

비페이위, 포커, 그리고 탁구

쑤퉁(蘇童)

사실 비페이위(畢飛宇)는 나보다 한 살밖에 어리지 않은 삭사다. 하지만 억울하면서도 다행스럽게도 그는 '신세대 작가'로서 독자들에게 주목받고 있는 반면 나 역시 억울하면서도 다행스럽게도 그의 삼촌뻘 되는 세대로 인식되고 있다. 이런 화기애애(?)한 관계 속에서 그를 위해 추천사를 쓰게 된 것은 분명 내게 영광스러우면서도 힘든 과제임이 틀림없다.

비페이위의 외모는 단거리 육상선수와 매우 흡사하다(그의 체형을 부러워하는 이들은 그의 모습이 마치 외지에서 일을 하기 위해 고향을 떠나온 노동자들의 체형이라며 질투 섞인 말들을 한다). 비페이위의 양미간에는 사색의 구름이 짙게 서려 있다(칭찬하기 싫어하는 사람들은 그의 찌푸린 미간이 위장병 때문이라고 떠들기도 한다). 포커를 할 때 비페이위는 늘 존경받는 수학자와 논리적인 과학자의 태도로 카드 한 장 한 장을 내놓는다. 그런 그를 보고 사람들은 그의 '포커 자세'가 가히 예술이라고 칭찬한다. 하지만 정말 김새는 것은, 그토록 신중하고 과학적인 모습의 그가 늘 게임에서는 패배한다는 사실이다.

하지만 포커 밖에서라면 비페이위는 항상 승리자이다. 그는 자신의 작품을 통해 승리해왔다. 「수유하는 여인(哺乳期的女人)」에서 『청의』에 이르기까지 그의 작품은 연이어 성공을 거두었고, 작년에 선보인 「위미(玉米)」와 「위슈(玉秀)」 역시 모두 성공을 거두었다. 최근 수년 간 대륙문단에서 그의 명성은 높아져만 갔다. 그는 어떤 작품을 모방하거나 영화와의 연계 효과를 고려함 없이, 문화부 기자들이 즐겨 말하는 '실력파'로서 상이란 상은 모조리 휩쓸고 다니는 작가로 부상했다. 나의 기억 속에서 그는 해마다 여기저기에서 개최되는 상을 받으러 다니기에 분주한 작가였다. 명예로운 그의 이름은 질투가 날 정도로 줄곧 각종 인기 순위와 수상자 명단 사이를 활보하고 다닌다. 게다가 자신이 얻은 명예와 성공을 늘 남경어로 표현하는 태도는 참으로 대단한 일이 아닐 수 없다.

비페이위의 소설이 지니고 있는 심오함을 살펴다보면 그가 평상시에 열심히 즐기는 탁구를 떠올리게 된다. 그는 소설을 쓸 때에도 마치 탁구를 치듯 서브를 넣고, 이동선을 주시하고, 공이 떨어지는 지점을 확인할 때까지 매우 많은 시간과 공을 들여 탐색하듯 연구한다. 그것은 「수유하는 여인」의 경우처럼 독자들을 당황하게 만드는 데 목적이 있다. 만약 작품의 제목을 통해 비밀이 새어나가지만 않았다면, 독자들은 아마도 수유 중인 여인의 풍만한 가슴으로 아이들이 돌진하는 상황 따위는 상상조차 하지 못했을 것이다. 그의 전광석화 같은 일격에 독자들은 어린 시절 어머니의 젖가슴을 통해 느꼈던 이질감과 산업문명 간에 얽히고설킨 관계에 대한 놀랍고도 새로운 인식을 갖게 된다. 뿐만 아니라 그 작품을 통해 우리는 비페이위의 작품세계가 작고 정교한 입구를 통해 커다란 주제를 다루고 있다는 것을 똑똑히 알 수 있다.

최근작 「위미」는 많은 호평을 받고 있다. 이 책은 내가 읽어본 그의 작품 가운데 가장 팽팽하게 탁구 게임이 벌어지고 있는 현장이다. 그의 탁구공이 그려내는 호선(弧線)은 간결하고 유창하다. 문장을 과감하게 처리하면서도 각 문장은 물이 흐르듯 자연스럽기 짝이 없다. 한 시골 소녀의 어렵고도 고된 결혼 생활을 통해 성(性)과 권력의 문제를 담아내고 있는 이 작품은 사람들의 마음을 사로잡으면서도 쉽게 표현해내기 힘든 주제를 다루고 있다. 이 작품은 자유롭고 경쾌한 필체를 통해 촌철살인의 맹위를 드러내고 있다. 마침내 위미를 아내로 맞이하게 된 당 간부가 사람이나 사물에 대해 늘어놓는 최고의 찬사는 항상 '아주 좋아(很好)'라는 말이다. 그가 말주변이 없어 표현을 제대로 못하는 것은 아니다. 사실 '아주 좋아'라는 것은 매우 황량하고도 처량한 표현인 것이다. 위미도 '아주 좋고' 섹스도 '아주 좋고' 권력 역시 '아주 좋다'라는 표현들이 만들어내는 비극(여기서 우리는 당사자가 아닌 입장에서 말하고 있는 것이다)은 사실 별로 나쁠 것도 없이 '아주 좋아' 보이기도 한다. 위미(비극의 피해자)의 입장에서 본다 해도 사실 그리 나쁠 것은 없다. 이런 식으로 소설을 써내려가는 것은 정말 '아주 좋은' 방법이기도 하다.

　비페이위의 소설을 읽으면서 나는 항상 그가 허리를 굽힌 채 운기하고 심호흡을 하면서 독자들로 하여금 늘 다음 장면을 궁금해하게 하고 긴장하게 하려고 노력하고 있음을 느끼곤 한다. 물론 이것은 나 개인의 느낌일 뿐이다. 훌륭한 소설들은 아래를 향해 낙하하는 것이 아니라 허공을 향해 뛰어오른다. 비페이위는 제한적이고 왜소한 문장 공간 속에서 자신의 도약력과 표현력을 밑천으로 소설의 방대한 주제들에 손을 대는 것이 습관처럼 몸에 밴 작가이다. 사람들은 늘 그의 힘찬 돌격나팔 소리를 듣고 있다. 나는 이러한 것들이야말로 비페이위가 만들어내는 창작세계의 독특함이자 최고의 정수라고 생각한다. 물론 그것이 독자들로 하여금 그의 작품세계에 빠져들 수밖에 없게 하는 고유한 매력이라는 점 역시 부인할 수 없다.

| 차례 |

청의

青衣

1

사실 별다른 기대 없이 이번 파티에 참석한 챠오빙장(喬炳璋)
은 파티 분위기가 무르익을 무렵에야 자신의 맞은편에 앉아 있는
사람이 담배회사 사장이라는 것을 알았다. 챠오빙장 역시 자존심
이 보통이 아닌 인물이었지만 담배회사 사장은 그보다 더 오만했
다. 그래서인지 파티가 진행되는 내내 두 사람은 시선 한 번 제대
로 마주치지 않았다. 잠시 후에 누군가가 챠오빙장에게 물었다.
 "단장님, 요즘에는 공연을 안 하십니까?"
 챠오빙장이 고개를 가로젓는 것을 본 사람들은 그제야 그가 경
극계에서 명성이 자자한 그 챠오빙장이란 것을 알아차렸다. 1980
년대 초 그의 인기는 실로 대단했다. 라디오를 켜면 아침부터 저
녁까지 그의 노래가 흘러나오곤 했다. 사람들이 모두 그를 향해

건배를 들며 농담을 하기 시작했다.

"요즘 배우들은 목청보다 이름이, 이름보다 얼굴이 유명하던데요!"

챠오빙장은 아무런 대꾸 없이 호탕한 웃음을 터뜨렸다. 그러자 맞은편에 앉아 있던 몸집 비대한 담배회사 사장이 그에게 불쑥 말을 걸었다.

"그쪽 극단에 샤오옌추(篠燕秋)란 배우가 있습니까?"

키가 크고 뚱뚱한 사장은 챠오빙장이 샤오옌추란 인물을 알지 못할까봐 걱정이 되는지 보충 설명까지 곁들였다.

"1979년 〈분월(奔月)〉이란 작품에서 항아(姮娥)* 역을 맡은 분 말입니다."

챠오빙장은 술잔을 내려놓고 잠시 눈을 감았다가 천천히 눈꺼풀을 들어올리며 말했다.

"있습니다."

이제 사장은 더이상 오만한 사람이 아니었다. 그는 챠오빙장 주변의 손님들을 모두 자기 쪽으로 불러모은 후 자신이 직접 챠오빙장의 옆자리로 다가앉았다. 그가 오른손을 챠오빙장의 어깨 위에 올려놓으며 말했다.

---

* 천신 후예는 아홉 개의 태양을 화살로 쏘아 떨어뜨린 죄로 아내인 항아와 함께 지상으로 쫓겨났다. 후예는 서왕모를 찾아가 불사약을 달라고 요청하여 한 사람이 먹을 수 있는 약을 구했지만 차마 혼자 먹을 수 없어 숨겨두었다. 그런데 항아는 이 불사약을 훔쳐 먹은 후 혼자 달나라 광한궁으로 달아나 그곳에서 쓸쓸하고 고독한 삶을 살았다. 경극 〈분월〉은 이러한 중국 전설을 다루고 있다.

"이제 이십여 년이 다 되어가는데 어째서 그분의 소식을 전혀 들을 수가 없는 겁니까?"

자부심이 철철 넘쳐흐르는 얼굴로 챠오빙장이 설명했다.

"경극 자체가 심한 불황을 겪고 있는 터라 샤오옌추 여사는 요즘 후진 양성에 매진하고 계십니다."

그 말을 들은 사장이 허리를 곧게 펴고 앉으며 반문했다.

"불황이라고요? 뭐가 불황이라는 겁니까? 말씀인즉슨, 지금 돈이 문제란 말씀입니까?"

그러고는 어이없게도 챠오빙장을 향해 커다란 턱을 쑥 내밀며 명령조로 말했다.

"샤오옌추 여사에게 공연을 맡기시지요!"

챠오빙장은 의아함이 가득한 얼굴로 사장의 속내를 떠보듯 다시 물었다.

"지금 사장님 말씀은, 저희 공연의 스폰서가 돼주시겠다는 뜻입니까?"

사장의 얼굴이 도도하게 변해갔다. 그 오만한 얼굴에는 큰일을 하고 있다는 자부심이 어려 있었다. 사장이 말했다.

"그분이 노래를 부르게 해야죠!"

챠오빙장이 술잔을 바꾸려는 듯 웨이트리스에게 손을 흔들며 말했다.

"사장님, 지금 농담하시는 겁니까?"

사장은 거만한 표정에 엄숙함까지 더해 마치 보고서를 읽듯 말했다.

"뭐…… 우리 회사가 남달리 가진 것은 별로 없습니다만 돈이라면 좀 있습니다. 저희 같은 담배업체가 인민들의 건강을 해치면서 돈만 벌 줄 안다고 오해하지는 마십시오. 저희 역시 보다 아름다운 민족문화를 창조하기 위해 부단히 노력하고 있습니다. 자, 건배합시다!"

사장이 채 일어서지 않은 상태에서 챠오빙장은 먼저 허리를 굽힌 채 자리에서 일어나 자신의 술잔 머리를 사장의 술잔 허리에 부딪친 후 단숨에 들이마셨다. 술이 들어가자 챠오빙장은 점점 흥분하기 시작했다. 자신의 행동이 비굴해 보일 수도 있다는 생각을 할 겨를도 없는 듯했다. 그는 연신 같은 말을 반복하고 있었다.

"오늘 정말 귀인을 만났습니다! 정말 귀인을 만났습니다!"

〈분월〉은 극단에게 있어 커다란 상처였다. 공산당의 고위 관리가 정치적 과제로 극단에 지시한 작품이었고, 사실 극본은 1958년에 이미 완성된 상태였다. 극단에서는 중국공산당 창립 십 주년을 기념하기 위해 〈분월〉을 일 년쯤 후 베이징으로 올려보낼 예정이었다. 하지만 공연 전 리허설을 관람한 군부의 한 장군은 극의 내용에 불쾌감을 드러냈다.

"이렇게 살기 좋은 세상을 두고 여주인공 항아가 왜 달나라로 도망간다는 거요?"

장군의 이 한마디에 극단 관계자들은 온몸에 소름이 돋는 것을 느꼈다. 〈분월〉은 그렇게 공연을 하기도 전에 막을 내려야 했다.

엄밀하게 말해 나중에 공연한 〈분월〉은 샤오옌추가 노래를 했기 때문에 유명해진 것이라 해도 과언이 아니었다. 물론 이 작품을 통해 샤오옌추가 유명세를 타게 된 건 분명했다. 작품의 운명이 주인공 개인의 운명을 바꾸고, 주인공 개인의 운명이 작품의 운명을 만든 것이다. 무대란 원래 그렇게 돌아가는 곳이다. 하지만 이것도 모두 1979년에 있었던, 과거의 일이었다.

1979년 당시 샤오옌추는 극단에서 촉망받던 꽃다운 열아홉 살의 신인 연기자였다. 그녀는 마치 비극적인 운명을 타고난 듯한 고전적인 풍취의 여인이었다. 그녀가 시선을 처리하는 방법, 목을 떨어 소리를 내고 다시 귀음(歸音)하는 방법, 그리고 그녀가 흔드는 장삼 자락에는 타고난 비극적 요소들이 내재되어 있었다. 모든 원망과 증오는 그 속에서 수천 년 동안 변함없이 흐르고 있었다.

열다섯 살 무렵 그녀는 〈홍등기(紅燈記)〉라는 작품에 단역으로 출연한 적이 있었다. 그녀는 홍등을 높이 들고 주인공의 곁에 그냥 서 있었다. 남의 이목을 집중시킬 만한 그 어떤 행동도 없었고, 어떻게든 튀어보려고 죽기 살기로 덤벼들려는 열의도 없었다. 하지만 그녀로부터 흘러나오는 상심의 기운은 너무나도 강렬했다. 머리끝까지 화가 난 단장은 감독에게 달려가 욕을 퍼부었다.

"도대체 누가 저런 여우 새끼를 데려다놓은 거야!"

어쨌든 1979년, 〈분월〉은 결국 무대에 올랐다. 리허설에서 샤오옌추가 첫 박자를 맞춘 때부터 이미 무대와 객석은 쥐 죽은 듯 조용했다. 다시 극단을 맡게 된 늙은 단장은 멀찌감치 떨어진 곳에서 샤오옌추를 바라보며 혼잣말처럼 중얼거렸다.

"어허…… 청의(青衣)*의 팔자를 타고난 아이로군!"

중국 전통극 배우양성소를 거친 예인이기도 했던 단장의 이 한 마디에는 누구도 거역할 수 없는 힘이 실려 있었다. 열아홉 살의 샤오옌추는 곧 주인공인 항아 역에 발탁되었다. 샤오옌추의 대역 배우**는 당시 이미 청의로 유명했던 리쉬에펀(李雪芬)으로 결정되었다. 리쉬에펀은 수년 전 〈두견산(杜鵑山)〉에서 여성 영웅 커상(柯湘)*** 역을 성공적으로 연기하여 극찬을 받은 당대 최고의 연기자였다. 하지만 주연과 대역배우의 문제를 놓고 리쉬에펀은 성공한 연기자로서 품위와 대범함을 그대로 보여주었다. 당시 그녀는 회의 석상에서 이렇게 말했다.

"극단의 미래를 위해 신인 연기자에게 기꺼이 양보하겠습니다. 아울러 저의 무대 경험을 성심껏 후배에게 전수하여 바람직한 선배의 역할을 다하겠습니다."

눈가에 눈물이 그렁그렁 맺힌 샤오옌추와 주변 관계자들은 우레와 같은 박수를 터뜨렸다.

이렇듯 〈분월〉은 샤오옌추 덕분에 유명해졌다. 극단이 각지를 돌며 공연을 할 때마다 〈분월〉은 성(省) 전체의 연극무대에서도 가장 열띤 화제의 초점이 되었다. 나이 든 사람들은 현실 속에서

---

* 중국의 경극에서 양가의 규수나 정숙한 부인의 역(役)을 말함.
** 출연 중이거나 출연 예정인 주연배우가 질병이나 사고, 기타 이유로 출연하지 못하게 되었을 경우에 대비하여 그 역을 대신 소화할 수 있도록 주연과 함께 연습한다.
*** 1970년대 중국의 대표적 경극 〈두견산〉의 주인공으로, 극 속에서 그녀는 1920년대 말 산적에 가깝던 농민 자위대에 단신으로 들어가 부대를 교육시켜 공산화하는 업적을 이룬다.

22

옛일을 추억이라도 하려는 듯 공연장마다 몰려들었고, 젊은이들은 고전 의상에 관해 저마다 활발한 이야기꽃을 피웠다. 〈분월〉 덕분에 중국의 모든 전통극 무대가 제2의 전성기를 맞이했다고 해도 과언은 아니었다. 〈분월〉의 인기가 하늘을 찌른 만큼 당대 최고의 항아로 아낌없는 찬사를 받은 것은 단연 샤오옌추였다. 군부의 한 유명한 장군 서예가는 〈분월〉을 관람한 후 호방한 기백이 동했는지 고풍스럽고 힘 있는 필체로 예젠잉(葉劍英) 원수*의 시를 새롭게 써내려갔다.

성이 부너지지 않을까 걱정하지 않고,
힘겨운 전쟁이 될까 두려워하지 않는구나.
이원(梨園)**에 많은 어려움이 도사리고 있다지만,
어려움 속에서도 계속 노력한다면 반드시 난관을 극복할 수 있으리라.

그리고 시 아래에 행서로 다음과 같이 덧붙였다.
'샤오옌추 씨에게 드립니다.'
그 장군 서예가는 결국 샤오옌추를 집으로 초대하여 잠깐 지난날을 회상한 후 직접 그녀의 손에 액자를 전달했다.

---

* 중국공산당 정권 수립에 참여한 팔로군 참모장. 문화혁명 이후까지 당, 군 정부의 요직에 있었다.
** 당나라 현종이 악공과 궁녀에게 음악과 무용을 연습시키던 곳. 예인의 길을 의미함.

그러나 샤오옌추 스스로 자신의 앞길을 망칠 것이라고는 당시 아무도 예상하지 못했다. 문제의 사건이 발생한 후 한 원로 배우는 이렇게 말했다.

"〈분월〉은 무대에 올리면 안 되는 작품이었다. 사람마다 타고난 팔자가 있듯이 작품에도 저마다의 운명이 있는 법. 〈분월〉은 음기가 지나치게 강해서 공연을 하더라도 원로, 대신, 재상과 같은 역을 등장시켜 그 음기를 눌러야 했다."

극단이 기갑부대로 위문 공연을 간 것은 눈발이 흩날리는 무척이나 추운 날이었다. 이날 리쉬에펀은 자신을 무대에 올려줄 것을 요구했다. 사실 줄곧 대역배우를 맡고 있던 또 한 명의 주인공으로서 그녀의 이러한 요구는 지나친 것이 아니었다. 오히려 그동안 지나쳤던 것은 바로 샤오옌추였다. 〈분월〉이 무대에 오른 이후 그녀는 무대를 장악한 채 단 한 차례도 자신의 배역을 리쉬에펀에게 양보하지 않았다. 항아가 노래를 부르는 대목이 그토록 많았음에도 불구하고 샤오옌추는 자신의 젊음을 내세워 공연에는 아무 문제가 없다고 주장했다. 더구나 청의가 무슨 도마단(刀馬旦)*도 아니고 아무나 해서야 되겠느냐는 말까지 했다. 평소에는 별로 자신의 속내를 드러내지 않는 성격의 샤오옌추였지만, 그 무렵에는 단원들도 그녀의 욕심이 너무 지나치다고 생각하고 있었다.

명예욕이 점점 커져갈수록 그녀는 모든 방법을 동원하여 리쉬에펀의 등장을 가로막았다. 하지만 그 누구도 그녀를 질책할 수는

---

* 경극에서 무술 연기를 하는 여자배우.

없었다. '높은 분'들이 그녀를 찾으면 그녀의 아름다운 얼굴은 즉시 환하게 밝아졌다. 그녀는 마치 간도 쓸개도 없는 것처럼 높은 분들의 비위를 맞추곤 했다. 따라서 극단의 책임자들도 리쉬에펀에게는 '젊은 후배를 잘 지도해주라'거나 '좀더 보살펴주라'는 말밖에 할 수 없었다.

하지만 그날 리쉬에펀의 요구에는 충분한 이유가 있었다. 그녀는 자신이 〈두견산〉을 공연하면서 수많은 군부대를 순회했기 때문에 그날은 아침부터 많은 병사들이 자신을 찾아와 "커상!"을 외쳤다고 말했다. 실제로 그녀는 군부대 내에 많은 팬들을 확보하고 있었다. 그날은 군인들이 그녀가 무대에 오르기를 기대하고 있었던 것이다.

그날 밤 리쉬에펀은 기갑부대의 모든 군인들을 사로잡았다. 군인들은 항아의 모습에서 그 시절 커상의 모습을 보았다. 다만 〈두견산〉을 공연할 당시 커상은 머리에 팔각모를 쓰고 짚신에 총을 든 위풍당당한 전사였지만, 그날 밤의 커상은 고전 의상을 곱게 차려입은 아름다운 여인이었다. 그녀의 목소리는 높고 우렁찼으며, 맑고 청아한 음색 속에서 격정이 자유롭게 표출되고 있었다. 그녀가 부르는 낭랑하고 약동하는 노래는 십여 년의 경험과 노력으로 다져진, 리쉬에펀만이 가질 수 있는 독특한 음색이었다. 이것을 밑천으로 그녀는 무대 위에서 여러 여장부들을 성공적으로 연기해왔던 것이다. 그녀의 동작 하나하나를 통해 관중들은 여전사의 비장한 죽음과 여성 민병대원의 기개를 보았고, 여대생[*]의 호탕한 기질과 그 누구에게도 굴하지 않는 여성 당서기의 강인한 능력을 보았다.

리쉬에펀은 그날 밤 자신의 낭랑하고 우렁찬 목소리에 중점을 두어 공연했다. 군인들이 보내는 박수는 우렁차고 정연했다. 심지어 보는 이로 하여금 사열을 받는 행진 대열을 연상케 할 정도였다. 그때 샤오옌추를 주목한 사람은 아무도 없었다. 샤오옌추는 공연이 한창 무르익었을 때부터 군인 외투를 어깨에 걸치고 무대 커튼 안쪽에 서 있었다. 무대 위의 리쉬에펀을 바라보는 그녀의 시선은 냉랭했다. 그런 샤오옌추를 주목해서 지켜본 사람도 없었고, 그녀의 얼굴이 그토록 사납게 일그러진 것을 본 사람도 없었다.

불행은 그때 이미 시작되고 있었다. 공연이 끝났다. 다섯 차례의 커튼콜이 울린 후 리쉬에펀은 무대 뒤로 돌아왔다. 그녀의 얼굴은 감추기 힘든 자신감으로 상기되어 있었다. 그때 무대 뒤에서 리쉬에펀과 샤오옌추가 서로 마주쳤다. 열기로 한껏 들뜬 한 사람과 한기가 싸늘하게 느껴지는 또 한 사람이 서로 마주쳤다. 샤오옌추를 발견한 리쉬에펀이 먼저 그녀를 반기며 다가가 양손을 마주잡았다.

"옌추, 너도 다 봤니?"

"네, 다 봤어요."

"공연 괜찮았지?"

샤오옌추는 리쉬에펀의 물음에 아무런 대답도 하지 않았다. 어

26

느새 많은 사람들이 그녀들 주변에 모여 있었다. 리쉬에펀이 어깨에 걸치고 있던 군인 외투를 벗으며 말했다.

"옌추, 마침 너랑 상의를 좀 하려고 했었어. 여기 이 대목을 이렇게 처리하면 느낌이 더 제대로 살지 않을까? 이렇게 말이야."

리쉬에펀은 손가락 끝을 난꽃 모양으로 세운 후 청아한 음색으로 노래를 부르기 시작했다. 예술가라면 대개 같은 업계에 종사하는 사람들에게 자신만의 특기를 전수하지 않는다는 사실을 누구나 잘 알고 있었다. 스승이 제자에게 노래 한 수를 가르치더라도 내지르는 소리 한 음 한 음을 가르치지는 않았다. 소리 한 음을 가르치더라도 호흡까지 가르쳐주는 법은 없었다. 하지만 리쉬에펀은 달랐다. 그녀는 노래를 하며 내뱉는 한 음 한 음, 호흡 하나하나를 아낌없이 샤오옌추에게 직접 시범을 보이며 가르쳐주고 있었다. 하지만 샤오옌추는 아무 대꾸도 하지 않은 채 리쉬에펀을 그저 바라보기만 했다.

주변에 서 있던 사람들은 말없이 눈앞의 두 여주인공을 바라보았다. 덕과 재주를 겸비한 사람과 겸손하고 배우기를 좋아하는 또 한 사람…… 사람들은 감개무량한 이 광경을 바라보며 마음까지 훈훈해지는 기분이었다. 하지만 샤오옌추의 눈빛이 경멸조로 변하는 순간, 사람들은 이 아이의 욕심이 도를 넘어서고 있다는 것을 읽었다. 겸손하지 못하다며 바로 드러내지나 말아야 할 것을…… 오만은 그녀의 눈빛을 타고 고스란히 흘러나오고 있었다. 하지만 리쉬에펀은 그녀의 변화를 전혀 눈치채지 못하고 있었다. 시범을 보여준 후에도 리쉬에펀은 여전히 연구하는 자세로 샤오옌추에게 이렇게 말했다.

"옌추, 이렇게 하는 게 좀더 구사회에서 노동하던 여자들 같지 않을까? 우리가 여길 이렇게 표현하는 게……"

샤오옌추의 곱지 않은 시선이 리쉬에펀의 몸에서 떠나지 않았다. 하지만 얼굴에 떠오른 감정을 차마 말로 드러내지는 못하는 듯했다.

"아주 좋아요!"

샤오옌추가 웃으며 말했다.

"하지만 오늘 선배는 두 가지를 빼먹고 연기하신 것 같네요."

그 말을 듣기가 무섭게 리쉬에펀이 두 손으로 자신의 옷매무새와 머리를 매만지며 황급히 물었다.

"그래? 내가 뭘 빼먹었지?"

잠시 말이 없던 샤오옌추가 대답했다.

"짚신과 총을 빼먹고 연기하셨잖아요!"*

그 자리에 있던 모든 사람들이 멍해졌다. 사람들은 곧 그 말 속에 어떤 의미가 담겨 있는지를 알게 되었다. 옌추……! 이 아이 정말 너무하는군!

샤오옌추는 열기로 한창 상기됐던 리쉬에펀의 얼굴이 조금씩 싸늘해져가는 모습을 지켜보고 있었다. 리쉬에펀이 갑자기 고래고래 소리를 질렀다.

"그러는 너는? 네가 연기하는 항아는 뭐 대단한 줄 아니? 재수

---

* 〈분월〉의 항아가 아니라 〈두견산〉의 여전사 스타일로 연기했다는 의미.

없는 년! 여우 같은 년! 발랑 까진 백치 같은 년이 뭐라고 나불대는 거야? 너 같은 건 달나라에 꽁꽁 묶여 있어도 아무도 거들떠보지 않을 거야!"*

발끝을 세워 한 걸음 한 걸음 앞으로 내딛는 리쉬에펀의 흥분은 갈수록 더해갔다. 이제 차갑게 식어가는 쪽은 샤오옌추였다. 샤오옌추의 콧속에서는 북풍이 불었고 눈동자 속에서는 눈보라가 몰아쳤다. 스태프 한 명이 리쉬에펀의 손이라도 녹이라고 뜨거운 물을 들고 온 것은 바로 그때였다. 스태프의 손에서 컵을 낚아챈 샤오옌추는 리쉬에펀의 얼굴에 뜨거운 물을 확 끼얹었다.

일순 무대 뒤는 마치 벌집을 쑤셔놓은 듯 아수라장이 되었다. 멍하니 넋을 놓은 채 그 자리에 서 있던 샤오옌추는 자신의 눈앞에서 사람들이 우왕좌왕 빠르게 움직이는 것을 보았다. 다급하게 달려가는 발소리도 들려왔다. 쿵쾅거리던 발소리가 무대 뒤에서 복도로, 다시 더 먼 곳으로 옮겨가더니 마침내 자동차가 부르릉거리는 소리가 들려왔다. 눈 깜짝할 순간에 무대 뒤는 텅 빈 채 아무도 남지 않았다. 복도 역시 텅 비어 있었다. 한동안 우두커니 서 있던 샤오옌추는 쥐 죽은 듯 고요해진 복도를 지나 분장실로 들어갔다. 그녀는 거울 앞에 서서 거울 속에 비친 자신의 모습을 망연자실한 눈으로 바라보았다. 그제야 그녀는 자신이 무슨 짓을 저지른 것인지 깨달았다. 멍한 눈으로 자신의 두 손을 내려다보던 그녀는 분장실 의자에 털썩 주저앉았다.

---

* 〈뷰월〉 속의 항아는 달나라에서 외롭고 우울하게 살아야 했다.

보온컵에 담겨 있던 물이 얼마나 뜨거울까. 그러나 이제 와서 아무 소용없는 문제였다. 항상 샤오옌추의 편을 들어주던 단장이 어느새 돌아와 샤오옌추에게 삿대질을 해가며 소리를 질렀다.

"너…… 너…… 너…… 정말!"

너무 화가 나고 다급한 나머지 말조차 잇지 못하던 그는 아예 극중 한 대목을 외쳤다.

"일말의 양심은 갖추고 최소한의 규범은 지켜야 하거늘 욕심으로 더럽혀진 마음이 질투에 불타 훌륭한 인재를 망치는구나!"

"그런 게 아니에요!"

"그런 게 아니면 뭐야?"

"정말 그런 게 아니에요!"

샤오옌추가 눈물을 글썽이자 단장이 탁자를 손으로 내리치며 고함을 질렀다.

"그런 게 아니면 뭐냐니까!"

샤오옌추가 다시 말했다.

"정말 그런 게 아니에요!"

샤오옌추는 무대를 떠났다. 항아 A를 담당했던 사람은 연극학교 교사로 발령이 났고, 항아 B를 담당했던 사람은 병원에 누워 있었다. 〈분월〉은 그렇게 막을 내렸다.

이제 막 피어오르는 꽃봉오리가 눈보라를 맞고,

꽃핀 매화가 된서리를 맞는구나.

옛 노래처럼, 그것이 〈분월〉의 운명이었다.

2

〈분월〉이 다시 한번 귀인을 만나리라고 그 누가 예상이나 했을까. 제작비가 드디어 들어왔다. 최근 챠오빙장은 내내 걱정하며 기다렸다. 담배회사에서 제작비가 지원되지 않으면 〈분월〉은 그야말로 그림의 떡이었다. 사실 그가 기다린 시간은 열흘 남짓밖에 되지 않았지만 그에게는 그 시간이 너무나 긴 세월처럼 느껴졌다. 돈이 들어오길 기다리면서, 그는 돈이란 것이 단순히 액수에만 국한된 문제가 아니라 시간이라는 의미도 함께 지닌다는 것을 깨달았다. 요즘 들어 돈이란 것은 점점 더 이상야릇한 물건이 되어가고 있었다.

그러나 챠오빙장은 샤오옌추의 재공연에 반대하는 목소리가 이렇게 클 줄은 미처 예상치 못했다. 준비위원회는 샤오옌추를 다시 무대에 서게 해도 되는가의 문제에 발목을 잡힌 채 아무것도 진전시키지 못하고 있었다. 만년필로 손장난을 하며 관계자들의 말에 한참 귀를 기울이던 그는 상체를 의자 깊숙이 묻고서 웃으며 말했다.

"이 문제에 대해서는 그래도 여러분들이 양보를 해야 하지 않겠습니까? 후원자가 샤오옌추를 지복한 이상 어쩔 수 없지 않을까요? 요즘 세상에 돈의 힘에 양보하는 것쯤은 뭐 창피한 일도 아니지 않습니까."

회의실 안에 정적이 흘렀다. 사람들은 더이상 아무 말도 하지 않았다. 근본적으로 침묵은 반대 입장을 대변하고 있었지만, 동시에 협상의 여지가 많아졌다는 점도 시사했다. 다행스럽게도 리쉬에펀은 현재 극단을 떠나 호텔을 운영하고 있었다. 그렇지 않았다면 챠오빙장조차 리쉬에펀 계파의 사람들을 설득할 수 없었을 것이다.

사람들의 침묵이 길게 이어졌다. 그들은 찬성도 반대도 하지 않았다. 하지만 때때로 침묵은 말없는 동의를 의미하기도 했다. 상황을 파악한 챠오빙장 역시 애매모호하게 말끝을 맺었다.

"그럼…… 그렇게 알고……"

그러나 곧 항아의 대역을 또 누가 연기하느냐의 문제에 봉착했다. 인기 있는 A급 연기자에게 대역을 하라는 것은 당사자 입장에서도 참으로 망신스럽고 창피한 일이었다. 하물며 샤오옌추의 대역배우라면 두말할 것도 없었다. 그런데 그때 누군가 좋은 아이디어를 내놓았다. 샤오옌추가 직접 자신의 제자들 중에서 대역배우를 지목하면 되지 않느냐는 것이었다. 샤오옌추가 아무리 질투심이 강하고 온갖 욕심으로 뒤범벅이 된 인물이라 할지라도 자신이 가르친 제자와 싸우지는 않을 것 아니냐는 말에 관계자들 모두 동의했다. 하지만 이 새로운 아이디어에 챠오빙장은 또다시 고민하지 않을 수 없었다. 누군가가 말했다.

"그나저나 지금 우리가 이렇게 떠드는 게 다 헛짓이나 아닌지 모르겠습니다. 이미 이십 년이나 흘러 샤오옌추의 나이도 이제 마흔 살이 되었습니다. 이십 년 전의 목소리를 아직 그대로 유지하고 있겠습니까? 제가 보기에는 어려울 것 같습니다."

그 말을 들은 챠오빙장은 자신이 정말 정신없는 사람이라는 생각을 했다. 어째서 그 생각을 하지 못했던 것일까? 이십 년…… 이십 년이란 세월이 흐르지 않았던가…… 이십 년이라면 제아무리 훌륭한 강철도 녹이 슬 수밖에 없는 세월이었다. 그는 남몰래 긴 한숨을 내쉬었다.

회의가 진행되는 거의 두 시간 동안 샤오옌추 한 사람의 문제만 내내 논의하고 있었다. 이쯤 되면 무대를 준비하는 회의라기보다는 아예 지난날을 회고하는 시간이 되어버렸다고 해야 옳았다. 돈이 없을 때는 돈 때문에 고민하다가 정작 돈이 생기고 나니 어떻게 쓸지를 놓고 또 고민하고 있었다. 돈! 돈이란 참으로 이상야릇한 것이었다.

챠오빙장은 샤오옌추의 음색이 어떤지 직접 들어봐야겠다는 생각을 했다. 이것은 반드시 짚고 넘어가야 할 일이기도 했다. 그렇지 않으면 담배회사에서 제공한 돈이 아무리 많다 할지라도 그 돈으로 차라리 폭죽이나 말아 터뜨리는 게 나을 듯했다.

샤오옌추는 약속한 시간에 회의실에 모습을 드러냈다. 그녀가 자리를 잡고 앉기가 무섭게 챠오빙장은 자신이 경솔했다는 것을 다시 한번 자각할 수밖에 없었다. 텅 빈 회의실에서 타원형의 긴 테이블을 중간에 두고 그들은 마주 앉았다. 그러한 구도에는 공적인 만남이라는 분위기가 강했다. 샤오옌추는 살이 조금 오른 상태였지만 냉기가 흐르는 차가운 인상만은 여전했다. 〈분월〉 자체가

샤오옌추의 가슴에 평생 지워지지 않을 큰 상처로 남아 있을 것이
므로 챠오빙장은 도대체 어디서부터 말문을 열어야 할지 알 수 없
었다.

솔직히 챠오빙장은 샤오옌추가 다소 무서웠다. 챠오빙장이 샤오
옌추에 비해 연배가 높은 것은 분명하지만, 샤오옌추의 성미는 연
극학교 내에서도 소문이 자자했다. 평상시에는 나긋나긋하고 외
부의 압력에도 그때그때 잘 참아내는 성격이었지만, 상대가 자칫
그녀에게 실수라도 하게 되면 눈 깜짝할 사이에 차디차게 변해 독
기를 뿜어내곤 했다. 그러고는 무모하고도 돌발적인 행동으로 상
대를 깔아뭉개기 일쑤였다. 연극학교 구내식당의 요리사들마저
샤오옌추 앞에서는 입도 벙긋하지 말라며 수군거렸다.

챠오빙장은 어떻게 이야기를 시작해야 할지 몰라 우회적으로
이 화제 저 화제를 섞기 시작했다. 그녀의 근황을 묻다가는 학교
생활을 물어보고, 이내 날씨 이야기를 꺼내기도 했다. 몇 분에 걸
쳐 앞뒤 없는 말만 늘어놓고 있는 챠오빙장에게 샤오옌추가 답답
하다는 듯 단도직입적으로 물었다.

"도대체 제게 하고 싶으신 말씀이 뭐지요?"

말문이 막힌 챠오빙장이 초조한 얼굴로 불쑥 말했다.

"어디 노래나 한번 해보시지요."

샤오옌추가 두 손을 테이블 위에 놓고 반원을 만들었다. 그녀의
태도는 담담했다. 무표정한 얼굴로 챠오빙장을 바라보던 그녀가
다시 물었다.

"어느 부분을 듣고 싶으세요? 서피(西皮) 〈비천(飛天)〉이 듣고

싶으세요? 아니면 이황(二篁) 〈광한궁(廣寒宮)〉이 듣고 싶으세요?"*

〈비천〉과 〈광한궁〉은 모두 〈분월〉 속의 유명한 대목들이었다. 〈분월〉 때문에 이십 년 동안 불운을 겪은 그녀가 이 순간 오히려 자발적으로 〈분월〉로 화제를 몰고 간 것에는 도전적인 의미가 다분히 섞여 있었다. 챠오빙장은 본능적으로 몸을 곧추세우며 샤오옌추의 시퍼렇게 날선 변론에 대비했다. 하지만 곧 그는 카드를 쥐고 있는 자신이 지나치게 긴장할 필요는 없다고 생각했다. 챠오빙장이 말했다.

"그럼 이황의 한 대목을 들어봅시다."

자리에서 일어난 샤오옌추는 상의 앞자락을 한 번 털너니 이어 뒷자락까지 탁탁 흔들어 털었다. 그러고는 한동안 창밖 먼 곳을 응시하다가 먼저 손동작과 시선 처리를 한 후 노래를 시작했다.

그녀의 목소리는 여전히 깊고 풍부했다. 챠오빙장은 의외라고 생각할 겨를도 없이 그저 놀라움에 몸을 떨었다. 지금 자신의 눈 앞에는 욕심 많고 회한으로 가득 차 있는 항아가 서 있었다. 그는 두 눈을 감고 오른손을 바지 주머니에 넣은 채 손가락을 천천히 두드리기 시작했다. 판(板) 하나, 안(眼) 세 개, 다시 판 하나에 안 세 개……**

샤오옌추는 단숨에 십오 분 동안이나 노래를 이어갔다. 챠오빙

장은 눈을 가늘게 뜬 채 자신의 앞에 서 있는 여인을 자세히 뜯어
보기 시작했다. 방금 부른 이황은 표현하기가 대단히 복잡하고 어
려운 데다 음역 또한 상당히 넓어 무대를 떠난 지 이십여 년이나
되는 연기자가 쉬지 않고 단숨에 끝내기란 여간 어렵지 않은 대목
이었다. 그렇다면 답은 오직 한 가지였다. 그녀는 이십 년 내내 노
래를 놓지 않고 있었던 것이다.

의자에 기대앉은 챠오빙장은 미동도 하지 않았다. 하지만 그는
내심 탄복하고 있었다. 이십 년! 이십 년이지 않은가! 그는 만감
이 교차했다. 그가 샤오옌추에게 말했다.

"그간 연습을 계속 해오신 모양입니다?"

"연습이라니요? 제가 무슨 연습을 더 할 수 있었겠어요?"

챠오빙장이 다시 말했다.

"이십 년 동안…… 정말 쉽지 않았을 텐데요."

그녀가 고개를 빳빳이 들고 대답했다.

"전 연습 같은 거 한 적 없어요. 그저 나 자신이 고스란히 항아
였을 뿐이라구요."

챠오빙장의 사무실에서 나온 그녀는 황홀한 기분이었다. 시월
의 어느 날…… 바람과 햇살이 봄날처럼 쾌적한 날씨였다. 맑은
햇살과 넘실거리며 불어오는 바람이 꿈꾸듯 그녀의 주위를 맴돌
았다. 자신의 그림자를 밟으며 거리를 배회하던 그녀는 걸음을 멈
추고 마치 꿈에서 막 깨어난 사람처럼 몽롱한 시선으로 사방을 둘
러보았다. 그리고 다시 고개를 떨구어 넋이 나간 채로 자신의 그

림자를 바라보았다. 오후의 햇살 속에 그녀의 그림자가 짧게 드리
워져 있었다. 살찐 난쟁이 같았다. 그녀는 찬찬히 자신의 그림자
를 주시했다. 과장되게 변형된 그녀의 그림자는 마치 물을 한 대
야 땅바닥에 끼얹어놓은 것처럼 뚱뚱한 게 영 볼썽사나웠다. 그녀
가 걸음을 옮기자 땅 위의 그림자도 거대한 두꺼비처럼 앞으로 기
어갔다. 그러다 불현듯 정신이 들었다. 그 순간 그녀는 땅 위에 드
리워진 그림자가 바로 자신이며, 자신의 몸은 오히려 그림자의 부
속물일 뿐이라는 사실을 깨달았다. 사람이란 모두 그랬다. 어떤
고독한 찰나에 비로소 문득 자신을 직시할 수 있는 존재가 바로
사람이었다. 그녀의 눈빛이 다시 흐릿해졌다. 상심과 절망이 시월
의 바람이 되어 어딘지 모를 곳에서 불어오다 또다시 어딘지 모를
곳으로 흘러가고 있었다.

샤오옌추는 당장 살을 빼야겠다는 결심을 했다. 운명이 전기를
맞이하는 순간, 많은 여인들은 살을 빼는 것으로 새로운 인생을
시작했다. 그녀는 차를 불러세운 후 곧장 인민병원으로 달려갔다.
그녀에게 있어 인민병원은 고통의 장소였다. 오랜 시간이 흐르는
동안 신장(腎臟)이 그토록 아팠음에도 그녀는 이 병원을 찾은 적
이 단 한 번도 없었다. 사실 그녀의 운명이 이 인민병원에서 철저
히 바뀌었다 해도 과언이 아니었으며, 그녀의 영혼이 이 인민병원
에서 철저히 무너져버렸다 해도 과언이 아니었다.

리쉬에펀이 입원한 첫째날 샤오옌추는 늙은 단장의 손에 이끌
려 인민병원을 찾아갔다. 병원에 입원 중이던 리쉬에펀은, 샤오옌
추의 자아비판 태도가 만족스럽다면 그녀를 용서해줄 용의도 있

다고 말했다. 샤오옌추를 보호하려는 단장의 마음은 이미 단원 모두가 잘 알고 있었다. 단장은 자기 손으로 직접 쓴 반성문을 샤오옌추에게 쥐여주며 병원에 가서 읽으라고 시켰다. 이미 상황이 이렇게 된 만큼 샤오옌추도 리쉬에펀 앞에 나설 수밖에 없는 입장이었다. 결과는 그다음의 일이었다. 그러나 반성문을 훑어본 샤오옌추는 더욱 초조해졌고, 초조해진 탓에 더 바보 같은 행동을 했다. 그녀는 죽어라고 변명하며 외쳤다.

"질투심 때문에 그런 게 아니에요! 일부러 선배를 해칠 마음은 절대로 없었어요!"

샤오옌추를 바라보던 단장의 눈에 불꽃이 일었다. 이런 상황에서도 아직 사태 파악을 못하고 성질을 부리다니…… 화가 치밀어 눈동자까지 빨개진 단장은 샤오옌추의 뺨이라도 한 대 올려붙이고 싶은 마음을 간신히 억누른 채 소매를 홱 뿌리치며 외쳤다.

"내가 문화혁명 때문에 감옥살이를 한 게 칠 년이야! 그런 곳으로 널 찾아가고 싶지는 않다!"

샤오옌추는 단장의 뒷모습에서 자신의 잠재된 악운을 똑똑히 볼 수 있었다.

어쨌든 샤오옌추는 인민병원을 찾아갔다. 사실 리쉬에펀이 아직까지 공안국에 샤오옌추를 고발하지 않은 것 자체가 고마운 일이었다. 리쉬에펀은 얼굴에 흰 붕대를 감고 자리에 누워 있었다. 극단의 지도자급 인사들과 〈분월〉 관계자들이 모두 한자리에 모여 있었다. 두 손을 앞으로 가지런히 모으고 리쉬에펀의 침대맡으로 다가간 샤오옌추는 자신의 발끝을 바라본 채 자아비판을 하기 시작했다. 자아비판은 그녀의 조상 8대까지 거슬러 올라가며 적나라하게 진행됐다. 자아비판이 끝났을 때 병실 안은 조용했다. 붕대에 가려진 리쉬에펀의 입에서 가끔 마른기침이 흘러나왔을 뿐 그 누구도 입을 열지 않았다. 병실 안의 분위기는 무겁게 가라앉았고 실내에는 고요만이 가득했다.

샤오옌추는 이렇듯 무거운 분위기를 견딜 수 없었다. 그녀는 눈물이 그렁그렁한 눈으로 주변 사람들을 둘러보았다. 문기둥에 기대서 있던 단장이 그녀를 향해 눈을 부릅떴다. 달리 아무런 방도가 없던 샤오옌추는 느릿느릿 주머니에서 반성문을 꺼내 한 겹 한 겹 펼치고는 마치 자신이 타사기인 양 한 자 한 자 징확하게 읽어 내려갔다. 마침내 그녀가 반성문을 다 읽고 나자 주위의 모든 사람들이 일제히 안도의 한숨을 내쉬었다.

리쉬에펀이 얼굴에 감고 있던 붕대를 풀었다. 벌겋게 덴 그녀의 얼굴 한쪽에 화상연고가 묻어 있었다. 반성문을 받아 든 리쉬에펀이 샤오옌추의 손을 잡고 웃으며 말했다.

"옌추! 어린 사람이 마음을 좀 넓게 가져야지! 이런 짓을 두 번 다시 해서는 안 돼. 알겠니?"

샤오옌추의 시야에 웃고 있는 리쉬에펀의 얼굴이 들어왔다. 그 표정을 제대로 보기도 전에 리쉬에펀은 다시 붕대로 얼굴을 감았다. 그때 샤오옌추는 리쉬에펀의 미소야말로 한 잔의 물이나 다름없다고 느꼈다. 그녀의 미소는 치이이 하는 소리와 함께 불꽃처럼 타오르던 샤오옌추의 욕망을 완벽하게 잠재웠다.

샤오옌추가 병실에서 나왔을 때 복도 창문으로 흘러든 햇볕은

따가웠다. 계단 어귀로 걸어가 난간 손잡이를 잡고 걸음을 멈춘 채 고개를 돌려보니 커다란 짐을 내려놓은 듯 한숨을 내쉬고 있는 늙은 단장의 모습이 보였다. 그가 샤오옌추를 향해 고개를 끄덕였다. 샤오옌추도 그를 보고 미소 지었다. 하지만 어찌된 영문인지 한 번 터진 웃음은 멈추지 않았다. 조용했던 웃음이 결국 큰 소리로 변하면서 그녀는 마치 경극 무대 위에서 화려한 분장을 한 화단(花旦)*들이나 보여줄 법한 경박한 웃음을 터뜨렸다. 그녀의 돌발적인 웃음소리를 들은 사람들이 병실 문을 열고 머리를 내민 채 그녀를 바라보았다. 스스로 어처구니없는 웃음이었음을 깨달은 순간 갑자기 무릎에 힘이 빠진 그녀는 계단을 따라 굴렀다. 사람들이 모두 달려 나왔다.

바닥에 주저앉아 있는 그녀의 귓가에는 사람들더러 들으라는 듯 끊임없이 반복하는 단장의 목소리가 들려왔다.

"그래도 태도는 괜찮았어! 그래…… 그래도 태도는 깊이 반성하는 것 같았어!"

이십 년이 흘렀다. 그날 그녀가 찾은 곳은 내분비과였다. 약을 받아 든 그녀는 일부러 병원 후원 쪽으로 돌아 나왔다. 그녀는 먼발치에 서서 그때 그 병동을 다시 바라보았다. 사람들이 분주하게 들고 나는 그 병동은 예전 모습과 별로 달라진 것이 없는 것 같았

---

* 경극에서 정숙한 규수나 부인 역할인 '청의'와 달리 진한 화장을 한 기녀나 색녀 역할을 의미함.

다. 그녀는 인생이 항상 미래를 향해 앞으로만 전진하는 것이 아니라 과거로도 흐른다는 사실을 깨달았다.

샤오옌추는 평상시에 비해 한 시간 정도 늦게 집에 도착했다. 딸아이는 식탁 위에서 숙제를 하고 있었고, 남편은 소파에 비스듬히 누워 텔레비전을 보고 있었다. 샤오옌추는 인민병원에서 준 약봉지를 든 채 문기둥에 가만히 기대어 피곤한 표정으로 남편을 바라보았다. 샤오옌추의 모습에서 뭔가 다른 낌새를 느낀 남편이 허둥지둥 그녀에게 다가왔다. 그녀는 약봉지를 남편에게 건넨 후 곧장 안방으로 들어가 방문을 닫았다.

남편의 시선이 샤오옌추의 뒷모습에서 약봉지 속으로 이동했다. 의혹에 가득 찬 시선으로 약상자를 꺼내어 이리저리 살펴보았지만 꼬부랑글씨들만 잔뜩 쓰여 있어 어떤 약인지 도무지 알 수 없었다. 뭔가 큰일이 터진 모양이라고 짐작한 그는 황급히 그녀를 따라 안방으로 들어갔다. 그가 안방으로 들어서자마자 샤오옌추가 달려들어 그의 목을 꼭 끌어안았다. 그는 자신의 배에 맞닿은 그녀의 배를 통해 그녀가 뭔가를 참고 있음을 느꼈다. 강렬히 솟구쳐오르는 감정을 애써 참고 있는 것이 분명했다. 그는 들고 있던 약봉지를 손에서 떨어뜨렸다. 뭔가 정말 큰일이 벌어졌구나!

아내를 끌어안고 있는 그의 머릿속은 불길한 생각들로 가득 차 있었다. 드디어 샤오옌추가 움직이며 입을 열었다,

"몐과(面瓜)! 나 다시 무대에 서게 됐어요!"

그녀의 말을 제대로 듣지 못한 사람처럼 그는 기쁨과 반신반의가 섞인 눈빛으로 아내의 얼굴을 들여다보았다. 샤오옌추가 다시

말했다.

"나 정말로 다시 무대에 설 수 있게 됐어요!"

멘과가 샤오옌추의 몸을 떼어내며 외쳤다.

"그것 때문이었어? 그것 때문에 그런 거야?"

그녀는 놀란 남편에게 살짝 눈을 흘긴 후 미소를 지었다. 그녀의 눈에서는 쉴 새 없이 눈물이 흘러내리고 있었다. 그녀가 혼잣말처럼 중얼거렸다.

"그동안 얼마나 힘들었는데요……"

멘과가 아내를 위해 맛있는 저녁을 준비하기 위해 막 안방 문을 열고 나가는 순간 딸아이가 겁에 질린 모습으로 문앞에 서 있는 게 보였다. 혼자 상상했던 엄청난 문제들이 사라지고 나자 뼛속까지 가벼워진 느낌이었지만 그는 딸에게 일부러 인상을 쓰며 험한 말투로 외쳤다.

"가서 숙제나 해!"

샤오옌추가 멘과를 붙잡아 말리고는 딸에게 손을 흔들어 방으로 들어오라고 했다. 그녀는 딸을 자기 옆에 앉히고 그 모습을 찬찬히 뜯어보았다. 그녀의 딸은 골격이 크고 건장한 것이 완전히 남편의 판박이였다. 하지만 오늘 밤 그녀는, 그래도 딸이 자신을 닮았다고 생각했다.

멘과가 부엌으로 가려고 하자 샤오옌추가 말했다.

"나 이제부터 살 빼야 하니까 저녁 하지 말아요."

멘과가 방문 앞에 서서 이해할 수 없다는 듯 말했다.

"당신이 무슨 살이 쪘다고 그래? 내가 언제 당신더러 뚱뚱하다고 한 적 있어?"

샤오옌추가 손을 딸의 머리 위에 올려놓으며 말했다.

"당신은 내가 살이 쪄도 날 싫어하지 않겠지만 관중들은 늙고 뚱뚱한 항아를 인정하지 않을 거예요!"

행복감에 사로잡혀 있는 부부에게 가장 시급한 일은 아이를 재우는 것이었다. 아이가 잠들기를 기다렸다가 안방으로 돌아간 그들은 자신들만의 축하를 시작했다. 그날 밤은 너무나도 폭발적이었다. 뜻밖의 기쁜 소식을 전해 들은 멘과는 그 어느 때보다 흥분해 있었다. 그는 그녀 위에서 자신의 몸을 위아래로, 안으로 밖으로 분주하게 움직이며 어떻게 하면 디 좋을지 몰라 허둥댔다.

멘과는 군부대에서 전출된 교통안전요원이었다. 기골이 장대한 사람으로 융통성은 그리 많지 않았다. 그가 결혼에 대해 갖고 있던 가장 소박하고 큰 꿈은 국영기업에서 일하는 여공을 아내로 맞이하는 것이었다. 경극계에서 항아로 이름을 날린 미녀배우를 아내로 맞이하게 될 것이라고는 꿈에서조차 생각해보지 못했다. 정말 꿈같은 일이었다.

세련된 구석이라고는 찾아보려야 찾아볼 수 없는 구식 결혼이었다. 중매인이 공원의 버드나무 아래에서 두 사람을 서로 소개시켜준 이후로 그들은 연애를 시작했고, 한동안 연애를 하던 두 사람은 곧 결혼했다.

공원 자갈길 위의 그녀는 길을 걷는 게 아니라 꿈을 꾸고 있는 사람처럼 보였다. 하지만 넋을 잃은 듯한 그 모습은 그녀의 아름다움에 어떠한 손상도 입히지 않았다. 오히려 남자들은 여인들의 그런 모습에 더욱 빠져들기 십상이었다. 젊고 아름다운 여인에게 있어 다소 몽롱한 듯한 모습은 오히려 더할 수 없는 매력으로 작용했다. 눈으로 직접 볼 수 있는 아름다움 이외에 사람의 심장을 펑 하고 터뜨릴 것만 같은 아름다움, 연민을 자아내는 아름다움이었다.

샤오옌추의 두 손을 처음 보게 된 멘과는 명치끝까지 얼어붙는 느낌이었다. 시린 한기가 느껴지는 그 손은 마치 얼음 조각 같았다. 그는 잠시 자신이 부끄럽다는 생각을 했다. 심지어 자신에게 그녀를 소개시켜준 사람마저 원망스러웠다. 어떠한 말을 갖다붙여도 이런 미인에게 자신은 어울리지 않는다고 생각했다. 멘과는 자신이 그녀와 연애를 하는 것이 아니라 벌을 받고 있다고 생각했다. 물론 말로 형용하기 힘들 만큼 달콤한 형벌이었다. 샤오옌추의 냉랭함과 사방으로 흩어진 그 시선을 지켜보며 멘과는 자신이 마음에 들지 않기 때문이라고 생각했다. 하지만 그런 것만도 아닌 듯했다. 멘과가 약속을 정하면 그녀는 언제나 시간 맞춰 그 자리에 나타났다.

멘과는 당시 그녀가 어떤 상황에서 어떤 생각을 하고 있는지 전혀 모르고 있었다. 뭔가에 홀린 사람처럼 그녀는 결혼을 결심했고, 결혼은 빠르면 빠를수록 좋다고 생각했다. 하지만 그녀는 연애를 제대로 할 수 없었다. 그녀는 말이 없었다. 그저 멘과와 함께 걷는 게 고작이었다. 샤오옌추 앞에서 심한 열등감에 시달리고 있던 멘과는 그 어떤 상상력도 발휘하지 못했다. 그는 그저 반복적으로 공원 자갈길 앞에서 그녀와 약속을 잡았다. 맨 처음 그곳에서 만나 알게 된 이후 그들의 연애는 그곳에서 계속될 수밖에 없었고 그곳에서 계속 진행되어야만 했다. 샤오옌추는 어떠한 것도 묻지 않았다. 그녀는 멘과의 그림자에 불과했다. 멘과가 걷는 대로 따라 걸었고 멘과가 앞장서면 그 뒤를 따라갔다. 사실 멘과 역시 어디로 가야 할지 몰랐다. 다만 처음에 그렇게 걸었기 때문에 두번째도 그렇게 걸을 뿐이었다. 그들은 매번 같은 길, 같은 방향으로 걸어갔다. 똑같은 지점에서 골목을 돌아 같은 장소에서 쉬었다. 산책이 끝나면 같은 장소에서 헤어졌다. 그러면서 멘과는 다음에 만날 시간을 약속하는 똑같은 말을 했다.

상황이 변한 것은 사고 때문이었다. 자갈길 위에서 구두 뒷굽이 부러지며 그녀가 넘어진 것이다. 그녀는 늘 고개를 비스듬히 들고 하늘에 떠 있는 달을 구경했다. 그러다가 뒷굽이 자갈돌 사이에 끼인 것이 분명했다. 그녀는 복사뼈가 튀어나올 정도로 된통 넘어졌다. 놀란 멘과의 얼굴이 달빛보다 더 하얗게 질렸다. 멘과는 원래 천성 자체가 둔한 사람이어서 어떠한 급박한 상황에서도 팔자걸음이나 걷을 위인이었다. 하지만 그날 멘과는 당황했다. 그는 허둥지둥 그녀를 병원으로 데려갔다가 다시 그녀를 집까지 데려다주었다.

그녀의 발목이 붓기 시작하면서 곧 퍼렇게 멍이 들었다. 팔꿈치도 까져 있었다. 그러나 정작 샤오옌추는 마치 다친 사람이 자신이 아닌 것처럼 무신경했다. 그녀는 방관자처럼 가끔 상처를 들여다보기만 했다. 그렇게 아무렇지도 않아하는 모습을 보고 있노라면, 누군가가 당장 그녀의 목을 쳐서 탁자 위에 올려놓는다 해도 태연스럽게 눈을 깜박이며 그 상황을 지켜보고 있을 것이라는 생각이 들 정도였다.

아픈 것은 그녀가 아니라 오히려 멘과였다. 그는 샤오옌추의 발목을 바라보면서도 감히 그녀의 눈은 쳐다보지 못했다. 가끔씩 그녀를 훔쳐보다가도 눈이 마주치면 금세 눈길을 돌렸다. 멘과가 말했다.

"아직도 아파요?"

멘과의 목소리가 너무 작았음에도 불구하고 그녀는 그 목소리를 들을 수 있었다. 천지가 새하얀 눈과 얼음에 덮여 있을 때는 당당할 수 있는 그녀였지만, 그녀에게 따뜻함은 견디기 힘든 것이었다. 약간의 따뜻함만으로도 그녀의 모든 것을 녹이기에는 충분했다. 우두커니 서 있던 멘과가 말했다.

"나 때문에 이렇게 다치기까지 하고…… 우리 그만 헤어져요."

샤오옌추가 차갑게 그를 노려보았다. 멘과는 시무룩한 얼굴로 이 말 저 말 주워섬기며 자책하고 있었다. 그러한 모습이야말로 그가 그녀를 얼마나 좋아하고 있는지 여실히 보여주고 있었다. 순간 샤오옌추의 가슴이 울렁거리며 뭔가가 솟구치기 시작했다. 그녀 안에 잠재되어 있던 모든 상심의 덩어리가 치받쳐 올라왔다. 단단하게 응고되어 있던 얼음 덩어리가 서서히 녹아내리다 이내 급격히 흘러내렸다. 그녀는 속수무책이었다. 그녀는 목놓아 통곡하고 있었다. 부끄러움조차 잊은 듯 그녀의 울음소리는 쩌렁쩌렁 울려퍼졌다. 급작스런 그녀의 통곡에 놀란 멘과는 얼른 그 자리에서 도망치고 싶었지만 그럴 수 없었다. 자신의 손을 꽉 잡고 놓지 않는 그녀를 두고 멘과는 떠날 수 없었다.

　연극학교에 재직 중이던 샤오옌추는 서둘러 결혼식을 올렸다. 바다를 떠돌던 그녀에게 멘과는 유일한 조각배였다. 이번에 그를 놓치면 다시는 이런 남자를 만나기 어려울 것이란 생각이 들었다. 멘과는 괜찮은 남자였다. 그는 평범한 날들을 함께하기 좋은 전형적인 남편감이었다. 약간 욕심이 많은 것을 제외하면 집도 잘 돌보고, 온순하고 자상하며, 어려움을 잘 참아내는 사람이었다. 그녀는 많은 것을 그에게 바라지 않았다. 어차피 그가 평범한 남자인 것을 알고 한 결혼이 아니었던가. 그에게 난점이 있다면 마치 탐식하는 어린아이가 더이상 먹을 수 없을 때까지 식탁 옆을 떠나지 못하는 것처럼 잠자리에 대한 집착이 조금 심하다는 것이었다. 하지만 그것을 꼭 집어 단점이라고 말할 이유는 없었다. 다만 그녀가 이해하기에 좀 어려울 뿐이었다. 잠자리에서의 단순한 행동, 매번 반복되는 동작들에 무슨 의미가 그렇게 있는 것일까? 잠자리에 대한 남편의 욕심은 도대체 어디서 오는 것일까? 매일 밤 그는 그녀를 피곤하게 만들었다. 하지만 멘과는 자신의 아내를 사랑했다. 한번은 잠자리를 마친 후 낯간지러운 말투로 그녀에게 속삭였다.

"우리에게 지금 딸이 없었다면 당신을 내 딸로 삼았을 거야!"
　그 말을 놓고 그녀는 일주일이 넘도록 골똘히 생각했다. 그녀는 그와의 잠자리를 별로 좋아하지는 않았지만, 그 순간을 회상해보는 것은 나름대로 감미로운 느낌을 주었다.

행복에 겨웠던 그날 밤 그녀는 딸아이에게 얼른 잘 것을 명령했다. 아내의 드리워진 속눈썹을 통해 멘과는 굉장한 자축파티가 있을 것임을 예감했다. 결혼 후 이미 많은 시간이 지났지만 부부 간의 정사는 늘 멘과의 요구에 의해 이루어지곤 했다. 그러니 그날은 매우 특별한 경우였다. 그녀가 딸아이를 재우는 동안 멘과는 흥분된 상태로 거실 안을 이리저리 서성이며 두 손을 마구 비벼댔다. 잠시 후 샤오옌추는 침실로 돌아와 말없이 옷을 벗고 이불 속으로 들어갔다. 그녀가 이불 속에서 팔을 내밀고 멘과에게 말했다.

"이리 들어와요."

그날 밤 그녀는 힘차게 출렁이는 파도 같았다. 그녀의 행동은 적극적이었으며, 심지어 아부로 보일 만큼 그를 만족시키기 위해 노력했다. 그녀의 몸은 한여름 광풍에 파닥이는 파초 같았다. 몸을 한껏 이완하며 쭉 폈다가 또다시 격렬하게 소용돌이쳤다. 그녀의 끊임없는 밀어는 어디 가서 크게 떠들 수도 없는 말들이었다. 멘과의 귀에는 그 한마디 한마디가 너무나 자극적이었다. 그러다 어느 순간 그녀는 가쁜 호흡을 몰아쉬며 자신의 입술을 멘과의 귓가에 바짝 붙였다. 그녀가 고통스러운 듯 애원했다.

"소리치고 싶어요. 여보! 나 정말 소리 지르고 싶어요!"

그날 밤 그녀는 마치 다른 사람인 듯 낯설었다. 앞으로 행복한 날들이 시작될 것이라는 징조였다. 멘과는 미칠 듯 기뻤다. 그날 밤 멘과는 미쳐 있었다. 샤오옌추는 그보다 더 미쳐 있었다.

3

차오빙장은 거듭 계산을 해본 후 후원금 중 일부로 담배회사 사장에게 저녁식사를 대접하기로 결정했다. 그럴듯한 저녁식사를 준비하려면 적지 않은 비용을 지출해야겠지만, 이 비용 역시 담배회사 측에서 끌어올 수 있을지도 모른다는 생각을 했다. 관건은 사장을 즐겁게 하는 것이었다. 그가 즐거우면 극단도 함께 즐거웠다. 과거 극단 업무의 중심이 당간부들의 비위를 맞추는 것이었다면 지금은 그것만으로 부족했다. 극난을 책임지고 있는 사람으로서 한 손으로는 관료들이 가려워하는 곳을 긁어줘야 했고, 다른 손으로는 후원자가 가려워하는 곳을 긁어줘야 했다. 그래야만 양손에 모두 떡을 쥘 수 있었다.

그는 사장을 초대한 후 관료들과 기자 몇 명까지 불러 비로소 뭔가 시작된다는 분위기를 만들었다. 사람들이 많이 모여 시끌벅적할수록 좋았다. 뭔가 좋은 재료들이 생기면 이것저것 가릴 것 없이 끓는 솥단지 안에 쏟아 붓는 게 최고였다.

이번 파티의 중심은 당연히 담배회사 사장이었다. 이런 부류의 사람들은 주인공 역할을 타고난다. 파티 내내 웃는 얼굴로 접대를 하다보니 차오빙장은 얼굴이 다 얼얼할 지경이었다. 그는 일부러 화장실에 들러 긴긴히 휴식을 취했다. 굳어진 안면 근육 때문에 자칫 기식적인 웃음을 웃고 있다는 인상을 줄까 걱정이 되었던 것이다. 그는 손바닥으로 광대뼈를 살살 문질러가며 긴장을 풀어주었다. 물건을 팔 때 가짜 물건을 내놓으면 안 되는 것처럼 웃음과 표정도 가짜처럼 보여서는 안 된다.

후원금을 받게 되면 마음이 가벼워질 것이라고 생각했지만, 오히려 그는 점점 초조해하고 있었다. 오랫동안 극단은 아무 공연도 하지 않은 채 겨우겨우 살림을 꾸려왔다. 극단은 미술가협회나 작가협회가 아니었다. 그런 협회에 가입된 사람들은 늙어도 집에 들어앉아 글씨를 써주거나 그림을 그려주면 그만이었다. 그것도 안 되면 석간신문에 누가 뭘 잘못했다고 욕하는 글이라도 써주면서 돈을 벌 수 있었다. 한마디로 그들은 늙을수록 오히려 주가가 올라가는 사람들이었다. 하지만 극단은 사정이 달랐다. 아무리 훌륭한 배우라 할지라도 집 안에서 혼자 공연할 수는 없었다. 의식주와 배역을 위해 관료들을 찾아다니는 것 외에도 훌륭한 배우들은 생(生), 단(旦), 정(淨), 말(末), 축(丑)의 배역을 모두 할 수 있어야만 했다.[*]

경극배우들은 다른 사람들과는 정말 달랐다. 무슨 역할을 하고 어떤 악기를 연주하든 그들은 예술가라는 간판을 짊어진 채 사실상 육체노동을 해야 했다. 하지만 세월이 흘러 나이가 들면 몸은 망가질 수밖에 없었다. 그들의 부서진 육체는 사막과 같았다. 한 대야의 물을 뿌려보아도 고이기는커녕 아무 소리도 없이 어느새 모래 속으로 스며들었다. 땡전 한 푼 벌 수 없는 상황에서도 돈을

---

[*] 경극의 배역은 인물의 성별과 나이, 그리고 성격에 따라 네 가지로 나뉜다. 남자는 '생', 여자는 '단', 강한 성격을 지닌 인물은 '정', 희극적 인물은 '축'이라고 하며 이것을 '4대 행당'이라고 한다. 이 4대 행당 외에 본문에서 언급되고 있는 '말'은 나이가 많고 생각이 고리타분하며 밑바닥 생활을 하는 노인 역을 의미한다.

쓸 때는 오히려 한 사람이 두 사람 몫을 썼다. 따라서 챠오빙장은 늘 돈 걱정을 할 수밖에 없었다. 그는 자신이 일개 극단의 단장일 뿐만 아니라 장사꾼이라는 생각을 자주 했다. 그는 후원금이 제대로 들어오기만 기다리고 있었다. 힘들 때면 자신이 경극을 배울 때 들었던 말이 문득문득 떠오르곤 했다. 한 극단 관계자가 했던 유명한 말이었다.

"세상에 나온 돈이란 돈은 모두 피와 똥오줌이 잔뜩 묻은 존재라니까."

결과적으로 맞는 말이었다. 돈은 흐르는 피와 같은 존재였다. 너럽고 깨끗하고는 일단 흐르고 난 뒤의 문제였다. 극단은 바로 그 피 묻은 돈을 기다리고 있었다. 그 피 묻은 논에 의지해서 뭔가를 만들고 또 만들어 재생산을 해야만 했다. 상황은 급박했다.

챠오빙장은 〈분월〉이 하루속히 재공연되기만 기다렸다. 밤이 길면 갖가지 꿈이 많을 수밖에 없듯이 일을 자꾸 질질 끌면 상황이 돌변하는 경우도 많았다. 아, 돈아! 돈아!

사장과 샤오옌추가 서로 대면하는 순간이야말로 이번 파티의 클라이맥스였다. 파티가 시작되기 전 챠오빙장은 샤오옌추를 사장이 앉아 있는 자리로 정중히 안내했다. 이번 만남이 사장 개인에게는 늘 참가하는 사교 모임의 하나에 불과하거나 재미 삼아 벌인 일이라고 할 수도 있겠지만, 샤오옌추에게는 그녀의 일생을 좌우할 만한 대형 사건이었다. 앞으로 그녀의 삶이 어떻게 전개될지는 전적으로 이번 만남에 달려 있었다.

파티에 참석하라는 통보를 받았을 때, 그녀는 기쁨보다는 오히려 끝을 알 수 없는 공포를 느끼며 리쉬에펀의 스승이었던 류루어빙(柳若冰)을 떠올렸다. 류루어빙은 1950년대 경극 무대에서 가장 유명했던 미녀배우였다. 하지만 문화혁명이 시작되기가 무섭게 가장 먼저 된서리를 맞은 것도 그녀였다. 그녀가 세상을 뜨기 직전에 발생했던 일이 극단 내에 오랫동안 소문으로 떠돌았다. 1971년의 일이었다. 부군단장에 오른 한 경극팬이 당시 최고의 우상이었던 여배우의 행방을 마침내 찾아냈다. 부군단장의 경비병이 무대 마루 밑에서 류루어빙을 겨우 끌어냈을 때 그녀의 몰골은 실로 추악하기 짝이 없었다. 그녀가 입고 있던 바짓가랑이에는 말라비틀어진 똥과 붉은 월경 자국이 선명하게 남아 있었다. 멀찌감치 서 있던 부군단장은 그녀를 한 번 흘긋 쳐다본 후 자신의 군용 지프에 몸을 싣고 곧바로 그 자리를 떴다. 그때 부군단장은 이런 말을 남겼다고 한다.

"잊혀진 명성을 확인하려고 내 몸을 더럽힐 수야 없지 않은가."

그녀는 미용실에 놓인 큰거울 앞에 앉아 자신의 월급 절반을 들여 정성스럽게 치장을 했다. 미용사의 손길이 그녀를 부드럽게 매만지고 있었지만 그녀는 그 손길이 아프게만 느껴졌다. 그녀는 자신이 지금 치장을 하고 있는 것이 아니라 자신에게 형벌을 가하고 있는 것이라고 느꼈다. 남자들은 남자들끼리 싸우는 것을 좋아하지만 여자는 달랐다. 평생 여자들이 벌이는 것은 자신과의 싸움이었다.

샤오옌추 앞에 앉은 사장은 전혀 거들먹거리지 않았다. 오히려 자신을 낮추며 샤오옌추에게 '선생님'이라는 호칭을 썼다. 그는 샤오옌추에게 상석에 앉기를 여러 차례나 권했다. 사장은 문화국에서 나온 높은 사람들에게는 별다른 신경을 쓰지 않았지만 그 누구보다 예술가를 존중했다. 샤오옌추로서는 거의 어거지로 상석에 앉은 셈이 되었다. 그녀의 왼쪽에는 문화국장이 앉아 있었고 오른쪽에는 사장, 맞은편에는 단장이 앉아 있었다. 자신의 운명을 결정할 중요한 사람들 앞에서 그녀는 자신도 모르게 주눅 들어 있었다. 한창 살을 빼고 있던 샤오옌추는 겁에 질려 있는 것처럼 창백해 보였다. 그녀에게서 이십 년 전 당대를 뒤흔들던 여배우로서의 면모는 찾아보기 힘들었다.

다행스럽게도 사장은 그녀에게 말을 시키는 대신 혼자 대화를 주도해가고 있었다. 그는 여러 가지 손짓을 써가며 침착하고도 열정적인 모습으로 지난날을 회고하고 있었다. 사장은 자신이야말로 이십 년 전부터 샤오옌추의 열성팬이었으며 줄곧 그녀를 숭배해왔다고 말했다. 샤오옌추는 예의 바른 미소로 화답하며 손가락으로 머리카락을 연신 뒤로 넘기는 동작을 통해 자신의 겸손을 드러냈다.

이제 사장은 〈분월〉이 수없이 많은 순회공연을 하던 시절을 회상하고 있었다. 당시 자신은 시골에 살고 있었다면서, 할 일도 별로 없던 젊은 촌놈이 극단 뒤를 졸졸 따라다니며 덕분에 성이란 성은 모두 다녀봤다고 했다. 그는 에피소드도 하나 기억해냈다. 한번은 샤오옌추가 감기에 걸렸는지 3막을 공연하다 갑자기 무대 위에서 재채기를 연거푸 터뜨렸다고 한다. 그때 무대 아래에서는 야유가 아닌 박수가 터져 나왔다. 사장이 거기까지 말을 하자 주변이 조용해졌다. 사장이 고개를 돌려 샤오옌추를 보며 이야기를 마무리했다.

"그 속에 제 박수도 있었습니다."

주변 사람들이 웃음을 터뜨리며 박수를 쳤다. 사장도 박수를 쳤다. 유쾌한 박수였다. 사람을 감동시키는 박수였다. 과거와 미래를 잇는 박수였다. 서로 너무 늦게 만난 것을 아쉬워하며 함께 기뻐하는 박수였다. 박수가 끝나자 그 자리에 참석한 사람들이 모두 함께 건배를 외쳤다.

사장은 이야기를 계속 주도해나갔다. 진실함이 밴 어투로 다양한 화제들을 이끌었는데, 예를 들면 국제정세와 세계무역기구의 역할, 코소보 사태, 홍콩과 마카오의 반환 이후, 개혁개방 및 앞으로의 국가발전 가능성 등에 대해 이야기했고 중국 희곡*의 상업화와 산업화에 대한 견해를 피력했으며 희곡에 대한 대중들의 사랑에 대해 이야기했다. 그의 이야기는 재미있었다. 그곳에 참석한 사람들은 모두 엄숙한 얼굴로 연신 고개를 끄덕였다. 그들은 마치 이러한 문제들을 언제나 가슴속에 담고 있었던 사람들처럼 보였고, 그동안 이 문제들을 놓고 고민했지만 끝내 해답을 얻지 못하다가 비로소 출구를 발견한 사람들 같았다. 그들은 다시 한번 건배하며 인류와 국가, 그리고 경극의 미래를 안도했다.

---

* 곤곡(崑曲)이라고도 하며, 경극을 비롯해 각종 지방극을 포함한 중국의 전통적인 극형식을 의미함.

챠오빙장은 사장이 이야기하는 내내 그를 바라보고 있었다. 그를 알고 난 이후로 늘 그에게 감사하는 마음을 갖고 있었지만 내심 그를 깔보는 생각도 없지는 않았다. 하지만 지금은 달랐다. 사장은 성공한 사업가일 뿐만 아니라 성숙한 의식을 지닌 사상가이자 정치가였다. 한마디로 말해 그는 '난사람'이었다. 다소 흥분한 챠오빙장이 불쑥 두서없는 말을 꺼냈다.

"다음 시장 선거 때 사장님께 기꺼이 한 표를 던지겠습니다."

그의 갑작스런 말에 사장은 담배에 불을 붙인 후 의미를 알 수 없는 손짓을 하더니 다시 화제를 샤오옌주에게로 놀렸다.

화제가 다시 그녀에게 집중되사 사장의 이야기는 더욱 활기를 띠면서 한결 재치있게 전개되었다. 사실 사장의 나이는 샤오옌주와 별로 차이가 나지 않았지만 확실히 그는 그녀보다 훨씬 연장자처럼 보였다. 샤오옌추에 대한 그의 관심, 존경, 친절도 윗사람으로서의 배려를 느끼게 하고 있었지만, 활력과 남성미를 갖춘 그가 자신을 서민과 동일시하는 태도는 그를 더욱 겸손한 사람으로 보이게 했다. 그가 조성하는 평등한 분위기 덕분에 샤오옌추는 봄바람에 젓듯 편안한 마음을 가질 수 있었다.

이제는 그녀는 서서히 자신감을 회복하고 사장과 함께 이런저런 이야기를 주고받고 있었다. 몇 마디를 주고받는 동안 사장의 이마와 눈동자에서는 광채가 흘렀다. 그가 샤오옌추를 바라보며 말하는 속도는 분명 빠른 감이 있었다. 그는 마치 주변에 아무도 없는 것처럼 오직 샤오옌추하고만 대화를 하려고 들었다.

그는 그녀와 대화를 하면서도 다른 사람들이 건네는 술잔은 거절하지 않았다. 파티가 시작된 후 지금까지 그는 자신에게 돌아오는 술잔을 거절하지 않고 모두 받아 마시고 있었다. 이미 우량에(五粮液)를 몇 병이나 마신 듯했다.

술자리가 무르익자 챠오빙장은 내심 걱정을 하지 않을 수 없었다. 훌륭한 파티를 망치는 것은 늘 마지막에 마신 한 잔의 술이거나 아름다운 여인의 마지막 한마디였다. 챠오빙장은 사장이 과음한 탓에 실수나 저지르지 않을까 초조한 심정이었다. 체면을 중시하는 성공한 남자가 술 때문에 여배우 앞에서 망신당하는 경우를 그는 너무나도 자주 보아왔다. 그는 사장이 무슨 무례한 말이나 경거망동을 하지나 않을까 전전긍긍했다.

챠오빙장은 시계를 자주 들여다보기 시작했다. 하지만 사장은 그의 안절부절못하는 모습을 보고도 못 본 체하며 오히려 담배를 꺼내 샤오옌추에게 권했다. 그 행동은 경박해 보였다. 챠오빙장은 침을 꿀꺽 삼켰다. 사장은 감정 조절을 잘 못하고 있는 듯 보였다. 챠오빙장은 긴장한 모습으로 눈앞에 놓인 술잔을 들여다보며, 기분 좋게 취한 사장을 어떻게 즐거운 귀갓길에 오르도록 할 것인가를 고민했다. 물론 샤오옌추를 이 자리에서 어떻게 빼내줄 것인가도 고민했다.

주변 사람들이 모두 챠오빙장의 고민을 읽은 듯했다. 샤오옌추마저 그 생각을 읽은 듯 사장에게 웃으며 말했다.

"저는 소리를 하는 사람이니 담배를 피우면 안 되지요!"

고개를 끄덕이던 사장이 자기 담배에 불을 붙이며 말했다.

"달나라에서 담배 광고를 찍어주시지 못하는 게 정말 안타깝습니다!"

　처음에는 모두들 그 말이 무슨 뜻인지 의아한 표정이었지만 이내 좌중에서 웃음이 터져 나왔다. 사실 별로 우스운 말도 아니었지만 난사람들의 말이라면 별 볼일 없는 경우에도 가끔 조크가 되곤 했다. 웃음소리 속에서 사장이 몸을 일으키며 말했다.

　"오늘 아주 즐거웠습니다!"

　그 말투에는 이 자리를 마무리하겠다는 뜻이 배어 있었다. 사장이 멀찌감치 서 있던 운전기사에게 손짓을 했다.

　"시간이 늦었으니 자네는 샤오옌추 선생님을 댁까지 모셔다드리게!"

　챠오빙장이 놀란 눈으로 사장을 바라보았다. 그는 사장이 샤오옌추에게 치근덕거리면 어떡하나 내내 걱정했지만 그런 일은 벌어지지 않았다. 사장의 말과 행동은 여전히 절도 있고 품위 있었다. 술이라곤 전혀 입에 대지 않은 사람 같았다. 그는 파티의 주최자답게 그 많은 술을 먹고서도 기분 좋게 파장할 줄을 알고 있었다.

　파티는 시작부터 끝까지 매우 훌륭한 한 편의 공연과 같았다. 오히려 파티가 이렇게 빨리 끝날 줄 몰랐던 샤오옌추가 다소 당황한 듯했다. 일순 그녀는 사장의 제안에 뭐라고 답해야 할지 몰라 허둥댔다.

　"전 제 자전거를 타고 가겠습니다"

　그러자 사장이 말했다.

　"선생님처럼 위대한 예술가가 자전거로 귀가하시다니요!"

　사장은 기사에게 샤오옌추를 먼저 모셔다드린 후 자신을 데리러 오라고 지시했다. 샤오옌추가 하는 수 없이 기사를 따라 입구 쪽으로 걸어갔다. 그녀는 수많은 눈동자가 자신의 뒷모습에 꽂혀 있음을 느낄 수 있었다. 그녀는 걸음조차 제대로 걸을 수 없을 만큼 불편함을 느꼈다. 하지만 그 누구도 그녀의 그런 기분은 감지하지 못했다. 사람들은 그녀의 뒷모습에서 백 배쯤 뛰어오른 그녀의 몸값을 보고 있었다.

다시 몸을 돌려 앉은 사장은 문화국장에게 '한가할 때 공장에 한번 놀러 오시라' 며 인사치레를 했다. 그때 챠오빙장이 얼른 끼어들어 말을 가로챘다.

"사장님, 주량이 정말 대단하십니다! 정말 대단하십니다!"

그는 같은 말을 단숨에 네다섯 번이나 반복했다. 그깟 주량을 가지고 왜 이렇듯 호들갑을 떠는 건지 스스로도 알 수 없을 지경이었다. 사장은 그저 빙그레 웃을 뿐 아무 대답도 하지 않았다. 그는 담뱃불을 비벼 끄며 화제를 다른 곳으로 돌렸다.

4

행운이 찾아올 때는 아무리 대문을 꼭꼭 걸어 잠가도 행운이 스스로 문틈 새를 비집고 들어온다고 했다. 엄청난 행운이란 사실 별것도 아니었다. 이런저런 말로 떠들어봐야 결국은 돈이 곧 행운이었다. 오직 돈만이 문틈 새로 들어왔다 나갔다 할 수 있는 존재였다.

사실 요즘 거리에 나가면 발에 채이는 것이 온통 '사장님'이었다. 여름 모기보다 많은 게 사장이었다. 하지만 담배회사 사장은 돈이 있었으니 그것으로 충분했다.

극단과 연극학교에서 가장 부러움의 대상이 된 존재는 정작 샤오옌추가 아니라 그녀의 제자인 춘라이(春來)였다. 이번에 엄청난 행운을 거머쥔 장본인은 바로 그 소녀였다.

춘라이는 열한 살이 되던 해에 연극학교에 들어왔다. 그녀는 2학년에서 7학년까지 샤오옌추의 뒤만 졸졸 따라다니던 학생이었다. 그 아이가 샤오옌추에게는 제자일 뿐 아니라 사랑스런 딸과 같은 존재라는 사실을 모두들 알고 있었다.

처음 학교에 입학했을 때 춘라이가 배우고자 했던 것은 '청의'가 아니라 '화단'이었다. 화단이 되고자 하는 그녀를 샤오옌추는 끝까지 고집을 피워 제자로 삼아 곁에 두었다. 청의와 화단은 완전히 다른 두 가지 배역이었다. 다만 최근에 경극을 구경하는 사람들이 급격히 줄어들면서 경극 무대에 나오는 어린 여배우들을 습관적으로 '화단'이라고 부르는 사람들이 많아졌을 뿐이다.

하지만 이렇듯 경극 용어가 뒤섞이게 된 것도 따지고 보면 경극 팬들 탓이라기보다는 유명한 경극 대가인 메이란팡(梅蘭芳) 때문이었다. 메이란팡은 박학다식한 사람이었다. 그는 오랜 무대 경험을 통해 청의와 화단의 창법과 표현 방식을 하나로 묶어 청의의 우아함과 화단의 색을 그대로 살린 새로운 역할 '화삼(花衫)'을 만들어냈다. 메이란팡은 늘 새로운 것을 추구하고 창조하려는 자신의 정신을 화삼이라는 새로운 역할에 담아 후대 사람들에게도 불필요한 번거로움을 덜어주었다. 그후로 사람들은 청의와 화단의 역할을 놓고 세세하게 따지지도 않았고 엄격하게 구분하려고도 하지 않았다. 대부분의 전통극이 함께 몰락하면서 청의와 화단의 구분 따위가 대수롭지 않은 문제가 되어버린 탓도 있었다.

하지만 전통극을 배우고 공연하는 사람들에게는 청의와 화단의 역할이 함부로 뒤섞일 수 없는 것이었다. 그들에게 청의는 청의였고 화단은 화단이었다. 청의와 화단이 연출해내는 창법과 대사, 의상과 소품, 걸음걸이와 표현 방식은 천양지차였다. 그들에게 있어 청의와 화단은 각기 자신만의 향기를 품어내며 아름답게 피어난 두 송이의 꽃이므로 영원히 함께 뒤섞일 수 없는 성질의 것이었다.

춘라이가 화단이 되고 싶어했던 데는 그녀 나름대로 이유가 있었다. 대사를 함에 있어서도 화단은 청아하고 맑은 창법을 구사하는 데 비해 청의는 소리와 기운을 길게 빼기 때문에 해설자가 없거나 자막이 없는 상태에서는 불법복제 시디를 듣는 것처럼 듣기가 어려웠다. 경극에서 전통적인 독법으로 읽는 청의의 대사는 사실 '사람의 말'이 아니었다.

노래의 곡조 역시 둘은 확연히 달랐다. 화단은 시원스럽고 경쾌한 곡조로 목청을 힘껏 조여 유행가를 부르는 것처럼 노래를 불렀다. 화단이 고개를 비스듬히 꼰 채 팔짝팔짝 뛰는 모습은 참새처럼 귀여웠다. 하지만 청의는 그렇지 않았다. 한 음절을 소리낼 때도 '아―아―아―아―' 하며 길게 소리를 빼야 했고 걸음걸이 역시 거만스러워야 했다. 아랫배에 한 손을 올려놓은 채 다른 손으로는 과장 섞인 동작을 계속하면서 새끼손가락을 위로 치켜올리고 천천히, 느릿하게 흥흥거렸다. 공연 도중에 관객이 화장실에 갔다 와도 청의가 부르는 한 음절이 채 끝나지 않은 경우도 있었다. 특히 경극이 지금처럼 침체한 시절에는 퇴직한 늙은이들이나 청의를 좋아할 뿐이었다. 한때 경극 무대를 주름잡았던 수많은 인기 청의들은 무대를 떠난 후 하나같이 검은 가죽재킷을 입고 마이크 앞에서 쇼를 하거나 기껏 텔레비전 연속극에서 첩 역할이나 할 뿐이었다. 어찌 됐든 가끔 석간의 문화 면에 실리기는 했다.

이렇듯 하나하나 따져보면 청의는 인기 면에서 화단과 비교할 수 없는 배역이었다. 청의에 비해 화단의 장래가 좀더 밝은 것은 엄연한 사실이었다.

춘라이가 화단을 포기하고 청의를 배우기로 한 것은 연극학교 3학년 2학기 때였다. 춘라이의 평소 목소리는 샤오옌추와 사뭇 달랐지만, 일단 노래를 부르기 시작하면 춘라이는 어느새 또 한 명의 샤오옌추가 되어 있었다. 연극학교 사람들은 춘라이의 목청이 태어날 때부터 샤오옌추의 공연 상대로 이미 정해져 있었다며 농담들을 했다. 처음에 샤오옌추는 화단을 공부하려는 춘라이에게 화단을 포기하고 청의를 배우라고 설득했지만 춘라이는 끝내 고집을 꺾지 않았다. 초조해진 샤오옌추가 당시 그녀에게 했던 말은 지금까지도 연극학교 내에서 재미나 에피소드로 전해지고 있다. 당시 다급해진 샤오옌추는 잔뜩 인상을 쓰고 춘라이에게 이렇게 말했다고 한다.

"차라리 내가 너에게 절을 하마! 널 나의 제자로 모시겠다는 뜻의 절을 올리마! 그래도 안 되겠니?"

선생이 이렇게까지 간청하는 상황에서 춘라이가 더이상 무슨 말을 할 수 있었을까!

사람들은 춘라이가 연극학교에 갓 입학했을 때의 모습을 여전히 기억하고 있었다. 사투리가 잔뜩 섞인 발음에 상의 소매는 짧고 바지 길이는 깡총했다. 그녀는 그 깡총한 바지 자락마저 양말 속에 넣고 있었다. 겨울이 되면 두 뺨에는 주름이 잔뜩 잡히고 피부는 온통 붉게 갈라졌다. 여자는 크면서 수없이 변한다고들 하지만 춘라이야말로 가장 생생하게 살아 있는 그 증거였다.

샤오옌추에게 오늘과 같은 날이 올 것이라고 그 누가 상상이나 했을까! 춘라이에게 이처럼 큰 행운이 오리라고 그 누가 예상이나 했을까! 샤오옌추가 이십 년 동안 수많은 학생들을 지도해왔지만 배우로 출세한 제자는 하나도 없었다. 상황이 이렇다보니 그녀는 교육자로서 심한 열패감에 시달릴 수밖에 없었다.

샤오옌추는 늘 만족을 몰랐다. 서른 살이 되던 생일날, 그녀는 자신이 죽어 있음을 알았다. 십 년이라는 세월 동안 샤오옌추는 매일 거울 앞에 서서 자신이 하루하루 늙어가는 모습을 두 눈으로 직접 확인했고, 그 이름도 유명했던 항아가 하루하루 죽어가는 광경을 목도했다. 초조한 마음은 이러한 '죽음'을 더욱 앞당겼다. 여인에게 있어 시간은 너무나도 잔인한 존재였다. 서른 살…… 맙소사!

서른 살 생일날 그녀는 거의 인사불성이 되도록 술을 마셨다. 술에 취한 그녀는 앞치마를 찾아 가위로 두 조각을 냈다. 그러고는 기름 자국으로 얼룩덜룩한 앞치마 조각을 하나씩 양손에 나눠 쥔 채 덩실덩실 춤을 추기 시작했다. 그녀가 부엌에서 비틀거리며 춤을 추는 동안 양념통들이 요란한 소리와 함께 부엌 바닥으로 쏟아졌다. 무엇에 베였는지 그녀의 손에서 피가 흘렀다. 붉은 피가 앞치마 조각을 타고 바닥으로 뚝뚝 흘러내렸다. 피로 얼룩진 앞치마 조각은 공중에서 펄럭이다 내려오고 다시 펄럭이다 내려왔다. 부엌으로 달려온 멘과가 그녀를 끌어안았다. 멍한 시선으로 남편을 노려보던 그녀가 '엄마!' 하고 외쳤다. 경극에서 사용하는 온전한 창법으로.

"어―엄―마―아―!"

술에 취한 샤오옌추의 고함 소리가 집 밖으로 새어나갈 것을 염려한 멘과는 피 묻은 앞치마 자락으로 샤오옌추의 입을 틀어막았다. 입이 틀어막힌 상태에서 그녀의 배가 요동치기 시작하더니 마침내 짐승의 암컷들이 내지르는 소리가 그녀의 목에서 흘러나왔다. 멘과가 그녀의 이름을 연신 불러대자 그녀는 다시 소리를 질렀다. 하지만 소리는 밖으로 터져 나오지 않았다. 멘과는 그녀가 계속 절규하고 있다는 것을 알 수 있었다. 그녀는 한 번, 그리고 또 한 번 계속해서 외치고 있었다.

"어―엄―마―아―!"

옛날부터 지금까지 청의를 연기한 이가 수백 수천이었지만, 진정한 청의의 자격으로 노래를 부르고 청의가 갖는 의미를 제대로 파악한 사람은 겨우 몇 명에 지나지 않았다. 청의가 되기 위해서는 최고로 훌륭한 목청과 최고로 빼어난 몸매를 가지고 있어야 했다. 하지만 '최고의 목청' '최고의 몸매'란 또 무슨 의미가 있을까! 훌륭한 청의가 갖고 있는 최대의 밑천은 바로 영혼이었다. 남자처럼 건장한 체구라 해도 그 영혼이 청의를 위한 조건을 갖추었다면 아무런 걸림돌이 되지 않았다. 무대 위에서의 청의란 추상적 의미이자 의미 있는 형식이었고, 그 배우에게는 다름 아닌 생명의 뿌리였다. 사실 여인이란 성장하는 것도 아니었고 결혼하고 아이를 낳아 키우는 생리적 존재도 아니었다. 여인은 그저 여인 그 자체였다. 배울 수도, 따라할 수도 없는 존재가 바로 여인이었다. 그중에서도 청의는 가장 허무하고 비극적인 여인이었다. 청의는 여인 중의 여인, 여인의 극치였다. 청의는 여인들의 전형이었다. 청의는 자신의 삶 그대로 무대에서 노래하고 연기하고 표현할 뿐이었다. 그런 이유로 관객들은 그녀들의 일상이 원래 그러하고, 대화도 그런 식으로 주고받고, 그런 걸음걸이로 길을 나다니는 줄 알고 있었다. 애초에 여인이 아닌 사람은 청의가 될 수 없었다.

청의와 상응하는 역할은 '정(淨)'이었다. 정은 완벽한 남자로서 권위적인 측면을 갖고 있었다. 경극에서 남자는 단순한 모습을 갖는 게 가장 좋았다. 분장한 얼굴에 마음이 온통 파묻혀 과장된 분장과 변함없는 모습으로 단순화되는 게 최고였다. 그러나 경극이 쇠퇴하기 시작하자 청의와 정의 정체성도 함께 쇠락했다. 하늘은 뛰어난 정을 만들어내기를 힘들어하는 만큼 빼어난 청의를 만들어내는 것도 어려워했다. 샤오옌추는 그중의 한 명이었고, 또다른 한 명이 바로 춘라이였다.

춘라이의 등장을 통해 샤오옌추는 희망을 발견했다. 춘라이는 항아를 이 세상에 존재할 수 있게 하는 또 하나의 이유였다. 샤오엔추는 절망적인 과부가 유일하게 남은 자식 건사하듯 춘라이를 대했다. 그녀는 춘라이를 통해서만 자신의 뒤가 계속 이어질 수 있다고 생각했다. 춘라이는 하늘이 샤오엔추에게 주신 마지막 보상이자 위로였다.

엄밀히 말하자면 여전히 소녀였지만 사실 춘라이는 단 한 번도 '소녀'인 적이 없었다. 그녀는 태어나면서부터 '여인'이었다. 그녀는 신비한 여인, 가녀린 여인, 끼 있는 여인이었다. 눈길 한 번으로 뭇사내들을 앓아눕게 하는 그런 여인이었다. 소숙한 세 아니라 그저 전부석인 기실이 그랬다. 열일곱 실이 되던 해 여름, 춘라이는 화려한 청의의 세계로 들어섰다. 그녀는 있을 것은 다 있고 없어야 할 것은 전혀 없는 몸매를 지니고 있었다. 그녀의 허리에는 하늘거리는 아름다움과 끼가 배어 있었다. 두 눈동자에는 독특하고 매력적인 오묘함이 서려 있었다. 그녀가 사물을 바라보는 것은 그 자체로 설렘과 바람이었다. 그녀의 눈동자에는 아름다운 갈망과 아쉬움이 서려 있었고, 어디에서 비롯됐는지 모를 원망도 함께 섞여 있었다. 춘라이가 눈동자를 움직이는 모습은 무대 위에서 시선을 처리할 때와 똑같았다. 그녀는 가장 극적인 표현을 일상 속에서 구현하는 천부적인 재능을 가지고 있었고, 가장 일상적인 움지임을 무대 위로 끊이올림 수 있는 재능도 가지고 있었다. 게디기 그녀는 언제 지나갔나 이신스러울 정두로 변성기마저 너무나 순조롭게 통과했다. 변성기라는 벽을 제대로 넘지 못한 연기자들이 수두룩했다. 어젯밤까지만 해도 멀쩡했던 목소리가 잠에서 깨어보면 감쪽같이 사라지는 경우도 비일비재했다.

춘라이는 억세게 좋은 운을 타고났다. 이 세상의 모든 것들은 그녀를 위해 준비된 것만 같았다. 그녀가 비록 항아의 대역배우에 불과하다고 해도 이랑신(二朗神)*의 후광이 그녀를 비추고 있다는 사실을 부인할 사람은 아무도 없었다.

5

한 편의 작품을 공연하는 일은 연출 지도를 위한 작품 분석에서 시작된다. 일단 준비 중인 작품을 하나하나 쪼개어 세분화시킴으로서 극중 인물이 갖고 있는 희로애락과 흥망성쇠의 감정을 한 글자, 한 음정, 한 곡조, 하나의 눈짓과 몸짓, 손짓과 장삼 자락, 순간 정지 동작 및 대사 등으로 세밀하게 옮겨야 한다. 그리고 이를 다시 노래와 대사, 동작과 무술로 분화시켜 개별적으로 연구한 후 작품으로 재구성하여 대사 부분과 곡조 부분으로 환원시켜야 한다.

하지만 분석 단계가 끝나고 이어지는 연습 단계야말로 진정한 의미의 시작이라고 해야 할 것이다. 첫째, 연배(連排) 단계이다. 한 사람의 힘만으로는 무대를 완성시킬 수 없기 때문에 우선 사람과 사람의 관계 형성이 중요하다. 수많은 연기자들이 무대를 오가

---

* 중국 전설 속의 수호신.

며 연기하는 만큼 모든 연기자는 다른 연기자들과 의사소통하고 서로 호흡을 맞추며 보살펴줄 의무가 있다. 이러한 재정비 단계를 연배라고 한다. 하지만 연배만으로는 부족하다. 연기자의 노래와 동작에는 악대는 물론 징과 북을 치는 고수들과도 무언의 교감이 있어야 한다. 연주가 빠진다면 그것을 어찌 경극이라 부를 수 있을까. 치고 때리고 불고 당기는 연주가 함께 어우러지는 단계가 바로 향배(響排)이다. 향배 단계를 지나면 이제 채배(彩排) 단계로 넘어가게 된다. 채배 단계에서는 진짜 무대에 선 것과 마찬가지로 가상의 관객들을 상대로 공연 연습을 한다. 분장까지 모두 마친 상내에서 실세 공연과 마찬가지로 섬세하게 무대를 넘나들어야 한다. 채배가 끝나고 나면 비로소 한 작품의 막이 오를 수 있게 된다.

연습을 시작한 첫날부터 작품에 참여한 모든 사람들은 샤오옌추가 지나치게 엄격하고 무리한 태도로 연습에 매달리고 있다고 생각했다. 그녀의 연기가 결코 부족하다고는 할 수 없었지만 이미 이십여 년 동안 무대를 떠나 있었던 것도 사실 아닌가. 그녀가 죽을힘을 다해 쏟아 붓는 노력과 젊은 사람의 열정은 그 의미가 사뭇 다른 것이었다. 그녀의 모습은 흡사 봄날 바다로 들어가길 거부한 채 하구 언저리를 맴돌고 선회하며 거대한 소용돌이를 만들어내는 강물 같았다. 그것은 힘겨운 몸부림이었지만 허무한 몸짓에 불과했다. 자신의 의지와는 상관없이 결국 바다로 흘러들어갈 수밖에 없는 운명이었다. 아무리 필사적으로 노력하고 발버둥쳐도 결국 사람이 세월이라는 운명을 거스를 수는 없는 법이다.

　작품 분석이 시작되었을 때 이미 샤오옌추의 다이어트는 성공을 거두고 있었다. 벌써 사오 킬로그램을 뺀 그녀는 아예 살을 뜯어내고 있는 것처럼 보였다. 그녀는 손톱을 바짝 세운 채 한 점 한 점의 살을 고통스럽게 뜯어내고 있었다. 그것은 실로 전쟁이었다. 샤오옌추의 몸은 당장 그녀 앞에 놓인 최대의 적이었다. 그녀는 오랫동안 복수의 칼날을 갈아온 사람처럼 자신의 몸을 향해 융단 폭격을 가했다. 그녀는 온 정신을 집중하여 자신의 몸을 관찰했다. 그녀의 몸은 약간의 나태함만 보여도 지체 없는 반격을 받아야 했다. 샤오옌추는 매일 저녁 저울 위로 올라갔다. 그녀가 자신에게 매일 요구하는 다이어트 성과는 실로 구체적이고 엄격했다. 이러한 다이어트의 나날 속에서 하루가 다르게 저울의 바늘도 내려갔다. 그녀는 자신의 몸에서 십 킬로그램의 살점을 뜯어내야 한다고 생각했다. 그것은 이십 년 전 그녀의 몸무게였다. 그녀는 십 킬로그램만 빼면 자신이 이십 년 전으로 돌아갈 수 있다고 믿었다. 뿐만 아니라 이십 년 전 자신을 비추었던 서광이 다시 한번 자신을 비출 것이라 믿어 의심치 않았다.

　그것은 잔혹한 지구전이었다. 국과 단것, 누워 있는 것과 뜨거운 것은 그녀의 '4대 금기'였다. 특히 밥과 잠은 가장 조심해야 할 것들이었다. 샤오옌추는 우선 자신의 수면 시간을 다섯 시간으로 묶어두었다. 다섯 시간 외에는 눕는 것은 물론 앉는 것조차 허용하지 않았다. 그리고 무엇보다 입을 철저히 단속했다. 그녀는 아예 곡식을 먹지 않았다. 물도 마시지 않았다. 그녀는 매일 과일과 야채만 먹었다. 그리고 욕심 많았던 항아처럼 매일 한 주먹의 알약을 거침없이 목구멍 속으로 밀어넣었다.

다이어트 초기의 효과는 실로 대단했다. 그녀의 체중은 폭락하는 주식시장처럼 뚝뚝 떨어졌다. 하지만 곧 예상 밖의 복병을 만났다. 살이 빠져나가는 대신 피부가 늘어지는 현상이 나타나기 시작한 것이다. 샤오옌추의 온몸 구석구석에서 삐죽이 흘러내리는 살가죽들은 그녀의 인상을 참으로 괴이하고 혐오스럽게 바꿔놓았다. 우스꽝스러우면서도 표독한 얼굴이었다. 샤오옌추는 거울 속에 비친 자신의 모습을 들여다보며 절망하고 또 비관했다.

다이어트에 성공한 이후 그녀는 하루 종일 몽롱한 느낌이었다. 엉양 결핍으로 인한 구체적인 반응들이 나타나기 시작한 것이다. 기운이 없고 어지럽고 울렁증과 두근거림이 계속되면서 늘 자고만 싶었다. 호흡도 점점 가늘어졌다. 분석 단계가 끝나고 〈분월〉이 정식으로 힘겨운 연습 단계에 돌입하자 배우들의 체력 소모량도 급격히 커졌다. 샤오옌추의 목소리는 불안하게 흔들렸다. 호흡도 제대로 이어지지 못했다. 그녀는 하는 수 없이 노래를 할 때마다 성대를 잔뜩 조일 수밖에 없었다. 그녀의 노랫소리는 점점 더 변해갔다.

샤오옌추는 그 많은 사람들 앞에서 그토록 창피한 꼴을 당하리라고는 꿈에서조차 상상해본 적이 없었다. 춘라이에게 한 대목에 관한 시범을 보여주려는데 갑자기 목소리가 갈라지며 쇳소리가 튀어나온 것이다. 그녀의 목소리는 유리를 긁었을 때 나는 소리 같았고, 발정난 수퇘지가 암퇘지의 등 위에 올라타서 내지르는 소리 같았다. 사실 노래를 부르는 연기자라면 누구나 겪을 수 있는 일이었다. 하지만 그녀는 다름 아닌 샤오옌추였다.

그녀는 자신에게 쏟아지는 시선들을 참을 수 없었다. 그 눈초리들은 칼이라기보다는 독약이었다. 그 무서운 눈초리들은 그녀에게 피 한 방울, 한순간의 아픔을 요구하는 것이 아니라 그녀의 목숨 전체를 요구하고 있었다. 그녀는 당장 그 자리에서 자신의 체면을 회복하기로 결정했다. 그녀는 가까스로 자신을 진정시키며 다시 한번 하겠다는 의사를 밝혔다.

연속 두 차례에 걸쳐 소리를 내질렀지만 목은 그녀에게 인색하기만 했다. 간질거리는 목구멍으로 수많은 벌레들이 기어오르는 느낌이었다. 기침을 하고 가래를 뱉고 싶었지만, 그녀는 이를 악문 채 입 안 가득 치밀어오르는 기침을 목구멍 안에 가두었다. 한쪽에 앉아 있던 챠오빙장이 얼른 물컵을 그녀에게 가져다주며 부러 가벼운 말투로 사람들에게 말했다.

"자…… 모두 쉬었다 합시다! 다들 잠시 쉬었다 합시다!"

그러나 샤오옌추는 챠오빙장이 건네는 물컵을 받아 들지 않았다. 그런 짓 따위는 어떤 일이 있어도 하지 않을 사람이었다. 그녀는 후예를 연기하는 남자배우에게 말했다.

"다시 한번 해보죠!"

이번에는 소리가 갈라지지 않았다. 하지만 고음 부분에서 그녀는 음을 끝까지 올리지 못한 채 끝을 맺었다. 그녀는 힘겹게 숨을 몰아쉬며 경직된 모습으로 서 있었다. 그 순간 감히 그녀에게 말을 걸 수 있는 사람은 아무도 없었다. 감히 그녀를 쳐다볼 수 있는 사람도 없었다. 그녀는 강인한 표정으로 버티고 있었지만 참으면

참을수록 그 순간이 더욱 힘겹게 느껴졌다. 그녀는 사람들을 둘러보았다. 사람들은 모두 약속이나 한 듯 마치 지나가는 행인들처럼 행동하고 있었다. 가끔은 배려가 오히려 담합한 음모처럼 느껴질 때가 있다. 대놓고 손가락질을 하는 것보다 그러한 배려가 더 잔인하게 느껴질 때가 있다.

샤오옌추는 다시 한번 도전하고 싶었지만 더이상은 용기가 없었다. 챠오빙장이 물컵을 든 채 사람들에게 외쳤다.

"우리 샤오옌추 선생님이 감기에 걸려 계속 연습하기 힘들겠으니 오늘은 여기까지 합시다! 자, 다들 수고했어요!"

그녀는 눈물이 그렁그렁한 눈으로 차오빙장을 노려보았다. 차오빙장의 호의를 모를 리 없었지만, 기분 같아서는 당장이라도 그에게 달려가 멱살을 잡고 뺨을 후려치고 싶었다.

샤오옌추와 춘라이만 덜렁 남겨둔 채 사람들은 하나 둘씩 연습실을 빠져나갔다. 혼자 남은 춘라이 역시 다른 사람들처럼 스승의 얼굴을 감히 쳐다보지 못했다. 그녀는 허리를 숙인 채 물건들을 정리하는 시늉을 했다. 샤오옌추는 오랫동안 그런 춘라이를 응시했다. 젊은 춘라이의 옆모습은 눈부시게 아름다웠다. 그녀의 볼과 턱에서는 명품 도자기에서나 볼 수 있는 고급스러운 광택이 흐르고 있었다. 샤오옌추는 넋을 잃은 모습으로 자신에게 거듭 묻고 있었다.

'네게는 왜 저 아이와 같은 복이 없는 걸까?'

허리를 펴고 일어난 춘라이는 스승의 시선이 자신의 몸에 꽂혀 있는 것을 발견하고 소스라치게 놀랐다. 샤오옌추가 말했다.

"춘라이, 방금 내가 노래했던 부분을 네가 한번 해보렴."

춘라이는 침을 꿀꺽 삼켰다. 감히 그런 짓은 할 수 없다고 생각했다. 춘라이가 말했다.

"선생님……"

샤오옌추는 대답 대신 의자를 끌어당겨 앉았다. 춘라이는 그런 스승의 모습을 보면서 도무지 피할 수 없는 상황임을 깨달았다. 춘라이는 곧 마음을 진정시킨 후 자세를 바로하고 노래를 부르기 시작했다. 샤오옌추는 의자에 앉은 채 춘라이의 모습을 주의 깊게 바라보았고, 춘라이의 목소리를 주의 깊게 들었다. 그러다 잠시 벽에 걸린 커다란 거울을 보았다. 커다란 거울은 잔혹하게도 자신과 춘라이의 모습을 동시에 보여주고 있었다. 그녀는 무심결에 자신과 춘라이를 서로 비교하고 있었다. 거울 속의 샤오옌추는 춘라이에 비해 너무나도 늙고 추해 보였다. 예전에는 춘라이의 모습이 바로 자신의 모습이었다. 하지만 그 모습은 이제 어디에서도 찾아볼 수 없었다.

그녀는 흔들렸다. 이쯤에서 물러서는 게 낫겠다는 생각도 잠깐 했었다. 하지만 그렇게 쉽게 포기할 수도 없었다. 춘라이의 연기를 두고 아직은 가다듬을 부분이 많다고 말들은 하겠지만, 결국 춘라이가 자신을 뛰어넘게 될 것은 불 보듯 뻔한 일이었다. 아직 어린 춘라이의 미래는 가늠할 수 없이 무한한 것이었다. 문득 지독한 괴로움이 엄습했다. 그녀는 자신이 지금 질투심에 사로잡혀 있다는 것을 깨달았다. 모두들 그녀가 그 질투심 때문에 이십 년 동안 고생을 했다고 하지만, 사실 그녀는 리쉬에펀을 질투한 적이

단 한 번도, 단 한순간도 없었다. 하지만 지금 그녀는 자신이 가르치는 학생을 두고 억제하기 힘든 질투심에 사로잡혀 있었다. 그녀는 처음으로 질투의 힘을 실감했다. 제자를 질투하다니!

그녀는 자신의 못난 감정에 벌을 주기로 결정했다. 그녀는 손톱을 세워 있는 힘껏 허벅지를 꼬집기 시작했다. 힘을 주면 줄수록 인내심도 커지는 듯했고, 인내심이 커질수록 꼬집는 강도는 더욱 세어졌다. 허벅지를 짓누르는 강한 통증이 오히려 그녀를 홀가분하게 만들어주는 듯했다.

자리에서 일어난 그녀는 이후로는 그 어떠한 어리석은 감정도 허락하지 않겠나고 다짐했다. 그리고 차라리 아무도 없는 시간을 이용하여 춘라이에게 연기 지도를 해줘야겠다고 마음먹었다. 춘라이 앞에 선 샤오옌추는 얼굴과 얼굴을 마주하고 손과 손을 잡은 채 허리에서 눈빛까지 하나씩 설명하고 일일이 교정했다. 그녀는 춘라이를 자신의 이십 년 전 모습으로 재창조하고 싶었다.

일몰이 시작되면서 오동나무의 거대한 그림자가 창유리에 드리워졌다. 그림자는 유리창을 간질이며 뭔가를 경고하려는 듯 계속 소곤거렸다. 텅 빈 연습실 안으로 스며드는 햇살의 기운이 점점 사그러들며 고요해졌다. 그들은 불을 켜는 것조차 잊고 있었다. 두 사람은 어두워져가는 실내에서 손가락 마디 하나까지 세심하게 연결되는 동작들을 반복하고 또 반복했다. 샤오옌추의 얼굴은 춘라이의 얼굴에 바짝 밀착되어 있었다. 순간순간 반짝이는 춘라이의 눈동자는 어스름해진 연습실 안에서 고혹적이고 아름다운 열기를 내뿜고 있었다. 문득 샤오옌추는 이십 년 전 늘씬한 몸매를 자랑하던 자신이 지금 눈앞에 서 있는 듯한 착각에 빠졌다. 그녀는 꿈을 꾸듯 눈앞의 광경에 빨려들어갔다. 눈앞의 모든 것이 환영처럼 공중으로 떠오르며 흔들렸다. 동작을 멈추고 고개를 살짝 기울인 그녀는 초점 없는 시선으로 춘라이를 찬찬히 훑어보기 시작했다. 스승의 태도가 갑자기 돌변한 이유를 모르는 춘라이 역시 고개를 옆으로 기울인 채 스승의 얼굴을 가만히 쳐다보았다. 샤오옌추는 춘라이의 뒤로 돌아가 한 손으로 춘라이의 팔꿈치를 받치고 다른 한 손으로 춘라이의 바짝 치켜세워진 새끼손가락 끝을 잡았다. 등 뒤에서 샤오옌추의 아래턱이 춘라이의 뺨에 닿을 듯 말 듯 밀착했다. 춘라이는 스승의 따뜻한 숨결을 느낄 수 있었다. 손에서 힘을 뺀 샤오옌추가 갑자기 춘라이를 자신의 품으로 끌어당겼다. 춘라이의 몸을 감은 샤오옌추의 두 팔에 힘이 들어갔다. 그녀는 자신의 가슴을 춘라이의 등에 밀착시키며 얼굴을 춘라이의 목덜미로 가져갔다. 춘라이는 갑작스런 스승의 행동에 움찔 놀라면서도 감히 거부의 몸짓을 하지 못한 채 숨을 죽이고 가만히 서 있었다. 춘라이의 봉긋한 가슴이 샤오옌추의 손아귀에 부드럽게 잡혔다. 유리판 위에 흩뿌려진 물방울처럼 샤오옌추의 손가락이 춘라이의 몸을 천천히 어루만지기 시작했다. 그녀의 손가락이 허리까지 내려왔을 때 춘라이가 마침내 정신을 차린 듯, 그러나 감히 소리치지는 못하고 나지막이 애원했다.

"선생님, 제발 이러지 마세요!"

샤오옌추는 불현듯 꿈에서 깨어났다. 정말로 꿈을 꾼 기분이었다. 꿈에서 깨어난 샤오옌추는 끝을 알 수 없는 수치감을 느꼈다.

그녀는 도대체 자신이 방금 무슨 짓을 한 건지 알 수 없었다. 춘라이가 가방을 집어 들고 후다닥 연습실 밖으로 달려 나갔다. 연습실에 덩그마니 버려진 샤오옌추의 귓가로 춘라이의 허둥대는 발소리가 들려왔다. 불러 세우고 싶었지만 그녀 역시 이러한 상황에서 춘라이에게 무슨 말을 어떻게 해야 할지 몰랐다. 샤오옌추는 부끄러웠다. 해는 이미 저물었지만 앞을 볼 수 없을 정도로 어두워진 것은 아니었다. 창으로 스며드는 어스름은 꿈의 빛깔 같았다. 두 팔을 늘어뜨린 채 멍하니 서 있는 그녀는 자신이 지금 어디에 있는지 알 수 없었다.

퇴근 후 길을 걸으며, 샤오옌추는 오늘은 참 이상한 날이라는 생각을 했다. 거리도 이상했고 가로등 불빛도 이상했다. 거리를 오가는 행인들의 모습도 이상했다. 그녀는 내내 울고 싶었지만, 딱히 왜 울어야 하는지도 알지 못했다. 울어야 할 이유를 모르니 눈물을 흘리는 일 역시 쉽지 않았다. 뭔가에 꽉 막힌 가슴이 그저 답답하기만 했다. 가슴이 답답하다고 느껴지자 갑자기 뱃속이 요동쳤다. 이성을 잃고 광기에 사로잡혔을 때 찾아올 만한 허기였다. 그녀는 길가에 있는 작은 식당에 들어가 형용하기 어려운 복수심을 품고 기름진 음식으로만 주문했다. 음식들이 나오자마자 그녀는 사납게 고기들을 먹기 시작했다 샤오옌추는 숨쉬기 힘들 정도까지 씹고 삼키기를 반복했다.

6

춘라이는 샤오옌추 앞에서 아무런 태도의 변화 없이 예전과 마찬가지로 연습을 했다. 하지만 그녀는 결코 샤오옌추와 눈을 마주치려 하지 않았다. 샤오옌추가 말을 하면 듣고 무엇을 지시하면 그대로 따라 움직였지만, 스승의 눈은 단 한 번도 바라보려 하지 않았다. 샤오옌추와 춘라이는 서로 말을 안 해도 서로 어떤 상태인지 다 아는 듯했지만, 그것은 모녀지간에 느끼는 그런 교감 같은 것이 아니라 여자와 여자가 느끼는…… 치명적이고 차마 입에 담기 어려운 그런 교감이었다.

샤오옌추는 자신과 춘라이의 관계가 이렇게 어색하게 변하리라고는 생각해본 적이 없었다. 그녀는 풀리지 않는 매듭이 자신과 춘라이 사이를 가로막고 있다는 것을 알았다. 눈에 보이지 않는 매듭이었기에 어디서부터 손을 대야 할지 더욱 막막했다. 최근 샤오옌추는 서서히 음식을 먹고 있었지만 여전히 늘 피곤했다. 이런 피곤함이 몸속 어디에 숨어 있는지는 딱히 꼬집어 말할 수 없었다. 피곤은 구석구석에서 산발적으로 뻗어나와 그녀의 몸을 여기저기 유린하고 다녔다. 이번 공연에서 빠지고 싶다는 생각을 한 것은 이미 여러 번이었지만, 그녀는 끝내 자신의 욕심을 포기하지 못했다. 이런 기분은 이미 이십 년 전에도 한 번 경험한 적이 있었다. 당시 그녀는 죽음을 생각했지만 끝내 주저하며 자신의 나약함을 저주했다. 그녀는 누가 뭐래도 이십 년 전에 죽었어야 했다. 인생의 황금기를 박탈당해야 한다는 것은 사실 죽음보다 무서운 일이었다. 삶을 유지하는 자체도 힘겨웠고, 할 수 있는 일도 거의 없었다. 울고 싶지만 더 흘릴 눈물조차 없었다.

하지만 춘라이는 변한 것이 아무것도 없었다. 그녀는 늘 그랬던 것처럼 고요하고 차분했다. 아무런 변화의 기미 없이 먼발치에서 샤오옌추와 일정 거리만 유지했다. 샤오옌추는 이 아이가 두려웠다. 다만 말로 꺼내지 못할 뿐이었다. 춘라이가 이렇듯 이도 저도 아닌 관계를 유지하려 한다면 길게 얘기할 것 없이 샤오옌추의 인생은 완전히 끝장난 것이나 마찬가지였다. 춘라이를 통해 항아가 다시 부활하지 못한다면 샤오옌추도 이십 년이나 지나 무대에 다시 오를 이유가 없었다.

샤오옌추는 담배회사 사장과 잠자리를 같이했다. 그녀는 어차피 벌어진 일을 놓고 고민할 필요는 없다고 생각했다. 사실 시간이 문제였을 뿐 조만간에 벌어질 일이었다. 샤오옌추는 특별한 느낌이 없었다. 좋은 일이라고도 나쁜 일이라고도 말할 수 없는 일이었다. 사람 사는 것이 늘 그런 식 아니었던가. 돈과 권력을 양손에 쥐고 흔드는 사람이 아닌가. 설사 사장이 더럽고 추잡한 인간이라고 해도, 자신에게 잠자리를 강요한다고 해서 그녀는 사장을 욕하지 않았을 것이다. 그렇지만 사장이 그렇게 추잡한 인물도 아니지 않은가. 그녀는 이 문제에 대해서 아무런 수치심도 느끼지 않았다. 못 이기는 체 내숭을 떨며 응하느니 하려면 차라리 화끈히게 하는 게 나았다. 기왕 공연을 할 것이라면 관객에게 그만한 가치를 느끼게 해줘야 한다고 생각했다.

하지만 고통은 그녀의 가슴속 깊은 곳에 또렷이 새겨져 있었다.

저녁식사를 함께한 그 순간부터 샤오옌추가 다시 옷을 걸쳐 입을
때까지, 사장은 시종일관 난사람의 역할, 구세주 역할을 잘 해냈
다. 옷을 벗은 그녀는 곧 사장이 자신의 몸에는 아무런 관심도 없
다는 사실을 눈치챘다. 요즘 같은 세상에서 예쁘고 상큼한 아가씨
들은 가판대 위에 즐비하게 놓인 생활용품과 다를 바 없었다. 사
장이 신호만 보내면 상인들은 그 즉시 원하는 상품들을 그의 눈앞
에 대령할 것이다. 샤오옌추는 스스로 옷을 벗었다. 옷을 다 벗은
순간, 그녀는 자신을 바라보는 사장의 눈빛이 그리 탐탁지 않다는
것을 알았다. 사장의 눈빛을 통해 그녀는 살을 뺀 후 늘어진 자신
의 몸매가 얼마나 꼴불견인지를 새삼 알게 되었다. 사장은 자신의
느낌을 전혀 숨기지 않았다. 그녀는 그 순간만큼은 차라리 사장이
음탕한 호색한이길 바랐다. 그랬다면 팔려간 느낌이라도 있었을
것이다. 하지만 사장은 달랐다. 잠자리에서도 사장은 난사람이었
다. 그는 차분히 침대 위에 누워 턱끝으로 샤오옌추에게 올라오라
는 시늉을 했다. 침대 위에 반듯하게 드러누운 그는 미동도 하지
않았다. 샤오옌추가 그의 몸 위로 올라간 이후 나머지 일들은 모
두 그녀의 몫이었다. 사장은 어느 순간 샤오옌추의 봉사에 만족스
러운 듯 신음을 토해냈다.

"아…… 옙! 오…… 예스!"

샤오옌추는 그가 도대체 무슨 말을 흥얼거리는 건지 알 수 없었
다. 그로부터 며칠 후 샤오옌추가 다시 사장의 시중을 들기 전에
사장은 우선 그녀에게 서양의 비디오를 보여주었다. 비디오를 다
본 후에야 샤오옌추는 사장이 서양사람들이 침대에서 내는 소리

를 흉내낸 것이라는 사실을 알게 되었다. 잠자리를 하면서도 그는 아시아를 넘어 세계로 나아가 세계와 하나되고 있었다.

그들의 행위는 사랑을 나누는 것이 아니었다. 섹스라고도 할 수 없었다. 그녀는 우습게도 한 남자의 비위를 맞추기 위해 몸부림을 치며 일방적인 봉사를 하고 있었다. 그녀는 자신이 천하게 느껴졌다. 그만두고 싶은 마음이 굴뚝같았지만, 섹스는 참으로 악랄한 것이었다. 스스로 그만두고 싶다고 그만둘 수 있는 것이 아니었다. 이런 굴욕적인 느낌은 멘과와의 잠자리에서는 단 한 번도 느껴보지 못한 것이었다. 그녀는 몸을 움직이면서 속으로 끊임없이 스스로 욕을 퍼부었다. 그녀는 그렇게 친하디친한 몸이 되어서야 겨우 집으로 돌아올 수 있었다.

샤오옌추가 사장의 숙소에서 돌아오는 길에는 이슬비가 내리고 있었다. 거리는 빗방울로 반짝였다. 시내 가득한 자동차의 미등에서 흘러나오는 불빛들은 한껏 퇴폐적인 분위기를 연출하고 있었다. 샤오옌추는 알록달록 반짝이는 거리의 불빛들을 바라보며 오늘 밤 자신이 창녀였음을 자인했다. 하지만 팔려간 것은 단지 육체가 아니었다. 그렇다면 도대체 무엇이었을까? 그녀는 그것이 무엇이었다고 단정할 수 없었다. 길모퉁이에서 허리를 굽히고 뭔가를 토해내고 싶었지만 그마저 마음대로 되지는 않았다. 토해내는 대신 깊은 곳에서 이상한 소리만 터져 나왔다. 참으로 듣기 역거운 소리였다. 그 소리에는 역겨운 냄새도 섞여 있었다.

딸아이는 이미 잠들어 있었고, 멘과는 소파에 몸을 묻은 채 텔레비전을 보면서 그녀를 기다리고 있었다. 집으로 들어간 그녀는 멘과를 쳐다보지 않은 채 고개를 숙이고 곧바로 화장실로 들어갔다.
샤워를 하고 싶었지만, 서둘러 샤워를 하는 것이 멘과의 의심을
불러일으키지는 않을까 싶어 그냥 변기 위에 앉았다. 잠시 앉아
있었지만 아무것도 나오지 않았다. 그녀는 속옷을 벗어 손에 들고
앞뒤로 자세히 살펴보았다. 그리고 자신의 몸을 위아래로 세세히
살펴보았다. 아무런 흔적도 남아 있지 않은 것을 확인한 그녀는
안도의 한숨을 내쉬며 화장실 밖으로 나왔다. 너무나 피곤했지만
멘과에게 들키지 않기 위해 일부러 생기발랄한 얼굴을 가장했다.
멘과는 아직도 소파에 앉아 있었다. 샤오옌추가 왜 그토록 기분이
좋은지 알지 못한 채 그는 바보 같은 웃음을 지으며 말했다.

"술 마셨어? 얼굴이 빨개졌네!"

샤오옌추의 가슴이 덜컥 내려앉았다. 그녀가 얼른 대답했다.

"빨갛긴 뭐가 빨개요?"

"아니, 정말 빨갛다니까!"

안 되겠다고 생각한 그녀가 얼른 화제를 바꾸었다.

"아이는요?"

"한참 전에 잠들었어."

그녀는 멘과가 자신의 눈앞에 있는 게 싫었다. 그의 시선을 감
당할 수 없었다. 샤오옌추가 말했다.

"난 샤워 좀 할 테니 먼저 침대에 가 있어요."

'자다'라는 표현을 하기 싫어 '침대에 가라'는 말로 대신했지만
어쨌든 같은 뜻이긴 마찬가지였다. 말을 마친 그녀의 눈동자가 빠
르게 멘과의 얼굴을 살폈다. 멘과는 기분이 좋은 듯 양손을 부비

고 있었다. 그녀는 가슴에 통증을 느꼈다.

샤오옌추는 실제로 통증이 느껴질 정도로 목욕물의 온도를 한껏 높였다. 뜨거움은 구체적이고 실제적이었다. 자학과 자책에 대한 의미로 약간의 쾌감과 위로마저 느낄 수 있었다. 그녀는 몸을 씻고 또 씻었다. 그리고 자신의 깊은 곳으로 손가락을 집어넣어 뭔가를 꺼내기라도 하려는 듯 힘껏 후벼팠다. 목욕을 마치고 거실 소파 위에 앉은 그녀의 피부는 마치 불에 덴 사람처럼 벌겋게 달아올라 있었다. 밤 열한시쯤 멘과가 침실에서 나왔다. 그때까지 잠을 자지 않고 그녀를 기다리던 멘과는 그녀의 눈치를 살피듯 웃음을 지으며 물었다.

"돈지갑이라도 주웠어? 정신 나간 사람처럼 왜 그래?"

샤오옌추는 아무런 대답도 하지 않았다. 멘과가 엉뚱하게도 '헤이!' 하고 그녀를 부르며 다시 말했다.

"오늘은 주말이잖아!"

샤오옌추는 몸을 부르르 떨면서 얼어붙은 사람처럼 긴장했다. 그녀의 곁에 다가와 앉은 멘과는 입술을 샤오옌추의 귓불로 가져갔다. 자연스럽게 그녀의 귓불을 입속에 넣은 그는 늘 향하던 곳을 향해 손을 움직이기 시작했다. 샤오옌추의 반응은 스스로도 생각지 못한 것이었다. 그녀는 멘과가 거실 바닥에 벌렁 나자빠질 정도로 사정없이 그를 밀어냈다.

"내 몸에 손대지 말아요!"

그녀의 날카로운 고함 소리가 밤의 정막을 깼다. 그녀의 고함은 너무나도 급작스럽고 히스테리컬했다. 거실 바닥에 나동그라진 채 멍하니 그녀를 바라보던 멘과의 민망함은 서서히 분노로 변하고 있었다. 샤오옌추의 가슴이 바람을 잔뜩 머금은 돛대처럼 마구 요동치기 시작했다. 그녀의 눈에서 갑작스레 눈물이 솟구치기 시작했다. 그녀가 말했다.

"멘과……"

잠을 이룰 수 없는 밤이었다. 그녀는 어둠 속에서 눈을 크게 떴다. 어두운 밤에 크게 뜬 눈은 자신의 인생을 가장 명확하게 볼 수 있는 창이었다. 샤오옌추는 한 눈으로 자신의 과거를, 다른 눈으로 자신의 미래를 바라보았다. 하지만 그녀의 시야를 가득 채우고 있는 것은 어둠일 뿐이었다. 그녀는 몇 번이나 멘과의 등을 어루만져주고 싶었지만 끝까지 참았다. 다만 날이 밝기만을 기다렸다. 날이 밝으면 어제는 이미 과거로 흘러가버릴 것이다.

연기 지도를 받는 것 외에 춘라이는 컵 속에 담긴 물처럼 고요했다. 그녀는 한가할 때마다 한쪽에 혼자 앉아 있는 것이 습관이 된 듯했다. 길게 추켜올라간 속눈썹 아래서 반짝이는 눈동자는 여기저기를 두리번거리며 살피고 있었다. 그러나 여전히 사랑스럽고 여유로운 모습이었다. 춘라이는 조용하고 차분한 아름다움이 몸에 배어 있는 여인이었다. 그녀의 모든 행동은 바람에 흔들리는 가녀린 버드나무 가지를 연상시켰다. 하지만 그동안 그녀가 보여준 고요함은 폭풍 전야의 고요함이었다.

향배 단계가 가까워오던 어느 날 샤오빙장이 몹시 굳어진 얼굴로 고개를 숙인 채 말없이 샤오옌추를 자신의 사무실로 데려갔다.

사무실에는 춘라이가 심상한 모습으로 앉아 그날의 신문을 펼쳐 놓고 읽고 있었다. 춘라이를 발견한 샤오옌추는 무슨 일이 생겼음을 직감했다.

챠오빙장은 사무실에 들어서기 무섭게 두서없는 이야기를 꺼냈다.

"이곳을 떠나겠답니다."

"떠나다니요? 누가요?"

잠시 멍해 있던 샤오옌추는 춘라이를 바라보며 이해가 안 된다는 듯 물었다.

"여기를 떠나 어디로 간디는 거니?"

춘라이가 자리에서 일어났다. 하지만 역시 스승의 얼굴은 쳐나보지 않았다. 그녀는 아무 말 없이 자신의 발끝만 내려다 보고 있었다. 춘라이의 모습을 보며 샤오옌추는 또다시 그때를 떠올렸다. 그녀 역시 리쉬에펀의 침대 앞에 이런 모습으로 서 있었다. 하지만 그때 자신의 심정과 지금 춘라이의 태도는 동일한 성격의 것이 아니었다. 한참 동안 주저하던 춘라이가 마침내 입을 열었다.

"여기를 떠나 방송국으로 가고 싶어요."

춘라이의 말투는 단도직입적이었다.

"전 경극 따윈 하고 싶지 않아요!"

슈가 샤오옌추는 다 알아들었다. 그녀의 말 한마디 한마디는 샤오옌추의 귓속으로 고스란히 들어가 박혔다. 샤오옌추는 조용히 자신의 제자를 바라보다가 천천히 고개를 기울이며 나지막이 말했다.

"뭐가 하고 싶지 않다고?"

춘라이는 다시 침묵했다. 그녀 대신 챠오빙장이 설명했다.

"방송국에서 엠시를 한 명 구한다는 광고를 보고 지원했나봅니다. 벌써 한 달 전에 지원했답니다. 이미 면접도 끝났고 방송국에서도 오라고 한답니다."

샤오옌추는 작품 분석 단계에 즈음하여 신문에 방송국의 구인 광고가 났던 것을 기억했다. 이미 한 달 전의 일이었다. 이 아이는 그동안 소리없이 떠날 준비를 모두 마쳐두었던 것이다. 바보처럼 소파 한끝에 기대서 있던 샤오옌추의 몸이 누군가가 심하게 잡아 흔드는 것처럼 흔들렸다. 그녀는 자신의 감정을 통제할 수 없었다. 그녀는 두 손을 내밀어 춘라이의 어깨를 잡으려다 다시 한 손을 내밀고, 이내 다시 그 손을 거둬들였다. 샤오옌추가 숨을 몰아쉬더니 갑자기 소리를 질렀다.

"지금 네가 뭐라고 떠들고 있는지 알기나 하는 거니!"

춘라이는 창밖을 바라볼 뿐 아무 대답도 하지 않았다.

샤오옌추가 다시 소리를 질렀다.

"그런 말도 안 되는 소리 하지 마!"

"선생님이 그동안 절 위해 얼마나 애쓰셨는지는 잘 알아요. 하지만 저도 여기까지 오는 동안 참 힘들었어요. 제발 절 막지 말아주세요."

"그런 말도 안 되는 소리 더이상 하지 말라고 했지!"

"그럼 자퇴를 하겠어요!"

샤오옌추가 두 손을 허공으로 들어 올렸다. 하지만 그녀는 뭘 잡아야 할지 알 수 없었다. 챠오빙장과 춘라이를 번갈아 쳐다보는 그녀의 두 손이 부들부들 떨렸다. 그녀가 겨우 춘라이의 옷자락을 잡았다. 가슴이 무너져 내리는 것 같았다. 샤오옌추가 말했다.

"넌 네가 얼마나 훌륭한 청의인 줄 모르고 있어…… 넌 네가 어떤 사람인 줄 알고나 있니?"

입을 비쭉이는 춘라이의 모습은 웃고 있는 듯했지만 아무 소리도 나지 않았다. 춘라이가 말했다.

"저요? 저야 항아의 대역배우일 뿐이죠!"

샤오옌추가 다급하게 말했다.

"내가 윗분들과 상의해볼 테니 네가 주연을 하렴. 내기 대역을 하면 되잖니. 그렇게 알고…… 가지 마. 알았지?"

춘라이가 말했다.

"전 선생님의 무대는 빼앗지 않아요."

춘라이의 반응은 여전히 딱딱했지만 말투에서는 약간이나마 타협의 여지를 보이고 있었다. 샤오옌추가 춘라이의 손을 잡고 황급히 말을 이었다.

"아니야, 절대 그런 게 아니야! 네가 내 무대를 빼앗다니! 넌 네가 얼마나 훌륭한 배우인지 모르지만 난 잘 알고 있어! 좋은 청의 한 명 나오기가 얼마나 힘든 줄 알기나 하니? 네가 주연을 맡아. 제발 하겠다고 약속해라, 응?"

그녀는 춘라이의 손을 자신의 가슴에 가져다 댄 채 절박하게 외쳤다.

"제발 하겠다고 약속해! 응?"

고개를 들어올린 춘라이가 최근 들어 처음으로 스승을 정면으로 바라보았다. 샤오옌추도 갈구하는 눈빛으로 춘라이의 두 눈을 들여다보았다. 춘라이의 눈 속에는 의혹이 잔뜩 담겨 있었다. 여전히 새로운 길을 포기하지 못한 눈빛이었다. 샤오옌추는 춘라이의 눈동자가 흔들리는 것이 그녀를 놓치게 된다는 의미라도 된다는 듯 모든 정신을 집중하여 그녀의 눈길만을 좇고 있었다.

챠오빙장은 춘라이의 미묘한 변화 속에서 비로소 해결의 실마리를 찾은 듯했다. 챠오빙장은 이제 무엇으로 춘라이와 대화를 풀어가야 할지 알 수 있었다. 챠오빙장은 샤오옌추에게 잠시 나가 있으라는 시늉을 했지만 샤오옌추는 그 자리에서 꼼짝도 하지 않은 채 불안한 모습으로 서 있었다. 챠오빙장이 어깨에 손을 올린 후에야 정신이 든 그녀는 마지못해 걸음을 옮기며 챠오빙장을 돌아보았다. 챠오빙장이 말했다.

"먼저 돌아가 계십시오. 우선 돌아가 계세요."

샤오옌추는 연습실로 돌아왔지만 먼발치에서 사무실 창문을 계속 바라보았다. 연습이 끝나고 사람들이 모두 떠난 연습실 안에는 샤오옌추 혼자였다. 샤오옌추는 초조하게 기다렸다. 황혼의 여광이 연습실 안으로 스며들며 허공에 떠 있는 먼지들을 오렌지색으로 물들이자 실내는 왠지 모를 따스함으로 가득 찼다. 샤오옌추는 팔짱을 낀 채 연습실 안을 이리저리 서성였다.

드디어 챠오빙장의 창문이 열리고 그의 머리와 한쪽 팔이 창문 밖으로 나왔다. 챠오빙장의 표정은 확실하게 보이지 않았지만, 활기차게 휘두르다 주먹을 쥐는 손동작만은 분명하게 볼 수 있었다.

연습용 바를 붙잡고 서 있던 그녀의 눈에서 눈물이 솟구쳤다. 벽에 기댄 그녀의 몸이 스르르 벽을 타고 흘러내렸다. 그녀는 결국 소리내어 울기 시작했다. 하마터면 모든 것이 수포로 돌아갈 뻔한 순간이었다. 행복에 겨워 흘리는 눈물이었고, 안도감에 젖어 흘리는 눈물이었다.

그녀는 의자를 잡고 일어선 후 다시 그 의자에 앉았다. 그녀는 의자에 앉아 천천히 눈물을 흘리며 안도감을 만끽했다. 그녀는 극단이 처음 구성될 때부터 춘라이에게 명확하게 설명을 해주지 않은 자신을 질책했다. 자신을 위한 무대가 있다고 생각했다면 춘라이는 결코 다른 길을 찾지 않았을 것이 분명했다. 샤오옌추는 자신의 나이를 생각했다. 지금의 나이가 되어 무대를 놓고 싸울 일이 뭐가 있겠는가. 주연과 대역을 따져서 무엇하겠는가. 춘라이는 결국 나의 분신이자 또다른 방식의 내가 아니던가. 춘라이가 유명해지기만 한다면 나의 이름도 역시 춘라이를 통해 그대로 이어지는 것 아니던가. 생각이 여기에 미치자 그녀는 홀가분해졌다. 오랫동안 가슴을 짓누르던 모든 부담과 어두운 그림자가 한꺼번에 사라졌다. 포기…… 완벽하게 포기하는 것이다. 그녀는 가슴속 깊은 곳에서 숨을 크게 토해냈다. 기분이 아주 좋아졌다.

그녀가 음식에 대한 경계를 푼 지 얼마 되지 않아 저울의 붉은 바늘은 곧바로 예전 체중으로 돌아갔다. 그러고도 0.5킬로그램이 더 쪘다. 며칠 동안 기분이 좋았던 그녀는 체중이 돌아오자 곧 후회하기 시작했다. 어렵게 얻은 기회를 말 한마디로 잃어버린 것이다. 그녀는 저울 위의 바늘을 거듭 바라보았다. 바늘이 위로 올라 갈 때마다 그녀의 마음은 아래로 무겁게 가라앉았다. 하지만 그녀는 자신이 상처받고 슬퍼하는 것을 용납하지 않았다. 자신의 상처와 슬픔이 드러나는 것을 용납하지 않은 게 아니라 아예 아프고 슬프다는 생각이 드는 것 자체를 완강하게 거부했다.

스스로 항아를 포기하겠다는 말을 한 이후 그녀는 자신이 평안해질 것이라고 생각했지만 현실은 그렇지 않았다. 오히려 무대에 오르고 싶다는 욕망이 전보다 더욱 강해졌다. 하지만 샤오옌추는 챠오빙장 앞에서 분명히 주연을 포기하겠다고 약속했다. 그 약속은 예리한 칼날이었다. 그녀는 그 칼날이 자신을 둘로 가르는 광경을 직접 지켜보았다. 둘로 갈라진 샤오옌추 중 한 명은 강가에 서 있었고, 또 한 명은 깊은 강바닥에 가라앉아 있었다. 강바닥에 가라앉은 샤오옌추가 수면으로 떠오르려 할 때마다 강가에 서 있는 샤오옌추는 한 치의 주저함도 없이 그녀를 발로 밟아 물밑으로 다시 처박았다. 강가에 서 있는 샤오옌추는 물밑에 있는 그녀가 질식해 죽어가는 모습을 지켜보고 있었다. 강가와 물밑에 있는 두 여인은 서로 시뻘겋게 충혈된 눈으로 상대를 노려보고 있었다. 샤오옌추는 수면을 경계로 온몸이 만신창이가 되는 힘겨운 싸움을 계속했다.

그녀는 물속에 빠진 사람이 물을 마시듯 죽어라고 먹어댔다. 그녀의 체중은 하루가 다르게 불어났다. 그녀의 불어나는 체중은 춘라이에게 자신의 진심을 보여주는 방법이자 스스로에게도 가장 효과적인 방어책이었다. 그녀는 자신이 이렇게 잘 먹는 사람인지를 처음 알았다. 정말 왕성한 식욕이었다.

극단 사람들은 샤오옌추의 행동을 이해할 수 없었다. 다이어트에 성공할 무렵 그녀는 돌연 무대를 포기한다고 선언했고, 그녀는 그 약속을 지키고 있었다. 샤오옌추의 얼굴에는 오히려 화색이 돌고, 노래를 하는 호흡도 안정을 되찾아가고 있었다. 지난 연습에서 목청이 갈라진 일 때문에 너무 충격을 받은 탓이라고 수군거리는 이들도 있었다. 그렇지 않다면 그토록 남에게 지기 싫어하는 사람이 스스로 포기한다고 말할 리도 없고, 그렇게 말했다고 해서 쉽게 포기할 리도 없다고 했다.

〈분월〉이 합배 단계로 들어갈 즈음부터 샤오옌추는 무대에 전혀 오르지 않고 있었다. 연습도 대부분 춘라이가 하고 있었다. 샤오옌추는 의자 하나를 가져다가 춘라이 앞에 앉아 그녀의 이런저런 단점들을 교정하고 지적해줄 뿐이었다. 그런 샤오옌추의 모습은 너무나도 즐겁고 유쾌해 보였다. 유쾌한 모습이 지나쳐 어색하게 느껴질 정도였다. 샤오옌추는 자신의 모든 열정을 춘라이에게 쏟아 붓고 있는 것처럼 보였다. 그녀는 더이상 배우가 아니었다. 그녀는 연출자, 좀더 정확히 말하자면 춘라이 한 사람만을 위한 연출자처럼 행동했다. 사람들은 그녀가 도대체 무엇 때문에 이러는지 이해하지 못했다.

집에 돌아가면 낙엽 태우는 매캐한 연기 같은 피로감이 그녀의 온몸을 엄습했다. 시선마저 피곤한 느낌이어서 어떤 사물을 보더라도 그대로 한참을 지켜보곤 했다. 허리를 곧게 펴고 가슴속에 도사리고 있는 안개를 토해내려 해도 심호흡조차 원하는 대로 되지 않았다. 피곤을 떨쳐내려는 모든 노력은 결국 허사로 돌아갔다.

집에만 돌아오면 정신이 나간 듯 행동하는 샤오옌추의 태도는 멘과의 눈길을 피할 수 없었다. 그녀는 벌써 두 번이나 멘과의 요구를 거부했다. 한 번은 냉정하고 차갑게 거절했고, 또 한 번은 신경질적인 반응을 보이며 거부했다. 그녀의 반응은 부부관계를 요구하는 남편을 달래는 것이 아니라 칼을 쥐고 달려드는 치한을 대하는 것 같았다. 이 여인의 마음은 이미 떠난 것이 분명했다. 이 여인의 마음은 더이상 흔들리지 않을 것 같았다.

7

샤오옌추가 춘라이에게 양상(亮相)*의 시범을 보이고 있을 때 챠오빙장이 찾아왔다. 춘라이는 늘 양상의 처리를 제대로 하지 못했다. 양상은 경극에서 등장인물이 말로 표현하지 못하는 마음을 밖으로 드러내는 기법이었다. 양상은 양상만의 논리성과 아름다움을 갖고 있었다. 양상을 연기함에 있어 가장 어려운 점은 양상의 중용성(中庸性)에 있었다. 예술이란 결국 적절한 선을 흔들림 없이 지켜주는 중용의 기술이기도 했다. 샤오옌추는 이미 여러 차례에 걸쳐 시범을 보여주었다. 그러면서도 항상 소곤거리는 듯 차

---

* 경극에서 배우가 등장하고 퇴장할 때, 혹은 춤출 때 순간 정지로 배우의 형상을 돋보이게 하는 기술.

분한 음성을 유지했다. 그녀는 주변의 모든 사람들에게 알리고 싶었다. 자신이 얼마나 헌신적인지, 얼마나 고요한지, 얼마나 평안한 마음가짐을 가지고 있는지를 과시하고 싶었다. 또한 자신이 최고의 배우로서 세상에서 가장 행복한 여자임을 보여주고 싶었다.

이때 챠오빙장이 그녀를 찾아왔다. 그는 연습실 안으로 들어오지 않고 창문 밖에서 샤오옌추를 향해 손짓했다. 그는 샤오옌추를 사무실이 아니라 회의실로 데려갔다. 챠오빙장은 우선 경극 연습에 관한 사항들을 유쾌하고 침착한 어조로 물어보았다. 그는 늘 이야기를 우회적으로 시작하는 버릇이 있었다. 그는 단장인 자신이 왜 이 여인을 항상 두려워해야 하는지 그 까닭을 알 수 없었다.

샤오옌추는 그의 말에 열심히 집중하고 있었다. 그러한 그녀의 태도에는 알 수 없는 신경과민이 섞여 있었다. 그녀는 마치 무슨 판결을 기다리는 사람 같았다. 그러나 샤오옌추를 흘끔흘끔 쳐다보는 챠오빙장은 오히려 그녀보다 더욱 긴장한 모습이었다.

마침내 챠오빙장이 화제를 돌렸다. 정작 본론이 시작되자 그는 단도직입적으로 말했다.

"젊은 사람들이 무대를 떠나려고 하는 것은 대부분 비전을 발견하지 못해서이지 정말 하고 싶지 않아서는 아닐 겁니다."

샤오옌추가 갑자기 환한 웃음을 지으며 큰 소리로 말했다.

"전 상관없어요! 정말입니다. 전 아무 할 말도 없습니다!"

챠오빙장은 그녀의 말에 아랑곳하지 않고 혹시 있을지도 모를 그녀의 반발에 미리 해명이라도 하는 투였다.

"제가 진작 선생님을 만나 이야기를 좀더 나누었어야 했는데 시에서 두 번이나 회의를 하는 바람에 늦었습니다. 제가 이런저런 일들에 늘 시달리는 건 선생님도 잘 아시잖아요."

챠오빙장이 조심스럽게 그녀의 안색을 살폈다.

"신중을 기하기 위해 이 사안을 놓고 두 번이나 회의를 했습니다. 그 결과…… 아무래도 제가 선생님과 다시 의논을 해봐야 할 것 같아 일단 이리로 모셨습니다. 저어…… 이렇게 하는 게 어떻겠습니까?"

샤오옌추가 자리에서 벌떡 일어났다. 너무나 갑작스런 행동에 스스로 놀랄 지경이었다. 그녀가 활짝 웃으며 말했다.

"전 괜찮아요. 정말 상관없어요!"

긴장한 챠오빙장도 자리에서 일어나며 의혹이 가득 담긴 눈빛으로 물었다.

"혹시 그분들과 이미 논의를 하셨습니까?"

그러나 샤오옌추는 '그분들'이 누구인지, 자신과 '논의'해야 한다는 게 무엇인지 모르겠다는 표정으로 챠오빙장을 쳐다보았다. 아랫입술을 굳게 다문 채 눈을 껌벅이던 챠오빙장이 무슨 말인가를 하려다 말았다. 마침내 용기를 낸 그가 더듬거리며 말을 이었다.

"저어…… 두 번이나 회의를 열었는데…… 저희들의 생각은…… 그분들이 그래도 제가 선생님과 직접 상의를 해보는 게 좋겠다고 해서 이렇게 말씀드리는 겁니다만…… 저기…… 극 중에서 절반을…… 물론 선생님이 반대하시는 것도 당연합니다만…… 그래도 선생님이 공연의 절반을 하시고 춘라이가 나머지 절반을 하는 게 어떻겠습니까? 선생님 보시기에……"

그녀에게 그다음 말은 들리지 않았다. 샤오옌추는 정신이 번쩍 들었다. 그동안 그녀는 자기 혼자만의 생각으로 모든 것을 지레 결론짓고 있었다. 그러나 사실 극단의 최고 책임자는 아직 아무것도 공식적으로 말한 바 없었다. 한 편의 작품을 무대에 올린다는 것이 얼마나 중대사인가! 누가 연기를 해야 할지에 대해 일개 배우가 제멋대로 떠들어댄 말이 대체 무슨 의미가 있단 말인가! 결국 모든 일은 조직을 통해 결정되는 것이다. 샤오옌추…… 넌 정말 자신의 권한을 과대평가하고 있었구나!

한 사람이 공연의 절반씩 책임진다…… 이것이 바로 조직이 내린 결정이었다. 그녀는 기쁨에 벅차 온몸에 식은땀이 날 지경이었다. 그녀는 거의 소리 지르다시피 말했다.

"전 괜찮아요! 정말 상관없어요!"

샤오옌추의 신속하고 분명한 대답은 챠오빙장의 예상을 뒤엎는 것이었다. 그는 조심스럽게 연구하는 듯한 표정으로 샤오옌추를 바라보았다. 거짓말 같지는 않았다. 챠오빙장은 조용히 안도의 한숨을 내쉬었다. 그녀의 아량에 감동한 챠오빙장은 그녀를 칭찬해주고 싶었지만 순간 적절한 말을 찾을 수 없었다. 결국 엉뚱한 말이 불쑥 튀어나왔다.

"정말 많이 달라지신 것 같습니다!"

수십 년 동안 그 누구도 샤오옌추에게 감히 해본 적이 없는 말이었다.

연습실로 돌아오는 샤오옌추는 기쁨에 겨워 눈물을 흘리고 있었다. 그녀는 춘라이가 경극을 그만두겠다고 선언하던 그날 오후의 일을 떠올렸다.

"춘라이, 네가 주연을 하거라!"

하지만 챠오빙장은 그녀의 말이 진심이라고는 생각하지 않았던 게 분명했다. 그녀는 새삼 챠오빙장의 그런 태도가 옳은 것이라 생각했다. 그녀 혼자 멋대로 한 맹세는 무의미했다. 그녀의 말을 진심이라고 믿는 사람도 없었을 것이다. 솔직히 말하자면 스스로도 자신을 믿지 않았다.

연습장까지 이어지는 통로로 겨울바람이 새어들었다. 바람을 타고 휴지 조각들이 여기저기 나뒹굴었다. 쓰레기들은 바람을 피하려는 것처럼 보이기도 했고, 바람을 기다리는 것처럼 보이기도 했다.

날씨가 추워지며 공연 날짜가 점점 다가왔다. 이즈음 담배회사 사장의 눈부신 수완이 발휘되기 시작했다. 사장은 매스컴을 다루는 데 천부적인 능력을 타고난 인물이었다. 처음 얼마 동안은 매스컴에 한두 번씩 짧은 보도가 나가더니, 공연일이 하루하루 다가오면서 〈분월〉은 마치 대중들의 일상생활 속에 늘 자리했던 한 부분인 것처럼 부각되었고 점차 사회 전체의 관심사가 되었다. 우습게도 매스컴은 〈분월〉의 재공연을 모든 사람들이 오랫동안 학수고대하고 있었다는 분위기로 대중을 몰아갔다. 이제 만반의 준비가 끝났다. 공연이 시작되기만 하면 되는 것이다.

향배도 거의 막바지로 치닫고 있었다. 그런데 이날 오전에만 샤오옌추는 다섯 번이나 화장실을 들락거렸다. 이른 새벽에 일어나면서부터 그녀는 자신의 몸에 뭔가 석연치 않은 변화가 생겼다는 것을 알았다. 속이 메슥거려 죽을 지경이었다. 도대체 뭐지? 당장 머릿속에 떠오르는 건 없었다. 뭔가 중요한 일을 빼먹고 하지 않은 것 같은 기분이었다. 그녀는 자신의 몸이 너무 부어오른 것 같다고 느끼며 계속 소변을 보려고 노력했지만 별로 나오는 것이 없었다.

다섯번째로 화장실에 갔을 때 손을 씻다가 갑자기 참기 힘든 메슥거림이 느껴지며 위에서 신물이 넘어왔다. 몇 빈의 구토를 미치고 나서야 그녀는 마침내 생각해냈다. 온몸에 식은땀이 흘렀다. 세면대 앞에서 그녀는 손가락을 짚어가며 날짜를 꼽아보기 시작했다. 챠오빙장 앞에서 오디션을 한 날로부터 꼭 사십이 일째 되는 날이었다. 사십이 일 동안 경극 연습에만 온통 정신을 쏟느라 그녀는 매월 여자들이 한 번씩 치러야 하는 일을 까마득히 잊고 있었다. 그녀는 이번 달에 월경을 하지 않았다. 그녀는 멘과와의 폭풍 같던 정사를 떠올렸다. 그날 밤…… 그녀는 너무 자신에게 도취되어 잠자리에서 그 어떤 조치도 취하지 않았다.

정말 재수도 없지…… 어떻게 이런 일이…… 그냥 한번 마음놓고 즐겼을 뿐이건만 어쩌면 이다지도 쉽게 그 씨가 자랄 수 있단 말인가! 그녀는 위래 자아도취에 빠지면 안 되는 여자였다. 사소한 실수만으로두 의당 자신의 눈앞에 있어야 할 것들은 모두 물거품처럼 사라져버리고, 피하려고 애쓰던 것들이 기를 쓰며 그녀의 눈앞에 나타나곤 했다.

그녀는 아랫배를 어루만졌다. 낭패감은 어느새 통제하기 어려운 분노로 변했다. 공연이 코앞으로 다가와 있었다. 도대체 어쩌자고 하필 그날 밤에 가랑이를 벌렸단 말인가! 그녀는 거울 속의 자신을 노려보았다. 그리고 세상에서 가장 천박하고 거친 이들이나 내뱉을 만한 욕설을 자신에게 퍼부었다.

"이런 쌍! 가랑이나 쫙쫙 벌리고 다니는 걸레 같은 년!"

어떻게든 당장 처리해야 할 문제였다. 그녀는 서둘러 날짜를 계산해보았다. 만약 무대 위에서 입덧이라도 하는 날에는 모든 게 끝장이었다. 가장 먼저 생각할 수 있는 방법은 물론 수술이었다. 수술이라면 모든 것을 간단하고 깨끗하게 마무리지을 수 있었다. 하지만 육체적인 고통은 차치하고라도 적지 않은 회복기가 필요할 터였다. 무대에서도 목소리가 갈라질 게 뻔했다. 그녀는 오 년 전에도 중절수술을 한 번 받은 적이 있었다. 자궁을 긁어낸 후 온몸에서 모든 기가 다 빠져나가 보름이 넘도록 기운을 차리지 못했다. 수술은 할 수 없었다. 그렇다면 남은 방법은 약이었다. 약물중절이라면 소리 소문 없이 모든 것을 해결하고 며칠이면 회복이 가능할 수도 있었다.

거울 앞에 멍한 얼굴로 서 있던 그녀가 급하게 화장실을 나갔다. 시각을 다퉈야 할 상황이었다. 하루를 서두르면 하루가 그녀의 것이었다.

손바닥에 여섯 개의 하얀 알약이 놓였다. 의사는 아침저녁으로 한 알씩 먹은 후 모레 아침에 두 알을 마저 먹고 자신을 다시 찾아오라고 했다. '함주정(含珠停)'이라는 알약의 이름은 참으로 서정적이었다. 그녀가 뱃속에 머금고 있는 것은 한 알의 진주였고, 알약은 그녀의 뱃속에서 자라고 있는 진주의 성장을 멈추게 하려는 것이었다.

손에 든 알약을 바라보는 샤오옌추의 가슴이 저려왔다. 여인의 일생에는 늘 약이 따라다닌다. 항아가 되기로 작정한 이상 그녀 역시 항아의 뒤를 따를 수밖에 없었다.* 약이란 참으로 이상한 물건이었다. 약은 일상 속에서 유난히 음모의 빛을 띠었다.

샤오옌추의 집은 병원에서 그리 멀지 않았다. 그녀는 집까지 걸어가기로 결정했다. 집으로 돌아오는 내내 그녀는 자신에게 회가 났고, 멘과에게는 더 많은 화가 났다. 집에 다 도착했을 무렵에는 아예 멘과를 증오하고 있었다. 그녀는 집에 들어서기 무섭게 성난 얼굴로 멘과를 노려보았다. 그러고는 먹지도 씻지도 않은 채 그냥 잠자리에 누웠다.

샤오옌추는 휴가를 내지 않았다. 칭찬을 받을 만한 일도 아니었고 모든 사람에게 소문을 낼 필요도 없었다. 하지만 약물 반응은 견디기가 조금 힘들었다. 메슥거림이 극에 달하면서 온몸의 기운이 다 빠져버렸다. 다음 날 연습은 어찌어찌 넘겼지만, 멘과에 대한 그녀의 증오심은 뼛속 깊이 새겨졌다.

그날 저녁은 전날 저녁과 다를 바 없었다. 다만 분위기는 전날보다 더욱 악화되고 있었다. 그녀는 싸늘하고 어두운 얼굴로 집에

---

* 중국 전설에 의하면, 항아는 남편 후예가 어렵게 구한 불사약을 혼자 훔쳐 먹었다.

돌아간 후 먹지도 마시지도 않았고, 씻지도 말을 하지도 않았다. 그저 소리 없이 잠자리에 들었다. 집안 분위기가 달라져 있었다. 멘과는 그녀가 왜 그러는지 이유를 모르는 만큼 어떻게 대처해야 할지도 알지 못했다.

멘과는 깊은 밤 모두가 잠든 고요한 시각에 그녀가 흘리는 무거운 한숨 소리를 놓치지 않았다. 멘과 역시 긴 한숨을 내쉬었다. 우리 생활에 문제가 생겼구나! 분명 큰 문제가 생겼어! 멘과는 부부 생활에 큰 위기가 찾아왔음을 느꼈다.

멘과는 지난날을 더듬어보기 시작했다. 멘과는 샤오옌추가 가장 절망하고 있을 때 자신이 그녀를 차지했다는 사실을 잘 알고 있었다. 두 사람은 처음부터 어울리지 않았다. 그런데 이제 그녀는 다시 무대에 올라 스타가 될 날을 목전에 두고 있었다. 항아가 하늘로 돌아가는 것 외에 달리 어디로 갈 것인가. 멘과는 어둠 속에서 문득 쓸쓸한 미소를 지었다.

이른 새벽에 샤오옌추는 마지막 남은 두 개의 알약을 먹고 조용히 반응을 기다렸다. 오전 아홉시, 그녀는 생리대를 준비해서 병원으로 달려갔다. 하지만 의사는 그녀에게 다시 약을 먹으라고 지시했을 뿐 별다른 조치는 취하지 않았다. 의사가 준 육각형 모양의 알약 세 개를 단숨에 먹어치운 그녀는 서서히 복통을 느끼기 시작했다. 활처럼 몸을 굽히고 가만히 숨을 몰아쉬고 있는데 갑자기 의사가 호통을 쳤다.

"거기 가만히 앉아서 뭐하는 겁니까? 네 시간은 기다려야 할 테니 어서 나가서 뛰도록 하세요! 어서요!"

서 있기도 힘들어진 그녀는 누워 쉴 수 있는 곳을 찾고 싶었다. 점점 통증을 참기 어려워지자 그녀는 다시 집으로 돌아갔다. 집에는 아무도 없었다. '가만히 있지 말고 뛰라'는 의사의 말이 기억났다. 그녀는 신발을 벗고 제자리에서 높이 뛰어보았다. 맨발 뒤꿈치가 바닥에 닿는 순간 '쿵' 하는 소리가 났다. 그 소리가 왠지 기분 좋게 들렸다. 그녀가 다시 뛰자 '쿵' 하는 소리가 또 울렸다. 바닥에서 울리는 그 소리가 그녀를 격려하고 있었다. 뛰면 뛸수록 배가 아팠지만, 통증을 느끼면 느낄수록 그녀는 더 높이 뛰었다. 높이 뛰면 뛸수록 왠지 신이 났다. 왠지 모를 상쾌함과 자유로움이 순식간에 그녀의 전신을 에워쌌다. 그녀는 코트를 벗어 바닥에 깐 후 제자리뛰기를 거듭했다. 그녀의 머리카락이 공중에서 흩어졌다. 수만 개의 팔이 허공에서 뭔가를 잡으려는 듯 춤추고 있었다. 그녀는 소리도 질러보고 싶었지만 아무래도 상관은 없었다. 그저 뛰는 것만으로도 기뻤다. 그녀는 자신이 무엇을 위해 뛰고 있는지조차 잊어버렸다. 가슴속이 후련해지며 곧 날아오를 것만 같았다. 그녀는 마지막 체력이 다 고갈될 때까지 뜀뛰기를 멈추지 않았다. 탈진하여 바닥에 누운 그녀의 눈에서 눈물이 흘러내리고 있었다.

점심 무렵, 샤오옌추의 몸속에서 자라고 있던 '진주'가 마침내 밖으로 쏟아져 나오기 시작했다. 하혈이 시작되자 통증도 사라졌다. 통증이 사라진 후에는 몸이 가벼워졌다. 샤오옌추는 침대에 누워 피로를 만끽했다. 그녀는 그렇게 잠에 빠져들었다.

얼마나 잠을 잤는지 알 수 없었다. 비몽사몽간에 그녀는 잡다한 꿈들을 꾸었다. 조각난 꿈들은 수면에 부서진 달빛처럼 어느 한 개도 주워담을 수 없었다. 그녀는 자신이 꿈을 꾸고 있다는 사실을 알고 있었지만 꿈에서 깨어나지 못하고 있었다.

'쾅' 하는 소리가 들렸다. 멘과가 퇴근했다. 멘과는 예전과 사뭇 다른 모습이었다. 그에게서 조심성이라고는 추호도 찾아볼 수 없었다. 그는 마치 무엇인가가 자신의 발길을 가로막고 있기라도 한 양 여기서 '쿵' 저기서 '탁' 소리를 내며 마구 부딪치고 다녔다. 샤오옌추는 몸을 일으켜 그와 무슨 말이라도 하고 싶었지만 그저 마음뿐이었다. 그녀는 다시 깊은 잠에 빠져들었다.

뒤늦게 샤오옌추는 사태가 얼마나 심각한지 알게 되었다. 그날 저녁 일부러 화장실에 따라 들어온 딸아이가 샤오옌추에게 물었다.

"엄마, 요새 아빠 왜 그래요?"

딸아이는 아무것도 모른다는 표정을 짓고 있었다. 아이들의 무지한 표정은 때때로 모든 것을 너무나 잘 알고 있음을 의미하기도 했다. 딸아이의 이 한마디에 그녀는 사태의 심각성을 새삼 느꼈다. 그녀는 딸아이의 천진한 눈빛 속에서 집안에 잠재된 위험을 보았다.

이튿날 연습을 마친 후 그녀는 아픈 몸을 이끌고 시장에 들러 씨암탉과 인삼을 샀다. 이렇듯 추운 날씨에 하루 종일 바람을 맞고 거리에 서 있어야 하는 멘과는 물론 방금 아이를 뗀 자신에게도 몸보신이 필요하다고 생각했다. 식사를 마치면 반드시 멘과와 대화 시간을 가져야겠다는 생각도 했다.

집에 돌아온 멘과의 얼굴은 겨울바람에 붉게 얼어 있었다. 샤오옌추가 얼른 달려 나가 그를 맞이했다. 그녀는 자신의 환대가 지나치게 과장되어 있음을 깨닫지 못했다. 그녀의 친절과 환대는 오히려 같은 집에서 살고 있는 사람들끼리 나누기에는 부적절해 보였다. 의아한 눈초리로 그녀를 바라보다가 시선을 돌린 멘과의 표정에는 더욱 짙은 의혹의 그림자가 어렸다. 멀찌감치 떨어져서 부모의 그런 모습을 잠시 지켜보던 딸아이는 숙제를 가지고 자기 방으로 들어갔다. 거실에는 멘과와 샤오옌추 두 사람만 남았다. 샤오옌추가 삼계탕을 그릇에 담아 식탁 위에 올렸다. 그녀는 싸구려 술집의 여주인이 손님에게 권하듯 호들갑을 떨며 말했다.

"어서 한술 떠봐요! 날씨도 이렇게 추운데 몸보신이라도 좀 해야죠! 제가 인삼도 넣었어요!"

소파에 앉아 있던 멘과는 담배에 불을 붙였다. 멘과의 가슴이 웃는 것처럼 들썩였다. 하지만 그의 얼굴에 떠오른 표정은 웃음처럼 보이지 않았다. 멘과가 라이터를 테이블 위에 던지며 그녀를 흉내내듯 중얼거렸다.

"몸보신이라도 좀 해야죠! 제가 인삼도 넣었어요!"

그가 고개를 들고 말했다.

"몸보신은 뭐 하러 하라는 거야? 이렇게 추운 달밤에 미친놈처럼 뛰어다니다 오라는 거야, 뭐야?"

그 말은 샤오옌추의 마음을 상하게 했다. 멘과 역시 그 말이 지나쳤음을 이내 깨달았다. 듣기에 따라서는 부부가 함께 살아가는 것이 오직 섹스를 위해서라는 뜻처럼 들렸다. 멘과로서는 기분이

나빠 그저 불쑥 내뱉었을 뿐 별다른 뜻을 가지고 한 말은 아니었다. 뒤늦게 분위기를 풀어볼 생각에 멘과가 웃음을 지어 보였지만 그 표정은 더 어색했다. 샤오옌추는 머리에 찬물 한 바가지를 뒤집어쓴 기분이었다. 그녀는 인상을 확 쓰며 소리쳤다.

"먹기 싫으면 버려요!"

8

　마지막 리허설은 대단히 성공적이었다. 춘라이가 공연의 대부분을 맡고, 공연이 거의 끝나갈 무렵에나 샤오옌추가 중요한 부분을 잠깐 연기했다. 사제가 나란히 한 무대에 섰다는 것은 실로 경사가 아닐 수 없었다. 객석에 앉아 있던 챠오빙장은 벅차오르는 감격을 가까스로 누르며 무대 위의 청의 2대를 바라보았다. 그의 흥분된 기분이 표정에도 그대로 드러났다. 무릎 위에 놓인 그의 다섯손가락은 마치 다섯 마리 원숭이들처럼 바쁘게 움직이고 있었다. 불과 몇 개월 전까지만 해도 극단의 모습은 어떠했던가! 챠오빙장은 극단을 위해 기뻐했고, 춘라이를 위해 기뻐했으며, 샤오옌추를 위해 기뻐했다. 하지만 다른 누구보다도 자기 자신을 위해 기뻐했다. 그는 자신이 이번 경사의 진정한 승리자임을 믿어 의심치 않았다.

　샤오옌추는 춘라이의 리허설 장면을 보지 않고 분장실에 홀로 앉아 조용히 휴식을 취했다. 리허설 후반에야 무대에 오른 샤오옌추는 〈광한궁〉을 불렀다. 항아가 달나라로 도망간 후 광한궁에 유배되었을 때 부르는 노래로서 〈분월〉을 통틀어 가장 중요한 클라이맥스였다. 이황(二黃)의 만판(慢板)에서 원판(原板)으로, 다시 유수(流水)에서 고음(高흡)으로 이어지는 십오 분간의 공연이었다.* 은하수가 사라지고 새벽이 다가오는 시각, 선계에 머무르며 인간세계를 내려다보는 항아의 가슴속에는 극한의 고독이 소리없이 꿈틀거리고 있었다. 푸른 하늘과 바다는 그녀의 고독을 더욱 키우고 있었다. 무한한 고독은 끝없는 원망과 후회를 몰고왔다. 후회와 원망, 고독이 서로 울부짖으며 부딪쳐 충돌하는 순간은 끝없이 펼쳐진 영겁의 우주와 같았다. 사람은 늘 사람인 것에 만족하지 않았다. 그것이 바로 사람이 사람일 수밖에 없는 이유이자 사람이 결코 사람일 수 없는 이유였다. 인간은 늘 잘못된 약을 먹어왔다. 약을 잘못 먹은 인생은 뒤를 돌아보거나 고개를 숙여 성찰할 여력이 없었다. 그것이 바로 항아의 운명이자 여인의 운명이며 인간의 운명이기도 했다.

이황이 끝난 뒤에는 피리춤이 이어졌다. 인간세계에서 가져온 피리를 손에 든 항아는 선녀들과 함께 하늘 높이 훨훨 날아올랐다. 그녀는 선녀들의 품 안에서 자신의 무력과 고통을 호소했고, 모든 일이 자신의 힘만으로는 어쩔 수 없었다고 하소연했다. 이윽고 항아와 선녀들이 순간 정지 동작이 연출됐다 〈분월〉은 그녀들

---

* 경극의 리듬은 보통 템포의 원판, 느린 템포의 만판, 빠른 템포의 쾌삼안, 박자가 없는 요판 등으로 구분됨

의 순간 정지, 즉 양상을 취하면서 대단원의 막을 내렸다.

챠오빙장은 원래 샤오옌추와 춘라이가 각각 한 번씩 최종 리허설을 해주길 바랐지만 샤오옌추가 거절했다. 그녀는 몸 상태에 자신이 없었다. 약을 먹은 항아는 빠른 속도의 쾌판(快板)에 맞춰 노래를 부른 후 장삼무(長衫舞)를 추어야 했다. 장삼무는 움직임이 요란하면서도 동선이 상당히 큰 대목이었다. 예전의 샤오옌추라면 별 문제가 되지 않았겠지만 이제 유산을 한 지 겨우 닷새밖에 되지 않은 그녀로서는 아무래도 무리였다. 약물 중절이라고는 하지만 많은 하혈로 온몸의 기운을 다 소모한 그녀는 말 그대로 기진맥진한 상태였다. 그녀는 자신의 체력으로 끝까지 견디지 못할 것도 염려되었지만, 어차피 리허설이 정식 공연이 아니라는 점도 염두에 두었다.

그녀의 결정은 확실히 현명한 것이었다. 피리춤을 춘 후 막이 내려오는 순간 그녀는 카펫 위로 넘어졌다. 선녀들이 놀라 웅성이고 있을 때 샤오옌추가 침착하게 미소를 지으며 말했다.

"삐끗해서 그런 거니까 걱정 말아요! 난 괜찮아요!"

샤오옌추는 무대 인사도 하지 않은 채 곧장 화장실로 달려갔다. 뭔가 불길했다. 아랫도리에서 뜨거운 것이 흘러나오고 있었다.

그녀가 화장실에서 나오기 무섭게 사람들이 그녀의 주변을 에워쌌다. 무리 중에서 가장 앞에 서 있던 챠오빙장이 얼른 그녀에게 다가와 소리없이 웃으며 엄지손가락을 들어 보였다. 챠오빙장의 칭찬이 이어졌다. 그의 칭찬은 정말 마음 깊은 곳에서 우러나오는 듯했다. 그의 눈가가 촉촉이 젖어 있었다. 샤오옌추의 항아는 너무나도 훌륭했다. 그가 샤오옌추의 어깨 위에 손을 올려놓은 채 말했다.

"선생님이야말로 진정한 항아입니다!"

샤오옌추가 힘없이 웃었다. 그때 그녀의 시아에 담배회사 사장과 춘라이의 모습이 함께 들어왔다. 봄바람이 살랑거리는 듯 환한 미소를 띤 춘라이는 사장에게 약간 기대어 걸어오는 내내 뭐라 재잘거리고 있었다. 당당하게 걸어오는 사장은 마치 미행(微行) 중인 고위 인사 같았다. 사장은 친절한 웃음과 함께 연신 고개를 끄덕이고 있었다. 그들의 모습에서 느껴지는 묘한 분위기를 포착한 샤오옌추는 가슴이 칠링했다. 하지민 그녀는 미소를 지으며 그들을 맞이했다.

공연 첫날에는 이른 아침부터 많은 눈이 내리더니 곧 맑은 겨울 날씨가 이어졌다. 눈부신 태양이 내리쬐는 새하얀 도시는 눈이 시릴 정도로 반짝였다. 새하얀 눈으로 온통 뒤덮인 도시는 마치 거대한 케이크 같았다. 두꺼운 크림을 잔뜩 바른 케이크는 부드럽고 따스한 느낌을 주어 사람들을 들뜨게 했다. 침대 위에 누워 있던 샤오옌추는 베란다 너머 유리창 밖으로 보이는 풍경을 조용히 감상했다. 하혈이 왜 말끔히 가시지 않고 지금껏 계속되는지 그 원인을 알 수 없었다. 그녀는 조용히 몸을 추슬렀다. 무대 위에서의 몸짓 하나 대사 한마디를 위해 모든 힘을 비축해두기로 했다.

저녁이 가까워지면서 거리는 그 몰골이 말이 아니었다. 손님들이 다 떠나고 난 후 잔뜩 어지럽혀진 파티 테이블처럼 너저분했다. 거리는 눈이 녹은 부분과 쌓여 있는 부분으로 나뉘었다. 눈이 녹은 곳은 시커먼 땅바닥을 그대로 드러내고 있어 무척이나 흉물스럽게 보였다. 샤오옌추는 택시를 불러 타고 일찌감치 극장에 도착했다. 분장사와 담당자들은 벌써 모두 모여 있었다. 그냥 흘러가는 여느 하루가 아니었다. 그녀의 일생에서 가장 중요한 날이었다. 택시에서 내리자마자 무대 안팎을 돌아보며 그녀는 담당자들과 인사를 나누었다. 이어 분장실로 들어간 그녀는 소품들을 살펴본 후 화장대 앞에 앉았다.

샤오옌추는 거울 속의 자신을 바라보며 천천히 호흡을 가다듬었다. 오늘만큼은 자신이 신부라는 생각이 들었다. 그녀는 온갖 정성을 들여 빗질을 하고 화장을 하며 아름다운 모습으로 결혼식 준비를 했다. 신랑이 누구인지는 알지 못했다. 아직 올라가지 않은 붉은색 커튼은 그녀가 머리 위에 쓰고 있는 붉은색 얼굴 가리개처럼 신랑과 그녀를 격리시키고 있었다. 갑자기 심장이 두근거리며 불안이 엄습했다. 그녀는 새삼 긴장했다. 붉은색 얼굴 가리개는 두 종류의 호기심을 동시에 의미했다. 관객들에게는 자신이 궁금한 대상이었고, 자신에게는 관객들이 궁금한 대상이었다. 그녀는 얼굴 가리개 뒤에 숨어 있었다. 그녀와 세상은 서로가 서로를 궁금해하며 상상하는 관계였다. 긴장하지 않을 수 없었다.

샤오옌추는 깊게 숨을 들이마시며 두근거리는 심장을 진정시켰다. 그녀는 의상을 입고 매무새를 바로했다. 그리고 손을 뻗어 얼굴에 칠할 분갑을 집어 들었다. 그녀는 살색 분을 손바닥에 짜낸 후 얼굴과 목, 손에 골고루 펴 발랐다. 다음에는 바셀린을 발랐다. 분장사가 붉은 가루를 건네자 샤오옌추는 중지를 이용하여 눈두덩과 콧대 위에 붉은 칠을 했다. 거울 속의 얼굴을 좌우로 한참이나 살펴보던 그녀가 만족스러운 듯 다시 연지를 바르기 시작했다. 붉은 가루를 묻힌 부분 위에 연지를 바르자 곧 색채감이 일며 선명한 빛을 내기 시작했다. 이제 눈화장을 할 차례였다. 그녀는 손가락으로 눈꼬리를 태양혈 위쪽으로 살짝 잡아올린 후 눈화장을 하고 눈썹을 그렸다. 화장을 마친 그녀가 손가락을 떼자 눈가의 피부는 다시 축 처져 내려왔다. 애초에 높게 추켜올려 눈의 윤곽을 그린 탓에 다시 밑으로 처진 눈가는 요기가 서린 듯 괴상해 보였나.

화장을 마친 샤오옌추는 나머지 작업을 분장사에게 맡겼나. 분장사가 샤오옌추의 눈꼬리를 다시 추켜올리자 그녀는 눈가에 약간의 통증을 느꼈다. 분장사는 젖은 머리끈으로 샤오옌추의 머리를 차근차근 감아올린 후 눈매를 단단하게 끌어올렸다. 이번에는 치켜올라간 눈꼬리가 고정된 채 내려오지 않았다. 샤오옌추의 두 눈에 뒤집힌 여덟 팔(八)자 모양이 만들어지며 여우처럼 아리땁고 날렵한 모습이 드러났다. 눈썹을 잘 고정시킨 분장사가 두 뺨에 각각 얇은 천을 붙이자 샤오옌추의 얼굴이 금세 계란형으로 바뀌었다. 눈썹까지 가지런하게 내려오도록 앞머리를 조절한 후 가빈을 쓰고 나니 마침내 청의의 모습이 완성되었다. 샤오옌추는 너무나도 아름다운 그 모습에 스스로 도취되어 거울 속에 비친 사람이 자신인지 아닌지 분간할 수 없었다. 완전히 다른 세계에 있는 다른 여인이었다. 하지만 샤오옌추는 그 여인이 다름 아닌 자신임을 굳게 믿고 있었다.

그녀는 가슴을 쭉 펴고 주위를 둘러보았다. 분장실 안은 수많은 사람들로 붐비고 있었지만 그들은 모두 넋을 빼앗긴 사람들처럼 그녀를 바라보고 있었다. 춘라이도 그들 가운데 있었다. 춘라이는 자신의 눈앞에 앉아 있는 이 여인이 정말 아침저녁으로 서로 부대끼던 스승 샤오옌추인지 믿을 수 없었다. 마법처럼 샤오옌추는 순식간에 완전히 다른 사람이 되어 있었다. 춘라이를 흘긋 쳐다본 샤오옌추는 지금 이 어린 소녀가 느끼고 있는 감정을 알 수 있었다. 그녀는 어린 소녀의 질투심을 분명히 읽고 있었다. 그러나 샤오옌추는 아무 말도 하지 않았다. 그녀는 지금 그 누구도 아니었다. 그녀는 다른 세계에 존재하는 다른 여인이었다. 그녀는 항아였다.

공연의 막이 올랐다. 샤오옌추의 얼굴을 가리고 있던 붉은 얼굴가리개가 치워졌다. 그녀는 양손에 들고 있던 장삼을 내려놓았다. 신부가 혼인식에 등장했다. 이 세상이 바로 신랑이었고, 모든 관객들이 신랑이었다. 그 모든 신랑들이 이 세상에서 유일한 신부의 모습을 뚫어져라 바라보고 있었다. 그녀가 무대에 서자 징과 북소리가 요란하게 울려퍼졌다.

샤오옌추는 한 편의 공연이 이렇게도 짧게 끝날 수 있다는 사실에 적잖이 놀랐다. 공연을 이제 막 시작한 것만 같았다. 이제 막 인간세상을 떠난 것 같은데 그녀는 어느새 제자리로 돌아와 있었다. 처음에 그녀는 자신의 체력으로 공연을 끝까지 감당할 수 있

을지 걱정했다. 무대에 막 올랐을 때만 하더라도 잔뜩 긴장한 그
녀였지만 어느새 온몸의 긴장이 풀리며 평온해지기 시작했다. 그
녀는 마음속에 담은 것들을 후련하게 털어내며 자기 자신을 철저
히 망각했다. 심지어 그녀는 자신이 항아라는 사실조차 잊었다.
그녀는 세상 앞에 자신을 그대로 드러냈고, 세상은 그녀를 위해
갈채를 보냈다.

그녀는 점점 더 극에 몰입했다. 빠져들면 빠져들수록 경극은 그
깊이를 알 수 없었다. 완벽한 두 시간이었다. 찬란한 시간이었다.
통쾌한 두 시간이었다. 서럽도록 고운 두 시간이었다. 자유가 극
에 달한 두 시간이있다. 혼미한 두 시긴이었다. 쾌락이 지배한 두
시간이었다. 심안(心眼)과 함께 활짝 열린 그녀의 육체는 부드럽
고 자유롭게 확장되었다. 그녀의 육체는 삶과 죽음의 문턱을 넘나
드는 극도의 흥분 상태에 빠져들었다. 그녀는 자신이 살짝만 건드
려도 끈적이는 과즙이 한없이 흘러나오는 농익은 포도 같다는 생
각을 했다.

공연은 끝났고 무대는 막을 내렸다. 모든 게 끝났다. '그 여인'
은 아무런 미련 없이 샤오옌추를 다시 샤오옌추에게 넘겨준 채 떠
나버렸다. 하지만 그녀는 멈출 수가 없었다. 멈추고 싶었지만 그
녀의 몸이 멈추려 하지 않았다. 그녀는 계속해서 노래를 부르고
싶었다. 계속해서 연기를 하고 싶었다. 샤오옌추는 어떻게 커튼콜
에 인했는지조차 기억하지 못했다. 무대의 막이 내려오는 순간,
오르가슴을 막 느끼려는 찰나 상대가 갑자기 성기를 빼어버린 느
낌이었다. 샤오옌추는 절망했다. 그녀는 객석을 향해 이렇게 외치

고 싶었다.

'가지 마세요! 제발 가지 마세요! 모두 돌아와요! 제발 가지 말고 어서 돌아와요!'

공연은 끝났고 모든 것은 막을 내렸다. 샤오옌추는 피곤했지만, 동시에 넘쳐나는 힘을 어디에 써야 할지 몰라했다. 그녀는 뭔가를 더 하지 못해 초조하고 조급한 심정이었다. 상실감에 젖어 무대 뒤로 걸어나오는 그녀를 챠오빙장이 기다리고 있었다. 그는 두 팔을 벌리고 기쁜 얼굴로 그녀를 맞이했다. 그녀는 억울한 일을 당한 어린아이처럼 얼굴을 그의 가슴에 묻고 말없이 통곡했다. 챠오빙장이 그녀의 등을 두드리며 눈을 껌벅였다. 하지만 그녀의 마음을 진정으로 알아주는 사람은 아무도 없었다. 그녀가 바로 이 순간 가장 하고 싶어하는 일이 무엇인지 아는 사람은 없었다. 그녀는 지금 당장 남자를 찾아 모든 것을 잊은 채 까무러칠 정도로 뜨겁고 폭발적인 정사를 나누고 싶었다. 그녀가 고개를 들었다. 눈물에 분장이 엉망이 된 탓에 챠오빙장이 흠칫 놀랐다.

그는 눈앞에 있는 이 여인에 대해 자신이 제대로 알지 못하고 있었음을 깨달았다. 샤오옌추는 차가운 시선으로 그를 노려보며 말했다.

"내일 공연도 내가 할 거예요! 제발 그렇게 하도록 해줘요! 분명히 말하는데, 내일 공연도 내가 직접 할 거예요!"

샤오옌추는 단숨에 네 차례의 공연을 했다. 그녀는 양보하지 않았다. 제자가 아니라 친어머니라 해도 그녀는 결코 무대를 양보하지 않았을 것이다. 그것은 주연과 대역의 문제가 아니었다. 그녀는 항아였다. 그녀야말로 유일한 항아였다. 그녀는 극단의 분위기가 어떻게 변했는지에 대해 전혀 아랑곳하지 않았으며 다른 사람들의 시선 역시 완전히 무시했다. 그녀는 그런 것들에 연연해할 여유가 없었다. 그녀는 매일 담담하고 차분한 모습으로 화장대 앞에 앉아 자신을 항아로 만들곤 했다.

나흘 동안 맑은 날씨가 계속되더니 그날은 오후가 되면서 하늘이 어두컴컴해졌다. 전날 일기예보에서는 오후부터 바람에 세게 불고 눈이 온다고 했다. 오후부터 바람이 거세게 불기는 했지만 아직 눈은 내리지 않고 있었다. 오후 무렵부터 샤오옌추는 온몸을 몽둥이로 두들겨 맞은 사람처럼 힘이 없었다. 두 나리가 너무나도 무겁게 느껴졌다. 오후 세시가 되면서부터는 갑자기 열이 나고 다시 하혈이 시작되었다. 하혈의 양도 지난번보다 훨씬 많았고 금세 그칠 기미도 없었다. 갑자기 찾아온 신열은 순식간에 고열로 변했다. 샤오옌추는 한기를 느꼈다. 허벅지 앞쪽으로 갑자기 자라난 뭔가가 온몸을 쭉쭉 잡아당기는 듯한 통증이 계속되었다. 더이상 견디기 힘들어진 그녀는 결국 산부인과를 찾아갔다. 약을 받아먹고 나면 어쨌든 저녁 공연에는 아무런 지장이 없으리라.

그녀를 진찰한 의사는 곧바로 약을 처방해주지 않고 이것저것 상태를 묻고 또 물으며 몇 가지 검사표를 내어주더니 검사를 받으리고 했다. 모든 검사가 끝나자 의사가 말했다.

"자궁내막에 이렇게 심한 염증이 생길 때까지 방치해두면 어떻게 합니까? 이 피를 좀 보세요!"

의사가 다시 말했다.

"아무래도 수술을 해야겠으니 입원하는 게 좋겠습니다."

그러나 샤오옌추는 완강했다.

"입원은 할 수 없어요!"

그녀가 얼른 말을 이었다.

"수술을 조금만 늦추면 안 될까요?"

의사가 안경 너머로 그녀를 바라보며 말했다.

"병이란 게 사람 사정을 보아가며 기다려줘야 말이죠!"

샤오옌추가 다시 말했다.

"어쨌든 전 입원할 수 없어요!"

"아무리 바빠도 일단 소염 치료부터 합시다! 소염제부터 맞으세요. 일단 링거 두 병을 맞고 나서 다시 이야기합시다."

샤오옌추는 벽에 걸린 시계를 보았다. 시간이 많은 것도 아니었지만 그렇다고 아무것도 못할 정도는 아니었다. 다섯시까지 링거를 맞고 저녁을 먹은 후 서둘러 극장에 가면 공연 준비에는 아무런 문제가 없을 듯했다. 그래, 이것도 괜찮겠다. 링거를 맞으면서 좀 쉬어야겠어. 어쨌든 병원에서 치료를 받는 거니까 안심이지, 뭐……

처음에는 그저 눈을 감고 좀 쉬다 일어날 생각이었지만, 따뜻한 수액실에서 그녀는 어느새 깊은 잠에 빠져들고 말았다. 피곤하고 열이 높은 상태에서 창문에 커튼까지 쳐져 있었으니 시간이 그토록 흘렀는지 누가 알 수 있었을까. 잠에서 깨어난 그녀는 몸이 많이 가벼워진 느낌이었다. 그러나 간호사에게 시간을 물어본 그녀의 눈꼬리는 사납게 추켜올라갔다. 링거 바늘을 빼자마자 그녀는 병원을 뛰쳐 나갔다.

날은 이미 어두워져 눈까지 내리고 있었다. 거리의 네온사인들이 눈송이들 속에서 명멸했다. 빌딩들은 여전히 당당한 모습으로 서 있었다. 샤오옌추는 결사적으로 손을 흔들었지만 이미 손님을 태운 택시들은 오만하게 경적만 울려댔다. 샤오옌추는 자신이 환자라는 사실조차 잊어버렸다. 그녀는 극장으로 달려가는 길 내내 택시를 불러대며 소리를 질렀다.

샤오옌추가 분장실로 뛰어 들어짔을 때는 이미 춘라이가 분장을 마친 뒤였다. 두 사람의 시선이 마주쳤다. 춘라이는 아부 말도 하지 않았다. 샤오옌추가 오랜 세월 잘 보살펴준 아이였지만 분장을 마친 세계에서는 그런 관계가 무의미했다. 나도 내가 아니고 그도 그가 아니었다. 누구도 서로 누구인지 알지 못했고 누구의 말도 들으려고 하지 않았다. 샤오옌추가 얼른 분장사의 옷자락을 잡아당겼다. 그녀는 큰 소리로 분장사에게 외치고 싶었다. 아니, 모든 사람들에게 외치고 싶었다.

'내가 바로 항아야! 내가 유일한 항아라고!'

하지만 그녀는 입술을 바들바들 떨고 있었을 뿐 아무 말도 하지 못했다. 그녀는 다만 전설 속의 서왕모(西王母)가 자신에게 불사약을 주길 간절히 빌고 또 빌었다. 그 약을 단숨에 꿀꺽 삼켜버릴 그녀에게 분장 따위는 필요없을 터였다. 약을 삼키는 순간 그녀는 곧바로 항아가 될 것이었다, 하지만 서왕모는 없었다. 그녀에게 불사약을 주는 사람은 없었다. 샤오옌추가 다시 춘라이를 바라보았다. 분장을 마친 춘라이는 선녀보다 아름다웠다. 이 순간은 그 아이가 바로 항아였다. 분장사의 손끝이 닿은 사람이 바로 항아였다.

징과 북소리가 울려 퍼졌다. 샤오옌추는 춘라이가 무대로 입장하는 모습을 지켜보았다. 무대의 막이 올랐다. 객석 세번째 정중앙에 앉아 있는 담배회사 사장의 모습이 샤오옌추의 시야에 들어왔다. 역시 난사람의 모습으로 친절하게 웃으며 우아하게 박수를 치고 있었다. 그녀는 이번에야말로 자신의 항아가 정말로 죽었음을 알았다. 샤오옌추가 마흔 살이 되던 어느 눈 내리는 밤, 항아의 일생은 원망과 회한의 종지부를 찍고 있었다.

분장실로 돌아온 그녀는 소리 없이 화장대 앞에 앉았다. 극장 안에서 환호성이 들려왔다. 그녀는 자신이 무얼 하는지 조금도 의식하지 못했다. 그녀는 무대의상을 입고 살색 분을 손바닥에 짜낸 후 얼굴과 목, 손에 펴 바르기 시작했다. 화장을 끝내고는 옆에 서 있던 분장사에게, 눈꼬리를 올려 머리를 묶고 눈썹 위로 머리카락을 가지런히 맞추어 가발을 씌워달라고 했다. 분장을 다 마치자 그녀는 피리를 집어 들었다. 그녀의 행동은 너무나 침착하고 차분해 보였다. 그런 그녀의 모습을 지켜보며 분장사는 온몸의 솜털이 바짝 일어서는 것을 느꼈다. 분장사는 질린 시선으로 샤오옌추를 바라보았지만 샤오옌추는 아무런 말도 하지 않았다. 그녀는 그저 문을 열고 극장 밖으로 천천히 걸어 나갔을 뿐이다.

샤오옌추는 얇디얇은 무대 의상 하나만 걸친 채 눈보라 속으로 걸어 나갔다. 극장 정문 앞으로 나온 그녀는 가로등 아래서 걸음을 멈추었다. 그녀는 눈이 내리는 큰길을 한 번 쳐다본 후 스스로 박자를 세고 피리를 흔들며 노래를 부르기 시작했다. 그녀는 이황을 부르고 있었다. 눈꽃이 흩날리는 가운데 극장 앞으로 수많은 사람과 차들이 몰려들기 시작했다. 시간이 지날수록 사람들은 점점 더 많아졌고, 자동차들은 꼬리를 물고 길게 늘어섰다. 하지만 샤오옌추의 주변을 에워싸고 있는 사람과 자동차의 무리는 조용했다. 샤오옌추의 눈에는 아무도 보이지 않는 듯했다. 극장 안에서 또 한 차례 폭발적인 환호성과 박수 소리가 터져 나왔다.

샤오옌추가 춤을 추며 노래를 부르고 있는 동안 이상한 점을 발견한 구경꾼들이 있었다. 그들은 샤오옌추의 바짓가랑이를 타고 무언가가 흘러내리고 있음을 알아차렸다. 가로등 불빛을 타고 흘러내리는 액체가 눈 위에 점점이 검은 얼룩을 만들고 있었다.

추
수
이
楚水

1

　아무런 재앙의 징후도 찾아볼 수 없는 봄날이었다. 들녘에 쏟아
지는 청명한 봄햇살은 맑고 아름다웠다. 온갖 식물들이 여기저기
군집을 이루어 아름다운 오색을 피워냈다. 만물이 소생하는 기운
이 역동하며 봄바람을 따라 거침없이 대지를 누비고 다녔다. 대지
기 깨어날 듯 꿈틀거리고 있었다.

　재앙은 앞뒤 이치를 따져가며 찾아오지 않는다. 거대한 물줄기
가 여름을 통째로 집어삼켰다. 청명과 곡우를 전후하여 꾸물거리
던 하늘은 여름이 되기 무섭게 커다란 구멍이 난 듯했다. 후드득
거리며 쏟아지던 빗물이 어느새 논밭을 뒤덮었다. 사람들은 어쩌
다가 이렇게 마을이 온통 잠겨버렸는지 알 수 없었다. 하지만 '일
본놈들이 여기저기에서 전쟁을 벌이며 하도 총과 대포를 쏟아 부

은 탓에 하늘에 구멍이 뚫려 비가 쏟아졌다'는 진얼(金二)의 말을
곧이곧대로 믿는 사람은 없었다. 풍수지리에 관한 것이라면 반경
수십 리 사람들 모두가 수이인(水印)의 말을 믿었다. 지나치게 술
을 좋아해서 환속해버린 승려 수이인은 술을 마실 때를 제외하곤
늘 내세(來世)와 천지(天地)에 관한 말만 입에 올렸다. 진얼과 수
이인은 펑(馮) 씨 집안에서 머슴으로 일하고 있었다.

입춘 무렵 어느 날 수이인은 높다랗게 쌓아올린 건초 더미 위에
하루 종일 누워 햇볕을 쬐고 있었다. 승려가 될 때 머리 위에 새긴
계(戒)의 흔적이 겨울 햇살 속에서 부드럽고 생동감 있게 반짝였
다. 그는 늘 몸에 8자형의 호리병을 지니고 다녔고, 그의 얼굴은
하루 종일 불콰했다. 그 옆에는 펑 씨 집안의 소 몇 마리가 햇볕을
쬐며 새김질을 하고 있었다. 허연 거품을 입가에 잔뜩 묻힌 채 새
김질을 하는 소들의 눈빛에서는 한가롭고 평화로운 시골 선비의
풍모까지 엿보였다. 소와 건초, 그리고 수이인의 몸에서 풍기는
냄새가 햇볕 속에서 익어가고 있었다. 이렇게 뒤섞인 냄새는 세속
적이면서도 활기찼다. 황금빛 건초들은 여인의 손길처럼 그의 등
과 가랑이를 간질였다.

잠시 후 한 남자가 다가왔다. 눈부신 햇살 때문에 수이인은 그
가 누구인지 제대로 볼 수 없었다. 그저 검은 옷을 입고 나무 막대
를 들고 있다는 것만 알 수 있었다. 그 남자가 물었다.

"수이인! 올해 운수가 어떻겠는가?"

수이인은 눈을 제대로 뜨지 못한 채 대답했다.

"묻고 말고 할 것도 없소이다. 운수대통한 한 해라는 건 바보도

알 수 있을 거요!"

그 남자는 수이인이 가늘게 뜬 실눈 사이로 바라보고 있던 방향을 함께 바라보았다. 멀지 않은 곳에서 얼어붙은 강의 수면 위로 눈부시게 밝은 햇빛이 부서지고 있었다.

그러나 수이인은 자신이 무슨 예언을 했는지 기억하지 못했다. 파멸은 항상 예언의 대미를 장식했다. 대홍수는 여름과 동시에 시작되었다. 가을 들판은 온통 시커멓게 변해버려 아무것도 건질 게 없는 비참한 신세가 되었다. 비린내 나는 진흙 더미로 가득 메워진 들녘에는 시체들이 나뒹굴고 있었다. 썩은내가 바람을 타고 이리저리 흘러나녔고, 진흙 구덩이는 띡띡하게 응고되어 쩍쩍 갈라졌다. 끔찍한 균열이 가을 들판을 온통 뒤덮고 있었다.

수이인을 욕하는 사람은 없었다. 수이인의 시체는 갈라진 홰나무 가지 사이에 걸쳐져 있었다. 그의 옷자락과 왼손 식지 끝이 땅바닥에 들러붙어 흘러간 물의 방향을 말해주었다. 그의 목숨과 함께 호리병도 흘러가버렸다.

재앙이 시작되기 전 반짝 청명한 날들이 이어지며 무더위가 기승을 부렸다. 햇볕에 달구어진 지면과 초가지붕에서는 타닥타닥 소리가 났다. 햇볕의 발소리였다. 뜨겁게 달구어진 흙의 진하고 풍부한 냄새가 코를 자극했다. 저녁 무렵 밖으로 나가 펑 씨는 강기를 따라 걷고 있었다. 물가에 비친 그의 흰 셔츠는 세세한 물결의 미동을 따라 함께 흔들렸다. 강물은 이미 찰 만큼 차올라 있었다. 출렁이는 물줄기는 어느새 강가의 둔덕과 높이를 나란히하고 있었다.

　하지만 마침내 날은 맑게 개었다. 백동(白銅) 담뱃대에 불을 붙이고 저 멀리 들녘을 바라보는 펑 씨의 시야에는 초록빛이 가득 들어찼다. 어쨌거나 그는 올해에도 자신이 거둬들일 소작료에는 아무 이상이 없을 것임을 확신했다. 오랫동안 계속되던 나쁜 날씨가 이제 끝나고 맑고 화창한 날들이 계속될 것이라고 그는 확신했다.

　맑게 갠 화창한 날씨가 이어지는 동안 모든 생명들은 사력을 다해 울어댔다. 고추잠자리는 떼를 지어 날아다녔다. 끝모를 폭우의 나날이 계속되는 동안 시골의 곤충들은 천지를 뒤엎을 만큼 폭증했다. 밤마다 개구리는 온 동네를 뒤집고도 남을 만큼 시끄럽게 울어댔다.

　펑 씨는 몸을 돌려 수목과 초가지붕들 속에 위치한 자신의 집을 바라보았다. 붉은빛이 감도는 오목한 담장과 둥그런 처마 끝이 금방이라도 훨훨 날아오를 것처럼 보였다. 허공을 가득 메운 고추잠자리들의 투명한 날개는 석양을 한결 생동감 있게 수놓았다. 펑 씨는 자신의 평생을 통틀어 이처럼 많은 잠자리 떼를 본 적이 없었다. 그는 화창하게 갠 날의 청명한 기운을 만끽했다. 고추잠자리의 날개가 그의 눈앞에서 수정처럼 반짝이자 가슴을 가득 메우고 있던 검은 구름도 완전히 사라졌다. 그는 주먹 쥔 손으로 허리를 가볍게 두드리며 마른기침을 두어 번 내뱉었다. 풍성하고 기운이 넘치는 기침 소리였다.

　그러나 맑고 화창한 나날은 순식간에 자취를 감추었다. 천지가 깜짝 놀랄 만큼 연거푸 떨어지는 천둥소리는 큰 재앙이 머지않아들이닥칠 것임을 예고했다. 맑게 갰던 하늘은 태양이 사라지기 전 잠시 반짝인 것에 불과했다. 하늘빛이 어두워지며 모든 것이 고요 속에 잠겼다. 그토록 많았던 곤충들의 행방도 묘연해졌고 가축들은 입을 굳게 다물었다. 무서운 기세로 다시 퍼붓기 시작한 빗줄기는 그칠 줄을 몰랐다. 펑 씨 집안의 기와지붕 위로 푸른 물안개가 피어올랐다.

밤새도록 단 한 마리의 개구리도 울지 않았다. 빗소리만이 세상을 집어삼킬 듯 포효했다. 밤하늘을 찢어놓는 섬광들은 마치 거대한 나무가 뿌리를 허옇게 드러내듯 불길하게 번뜩였다. 사방으로 퍼져 나가는 천둥소리는 사형수가 살려달라고 질규하는 듯 치절했다. 벼락이 내리칠 때마다 비스듬히 쏟아지고 있는 빗줄기의 섬세한 결이 온전히 드러났다. 빗소리는 단순 명료했다. 단순한 빗소리는 사람들의 촉촉한 청각을 사로잡았다. 자정을 넘긴 이후부터는 음산하기 그지없는 소리가 사방에서 들려오기 시작했다. 그 소리는 음습하고 거대했지만 왠지 억눌린 듯했다. 터져버린 대운하의 틈새를 타고 죽음의 소리가 흘러나오고 있었다. 죽음의 소리는 길게 이어지며 미친 듯이 출렁거렸다. 엄청난 물결이 신속하고 철저하게 마을 하천을 쓸어버렸다. 무지막지한 소용돌이가 지나간 자리마다 생물들의 잔해가 떠오르기 시작했다. 세상은 물결에 완전히 쓸려갔다. 그칠 줄 모르는 천둥소리에 사람들은 귀를 막을 생각조차 하지 못했다.

그날 황혼 무렵, 펑 씨의 셋째아들 펑제중(馮節中)은 우글거리며 날아다니는 고추잠자리 따위에 신경을 쓸 마음이 없었다. 마을 어귀를 한 바퀴 돌아본 후 집으로 돌아온 펑 씨가 아들에게 말했다.

"저 밖의 잠자리떼나 구경하지 않고 무얼하느냐?"

대나무로 만든 긴 의자에 누운 채 말아둔 담배를 피우는 펑제중의 얼굴은 고민으로 가득해 보였다. 펑제중은 부친과 눈을 마주치지 않았다. 부친의 재산을 훔쳐 도망가기로 작정을 한 날부터 그는 펑 씨의 눈빛을 피했다. 펑제중은 비오는 날을 기다리고 있었다. 천둥과 빗소리는 자신의 모든 범죄를 은폐해줄 것이 분명했다. 모든 것이 계획대로 진행되어 원하는 것을 얻으면 그뿐이었다. 비가 그치고 날이 개면 다시 녹음이 우거지고 공기도 더할 나위 없이 좋아질 것이다. 태양이 동쪽에서 천천히 떠오를 때쯤이면 자신은 새벽 햇살 속에서 조상 대대로 내려온 보물과 돈꾸러미를 들고 고향에 작별을 고하고 있을 것이다.

"내 평생 고추잠자리가 저렇게 많은 것은 처음 본다. 저승사자가 허공에 지전을 마구 뿌려대는 것처럼 하늘 그득이로구나."

펑 씨가 앞뜰에 서서 큰 소리로 말했다.

펑제중은 마호가니 식탁 위에 놓여 있던 라이터를 손에 들고 십여 차례 뚜껑을 열었다 닫았다 반복하다가 앞마당을 휙 가로질렀다. 대문 밖으로 나선 펑제중의 눈에 하늘을 가득 메운 잠자리 떼가 들어왔다. 붉은 구름처럼 하늘을 가득 메운 잠자리 떼 아래에는 신이 나서 떠들고 있는 어린아이와 어른들이 있었다. 그는 인파 속으로 들어가지 않고 두 발을 계단 위아래에 올려놓은 채 돌

사자의 목에 기대섰다. 문득 불길한 예감이 그의 가슴을 옥죄었다. 펑제중은 하늘을 올려다보았다. 구름은 곱지만 지나친 붉은빛을 띠고 있었다. 하늘빛은 마치 술에 취한 부친의 눈 속에 숨어 있는 의심의 빛깔처럼 보였다. 펑제중은 피부를 타고 오르는 차가운 공포를 느꼈다. 공포의 느낌은 셀 수 없이 많은 다리와 털을 지닌 송충이 같았다.

마당으로 돌아온 펑제중은 마침 부엌으로 물동이를 나르고 있던 진얼과 부딪쳤다. 진얼의 시선이 미처 피할 새도 없이 펑제중과 그대로 마주쳤다. 시선이 마주치는 순간 진얼이 균형을 잃으며 물통에 담긴 물을 조금 흘렸다. 아직 물기기 채 마르지 않은 바닥돌은 더이상 물을 먹지 않았다. 물은 뱀이 지나가듯 구불구불 바당 위로 흘렀다. 자신의 방으로 들어간 펑제중은, 격자문을 통해 진얼이 부엌칼을 물항아리로 가져가 백반을 바르는 모습을 내다보았다. 나무작대기로 물을 휘젓고 있던 진얼이 고개를 들어 펑제중의 방을 흘끔거렸다. 펑제중이 격자문 안에서 진얼에게 뭐라고 맹렬하게 손짓을 해 보였지만 진얼은 아무것도 보지 못했다.

진얼은 이번 계획에서 없어서는 안 될 중요한 역할을 담당하고 있었다. 펑제중의 침대 밑에 숨어 있는 것이 그 임무의 시작이었다. 여름이 되면서 펑 씨는 대문은 꼭꼭 걸어 잠갔지만 침실 방문은 열어둔 채로 잠을 잤다. 진얼이 해야 할 일은 무척 간단했다. 펑제중의 침대 밑에서 나와 안방으로 잠입한 후 노마님의 화장대 앞에 있는 돌의자를 옮기고, 그 의자 밑에 있는 바닥돌을 치운다. 그리고 문제의 단지를 꺼내 동편 곁채에 가져다주고 다시 동편 곁채의 격자문을 통해 밖으로 나가면 그만이었다. 일이 성사되면 평제중은 진얼에게 여자를 사주기로 약속했다. 거래는 외양간에서 이루어졌다. 여자라는 말만 듣고도 진얼은 감미로운 음심을 느꼈다. 평제중이 돌아가자 그는 맨발로 암소의 궁둥이를 두어 번 걷어차며 큰 소리로 외쳤다.

"계집이 곧 생긴다니 너도 이제 끝이다!"

큰비는 예상보다 훨씬 빨리 찾아왔다. 하늘이 미친 듯이 물을 토해내는 동안 평제중은 침대 위에 누워 있었다. 마당에는 온통 빗줄기와 번쩍이는 섬광뿐이었다. 섬광 때문인지 평제중은 집 앞마당이 아예 하늘로 올라가버린 듯한 느낌을 받았다. 대지는 문득 사라지고 분명한 것은 아무것도 없었다. 모든 것이 도를 넘어서고 있었다. 그는 얼른 침대 머리맡에서 회중시계를 집어 들었다. 금속의 찬 기운이 오히려 여름밤의 뜨거운 열기를 더욱 느끼게 했다. 평제중의 심장이 무섭게 요동치기 시작했다. 침대에서 내려와 대나무 돗자리와 판자를 치우자 진얼의 건장한 검은 그림자가 천천히 올라왔다. 진얼의 입에서 오랫동안 억눌린 불만과 원망이 담긴 거친 숨소리가 흘러나왔다.

침대 밑에서 나온 진얼은 평제중의 뒤를 따라갔다. 진얼의 맨발과 바닥돌 사이에서 건조한 마찰음이 들렸다. 평제중이 어둠 속에서 걸음을 멈추고 고개를 홱 돌렸다. 순간 진얼은 자신의 발소리가 너무 크다는 것을 깨달았다. 진얼이 다시 걷기 시작하자 발소리 따위는 온데간데없이 사라져 있었다. 평제중이 살며시 안채의 문을 열었지만 진얼은 안으로 들어가지 않았다. 마주 서 있는 두 사람은 서로가 내뿜는 숨소리와 심장 소리를 들을 수 있었다. 이때 한줄기 섬광이 창문을 뚫고 들어왔다. 그들은 어둠 속에서 서로가 상대방을 줄곧 노려보고 있었음을 알았다. 그들의 눈동자는 검디검은 광채를 뿜어내고 있었다. 그들은 서둘러 서로의 눈빛을 피했다. 섬광의 끝자락이 안채를 훑고 지나갔다. 안채에 놓인 마호가니 장과 여기저기 놓인 도자기들이 금방이라도 깨질 듯 위태로운 빛을 발산하고 있었다. 집기들은 불안한 심정으로 산산조각 날 순간만을 기다리고 있는 듯했다.

진얼이 안채 문턱을 넘어섰다. 그는 발소리를 죽이려고 발끝을 세운 채 자라처럼 있는 힘껏 목을 구겨넣고 걸었다. 펑제중이 문을 반쯤 닫았나. 문기둥을 삽고 있는 그의 손에 잔뜩 힘이 늘어갔다. 하지만 바로 이 순간 운명은 방향을 틀었다. 이 중요한 순간 펑제중은 사방에서 들려오는 어떤 소리를 들었다. 거대한 액체가 노래하는 소리였다. 펑제중은 힘껏 고개를 저었다. 그러자 그 소리는 더욱 분명하고 가깝게 들려왔다. 거대한 짐승이 털과 발톱을 곧추세우고 다가오는 소리였다. 진얼도 뭔가를 들은 게 분명했다. 진얼의 검은 그림자는 안채의 정중앙에 멈춰 서 있었다. 대지가 꿈틀거리며 요동치기 시작했다. 펑제중은 자신이 원래 하고자 했던 원대한 일들을 깡그리 잊어버렸다. 어디선가 사람들의 비명 소리가 들렸다. 다시 한번 섬광이 뿌려지는 순간, 펑제중은 격자문 중앙으로 쏟아져 들어오는 직사각형의 단호한 물기둥을 보았다.

2

춘절(春節)*을 전후한 날씨는 추우면서도 맑았다. 붉은 태양은 벌거벗은 나뭇가지 위에 힘없이 걸린 달걀노른자처럼 위태해 보였다. 흑회색 기와를 인 펑 씨 저택의 안마당은 날이 갈수록 점점 더 넓어졌고, 명절은 해마다 더욱 성대하게 치러졌다. 마당은 여느 때처럼 베이징의 대학에서 공부하고 있는 펑제중을 환영하기 위해 분주했다. 펑제중은 항상 고향집에서 원소절(元宵節)**을 지낸 후 베이징으로 돌아가곤 했다. 펑제중은 고향 반경 수십 리 안에서는 처음으로 서울에 올라가 서양 학문을 공부한 펑 씨 집안의 도련님이었다. 마을 사람들은 처음 본 대학생의 모습을 똑똑히 기억하고 있었다. 이 년 전 초여름, 펑제중은 기름기가 반지르르하게도는 머리카락을 이마에서부터 뒤로 깨끗하게 쓸어 붙인 모습으로 고향에 모습을 드러냈다. 흰색 양복과 반짝거리는 백구두……목에 걸친 나비넥타이와 머리카락을 제외하면 모든 것이 새하얀 모습이었다. 그 무렵 마을은 늦봄 쑥갓과 누에콩의 냄새로 가득했다. 두 손을 주머니에 넣은 펑제중의 앞가슴에 걸린 시곗줄은 유난히도 반짝거렸다. 길게 뻗은 그의 두 다리는 한가롭게 마을 여기저기를 누비고 다녔다. 한결같이 무명으로 된 홑옷을 걸치고 입을 멍청하게 벌린 모습이었다. 간혹 마을 사람들 중에는 웃는 얼

---

* 음력 1월 1일, 중국의 설날.

** 중국의 정월 대보름.

굴로 인사를 하며 아첨을 하는 이들도 있었다. 펑제중은 희고 가지런한 치아를 그대로 드러낸 채 손을 흔들며 미소로 답했다. 그러다보면 그의 주변으로 점점 더 많은 사람들이 몰려들었다. 사람들은 펑제중의 몸에서 풍기는 낯선 향기에 취했다.

한 노인이 말했다.

"도련님, 이제 돌아오십니까?"

펑제중은 발길을 멈추고 근처에 있던 마을 아낙의 품에 안긴 어린아이를 어르며 건성으로 대답했다.

"음! 휴가나 보낼까 하고 왔지."

사람들은 '휴가'라는 밀이 무슨 뜻인지 알지 못했다. 훨씬 나중에야 그들은 돈 좀 있는 사람들이 먹고 마시며 도박과 계집질을 하는 것이 휴가임을 알게 되었다. 펑제중의 주변으로 몰려든 사람들은 마치 한 마리 학 주변에 몰려든 수많은 까마귀 떼 같았다. 한 꼬마가 다가와 신기하다는 듯 흰색 양복의 옷깃을 만지자 곧바로 시커먼 손자국이 생겼다. 사람들은 긴장한 채로 부잣집 도련님의 신경질을 기다렸다. 그들은 펑 씨 노인네의 성질이 아주 고약하다는 것을 잘 알고 있었다. 하지만 펑제중은 오히려 웃으며 주머니 속에서 짤랑거리는 무엇인가를 꺼내 손바닥 위에서 흔들다가 멀찌감치 뿌렸다. 주변에 있던 모든 사람들이 한꺼번에 달려들어 땅바닥 위에서 몸싸움을 했다. 잠시 서 있던 펑제중은 다른 손으로 같은 동작을 반복했다. 사람들은 즉시 다른 쪽으로 몰려갔다. 펑제중이 다시 걸음을 옮기기 시작하자 흙먼지가 그의 가죽 구두를 타고 공중으로 피어올랐다. 마을에는 금세 소문이 돌았다.

"셋째 도련님은 정말 마음씨가 좋으셔! 그 지독한 어르신과 마나님을 하나도 닮지 않으신 모양이야!"

청명을 앞둔 어느 비오는 날 진얼은 현도(懸都)*에서 나쁜 소식을 가져왔다. 마을로 돌아온 진얼이 사람들에게 말했다.

"도련님이 베이징으로 안 올라가고 아직까지 현도에 계셔!"

나쁜 소식은 이틀이 지나 펑 씨의 귀에 들어갔다. 그때 진얼은 한창 암소와의 진한 애정 행위에 몰두해 있었다. 여전히 비가 오던 그날, 펑 씨는 직접 검붉은색 유지 우산을 들고 강가에 있는 외양간을 찾아왔다. 그가 걷어찬 문짝에서는 너무나도 경쾌한 소리가 터져 나왔다.

"진얼! 네 이놈!"

진얼은 황급히 대답을 했지만 한참이 지나서야 바지춤을 추스르며 밖으로 나왔다. 이 냄새 저 냄새가 잔뜩 뒤섞여 펑 씨의 코끝을 자극했다. 건장한 체구로 외양간 문을 가로막은 채 진얼이 웅얼거렸다.

"어르신!……"

펑 씨는 아무 대답도 하지 않은 채 진얼을 그저 노려보기만 했다. 진얼의 긴장한 양손에 점점 힘이 들어갔다. 그는 고개를 돌려 암소를 흘긋 쳐다보았다.

"네놈이 도대체 어디에서 도련님을 보았다는 말이냐?"

---

* 중국의 현청(懸廳) 소재지. 여기서는 추수이를 의미함.

펑 씨가 으름장을 놓자 턱을 떨군 채 멍하니 있던 진얼이 어깨를 으쓱하며 대답했다.

"제가 언제 도련님을 봤다고 했습니까요?"

진얼이 작은 눈을 껌벅이며 말을 이었다.

"전 도련님이랑 아주 비슷하게 생긴 분을 봤다고만 했습니다요."

펑 씨가 다시 물었다.

"어디에서 보았느냐?"

"길에서 봤습니다요."

"어느 길에서 보았느냐?"

진얼이 다시 한번 눈을 껌벅이나 대답했다.

"큰길에서 봤습니다요."

진얼은 우산을 쥔 노인네의 손에 힘이 들어가는 것을 불안한 눈으로 지켜보았다. 팔뚝의 혈관이 금방이라도 터질 태세였다. 그때 다시 펑 씨의 으르렁거리는 목소리가 들려왔다.

"도련님이 정말 베이징에 가지 않았다면 내가 우선 네놈의 껍데기부터 벗길 것이야!"

결국 펑제중은 자기 스스로 그 나쁜 소식이 사실이었음을 증명했다. 비 내리는 곡우에 그는 다시 집으로 돌아왔다. 천지가 온통 물안개로 뒤덮여 있던 그날 온갖 식물들에는 물꽃이 피었다. 하늘은 해나무의 키만큼 낮게 드리워져 있었다. 새들은 나무 꼭대기에서 경박하고 불안하게 울어댔다. 물안개에 휩싸인 길은 진흙탕으로 변해 질퍽거렸다. 사람이 걸음을 옮길 때마다 길바닥의 진흙도 따라왔다. 펑 씨 부부가 한창 점심식사를 하고 있을 무렵 앞뜰에서 누군가 '어어……' 하며 길게 빼는 소리를 했다. 이어 다급한 말소리가 들려왔다.

"아니, 도련님! 어찌된 일입니까?"

제대로 알아듣지 못한 펑 씨가 고개를 들자 도롱이를 걸친 실루엣 하나가 성큼 복도 턱을 넘어 들어오는 게 보였다. 그의 뒤로 나 있는 청색 돌길에는 검붉은 진흙 발자국이 길게 이어져 있었다. 셋째아들임을 알아본 노마님이 젓가락의 생선 토막을 식탁 위에 떨어뜨렸다. 그녀가 놀란 얼굴로 물었다.

"아니, 네가 왜 아직까지 여기 있는 것이냐? 왜 베이징으로 돌아가지 않은 게야?"

펑 씨도 밥그릇과 젓가락을 동시에 내려놓았다. 식기들은 마호가니 식탁 위에서 각기 다른 날카로운 소리를 냈다. 펑제중의 턱은 눈에 띠게 여위었고 눈두덩에는 희미한 검은 그림자가 걸려 있었다. 도롱이를 벗은 펑제중은 하필 부친의 두상이 안채 중앙에 걸린 맹호도(猛虎圖)의 호랑이 머리 부분을 가리고 있는 것을 보았다. 노인네의 얼굴은 도자기처럼 발광하고 있었다. 펑제중이 들고 있던 도롱이를 획 내던지며 말했다.

"저 돌아왔습니다!"

노인이 다짜고짜 삿대질을 하며 소리쳤다,

"당장 베이징으로 돌아가지 못해? 내일 당장 떠나거라!"

펑제중이 신발에 묻은 진흙을 문턱에 대고 털어내며 대꾸했다.

"책만 펴면 머리가 아픈 놈이 공부는 무슨 공붑니까? 그까짓 거 배워서 뭐에 쓰냐구요!"

펑 씨가 다시 외쳤다.

"이제 반 년만 더 다니면 졸업 아니냐!"

펑제중이 안으로 들어와 지친 사람처럼 털썩 주저앉아 다리를 꼰 채 말했다.

"졸업은 무슨 얼어 죽을 졸업이에요? 설마 제가 정말 공부하러 갔다고 생각한 것은 아니시겠지요? 요즘 같은 세상에 누가 공부를 합니까?"

"네 이놈! 당장 돌아가지 못하겠느냐!"

펑 씨의 숨소리가 점점 더 거칠어졌다.

"당장 떠나거라! 낭상!"

어수선해진 집안 분위기에 펑제중의 형과 형수들이 복도를 따라 안채로 들어왔다. 그들은 격자문 밖에 서서 셋째의 말대꾸를 들었다.

"절 보내시려거든 은화 오천 냥을 주셔야 해요!"

안채가 순식간에 고요해졌다. 탁상시계의 초침 소리만 유난히 또렷했다.

"재수가 없을 때는 정말 아무 대책이 없더라니까요!"

펑제중이 투덜거렸다.

"아무 쓸모도 없는 그깟 졸업장 한 장 때문에 절더러 베이징에서 맞아 죽으라고는 안 차시겠죠?"

"이런 한심한 놈!"

"정말 왜 이러세요? 제가 빚을 졌으면 졌지 아버지가 빚을 진 것도 아니잖아요!"

"학비는 다 어디에 쓴 거냐?"

"이런 시절에 돈이 뭐 돈인가요?"

"백세방(百歲坊)* 아가리에 다 쏟아 부은 것이냐?"

펑 씨의 목소리가 음침할 정도로 낮게 깔렸다.

아무 대답도 못하고 있던 펑제중이 한참 후에 미소까지 띤 채 대답했다.

"워낙 값이 올라서 그래요! 베이징보다 생긴 것도 못생기고 늙기도 더 늙은 것들이 비싸기는 베이징보다 더 비싸다니까요! 옛날에 아버지가 드나드실 때하고는 딴판이에요! 요즘엔 부르는 게 값이라니까요!"

문밖에 서 있던 사람들이 멍한 시선으로 서로를 바라보았다. 경태람화병(景泰藍花瓶)**이 안채에서 산산조각이 났다. 부서진 조각이 문턱을 넘어 장남 부부의 발밑에 떨어졌다.

"우리 집안이 삼대째 모은 재산이 네놈 손에서 아주 거덜이 나는구나, 거덜이 나!"

"그깟 재산이 뭐 그리 대단하다고 이러세요?"

펑제중은 하품을 하며 몸을 돌렸다. 그의 걸음은 경쾌했다.

"삼대째 모은 재산이 겨우 이것밖에 안 되면서 자랑은 무슨 자랑입니까? 때가 되면 제가 엄청난 돈을 벌어 올 테니 두고 보세요!"

펑제중은 발음 하나하나에 일부러 힘을 주어 정확한 북경어로

---

* 중국의 기생집.

** 표면에 무늬를 내고 법랑을 발라 불에 구워낸 그릇 공예품.

대꾸했다.

평제중의 갑작스런 등장으로 노마님의 생일잔치도 엉망이 되어
버렸다. 노마님의 생일은 4월 4일로 운수대통한다는 짝수가 겹친
날이기도 했다. 이런 길일이 생일인 사람은 부귀의 운세를 타고난
다고 했다. 하인들이 노마님께 하례를 올릴 때도 늘 '만사형통'이
라는 말을 빼놓지 않았다. 수십 년 동안 노마님의 생일잔치에는
전통처럼 쏘가리찜이 빠지지 않았다. 노마님은 이렇게 말씀하시
곤 했다.

"쏘가리 한 마리가 통째로 식탁에 올라오면 푸짐하고, 귀하고,
먹고 남는 것까지가 다 풍요로운 느낌이라니까."

그리고 올해 노마님은 하인들에게 이렇게 말씀하셨다.

"올해는 왠지 길한 것 같지가 않아…… 생일잔치를 성대하게
해서 불길한 기운을 좀 씻어내야겠어!"

점심 무렵 바구니를 든 타오쯔(桃子)가 생선을 배달하기 위해
평 씨 집안으로 들어왔다. 그녀가 이 집에 들어와본 것은 이번이
처음이었다. 붉은빛이 도는 검은 대문 앞 돌계단에 서서 대문의
철장식을 올려다보는 그녀의 눈빛에는 놀라움과 긴장감이 어려
있었다. 대문 위에 걸린 대련(對聯)*은 이미 색이 바래기 시작했

---

* 중국에서 문짝이나 기둥 같은 곳에 걸거나 붙이는 대구(對句)를 말하며 대자(對
子)라고두 한다.

고 밑자락은 빗물에 젖어 있었다. 그녀는 한동안 대련을 뚫어지게 바라보았지만 자신이 알고 있는 글자는 단 한 자도 없었다. 바구니 속의 쏘가리가 두어 번 튀어오르자 그녀는 손가락으로 쏘가리를 누른 후 팔꿈치로 문을 밀고 들어갔다. 끼이익 하는 육중하고 견고한 소리와 함께 대문이 열리자 그녀는 더욱 자신감을 잃었다. 그녀는 문틈 사이로 웅장한 청회색 건물들과 깨끗하게 정돈된 안뜰을 보았다. 배 위에서 생활하는 사람들은 담장에 유난히 민감했다. 벽돌들을 가지런하게 쌓아올린 담장에는 회백색 홈이 가지런히 파여 있었다. 안채와 부엌에서 웃음소리가 들려오자 그녀는 몸을 돌려 그쪽으로 향했다. 가슴이 문기둥에 닿자 그녀는 고개를 숙여 자신의 앞섶을 내려다보았다. 녹색 상의에 묻힌 가슴의 윤곽이 그대로 드러나 있었다. 상의는 엄마의 것으로 그녀의 몸에는 많이 헐렁했다. 그녀는 자신의 젖가슴이 날이 갈수록 풍만해지는 것이 부끄럽고 민망했다. 손으로 앞섶을 끌어올리던 그녀는, 엉덩이에 동전만 한 크기로 기운 자국이 있는 것을 상기하고는 다시 뒷자락을 끌어내렸다.

그때 누군가가 '이봐!' 하며 그녀를 불렀다. 고개를 돌리자 복도를 지나 자신에게 다가오고 있는 한 남자가 보였다. 반원형 복도를 통과하려면 후원에서 안마당까지 돌아오게 되어 있었다. 그는 한 손에 붉은 촛대를 들고 다른 손으로는 감람색 개 한 마리를 끌고 있었다. 개의 회백색 눈동자가 그녀를 노려보았다. 개의 눈 주위에는 둥그렇게 금빛 테가 둘렸고 주둥이에서는 크르렁 소리가 흘러나오고 있었다. 그는 손에 쥐고 있는 개줄을 흔들며 말했다.

"넌 누구냐?"

"타오쯔라고 하는데요……"

"여긴 왜 들어온 것이냐?"

"생선 배달하러 온 사람인데요."

그가 다가왔다. 개는 킁킁거리며 타오쯔의 몸에서 풍기는 냄새를 맡아댔다. 타오쯔의 얼굴이 서서히 붉게 물들었다. 두려움에 사로잡힌 그녀는 개의 주둥이만 살피고 있었다. 겁에 질린 나머지 농밀하게 위로 뻗은 속눈썹을 늘어뜨린 그녀의 표정은 안쓰럽고 사랑스러웠다. 그녀의 콧등에 땀방울이 맺혔다.

수이인은 그날도 짚더미 위에 누워 있었다. 햇볕은 있는 듯 없는 듯 영 시원찮았다. 그의 이불이 깔려 있는 헛간 안에는 텅 빈 호리병과 함께 호미와 써레 같은 농기구들이 사방에 걸려 있었다. 그는 지푸라기를 입에 물고 들릴 듯 말 듯 노래를 흥얼거리고 있었다. 마치 경을 읊조리는 소리처럼 들렸다. 그는 향내 그윽한 불당에나 어울릴 곡조에 맞추어 남녀상열지사를 노래하고 있었다. 하지만 힘없이 이어지는 상스런 노랫말 속에서 발칙함은 찾아보기 힘들었다. 그는 그저 혀가 돌아가는 대로 흥얼거리고 있을 뿐이었다.

누군가가 그의 발을 툭 찼다. 수이인은 흥얼거림을 멈추고 몸을 비틀었다. 다시 누군가가 그의 두 발을 툭 찼다. 눈을 떠보니 펑제중이었다. 히죽 웃으며 일어난 수이인의 몸에는 지푸라기가 잔뜩 묻어 있었다. 수이인이 절을 하자 이번에는 펑제중이 풀더미 위에 벌렁 누워 눈을 감은 채 중얼거렸다.

"이봐, 땡중. 내가 보기에는 그래도 자네가 제일 복 많은 사람이야."

수이인이 앉으며 말했다.

"복이 찾아올 때는 그 누구도 피할 수 없는 법입죠."

펑제중은 한쪽 눈을 뜨고 수이인의 머리 위에서 희미하게 반짝이는 흉터를 바라보았다.

"이봐, 땡중! 법계를 받으면서 머리를 불로 지질 때 아프지 않았어?"

"부처님이 아프셨지 전 안 아팠습니다."

"흉터까지 남았는데…… 이제 자네는 뭘 경계하며 살지?"

"부처님이 경계하시지 전 경계하는 것 없습니다."

펑제중이 수이인을 잠시 바라보았다. 수이인이 물었다.

"도련님, 저한테 뭐 시키실 일이라도 있습니까? 있으면 어서 말씀해보세요."

펑제중이 웃음을 터뜨리며 말했다.

"난 자네에게 그저 술값이나 좀 주려고 온 거야!"

수이인도 웃음을 터뜨렸다. 볼이 미어질 듯한 함박웃음이었다. 펑제중이 말했다.

"저기 강가 어선에서 살고 있는 타오쯔란 계집애를 지금 이곳으로 데려다주면 이번 달 술값은 전부 내가 책임짐세!"

수이인이 아무 말 없이 미소를 지었다. 펑제중이 손가락 두 개를 펼쳐 보이자 수이인은 동문서답을 하듯 가타(伽陀)* 한 수를 읊조리기 시작했다.

연꽃이 그대의 것이 아니거늘 그 향기를 맡으려 하는구나.
그 향기를 훔치려 한다면 도둑과 다를 바 무엇일꼬.

평제중이 실실 웃으며 응수했다.
"스님 말씀이 옳소이다. 하지만 난 꼭 한번 도둑이 되어야겠소
이다!"
수이인이 한참만에 다시 입을 열었다.
"제가 황각사에서 중노릇을 할 때 매일 술에 절어 있어 얻은 법
명이 바로 똥버러지올습니다."
평제중이 말했다.
"흥! 또 말도 안 되는 거짓말을 늘어놓으시는군! 자네가 중노릇
할 황각사가 어디 있다고 그래? 황각사라면 명나라 개국황제가
경을 읽던 절 아닌가? 청나라 사람들이 불태운 게 언젯적 일인데
황각사는 무슨 얼어 죽을 놈의 황각사?"
수이인이 평제중의 말에 아랑곳하지 않고 말했다.
"당시 앙가국(鴦伽國)과 가타국(伽陀國)의 국경 지대에 똥버러
지 한 마리가 살았습니다. 똥버러지는 주로 취객이 토해낸 술을 먹
고, 취하면 곧에도 똥버미 위로 기어 올리갔습니니. 똥버미 위로
디 올리긴 후에는 똥구덩이 속으로 낑럴하게 다시 뛰이내렸습니

---

* 불경의 노래 가사로 '송(頌)'을 의미함. 범어 'gatha'를 음역한 것이다.

다. 하루는 코끼리 한 마리가 길을 가다 고약한 똥냄새를 맡고 기겁을 하며 도망쳤습니다. 이 모습을 본 똥버러지는 코끼리가 자신을 두려워하여 줄행랑을 친 것으로 오해하고 얼른 가타 한 수를 읊었습니다.

그대가 영웅이면 난 장사이니 서로 힘을 겨뤄봄이 어떻소.
피차에 견문을 넓혀주는 일이니 부디 피하지 마시구려.

그 말을 듣고 난 코끼리도 한 수 읊었습니다.

그대와 같은 조무래기를 상대하는 데 어찌 다리와 코를 쓰겠나.
그대 이름이 똥버러지라 하니 내 똥으로 그대를 죽여드리지.

제 사부님이 말씀하셨습니다.
'수이인! 네 불심의 뿌리가 똥버러지이니 이미 오래전에 코끼리 똥에 깔려 죽었구나. 넌 그냥 술과 고기가 있는 세상으로 환속하거라!'"
펑제중이 크게 웃으며 말했다.
"하하하! 자네가 똥버러지였군!"
수이인이 답했다.
"그렇습죠."
펑제중이 다시 손가락 세 개를 펴 보이며 나지막이 말했다.
"어서 가보게! 일만 잘 성사되면 내가 석달을 똥구덩이에서 뒹굴 수 있도록 해줌세!"

무표정한 얼굴의 수이인이 눈을 감고 다시 읊었다.

그대의 종이 아니니 그대의 말을 들어줄 필요가 무어요.
좋은 곳에 가시려거든 그대의 힘으로 가시구려.

펑제중의 낯빛이 무섭게 돌변했다. 그는 자리에서 벌떡 일어나
노발대발하며 외쳤다.

"돼먹지 못한 땡중 주제에 감히 날 놀려? 평생 똥 한 덩이 오줌
한 방울 먹지 못하게 해줄 테니 어디 두고 보아라!"

수이인이 천천히 대답했다.

"그럼 이제부터는 술과 고기만 먹고 마십지요."

3

몰려왔던 엄청난 물줄기는 삼 일째 되는 날 이른 아침에 전부
빠져나갔다. 땅 위에는 나무와 펑 씨네 기와집, 그리고 수많은 시
체들만 남았다. 거대한 물줄기는 기존의 모든 질서를 무너뜨렸다.
사방 천지에 깔린 물고기 비늘들이 햇볕을 받아 반짝였다. 인류를
찾아온 재앙은 늘 자연까지 복잡하게 어지럽힌 후에야 끝이 났다.

펑 씨 집안에는 죽음과도 같은 고요가 흘렀다. 거대한 느릅나무
덕분에 목숨을 건진 펑제중은 격자창을 타고 안채로 다시 기어 들

어갔다. 진얼의 모습은 온데간데없고 집 안에는 물고기와 개구리, 두꺼비와 뱀만 가득했다. 그는 네모난 걸상을 가져다놓고 그 위에 올라앉아 걸상을 다리 삼아 한 걸음 한 걸음 노부부의 침실로 이동했다. 방문은 반쯤 닫혀 있었다. 문짝 위에 쌓인 진흙의 검은빛은 아래로 갈수록 진해졌다.

펑제중의 귀에 자신의 숨소리가 들렸다. 그는 방문을 열자마자 부모의 시신이 자기를 반길 것임을 알고 있었다. 문제의 돌의자는 움직인 흔적이 없었다. 사방에는 진흙이 고르게 덮여 있었다. 이때 큰형과 작은형의 방 쪽에서 통곡 소리가 흘러나왔다. 큰형, 둘째형수, 그리고 어린 여조카의 울음소리였다. 가정마다 어쨌든 살아남은 사람이 있으니 그래도 하늘이 이 집안을 돌봐주신 게 틀림없었다.

펑제중이 걸상 위에서 내려왔다. 부드러운 진흙이 발가락 틈새로 삐죽이 올라오며 탐스러운 거품을 만들어냈다. 펑제중은 감히 고개를 돌리지 못하고 젖 먹던 힘까지 모두 쥐어짜 돌의자를 옮겼다. 그리고 바지춤에 숨겨둔 칼을 꺼내 벽돌을 걷어냈다. 펑제중의 손에 도자기의 둥그런 주둥이가 만져졌다. 그것을 조심스럽게 꺼내 돌의자에 부딪쳐 깨뜨리자 그의 예상과는 달리 도자기 안에서는 돌멩이들만 데구르르 굴러 떨어졌다. 분노는 사람을 더욱 용감하게 만들었다. 그는 과감히 고개를 돌렸다. 죽은 부모의 시신이 눈에 들어왔다. 윤곽을 통해 누가 부친이고 누가 모친인지 대충 알 수 있었다. 서로가 서로를 부둥켜안은 노부부는 진흙 속에서 잔뜩 부풀어 있었다. 부릅뜬 두 눈과 벌어진 입속에 진흙이 들어가 흑자색을 띠고 있었다. 펑제중은 시신을 발로 뒤집었다. 부친의 배 밑에서 수십 마리의 장어가 쏟아져 나왔다. 새하얀 배를 번뜩이며 미끄러지는 장어들은 기운이 넘쳐흘렀다. 외마디소리를 내지른 펑제중은 서둘러 대청으로 달려 나갔다. 펑제중의 맨발에 물고기와 개구리, 뱀들이 마구 밟혔다. 대문을 열자 눈부신 태양이 황금빛으로 찬란하게 펑 씨 집 안을 비추고 있었다. 펑제중은 양손으로 주먹을 꽉 쥔 채 죽어라고 밖을 향해 달려 나가며 외쳤다.

"하늘아! 하늘아! 하늘아!"

늙은 지주는 돈을 어디에 숨겨두었을까. 후손들로서는 참으로 풀기 힘든 수수께끼였다. 펑제중은 자신이 부친이라고 상상하며 스스로 거듭 물었다.

"나라면 도대체 돈을 어디에 숨겨두었을까?"

돈을 찾는 데 지칠 대로 지친 펑제중은, 자신은 영원히 부모 세대의 심중을 알 수 없다는 냉혹한 현실을 받아들였다. 자신의 상상력으로는 도무지 부모 세대가 갖고 있던 비밀을 알아낼 수 없었다. 펑제중은 무한한 실망감 속에 모든 것을 포기했다. 펑 씨 저택에 있던 모든 시체들을 대충 장사 지낸 후 펑제중은 정말로 어려운 '문화적 선택'을 했다.

그는 더 이상 보석을 찾아다니지 않았다. 대신에 미호기니 장 꼭대기에서 최고급 바둑알과 수십여 점의 고서화를 찾아냈다. 펑 씨 집안의 조상들은 부자가 된 이후로 줄곧 스스로 이해하지도 못하는 문학, 음악, 미술 등 전통문화를 향유해왔다. 그것은 구세대 지주들의 역사적 관성과도 같은 것이었다. 펑제중의 부친도 마찬가지였다.

펑제중은 서화를 한 장 한 장 펼쳐보았다. 명청 시대의 수묵사의(水墨寫意)*도 있었다. 굴원(屈原)에서 비롯된 경향이었다. 흔히 볼 수 있는 몇 가지 식물을 통해, 비범한 덕을 갖추고 있음에도 제대로 대접받지 못하는 선비의 처지를 은유하고 있었다. 펑제중의 부친은 대처에 갈 때마다 그림을 몇 장씩 사가지고 돌아왔다. 돌이 꼿꼿하게 서 있는 정판교(鄭板橋)**의 그림은 위작 논쟁을 불러일으키기도 했다. 펑제중은 서화와 은그릇들을 버들고리에 챙겨넣은 후 큰형이 기거하는 서쪽 곁채로 갔다.

큰형은 여름용 모시옷을 입고 넋이 나간 사람처럼 의자 위에 앉아 있었다. 얼굴에는 수심이 가득했다. 펑제중이 방으로 들어가자 고개를 든 형이 멍하니 그를 쳐다보았다. 펑제중이 말했다.

"뭘 아직도 그렇게 상심에 젖어서 그래? 이런 천재지변에 살아남은 것만으로도 복받은 거야! 게다가 우리 집만 이런 변을 당한 것도 아니잖아!"

형의 입술이 아무 의미 없이 벌어지려다 다시 닫혔다. 펑제중이 말했다.

"나 내일 여기를 떠날 작정이니까 형이 돈 좀 줘야겠어. 이 집은

---

* 사물의 형식보다는 그 내용과 정신에 치중하여 그리는 화법.
** 청나라 양주팔괴(揚州八怪)의 우두머리로 중국 서화계의 거물.

형 몫이니까 나눌 필요 없고."

형이 자리에서 벌떡 일어났다.

"뭐? 지금 여길 떠나겠다고? 이런 판국에 그냥 훌쩍 가버린다
는 게 말이 되느냐? 우리 집안은 여기서 5대를 살았다. 그런데 어
떻게 지금 이런 상황에서 떠난다는 말을 하느냐?"

펑제중의 얼굴에는 아무런 표정 변화가 없었다.

"그럼 이 집이라도 나눌까? 절반씩 나눠서 팔아버리는 거지, 뭐."

형의 얼굴에 노기가 어렸다.

"펑 씨 성을 가진 사람이 단 한 사람이라도 남아 있는 한 이 집
은 절대로 팔 수 없다!"

펑제중이 말했다.

"나도 팔기는 싫어. 하지만 이제 우리 두 형제만 남았으니 형이
나한테 뭘 좀 해줘야 공평하지 않겠어?"

형의 눈에서 급기야 눈물이 흐르자 펑제중이 짜증스럽다는 듯
두 손을 내저으며 말했다.

"울기는 왜 또 우는 거야? 목숨을 부지했으면 됐지 울긴 왜 울
어?"

형이 물었다.

"대체 얼마를 원하느냐?"

펑제중이 물었다.

"얼마나 있는데?"

4

평제중은 거의 일본인들과 비슷한 때에 현도에 들어왔다. 평제중이 작은 강의 지류를 타고 조용히 들어왔다면, 일본인들은 모터보트를 타고 리위 강(鯉魚江) 상류에서부터 위풍당당하게 들어왔다. 평제중이 빌린 목선은 황혼 무렵 추수이 성(楚水城)의 쌀집들이 늘어선 석부두(石埠頭)에 정박했다. 새빨간 황혼에 물들어 핏물이 흥건하게 고여 있는 듯 보이는 수면이 탄력적으로 출렁였다. 그 빛깔은 뭔가 과장되어 있는 듯했고, 뭔가를 암시하고 있는 듯도 했다.

석부두에 내린 평제중은 트렁크를 가랑이 사이에 내려놓았다. 그의 뒤편에는 그 유명한 석비(石碑)가 있었다. 석비에는 예서체로 '楚水'라는 주홍색 글씨가 적혀 있었다. 그 두 글자는 진나라 벽돌이나 한나라 기와처럼 시대적 의미를 지니고 있었다. 평제중은 처음 현도에 왔을 때 이것을 보고 부친에게 물었다.

"아버지! 옛부터 줄곧 양저우(揚州)에 속해 있던 현도에 어떻게 추수이라는 이름이 붙은 겁니까?"*

부친은 좌우를 둘러본 후 그에게 대답했다. 기지에 넘치고 품위에 아무런 손상이 가지 않는 대답이었다.

"인류가 역사에 직면하여 체면을 지키려고 할 때마다 곧잘 사용

---

* 중국의 양저우는 원래 진(陳)나라의 수도였으므로, 초나라를 뜻하는 지명에 의문을 표시하고 있는 것으로 보인다.

146

하던 방법이니라."*

　천재지변의 힘이 현도까지는 미치지 않았다. 도시의 위치는 역사적으로 늘 재난을 피하기 쉬운 곳에 정해졌다. 편안하게 살고 있는 시민들의 모습에서 재앙의 그늘을 찾아보기란 힘들었다. 하지만 도시 이곳저곳을 누비고 다니는 타지인들의 얼굴에는 도처에서 발생한 물난리로 겪은 고초가 그대로 드러나 있었다. 펑제중은 황혼에 붉게 물든 강물을 바라보며 고향의 고추잠자리 떼를 떠올렸다.

　트렁크를 들고 마음 내키는 대로 걷고 있던 그를 누군가가 경계하는 듯한 눈초리로 바라보았다. 길가 쌀집에 있는 머리숱이 적은 남자였다. 길게 처진 눈두덩이 때문에 펑제중을 노려보는 그의 눈빛은 멍청하게 보였다. 고개를 비스듬히 기울인 채로 펑제중은 우선 이발을 해야 할지 아니면 음식점을 찾아야 할지 잠시 고민했다.

　펑제중이 한참 고민에 빠져 있을 때 멀리서 모터 소리가 들려왔다. 소리 나는 쪽을 바라보던 펑제중의 눈에 가장 먼저 들어온 것은 일장기였다. 펑제중이 늘 보아오던 중국 국민당의 깃발보다 훨씬 진취적인 느낌이었다. 펑제중은 미동도 하지 않은 채 서 있었다. 여느 때처럼 잘 차려입은 거리의 남녀들은 부지런히 거래를 하며 농담과 웃음을 주고받았다. 쌀집 앞의 대머리 남자 역시 모

---

* '추수이'는 초나라 심려대부였던 굴원이 정계를 떠나 이곳에서 남방문학의 효시인 초사(楚辭)를 만들었다고 하여 붙여진 지명이다.

슨 소리를 들었는지 펑제중의 시선을 따라 멀리 강 쪽을 내다보았
다. 하지만 무슨 일인지 제대로 파악하지 못한 그 남자의 희미한
시선은 다시 펑제중을 향했다.

일본인들의 모터보트가 천천히 강가에 멈춰 섰다. 딱딱하게 굳
은 표정의 일본 군인들이 부두에 일렬로 정렬했다. 얼마 되지 않
아 일없는 사람들이 제법 많이 모여들었다. 그들의 눈빛에는 흥분
과 호기심이 뒤섞여 있었다. 도열한 일본 군인들이 가슴을 쫙 편
차렷 자세에서 쉬어 자세로 바꾸더니 이동하기 시작했다. 이때 멀
지 않은 누각 위에서 갑자기 누군가가 외쳤다.

"왜놈들이다! 일본놈들이야!"

서로를 쳐다보던 사람들이 갑자기 정신 나간 사람처럼 후다닥
도망치기 시작했다. 삽시간에 거리 전체는 서로 밀고 당기는 사람
들의 비명 소리와 함께 엉망진창이 되어버렸다. 좌판 위의 과일들
은 사방으로 쏟아져 나뒹굴었고, 쌓아놓은 찻잔과 그릇들은 놀라
움과 공포 속에 쨍그랑거리며 힘없이 조각났다. 하지만 일본 군인
들은 중국인들의 추태에 신경쓰지 않았다. 그들은 이열 종대로 왼
손에 총을 든 채 오른손을 앞으로 쭉쭉 뻗으며 행진했다. 추수이
성의 길바닥에 깔린 푸른 석판 위로 엄격한 기율이 실린 군인들의
발소리가 울려퍼졌다. 탁! 탁! 탁! 탁!

황토색 군복을 입은 일본 군인들은 텅 빈 거리를 행진했다. 푸
른 석판로는 처연하면서도 끝없이 펼쳐져 있는 석양빛을 그대로
반사하고 있었다. 문이란 문, 창문이란 창문은 모조리 굳게 닫혀
있었다. 격자창틀에 바른 창호지들은 네모난 두부처럼 보였다. 거

리에 사람의 그림자는 보이지 않았다. 난로 위에 놓인 물주전자의 뚜껑이 들썩이는 소리, 멀리서 개 짖는 소리, 어린아이들의 짧은 울음소리만이 간간히 들려왔다. 거리에 서 있던 펑제중은 마치 꿈을 꾸는 기분이었다.

가로등 밑으로 부나방과 똥개들이 언제나처럼 몰려들고 있었다. 공기는 숨을 쉴 수 없을 정도로 답답했다. 사람들은 일본인들이 입은 두꺼운 황색 군복을 자신들도 온몸에 두르고 있는 기분이었다. 거리의 가로등은 아무런 의미 없이 길을 밝히며 쓸쓸한 석양을 돕고 있었다. 가옥들의 창문은 어두웠다. 펑제중이 몇몇 음식섬을 두드려보았지만 아무 대답이 없었다. 거리에는 인력거조차 자취를 감추었다. 펑제중은 양손으로 트렁크를 번갈아 들어가며 결국 백세방을 찾아갔다. 백세방의 홍등은 꺼져 있었다. 돌계단 양쪽에는 술병을 든 두세 명의 거지들이 모로 누워 있었다. 펑제중이 문을 두드리자 안쪽에서 황급한 발소리가 들려왔다. 그 소리를 들은 거지들이 앞다퉈 손을 내밀며 구걸했다. 펑제중이 다시 문을 두드리며 성난 목소리로 외쳤다.

"문 열어! 어서 문 열라고! 나 펑제중이야! 펑제중 어르신!"

잠시 후 끼익 하는 소리와 함께 문이 조금 열리더니 그 틈으로 하녀의 얽은 얼굴이 빼꼼히 나타났다. 백세방에서 제일 나이가 많은 하녀였다. 하녀가 들고 있는 촛불이 곰보 얼굴의 툭 튀어나온 광대뼈와 입술을 비추고 있었다.

"아이고! 나리셨군요! 전 또 뜨내기인 줄 알았습죠!"

그녀가 긴장한 목소리로 비위를 맞추며 펑제중을 안으로 들였다. 펑제중은 그녀의 말을 무시하고 말했다.

"주인은 어디 갔어?"

기생어미 하(夏) 씨가 서너 명의 기녀에 에워싸인 채로 병풍 뒤에서 걸어 나왔다. 하 씨의 몸은 둥그런 항아리 그 자체였다. 몸 위에 묶은 끈이란 끈은 모조리 그녀의 살 속 깊이 박혀 있었다. 펑제중을 본 그녀가 금이빨 세 개를 반짝이며 활짝 웃었다. 하 씨가 펑제중의 손을 잡아끌어 자리에 앉히며 말했다.

"누군가 했더니 우리 도련님이셨군요! 헌데 때가 때인지라 숫처녀는 아무래도 구할 수가 없으니 이를 어쩐다지요?"

펑제중은 하 씨의 몸에서 풍기는 진한 술냄새를 맡으며 담배에 불을 붙였다.

"그게 다 왜놈들 때문 아니겠어?"

펑제중이 고개를 돌려 아가씨들을 훑어보며 다시 말했다.

"일본놈이라면 구경할 만큼 했지. 난 일본어도 할 줄 안다고!"

하 씨가 말했다.

"우리 도련님은 정말 견문도 넓으시다니까! 애들아! 어차피 할 일도 없으니 촛불 아래 턱 괴고 앉아 우리 도련님의 일본어 솜씨나 들어보자! 뭐, 그런 거 있잖아. 곤니치와! 와타시와! 시마쓰!"*

펑 씨네 머슴 진얼은 무슨 이유로 일본 군인들이 추수이에 와 있는지 이해할 수가 없었다. 처음 며칠 동안 현도는 전 지역이 무

---

* '안녕하세요? 나는 시마쓰입니다'라는 뜻의 어색하고 불완전한 표현.

덤처럼 고요했다. 푸른 석판로 위로 일본 군인들의 가죽 군화 소리만 메아리쳤다. 일본군은 전쟁을 일으키지 않았고, 일본군과 전쟁을 하려는 사람도 없었다. 일본군이 하루 종일 큰 마당에 틀어박혀 무엇을 하는지 누구도 알지 못했다. 그러나 시간이 좀 지나자 일본 군인들은 대검을 매단 장총을 손에 들고 삼삼오오 짝을 지어 거리로 나왔다. 그들은 중국인 노동자들에게 리위 강변에 보루를 높이 쌓으라고 지시했다. 일본군이 내리는 모든 명령은 허리를 곧게 펴고 걷는 한 중국인 청년이 하달하고 있었다. 그 모습을 보며 진얼은 펑제중을 떠올렸다.

성작 박노동을 해본 석이 없는 진얼은 어깨 위에 청회색 벽돌을 얹고 나르기를 계속 반복했다. 허리를 곧게 세운 젊은이가 쉴 새 없이 중국어로 떠들었다.

"빨리 해! 어서 서두르지 못해!"

진얼은 그 청년의 입에 중국어를 할 줄 아는 혀와 일본어를 할 줄 아는 혀가 각각 한 개씩 달려 있다는 것을 금방 알아차렸다.

진얼은 검은 제복을 입은 중국 경찰의 손에 잡혀왔다. 새벽이었다. 진얼은 동아묘(東岳廟)* 앞에서 잠을 자고 있었디. 물난리 통에 겨우 목숨을 건진 후로 진얼은 내내 현도 동악묘 앞에서 지냈다. 하루하루 막일을 해주고 만두 몇 개를 얻어먹는 게 고작이었디. 그날 새벽, 진얼의 귓가에 대고 누군가가 소리쳤다.

"이 자식아! 일어나! 어서 일어나지 못해!"

---

* 태산의 신령인 태산부군(泰山府君)을 제사 지내던 중국 도교의 사원.

기분 좋은 꿈이 최고조에 달해 있는 순간 누군가가 진얼의 엉덩이를 세게 걷어찼다. 딱딱한 가죽 장화였다. 짜증스럽게 눈을 떠 보니 망할 놈의 가죽 장화가 보였다. 그러나 고개를 다 올리기도 전에 진얼은 숨이 멎는 기분이었다. 검은 제복, 가죽 혁대와 경찰모가 눈에 들어온 것이다.

"쳐다보긴 뭘 쳐다봐!"

그를 내려다 보고 있던 시커먼 경찰이 다시 그를 걷어찼다.

"일어나!"

그러고 나서 손가락으로 동악묘를 가리키며 말했다.

"저기 담벼락 쪽으로 가서 얌전히 서!"

보루를 구축하던 열흘이야말로 진얼에게는 현도에 들어온 이후로 가장 살 만한 시간이었다. 그는 매일 쌀밥이나 만두로 세 끼니를 배부르게 먹을 수 있었다. 신나고 화려한 시간이었다. 진얼은 아낌없이 힘을 썼다. 시오자와 무라키타(鹽澤村北) 대위는 그런 진얼을 특히 마음에 들어했다. 그는 일본도를 허리에 차고서 주먹으로 진얼의 앞가슴 근육을 탁탁 치며 고개를 끄덕였다. 그의 콧수염도 아주 만족스럽게 웃고 있었다. 시오자와가 진얼에게 다가왔을 때 진얼은 일손을 멈추고 멍하니 서 있었다. 진얼은 무표정한 얼굴로 그가 자신의 가슴을 두드리도록 내버려두었다.

품삯은 현에서 나온 안경잡이가 나누어주었다. 사람들은 웃통을 벗은 채 작은 테이블 앞에 길게 줄을 서서 기다렸다. 그들의 등은 땀과 기름으로 번들거렸다. 테이블 위에는 돈이 수북이 쌓여 있었다. 장총을 든 일본군 두 명이 탁자 양쪽에 서 있었다. 테이블 다리를 향해 있는 대검 끝이 각도 변화에 따라 시시때때로 예리한 빛을 내뿜었다. 진얼의 차례가 되었을 때 마침 시오자와 대위가 어린 병사 하나를 대동하고 신축된 보루에서 걸어 나오고 있었다. 두 일본 병사가 재빨리 차렷 자세를 취했다. 대검이 날카롭게 빛 났다. 대위는 테이블 위의 돈을 한 움큼 쥐어 땡그랑 소리를 내며 진얼의 손에 쥐어주었다. 진얼과 대위의 눈이 마주치자 대위가 크 게 웃었다. 진얼은 얼른 고개를 숙이고 황급히 자리를 떴다.

가로등이 게으르게 빛나고 있었다. 사람들은 일본 군인들이 저 녁에 외출을 하지 않는다는 것을 금세 알게 되었다. 거리가 다시 활기를 띠었다. 진얼은 비틀거리며 석판로 위를 걷고 있었다. 그 는 백세방으로 가는 길고 좁은 골목으로 들어섰다. 이런저런 먹을 거리를 파는 좌판 위로 황혼이 귀신불처럼 번쩍이며 쏟아져 내렸 다. 백세방의 홍등이 코앞으로 다가왔다. 담벼락에 기대어 걷던 진얼은 갑자기 욕지기를 느꼈다. 진얼은 원래 술을 반 근만 마시 려고 했지만 술집 여주인의 웃는 얼굴과 애교에 못 이겨 술을 한 참이나 더 마셨다. 그에게 술을 권하는 여주인의 살찐 손은 진얼 의 어깨 위에 있었다. 진얼은 그 손을 들여다보았다. 눈처럼 하얀 손등 위로 뽀얀 살집이 소복이 올라 있었다. 그 유혹적인 분위기 에 진얼은 불끈 용기를 냈다. 진얼은 품속에서 단단한 동전을 꺼 내 기름기 잔뜩 낀 도마 위에 내려놓았다. 도마 위에 하얗게 돈자 국이 찍혔다. 진얼이 말했다.

"이 어르신이 누군 줄 알아? 내가 바로 펑 씨 집안의 유명한 집사님이란 말이다! 이 돈을 자네에게 주지!"

진얼은 그녀의 손을 잡으려 했다. 그 손등 위에 소복이 쌓인 살 속으로 뛰어들고 싶었다. 하지만 돈을 집어든 여주인은 진얼의 손을 휙 떠다밀더니 고개를 돌렸다. 진얼은 거울을 통해 그 뚱뚱한 여주인의 얼굴이 금세 동전처럼 굳어지는 것을 보았다. 그는 뭐라 욕을 하고 싶었지만 마땅한 욕이 생각나지 않았다.

진얼은 백세방 문앞에서 구토를 한 후 소매로 입가를 문질렀다. 온몸의 기운이 모두 빠져나간 것 같았다. 안으로 들어서니 요란하게 화장을 한 아가씨들이 나무 기둥에 기대선 채로 해바라기씨를 까먹고 있는 게 보였다. 그 광경을 보자 진얼은 다시 힘이 솟구쳤다. 그는 한 손으로 계산대를 짚고 다른 손으로 안쪽을 가리키며 소리를 질렀다.

"나 돈 있어! 이 어르신한테 돈이 있다고!"

서로 얼굴을 쳐다보던 몇몇 아가씨들이 웃음을 터뜨렸다. 그녀들은 순진한 먹잇감이 제발로 호랑이굴에 들어온 것을 알았다. 그녀들은 심심하던 차에 장난이나 쳐보자는 생각으로 해바라기씨를 탁자 위에 내려놓고 일렬로 서서 치파오 앞섶을 풀었다. 그러고는 고혹적인 눈빛으로 진얼에게 추파를 던지기 시작했다. 진얼은 품 속의 동전 몇 개와 술의 힘을 믿고 더욱 거칠게 굴었다. 중노미 두 명이 얼른 다가서며 진얼에게 의자에 앉으라고 권했다. 진얼이 고개를 획 돌리며 그들에게 말했다.

"앉기는 뭘 앉으라는 거야? 난 여자랑 잘 거야!"

아가씨들이 손등으로 입을 가린 채 키득키득 웃기 시작했다. 그 때 한 아가씨가 앞으로 걸어나왔다. 진얼은 그녀의 미간에 까만 점이 나 있는 것을 보았다.

"오빠! 지금 여기가 어딘 줄이나 알고 이러시는 거예요? 여기는 싸구려 선술집이 아녜요! 우리한테도 장사 규칙이란 게 있다는 걸 모르시는 모양인데, 우리 집에 처음 오신 오빠들은 일단 은전 한 닢을 내셔야 한다구요! 차도 마시고 해바라기씨도 먹고 하면서 서로 안면을 익힌 다음에 서로 마음이 맞고 분위기가 무르익어야 자리도 깔고 그러는 거 아니겠어요? 여자를 보자마자 그 짓부터 하지고 덤비는 법이 어디 있어요? 서로 마음이 맞으면 여기 있는 동생늘이 다 알아서 오빠를 모시고 방에 들어가 시중을 들게 되는 거랍니다. 그다음 일이야 오빠가 알아서 하시면 될 일이구요."

진얼이 작은 눈을 껌벅이며 말했다.

"난 너랑 자고 싶어!"

뒤에 서 있던 아가씨들이 마침내 까르르 웃었다. 까만 점이 있는 아가씨가 진얼의 손을 잡고 부축해서 이층으로 올라갔다. 그녀의 손이 자신의 가슴과 사타구니를 더듬고 있음을 느낀 진얼은 흥분한 마음에 그녀의 가슴을 더듬었지만 한참이 지나도록 기대한 부분은 잡히지 않았다. 잠시 후 그녀의 허리띠 위에서 겨우 젖가슴을 찾아낸 진얼이 손에 힘을 주자 그녀가 비명을 질렀다. 진얼이 투덜댔다.

"쳇! 대체 젖이 어디 달려 있는 거야? 무슨 개도 아니고, 웬 젖이 그렇게 밑에 달려 있어?"

그녀가 진얼에게 냉수를 가져다 주었다. 진얼이 앉아 있는 나무 침대에서 진한 향기가 풍겼다. 냉수 사발을 받아든 진얼이 급하게 두 모금을 벌컥벌컥 마셨다. 세번째 모금을 들이킬 때가 되어서야 그것이 물이 아니라 바이지우(白酒)임을 안 진얼이 사발을 내던지며 성을 내려고 할 때 아가씨가 얼른 그를 다독여 진정시켰다. 그녀의 손이 뱀처럼 그의 몸을 더듬었다. 두 눈을 감은 진얼이 그녀의 몸을 거칠게 주물러대자 그녀가 나지막한 음성으로 속삭였다.

"뭘 그렇게 서두르세요? 오늘 밤 내내 날 가져도 되니까 천천히 하고, 우선은 잠깐 쉬도록 해요."

그녀의 말을 듣고 있노라니 진얼은 마음이 홀가분해지면서 손가락의 힘이 풀리는 것을 느꼈다. 그리고 채 몇 분도 되지 않아 코를 골며 잠이 들었다.

아침 일찍 잠에서 깬 진얼은 실오라기 한 올 걸치고 있지 않은 자신을 발견했다. 어제 일은 아무것도 기억나지 않았다. 바닥에서 찾아낸 옷에서는 술냄새만 진동할 뿐 돈은 감쪽같이 사라지고 없었다. 방에서 달려 나온 진얼이 기생어미 하 씨를 보자마자 다짜고짜 물었다.

"내 돈을 어쨌어? 도대체 내 돈을 누가 훔쳐간 거야?"

하 씨가 대답했다.

"돈을 어쨌냐고? 네놈한테 무슨 돈이 있었다고 그래? 우리 애들이 보듬어준 것만도 감지덕지할 일이지 이제 와서 무슨 돈을 달라누?"

진얼이 말했다.

"내가 누구랑 잤는데? 내가 누구랑 잤다는 거야?"

하 씨가 담배에 불을 붙이며 말했다.

"야, 이놈아! 네놈이 오늘 말썽을 일으키려고 작정이라도 한 거냐? 여기가 무슨 여관인 줄 알아? 네놈이 왜 여기 와서 처자빠져 자고 있겠어? 어디서 행패야? 내 뒤에 누가 있는지 알아? 바로 경찰국장이야! 이 몸이 바로 그분을 모시고 잤고, 현령 나리와 사령관님도 내가 모신 분들이라구! 지금 당장 나가지 않으면 험한 꼴 당할 줄 알아! 어서 썩 꺼져!"

한쪽에서 몇몇 아가씨들이 손수건으로 입을 막고 키득대다가 다 함께 몰려와 깔깔거리며 진얼을 밖으로 떠다밀었다.

"어서 가요, 어서 가!"

진얼은 그녀들의 이마에 모두 까만 점이 있는 것을 발견했다. 그는 아무리 생각해도 어젯밤의 그 못된 계집이 누구인지 도무지 알 수 없었다. 진얼이 고래고래 소리를 지르며 욕을 퍼부었다.

"이 개 같은 년들아! 네년들을 모두 씹어먹을 테다!"

아가씨들이 다시 웃으며 그를 놀렸다.

"돈 있으면 그때 다시 놀러와요!"

백세방에서 쫓겨난 진얼은 다시 무일푼 신세가 되었다. 거리에는 유우탸오(油條)*를 튀기는 냄새와 만두를 찌는 냄새가 진동했다. 거리의 돌바닥은 이슬에 젖었는지 축축했다. 어느 집에서 누

---

* 중국인들이 아침으로 간단히 먹는 기름에 튀긴 빵.

군가가 크게 기침을 뱉었고, 누군가는 골목에 나와 요강을 힘차게 닦고 있었다.

몇 걸음 옮기던 진얼은 펑 씨 집안의 셋째 도련님을 발견했다. 진얼은 펑제중을 부르며 달려가 펑펑 울기 시작했다. 걸음을 멈춘 펑제중이 놀란 얼굴로 물었다.

"지난번 물난리에 죽은 게 아니었더냐? 네가 웬일로 이곳에 있는 게냐?"

진얼은 큰 봉변이라도 당한 양 어린아이처럼 울기 시작했다. 진얼이 그동안 있었던 일들을 울먹이며 늘어놓았다.

"됐다! 아침이나 사줄 터이니 함께 가자꾸나."

진얼이 불안한 표정을 짓자 펑제중이 다시 말했다.

"가자니까? 아침이나 먹으러 가자구!"

감격의 빛이 역력한 얼굴로 진얼이 큰 다짐이나 하듯 말했다.

"펑 씨 집안에서 태어났으니 죽어서도 펑 씨 집안의 귀신이 되겠습니다요!"

"진얼! 이제부터는 내 경호원으로 내 곁에 있도록 해라!"

새우와 닭고기로 속을 넣은 만두를 하나 집으며 펑제중이 말했다.

"네놈을 배부르게 먹여주긴 하겠다만 월급을 주지는 않을 거야."

한입 가득 미어져라 만두를 밀어넣고 있던 진얼이 의심스러운 표정을 지었다. 펑제중이 다시 말했다.

"거짓말 아냐. 널 굶기는 일은 절대 없을 거야. 난 이제 큰 장사를 할 거다!"

진얼이 목을 길게 빼고 입 안에 든 음식을 꿀꺽 삼키더니 겨우 물었다.

"도련님께서 무슨 장사를 하시려구요?"

한동안 생각에 잠겨 있던 평제중은 오히려 진얼에게 반문했다.

"너라면…… 네게 돈이 있다면 무슨 장사를 하겠느냐?"

진얼이 대답했다.

"제게 돈이 있다면 기생집을 열어 천하의 계집이란 계집은 모두 갈보로 만들 겁니다요!"

평제중은 몸을 흔들며 크게 웃었다. 젓가락에 늘고 있던 반쯤 남은 만두를 젓가락과 함께 떨어뜨릴 정도였다. 그러고는 갑자기 웃음을 멈추고 자리에서 벌떡 일어나 손가락으로 진얼을 가리키며 물었다.

"방금 뭐라고 했느냐?"

진얼이 화들짝 놀라 얼른 변명을 늘어놓았다.

"그냥 아무렇게나 해본 말입니다요!"

"진얼! 다시 한번 말해보라니까!"

평제중이 눈을 부릅뜨고 소리쳤다.

"어서 다시 한번 말해보라고!"

기름기가 잔뜩 묻은 진얼의 입술은 더욱 어둡게 꼬였다. 진얼이 우물쭈물 더듬으며 말했다.

"기…… 기생집을 열고 싶다고 했습니다요."

동쪽에서 떠오른 햇살은 다정하고 아늑했다. 대재앙이 지나간 후 강물 위로 떠오르는 태양은 언제나 쾌청하고 박력이 있었다. 푸른색 하늘과 검은색 대지 사이에서 태양은 고유의 매력을 그대로 발산하고 있었다.

평소와 다름없이 타오쯔 네 어선은 두부 공장이 있던 부두에 정박해 있었다. 물난리가 나기 전까지만 해도 정오가 가까워지면 두부 공장의 깃발이 밖에 내걸리곤 했다. 그럴 때면 깃대 위에 걸린 지푸라기도 바람에 함께 휘날렸다. 두부 공장이 있던 강가에는 진녹색을 자랑하는 사이잘삼이 사방으로 빽빽하게 자라고 있었다. 사이잘삼은 원래 강가에서는 보기 힘든 식물이었다. 사람들은 도대체 언제부터 두부 공장 옆에 사이잘삼이 이렇듯 무성하게 자라나기 시작했는지 알지 못했다. 연배가 높은 노인들은 젊은 사람들보다 오히려 역사에 대해 알기를 꺼려하는 듯했다. 그들은 그저 길고긴 담뱃대를 들어 강가를 가리키며 몽롱한 표정으로 말하곤 했다.

"그냥 옛날부터 쭉 여기 있었어! 우리가 어렸을 때도 여기서 자랐는걸!"

요행히 물난리에서 살아남은 사람들은 강가의 정경을 기억했다. 타오쯔 네 어선은 늘 강가에 세워져 있었고, 타오쯔는 뱃머리에 앉아 손으로는 부지런히 물고기를 손질하면서도 강가에 있는 사람들과 잡담을 하곤 했다. 나루터의 계단은 깨끗하고 윤기가 흘렀다. 가랑비가 부슬부슬 내리는 날에도 계단은 고집스럽고 단호하게 반짝였다. 맑은 날 오후면 부두는 빨래를 하거나 찬거리를

씻으러 나온 아낙들로 북새통을 이뤘다. 그들은 모두 손발을 민첩
하게 움직이면서도 쓸데없는 말을 쉴 새 없이 재잘거렸다. 그들이
지나갈 때면 옷자락에서 밭일과 부엌일이 뒤섞인 냄새가 났다. 그
들의 커다란 가슴과 틀어올린 머리카락 속에도 그 냄새는 숨어 있
었다. 그들의 손끝에서 물방울들이 높이 튀어오르며 맑은 소리를
냈다. 마을 사람들의 온갖 비밀과 사생활, 그리고 갖가지 경조사
들이 그들의 부드럽고 민첩한 혀끝에서 흘러나와 어느새 결론이
내려지곤 했다.

물이 불어나도 배는 뜨기에 타오쯔 네 일가는 물난리 속에서도
살아남았다. 그녀의 절름발이 부친과 모친, 남동생 모두가 무사했
다. 멀리 떠밀려 나갔던 타오쯔 네 작은 배가 다시 돌아왔을 때,
두부 공장은 저 멀리 떠내려가고 이미 그 자리에 없었다. 두부 공
장을 이루고 있던 집터는 물에 빠진 만두처럼 속이 완전히 씻겨
내려가 있었다. 오직 벽돌 담장만이 예전에 이곳에 두부 공장이
있었음을 말해주고 있었다. 엄청난 물길에 잠겨 있던 사이잘삼 또
한 예전의 화려한 빛을 잃은 채 상심이 가득한 모습으로 변해 있
었다.

타오쯔는 허기를 느꼈다. 요즘 들어 그녀는 매일 생선으로 끼니
를 때웠다. 정말이지 아무리 배가 고파도 생선으로 배를 채우기는
싫었다. 그렇지 않아도 타오쯔는 생선 비린내라면 지긋지긋해하
던 터였다. 수이인이 그녀의 배에 올랐다. 그의 첫마디는 배에서
비린내가 심하게 난다는 말이었다. 타오쯔가 웃으며 대꾸했다.

"비리긴 뭐가 비리다고 그러세요? 아저씨한테서 더 비린내가
나는 것 같은데요!"

타오쯔의 말을 못 들은 사람처럼 수이인은 타오쯔와 다른 농담
들을 주고받으며 고개를 숙인 채 수컷 붕어들을 골라냈다. 타오쯔
가 물었다.

"다른 사람들은 다 암컷을 골라 가는데 아저씨는 왜 굳이 수컷
만 골라 담으세요?"

수이인이 말했다.

"암컷들은 알을 많이 배고 있을 테니 그 많은 알들을 먹는 것은
죄가 아닐까?"

타오쯔가 웃으며 말했다.

"엉터리! 술과 고기를 아무리 양껏 먹어도 벌받는 사람은 별로
없잖아요!"

수이인이 말했다.

"그건 다른 얘기지! 어쨌든 난 앞으로 물에서 죽게 될 거야. 그
렇게 되면 고기들이 내 살점을 뜯어 먹으려 들겠지."

"그럼 아저씨도 물고기를 먹지 말아야죠!"

이번에는 수이인이 웃으며 말했다.

"내가 저놈들을 하나도 안 먹고 죽으면 나만 너무 억울하지 않
겠어?"

"정말 아저씨는 사람이 죽으면 어디로 가게 될지 아세요?"

타오쯔가 다시 물었다.

"제가 어디로 갈지 아세요?"

수이인이 진지하고 정중한 눈빛으로 타오쯔를 보더니 동문서답을 했다.

"넌 푸른 뱀이야."

평제중이 고향을 다시 찾아온 날은 하늘이 우중충했다. 많은 아낙들이 선두(船頭)에 서 있는 평제중을 보았다. 그의 흰색 셔츠는 마을 풍경과 도무지 어울리지 않았다. 깨끗하고 단정한 차림새로 평제중의 뒤에 서 있는 진얼도 정말이지 그답지 않은 모습이었다. 평제중은 큰 목선 한 채를 빌렸다. 목선의 큰 돛에서는 사람을 부르는 듯한 소리가 났다. 평제중은 습관적으로 배를 두부 공장이 있던 나루터 앞에 댔다. 진얼은 찌그러진 징을 두드리면서 마을 전역을 돌며 고래고래 소리를 질렀다.

"기쁜 소식입니다! 기쁜 소식이 왔어요! 우리 도련님께서 여러분들께 전할 기쁜 소식을 가지고 나루터에서 기다리십니다! 여러분, 어서 가세요! 하늘에서 고기 만두가 뚝 떨어질 만큼 기쁜 소식입니다!"

물난리에서 어렵사리 살아남은 마을 사람들은 삼삼오오 쯰을 이루어 부두로 달려갔다. 눈처럼 흰옷을 차려입은 평제중이 목선 갑판 위에 서 있었다. 그의 왼손은 습관적으로 라이터를 딸깍이고 있었다. 평제중은 어려운 고향 사람들을 보고도 못 본 체할 수는 없었다고 말했다. 그는 상하이와 앙꺼우, 추수이에 실고 있는 친구들의 도움을 반드시 얻어내어 고향 사람들이 굶어죽지 않도록 할 것이라고 장담했다. 그는 또 도시에 있는 집들은 바다에 바퀴가 네 개씩 달려 있어 원하면 끌고 다닐 수도 있다고 떠벌렸다. 도시 안에는 강이 없는 대신 셀 수 없이 많은 관들이 설치되어 있다고도 했다. 물이 흐르는 관도 있고 쌀이 흐르는 관도 있으며, 그중에서도 굵은 관은 사람들의 대소변을 받는 관이라고 했다. 도시는 가고 싶다고 해서 아무나 갈 수 있는 곳이 아니어서 함부로 들어간 촌사람들은 동서남북조차 가늠하지 못하고 자칫 일본군의 총구 앞으로 가게 될지도 모른다고 했다. 그는 일본군이야말로 중국인들의 씨를 말리는 저승사자라고 말했다. 중국인들을 죽인 다음 배를 갈라 소금을 뿌려 큰 배에 실어 일본으로 보내면, 일본 사람들은 집집마다 문앞에 중국인으로 염제된 순대를 걸어놓고 손님들에게 술안주로 내놓는다고 으름장을 놓았다. 하지만 자신과 함께 도시로 들어가면 일본인들이 자신의 체면을 봐서라도 동행을 죽이지는 않을 것이라고 했다.

"우선 스무 명밖에는 데려갈 수 없다. 하루 세 끼 쌀밥을 주고, 자기 전에 고기 만두나 찐빵을 줄 것이다. 또 한 달에 은전 두 닢을 주겠지만 일만 잘하면 세 닢도 벌 수 있을 것이다."

그가 계속 말을 이었다.

"이제부터 계약을 해야 하니 줄을 잘 서라. 사람이 죽고 사는 것과 잘살고 못사는 것은 다 하늘의 뜻이라고 하지만, 난 고향을 위해 너희들과 계약서부터 작성할 것이다. 여자들은 손끝이 야무지고 일을 잘하니 우선 여자들을 데려갈 것이다. 아직 혼인을 하지 않았거나 홀몸인 여자들이 먼저 줄을 서라!"

펑제중이 말했다.

"뭐? 열세 살? 열세 살은 너무 어려서 내가 밑지는데…… 아무래도 열세 살은 안 되겠어! ……어허, 안 된다고 해도! 내가 손해를 보고 데려갈 수는 없지 않나? 허, 그것 참! 알았다, 알았어! 네 아비의 체면을 봐서 이번에는 내가 손해를 감수하도록 하지! 열세 살 먹은 아이가 뭘 알겠어? 길을 건널 때도 손을 잡고 건네줘야 하는 나이가 아닌가 말이야!"

어선을 몰고 돌아오는 길에 타오쯔는 멀리서 소란스러운 부두의 광경을 보았다. 그녀는 눈에 확 띄는 흰빛을 보고 펑제중이 돌아온 것을 대번에 알았다. 펑제중의 큰 목선에 마을 아가씨들이 우르르 올라타는 중이었고, 그녀들의 얼굴에는 모두 햇님이 반짝 떠올라 있었다. 기쁨과 희망에 들뜬 그녀들이 타오쯔를 발견하고 열심히 손을 흔들었다. 그녀들은 경극에 나오는 화단처럼 목소리를 길게 빼고 타오쯔에게 외쳤다.

"우리— 도시로— 간다!"

타오쯔가 말했다.

"저도 데려가주세요! 전 손재주가 많아서 아무 일이나 정말 잘할 수 있어요! 아침에 제일 먼저 일어나고 저녁에 제일 늦게 잘게요! 이제는 생선을 먹는 사람도 거의 없어서 제가 도시로 나가서 돈을 벌어오지 않으면 아버지가 절 팔아버린다고 했어요! 제발, 도련님! 절 데려가주세요! 제가 노마님께 생선을 갖다드리던 정을 생각해서라도 절 좀 데려가주세요! 도련님! 우리 가족들이 먹

고살 수 있도록 도와주신다면 우리 가족 모두가 펑 씨 조상님들을
위해 향을 피워드릴 거예요. 도련님이 인정 많은 분이라는 건 제
가 잘 알고 있고, 도련님 마음속에 부처님이 계신다는 건 마을 사
람들 모두가 알고 있어요! 제발 절 받아주세요! 이렇게 무릎이라
도 꿇을게요!"

펑제중은 갑판 위에 무릎을 꿇고 눈물이 그렁그렁한 눈으로 애
원하고 있는 타오쯔를 바라보았다. 펑제중이 미소를 지으며 타오
쯔를 일으켰다. 잠시 후 그는 하얀 종이 한 장을 펼치더니 그녀의
중지를 잡아 인주에 꾹 눌렀다. 붉은 지문이 하얀 바탕 위에 쓰인
검은 글자들 밑에 찍혔다. 타오쯔의 입에서 새어나오는 안도의 한
숨 소리를 들으며 펑제중이 말했다.

"됐다!"

펑제중은 주머니에서 은전 두 닢을 꺼내 진얼의 손에 쥐어주며
턱으로 타오쯔에 작은 어선을 가리켰다. 돈을 받아든 진얼이 어선
에 오르자 타오쯔 네 작은 어선은 무참할 정도로 심하게 흔들렸
다. 진얼이 갑판 위에 돈을 내려놓는 소리를 듣고 천막 안쪽에서
어리숙해 보이는 타오쯔의 부모와 남동생이 검은 머리를 쑥 내밀
었다.

타오쯔는 마을 언니들과 함께 펑제중의 목선에 올랐다. 쭈이화
인(翠花蔭)이 타오쯔의 손을 잡아끌며 말했다.

"타오쯔! 평상시에는 말 한마디에도 얼굴을 붉히더니 오늘은
어쩜 그렇게 말을 잘하니?"

쭈이화인의 말에 타오쯔의 얼굴이 붉게 물들며 코끝이 반짝 빛

났다. 그녀는 길게 땋아내린 검은 머리카락을 손에 말아쥐고 하릴 없이 만지작거렸다. 타오쯔는 행복에 겨운 얼굴로 말했다.

"나도 몰라!"

타오쯔가 부끄러워 고개를 옆으로 돌리자 미소를 가득 머금은 채 자신을 내려다보고 있는 펑제중의 얼굴이 보였다. 그는 주머니에 한 손을 넣고 다른 손으로 라이터를 딸깍이고 있었다. 하얗고 가지런한 치아를 드러낸 펑제중의 미소를 보는 순간 타오쯔가 몸을 외로 꼬며 다시 말했다.

"정말이시 나노 몰라!"

일본군을 실은 큰 목선이 도시에 들어온 이후 상황은 금세 흉흉해졌다. 어두운 밤 그들이 켜놓은 탐조등의 환한 불빛처럼 또렷한 일본군의 군화 소리가 연일 푸른 석판로 위에 울려퍼졌다. 경보음은 한밤중에도 귀신의 비명처럼 수시로 터져 나왔다. 진얼은 그 소리가 일본군 보루에서 들려오는 것임을 알았지만, 보루에 정말 그런 귀신이 있었는지는 아무리 생각해도 기억해낼 수가 없었다.

일본군에게 투항했던 현령의 시신이 리위 강의 팔자교 옆에서 떠올랐다. 두 손을 머리 위로 번쩍 올린 채 물 위를 떠다니는 현령의 시신은 투항한 자의 안도감에 젖어 있는 듯했다. 현령의 시신 주변을 맴도는 물고기들은 조각난 천을 이어붙인 것처럼 멀리까지 알록달록한 빛을 발했다.

펑제중은 각양각색의 꽃무늬를 수놓은 옷감으로 고향 아가씨들을 치장하고 그녀들의 머리를 신식으로 바꿔주었다. 그러나 그녀들은 변화된 자신의 모습을 부담스러워했다. 두 아이의 엄마인 화이향(槐香)이 방으로 돌아와 한동안 거울을 들여다보더니 농담처럼 말했다.

"이 꼴이 정말 뭐람. 조금만 더 보태면 완전히 기생 꼬락서니 잖아?"

여인들의 얼굴이 붉게 물들었다. 잠시 후 여인들은 우르르 몰려가 그녀의 허리를 붙잡고 외쳤다.

"앞으로 또 그런 말 하면 아주 입을 찢어버릴 거야!"

이때 펑제중이 험상궂은 얼굴로 방 안에 들어왔다. 그는 머리에 쓰고 있던 모자를 벗고 이렇게 말했다.

"기생이 뭐가 어떻다는 거냐? 기생이라도 될 수 있으면 그게 복인 줄 알아야지!"

여인들은 감히 대꾸를 못했다. 그녀들은 도련님이 밖에서 무슨 기분 나쁜 일을 당했기에 이렇게 지독한 말로 자신들에게 화를 내는지 알 수 없었다. 펑제중이 다시 말했다.

"내가 지금부터 너희들에게 새로운 이름을 지어줄 터이니 잘 듣고 외우도록 해라. 글을 알고 모르고에 상관없이 앞으로는 내가 가르쳐준 이름을 꼭 외우도록 해!"

펑제중은 셔츠 앞주머니에서 여인들의 새 이름이 적힌 종이쪽지를 꺼내 들었다. 새 이름이라니…… 여인들은 갈피를 잡을 수 없었다. 그녀들은 자신들이 지금껏 알아온 말들을 앞으로 계속 사용할 수나 있는 건지 의심하기 시작했다.

엔누쟈오(念奴嬌)

친위엔춘(沁園春)

무위얼(摸魚兒)

만장훙(滿江紅)

쭈이화인(醉花蔭)

차이토우펑(釵頭鳳)

용위러(永遇樂)

수앙수앙옌(雙雙燕)

난샹즈(南鄉子)

성성만(聲聲慢)

수이룽인(水龍吟)

류사오칭(柳梢靑)

허신랑(賀新郞)

펑루송(風入松)

린장셴(臨江仙)

왕하이후(望海湖)

데렌화(蝶戀花)

위린링(雨淋領)

포쩐즈(破陣子)

위메이런(虞美人)

우예티(五夜啼)

"제 이름은 왜 없어요?"
타오쯔가 불만이 가득한 얼굴로 한 발 앞으로 나서며 말했다.

"왜 저만 이름이 없어요? 왜 없냐구요?"

그때 무위얼(撲魚兒)*이란 이름이 마음에 들지 않았던 여인이 끼어들었다.

"그럼 제 이름을 타오쯔한테 주세요! 저 아이야말로 물고기를 아주 잘 만질 거예요!"

펑제중이 다시 모자를 쓰며 험상궂은 말투로 말했다.

"너나 잘해!"

말을 마친 펑제중이 밖으로 나갔다. 그는 이미 석패교 아래 있는 건물 하나를 통째로 세놓은 상태였다. 이틀 후면 장사가 시작될 것이다.

"내가 뭘 잘못한 거지? 이게 무슨 일이람!"

타오쯔가 창피한 듯 얼굴을 가리며 발을 굴렀다.

콧수염을 기른 시오자와 대위가 허리에 칼을 차고 나오자 부하들이 그 앞에 늘어섰다. 부대가 대오를 정렬할 때 시오자와 대위는 습관적으로 스위스제 손목시계를 들여다보았다. 시침과 분침이 구십 도를 이루며 정확하게 아침 아홉시를 가리키고 있었다. 다나카(田中) 장군은 늘 '일본 군인들은 일본의 기강을 의미하며, 일본의 기강은 스위스제 시계와 같다'고 말했다. 그랬다. 다나카 장군은 늘 그렇게 말했다.

일본군은 너무나도 현실적으로 펑제중의 현재와 미래에 끼어들

---

* '물고기를 쥔 아이'라는 뜻.

었다. 시오자와 대위가 이끄는 황토색 대오가 석패교의 팔자형 언덕을 천천히 내려올 즈음 온몸에 하얀 옷을 두른 펑제중은 모퉁이를 돌아 올라오고 있었다. 곧 그의 두 눈이 시오자와 대위의 두 눈과 마주쳤다. 역사적 의미를 지니는 순간이었다. 비극은 늘 대단히 평범한 일상 중에 일어났다. 때로는 우연성을 띠기도 했다. 그런 우연이 누구도 돌이킬 수 없는 파괴적 필연으로 바뀔 때 비극이 되는 것이다. 펑제중은 차분히 발걸음을 옮기며 시오자와 대위를 향해 미소 띤 얼굴로 고개를 끄덕였다.

시오자와 대위가 끼고 있는 장갑은 펑제중의 양복처럼 희고 깨끗했다. 시오자와 대위가 오른손을 귀언저리까지 올리자 대오는 일제히 걸음을 멈추었다. 뜻밖의 상황에 펑제중도 걸음을 멈추었다. 일본 병사들의 쌍꺼풀 없는 눈매는 모두 정방향을 향해 있었다. 위엄 있고 거만한 군화 소리가 펑제중을 향해 다가왔다.

"당신! 이리로 좀 와보지!"

그는 시오자와 대위의 입에서 튀어나온 중국어에서 알 수 없는 공포를 느꼈다. 언어란 영혼이 느끼는 문화적 장벽이었다. 외국인이 자신의 모국어를 장악하게 되면, 그가 곧 모든 것을 꿰뚫어볼지도 모른다는 두려움과 당혹감이 찾아오기 마련이었다.

"중국어를 아주 잘하시는군요!"

펑제중이 추수이 방언이 아닌 북경어로 말했다. 펑제중은 이미 중년이 다 된 이 일본 군관이 얼굴에 어드름이 잔뜩 나 있는 것을 눈여겨보았다. 그의 콧수염이 거만해 보였다.

"이곳 사람이 아니로군,"

"이곳 사람 맞습니다."

"아니! 이곳 사람이 아닌 게 분명해!"

"제가 베이징에서 대학을 다녔기 때문에 그렇게 느끼실 뿐입니다."

"요시*! 이름이 뭐지?"

"펑제중입니다."

"펑제중? 옛시에 이런 말이 있지. 굴원의 시 한 소절이다. 군자란 절제와 중용의 도를 통해 마음의 평안을 얻어야 한다…… 제중(節中)이라…… 그대는 중용을 잘 지켜야겠군!"

"그럼 이만……"

"그대는 내 이름도 묻지 않는가!"

"별로 알고 싶지 않습니다만."

"빠가! 당연히 물어봐야지!"

"존함이 어떻게 되십니까?"

"요시! 난 시오자와 무라키타 대위다! 꼭 기억하도록!"

시오자와 대위가 향유하는 삶의 양극단을 이루고 있는 것은 바로 문화적 욕구와 침략적 욕구였다. 시오자와 대위는 자신의 정복지에서 문화적 배경을 갖춘 대화 상대를 찾아낸 것에 한껏 신이 올라 있었다. 펑제중은 시오자와에게 문화적 안식처나 마찬가지였다. 그는 펑제중과의 대화를 통해 중국어라는 표의문자 속에 숨

---

* 일본어로 '좋다'는 뜻.

쉬고 있는 동양적인 것들을 찾고 싶어했다. 그는 바둑판 위에서 최고의 한 수, 마작 테이블 위에서 최고의 한 패를 고르기 위한 순간처럼 육신과 영혼이 함께 심취되어 서로를 인정하고 끌어안으며 서로에게 입맞춤할 수 있게 되기를 고대했다.

시오자와 대위는 사병 두 명만 대동하고 펑제중과 함께 술집으로 들어갔다. 술을 시킨 후 베이징에서 대학을 공부한 '선생' 앞에 앉은 그가 처음으로 언급한 것은 바둑이었다. 그러나 그는 바둑을 별로 좋아하지 않는다는 펑제중의 대답에 매우 실망하며 고개를 가로저었다. 그는 바둑판 앞에서 사람은 부처님처럼 육체와 정신을 분리함으로써 자신을 직시할 수 있다고 했다. 그 결과 자신에 대한 새로운 인식을 얻게 되어 일회적 생명의 한계를 바둑판 위에서 해소할 수 있다고 했다. 그는 또 일본에서는 직업에 불과한 바둑이 중국에서는 도의 경지를 이루고 있다고 했다. 한자에서 발원한 바둑은 바둑알을 통해 진행되지만 결국 바둑판 위의 여백을 통해 결론이 난다고 말하면서 중국화(中國畵)와 서예야말로 바둑의 극단적 형식이라고 말했다.

"그대들은 여백의 미에 자부심을 느낄 것이오. 하지만 그대들 한족이 여백에 심취해 있었기 때문에 우리 일본에게 기회가 온 것이오. 그대들도 바둑으로 우리를 능가하기 위해 노력하겠지만, 그때가 되면 그대들은 또다른 위기에 직면하게 될 것이오!"

시오자와 대위는 다음으로 술에 대해 이야기했다. 그는 중국의 차가 세계에서 최고인 것처럼 중국의 술 역시 세계 최고라고 극찬했다. 술은 양성(陽性)의 차이며 차는 음성의 술이므로, 술과 차의 공존을 통해 중국은 균형을 유지하고 있다고 했다. 중국인은 술처럼 고독하고 차처럼 쓸쓸하다는 표현도 썼다. 인류에게 가장 무서운 적이 고독이지만, 술과 차를 공유하고 있는 중국인들은 두려워할 것이 없다고 말했다.

마지막으로 시오자와 대위는 문학에 대해 이야기했다.

"난 이후주(李后主)를 좋아하오. 한문 역사상 가장 불가사의한 경지에 도달한 것이 바로 이후주일 것이오. 천상계와 인간계의 상실감을 너무나도 처연하고 아름답게 노래하여 우리 일본 사람들에게도 깨달음과 암시를 주었소. 그의 작품을 대하면 마치 건물 꼭대기에 올라 멀리 황혼을 바라보는 것 같은 느낌이오."

이어 그는 중국문학사가 설보채(薛寶釵)*와 노지심(魯智心)** 이란 두 인물 위에 수립되어야 한다고 강변했다.

"두 사람이 결혼을 했어야 했는데! 노지심과 설보채의 자손들이야말로 진정한 동방의 후손이라 할 것이오. 하지만 이러한 후손들은 중국이 아닌 우리 대일본제국에 있소이다. 이 두 인물을 중요하게 인식해야 하지만, 난 당신네 중국인들이 날이 갈수록 그들을 경시하고 있다는 것을 잘 알고 있소이다. 바로 그런 이유 때문에 내가 저 먼 나라에서 여기까지 건너와 이런 말들을 늘어놓고 있는 것이오. 헌데 펑 선생은 이곳에서 무슨 일을 하고 있소이까?"

"전 장사를 할 생각입니다."

---

* 『홍루몽』의 등장인물.
** 『수호지』의 등장인물.

"장사라…… 무기? 의약품? 식량? 어느 쪽이오?"

"그런 것이 아니라 전 요 앞에 기생집을 개업할 예정입니다."

시오자와 대위는 침묵 속에서 술에 취한 눈빛으로 펑제중을 노려보았다. 시오자와 대위가 혼자 술잔을 비우자 술집 주인이 허리를 숙이며 물었다.

"차를 드릴까요?"

시오자와 대위가 손을 들어 술집 주인의 말을 가로막았다. 그렇게 펑제중을 노려보던 시오자와가 갑자기 웃음을 터뜨렸다. 펑제중은 온몸에 한기가 퍼지는 것을 느꼈다. 시오자와 대위가 술 한 잔을 더 마셨다. 그가 술을 마시기 위해 고개를 뒤로 젖히는 틈을 타 펑제중이 시선을 옮겼다. 하지만 펑제중이 다시 시선을 돌릴 때까지도 시오자와 대위는 그를 여전히 노려보고 있었다.

"펑 선생, 얼마 전 이곳에 엄청난 물난리가 나지 않았소?"

"글쎄요. 전 잘 모르겠습니다."

"펑 선생 당신이 모를 리가 없을 텐데…… 천재지변 때문에 정부에서는 군사를 모은다고까지 하던데 당신은 오갈 데 없는 여인들을 창녀로 전락시키려 하는군! 지나인(支那人)!* 이것이 바로 지나인들의 술과 차라고 할 수 있지!"

시오자와 대위가 주변에 서 있던 키 작고 뚱뚱한 병사를 불러 뭔가 귓속말을 했다. 그러고는 자리에서 일어나 검은색 탁자 위에 돈을 올려놓았다. 탁자 위에 놓인 돈을 바라보며 그가 말했다.

---

* 중국인을 지칭하는 옛말

"펑 선생! 나를 포함하여 휘하 오십 명의 병사들이 당신의 기생집으로 가겠소이다."

"아니, 안 됩니다!"

"중국문화에서는 안 된다는 말을 하면 안 되는 것 아니오?"

"시오자와 대위님! 아직 개업을 하지 않았습니다…… 아직은 기생들이 아니라 전부 아가씨들뿐입니다."

"거 잘됐군!"

"이름이 뭐지?"

시오자와 대위가 검지손가락으로 여인의 턱을 받쳐 들고 묻자, 여인은 목을 꼿꼿이 세운 채로 펑제중을 흘끔 쳐다보았다. 진얼은 장작처럼 펑제중의 뒤편에 서 있었다. 여인이 대답했다.

"위메이런(虞美人)이에요."

잠시 멍해 있던 시오자와 대위가 의미심장한 눈빛으로 펑제중을 한 번 쳐다본 후 이번에는 다른 여인에게 말을 걸었다.

"그럼 네 이름은 뭐지?"

"만장홍(滿江紅)이에요."

"그렇군. 그럼 네 이름은?"

"친위엔춘(沁圓春)이에요."

"아주 좋은 이름이군."

고개를 끄덕이며 펑제중 앞으로 다가온 시오자와 대위가 펑제중의 어깨를 두드리며 말했다.

"참으로 위대한 중국문화에 비해 중국인들은 참으로 역겨운 것 같소이다. 진정한 중국문화는 모두 우리 일본에 생생하게 살아 있고, 당신네 중국에 남아 있는 것들은 기껏 기생 이름들밖에 없는 모양이군!"

시오자와 대위가 이번엔 타오쯔에게 물었다.

"네 이름은 무엇이냐?"

"그 아인 아직 이름이 없습니다."

펑제중이 서둘러 끼어들었다. 타오쯔는 두려움에 눈을 동그랗게 떴다. 그녀의 모습을 지켜보던 펑제중은, 생선을 배달하러 와서 사나운 개에 놀라는 그녀의 모습을 보고 설레던 순간을 불현듯 떠올렸다.

"그래…… 네가 좋겠어!"

"안 됩니다."

펑제중이 다시 끼어들었다.

"중국어에서 안 된다는 말은 상당히 위험한 표현이라고 했을 텐데!"

"대위님, 제발 이러지 마십시오. 저 아이는 그런 아이가 아닙니다."

타오쯔의 뺨을 움켜쥔 시오자와 대위가 엄지손가락으로 천천히 그녀의 고혹스러운 입술을 더듬었다.

"넌 기생이 아니라고?"

"네, 전 기생이 아니에요!"

"아니다…… 그런 말은 일본어로 해야 훨씬 더 잘 어울릴 것 같은데!"

시오자와 대위가 몸을 돌려 다시 펑제중에게 말했다.

"지나인의 이런 모습은 영 마음에 안 들어! 헌데 이 아이의 진짜 이름은 뭐요?"

"잉(櫻)*입니다."

"뭐라고?"

"잉이라고 말씀드렸습니다."

"빠가!"

시오자와 대위가 위협적인 표정으로 갑자기 펑제중의 뺨을 두 대나 갈겼다.

일본 병사들은 기방을 가는 데도 엄격한 기율을 자랑하며 두 줄로 나뉘어 보폭도 일정하게 행진해 왔다. 그들은 사람 인(人)자 형 대열을 이루어 큰길 동쪽과 서쪽으로 다가왔다. 키 작은 일본 병사 하나가 긴 칼로 펑제중과 진얼을 제압했고 시오자와 대위는 타오쯔의 손목을 잡고 이층으로 올라갔다. 시오자와 대위의 가죽 군화는 나무 계단 위에서 공허한 소리를 냈다. 타오쯔가 고개를 돌려 펑제중을 바라보았다. 앞으로 어떤 일이 발생할 것인지를 예감한 그녀의 두 다리에 힘이 빠졌다. 시오자와 대위가 그녀를 거칠게 안아 들었다. 펑제중은 타오쯔의 붉은 신발이 허공으로 떠올라 끌려가는 광경을 지켜보았다.

청옥관(靑玉館)이 성대하게 문을 열었다. 폭죽 소리에 맞춰 수

---

* '앵두나무'라는 의미.

많은 붉은 종잇조각들이 허공에서 이리저리 흔들리며 햇살에 반사되어 반짝거렸다. 화약 냄새는 품위 없는 손가락처럼 행인들의 콧구멍 속을 몇 차례 후비고 무심하게 사라졌다. 청옥관이란 기생집 이름은 시오자와 대위의 아이디어였다. 그 이름은 펑제중이 애초에 생각했던 의도와도 놀랍게 들어맞았다.

펑제중은 격자문 옆에 서서 진얼이 마지막 남은 폭죽을 터뜨리는 것을 구경했다. 그는 폭죽의 붉은색 바탕에 금색으로 나란히 쓰여 있는 기쁠 희(喜)자를 태우고 있었다. 땅바닥에서부터 터지기 시작한 폭죽은 어느새 건물 꼭대기까지 올라가 둘로 갈라지며 개똥처럼 땅에 떨어져 남모퉁이의 하수구 쪽으로 굴러갔다. 펑제중은 폭죽의 요란한 소리에 고막이 먹먹했다. 진얼이 다가올 때까지도 폭죽 소리가 귓가에서 윙윙거리는 것 같았다. 펑제중이 계단을 향해 고개를 기울여 보이며 진얼에게 말했다.

"가거라! 가서 타오쯔를 제외하고 마음에 드는 아무나 골라봐라!"

진얼이 놀란 얼굴로 크게 외쳤다.

"아, 아닙니다!"

펑제중의 목소리가 날카로워졌다.

"아직은 너나 나나 아니라는 소리를 함부로 할 때가 아냐! 가거라! 가서 아무나 한 명 골라봐!"

그때 시오자와 대위가 전투 복장을 하고 청옥관을 향해 걸어왔다. 다부진 몸매 때문인지 황토색 군복이 더욱 두껍고 답답해 보였다. 그 뒤로는 두 명의 사병이 시오자와 대위와 이등변삼각형을 이루고 있었다. 골목으로 거침없이 걸어오는 그들의 군화 소리마저 삼각형처럼 견고하고 날카롭게 들렸다. 시오자와 대위가 펑제중에게 말했다.

"축하하오!"

펑제중이 마지못해 대답했다.

"안으로 드시지요."

시오자와 대위는 허리를 꼿꼿이 세운 채 다리를 벌려 의자에 앉았다. 직각을 이룬 두 무릎이 서로 다른 방향의 계단 입구를 향했다. 두 손은 허벅지 위에 올라가 있었다. 그 뒤에 서 있던 병사들이 다가와 탁자 위에 작은 주머니를 내려놓았다. 시오자와 대위가 그 주머니를 펑제중 쪽으로 밀었다. 금속이 맞부딪치는 기분 좋은 소리가 들렸다.

"받으시오. 황군은 예의 없는 짓 따위 하지 않소."

대위를 흘긋 쳐다본 후 펑제중이 말했다.

"이미 하셨습니다."

시오자와 대위가 호탕하게 웃었다.

"하하하! 우리가 뭘 어쨌다는 것이오? 나의 병사들은 항상 기율을 준수해왔소이다. 우리 병사들은 아무 잘못이 없소. 우리는 그저 돈을 내고 여자를 샀을 뿐이오. 평범한 부녀자들을 기녀로 만든 것은 우리가 아니라 바로 당신이오."

시오자와 대위가 화제를 바꾸며 물었다.

"타오쯔란 아이는 어디 있소?"

펑제중이 망연해진 얼굴로 물었다.

"누구요? 무슨 타오쯔 말입니까?"

"그 아이…… 쯧쯧…… 말만 할 줄 알면 뭘 하겠소? 침대 위에서 죽은 생선처럼 신음 소리 한 번 내지 않으니 영 쓸모가 없소이다. 조선인의 창조성도 없고 말레이시아인의 열정도 없으니 훌륭한 기생이 되긴 틀린 것 아니오? 당신네들은 매춘부를 뱌오쯔(婊子)*라 부르지만 우리들은 화꾸냥(花姑娘)**이라 부른다오."

그날 밤 청옥관에는 손님이 아무도 들지 않았다. 처마 밑에 높이 걸려 있는 등롱은 잔잔한 바람 탓에 왠지 둔한 느낌이었다. 저녁 무렵 펑제중은 여인늘 앞에서 만장홍의 옷을 벗겼다. 어린 기생의 입에서 끊임없이 흘러나오는 흐느낌 소리가 화려한 청옥관에 불길한 기운을 드리웠다. 펑제중이 술병을 들고 소리쳤다.

"모두들 이 일이 부끄럽다고 생각하나? 네깟년들이 알긴 뭘 안다고 까불어? 세상에는 수많은 직업이 있고 그 모든 직업마다 또 최고가 있는 법, 무엇을 하는지가 중요한 게 아니라 얼마나 잘하는지가 정말 중요하다는 것을 알아야지…… 이 일에도 다 추구하는 바가 있고 연구가 필요한 게야. 옛부터 기생집에도 샤추(下處), 탕쯔(堂子), 샤오반(小班)이라는 등급이 있다. 샤추가 뭐 하는 곳인지 알아? 그런 곳을 매음굴이라고 하는 거야. 멍청한 시골 계집을 불러다가 그냥 살과 살을 부비면 모든 게 끝나는 게 바로 샤추야, 추수이에 있는 백세방이 바로 그런 더러운 곳이야. 하지만 탕

---

* '창녀'라는 뜻.
** 기생을 의미하되 '꽃처럼 아름다운 여인'이라는 뜻

쓰는 의미가 달라. 품격이 있는 장소이면서 모든 행위에도 의미가 있다. 힘으로 하는 것이 아니라 예술로 행위를 하는 곳이야. 샤오반이라면 더 대단한 곳이다. 훌륭한 기생 한 명을 키우는 것은 대학생 한 명을 공부시키는 것과 진배없어. 바둑, 악기, 서화는 물론 시사(詩詞)와 부(賦)에도 모두 능해야 해. 그곳을 찾는 사람들이 어떤 분들이냐? 위로는 황제 폐하와 내관, 고관대작까지…… 최소한 선비 정도는 되어야 그런 곳을 찾는다 이 말씀이야! 난징에 기생집이 어디에 있는 줄 알아? 알면 모두 놀라 자빠질 거다. 바로 과거 시험장 맞은편에 있다고! 누가 감히 공자님과 나란히 앉을 수 있겠어? 이렇게 훌륭한 곳에 살면서 자신을 기생이라고 업수이 여겨서는 안 되지, 암! 여기서 삼 년만 잘 배우면 왕후장상을 하라고 해도 싫다고 난리들일걸? 관직에 있다고 다 같은 관리가 아닌 것처럼 기생이라 해서 다 같은 기생이 아니라니까! 기생에도 가장 밑바닥인 쓰커(私窠)부터 센수이메이(鹹水妹), 다제(大姐), 샤오냥(小娘), 관런(官人), 얼싼(二三), 야오얼(幺二), 장싼(長三), 수위(書寓)까지 모두 아홉 등급이 있다. 너희들은 그저 열심히만 하면 되는 거야. 내가 너희들에게 영어까지 가르쳐줄 것이고, 너희들이 잘만 배운다면 최소한 모두 장싼까지는 올라갈 수 있을 것이다. 너희들 중에서 분명 장싼이나 수위가 나올 수 있다니까! 수위가 뉘집 개 이름이냐? 수위 정도면 위대한 선비와 동급이라구!"

펑제중이 손에 들고 있던 술병을 내려놓으며 소리쳤다.

"진얼! 술을 가져오너라! 여기 술을 더 가져오너라!"

만장홍은 이제 더이상 울지 않았다. 만장홍은 붉게 부어오른 두 눈으로 펑제중을 바라보며 마지막 흐느낌을 수습하고 있었다. 만장홍을 쳐다보던 펑제중의 머릿속에 불현듯 무슨 생각인가가 떠올랐다. 그것은 그가 가장 잘 알고 있는 시였다. 불현듯 떠오른 그 시 때문에 놀랍게도 펑제중은 등줄기에 식은땀을 흘리고 있었다. 우아하고 상스러운 두 개의 상반된 힘이 펑제중의 마음속에서 격렬히 싸우고 있었다.

펑제중은 거친 숨을 몰아쉬며 단숨에 술을 들이켰다. 그는 고개를 들고 계속 같은 말을 외쳤다.

"제대로 해야 해! 너희들 모두 할 일을 제대로 하란 말이야!"

새로 바꾸어 단 전구는 너무나도 밝고 투명했다. 텅스텐 필라멘트는 매화가 활짝 핀 모양으로 밝은 빛을 쏘아냈다. 여인들은 밝은 불빛에 눈이 시렸다. 반면에 술에 취한 펑제중의 눈빛을 닮은 낡은 전구에서 흘러나오는 불빛은 모호했다. 낡은 전구에서는 왠지 상서롭지 못한 기운이 흘렀다. 먼지와 지문이 잔뜩 묻은 전구 알로부터 사방으로 뿌연 빛이 뿌려졌다. 그 때문에 커다란 홀과 이층 복도는 먼지가 잔뜩 낀 것처럼 보였다. 펑제중은 술병을 든 채 만취했다. 그가 말했다.

"이봐, 너희들! 너희들은 베이징에 가본 적 있나? 난징이나 양저우는 가봤느냐고!"

여인들은 삼삼오오 떼를 지어 문기둥과 이층 난간에 기대서 있기나 홀에 서 있었다. 우매하게 보이는 그녀들의 얼굴은 호기심으로 가득했다.

"그곳 기생집들은 아주 유명하다. 마치 황궁처럼 화려하지. 너희들, 황궁은 가봤어?"

평제중은 토끼처럼 새빨개진 눈으로 여인들을 둘러보며 목소리를 낮추어 말했다.

"하지만 황궁은 아무 재미도 없는 곳이야. 엄청나게 많은 여자들이 황제 한 사람만 바라보는 거지. 그럼 나머지 남자들은 모두 어디로 갔느냐? 황궁의 모든 남자들은 황제의 손에 거세를 당했다, 이 말씀이야! 황제는 남자이고, 그 남자가 일단 황제가 되고 나면 주변의 모든 남자는 남김없이 거세를 당했지. 물론 아주 오래전 이야기야! 롱 롱 타임 어고!"

평제중이 다시 큰 소리로 외쳤다.

"신축(辛丑) 건원(建元) 원년에 무제(武帝) 유철(劉徹)이 낙양에서 황제로 등극할 때 그렇게 됐다! 황제는 성지를 내려 황궁 안에 있는 모든 남자의 성기를 거세하라고 명령했어. 모두 『사기(史記)』에 적혀 있는 얘기들이야. 『사기』는 바로 고자가 쓴 책이니까 절대 틀린 말을 썼을 리 없어. 절대 내 눈은 못 속인다고! 일본놈들이 왔다 갔지만, 그놈들은 형편없는 놈들이야! '군자는 절제와 중용의 도를 통해 마음의 평안을 얻어야 한다'는 시구 속에는 내 이름도 있다고! 갈대가 무성하게 자라 있고 아침 이슬이 서리가 되었구나, 하늘의 뜻과 인간의 행동 간에 얽힌 관계를 이해하고 고금의 변화를 읽어 이제 나의 책을 쓰려 한다, 변치 않은 강산의 모습을 원망하며 도처에서 떠도는 원혼을 보니 가슴이 아프도다, 차가운 봄 날씨가 꿈을 몰아내니 여인의 향기가 술잔에 전해지는구나, 옛사람들은 '죽고 사는 것이 모두 중대사이니 어찌 슬프지

아니한가' 라고 했다, 오동나무에 가랑비가 내리더니 황혼 무렵까
지 그치지 않고 내리는구나, 오랑캐들은 감히 남하하여 말을 키우
지 못하니 선비들도 감히 활을 들어 복수에 나서지 못하는구나,
황하의 물이 하늘에서 내려 동해로 돌아간 후 다시 돌아오지 않는
것을 그대는 보지 못했는가, 모기 한 마리와 파리 두 마리가 앵앵
거리는구나, 흥해도 백성은 괴롭고 망해도 백성이 괴롭기는 마찬
가지로다, 에이, 차라리 술이나 실컷 퍼마시자꾸나! 다 퍼마신 후
에 모기든 파리든 다 잡아주마!* 진얼, 진얼! 이리 오너라! 내일부
터 저년들을 큰길로 내몰도록 해! 모두 싸게 싸게 내다 팔아버려!
동진 다섯 닢이면 몸을 만지게 해주고, 열 닢이면 이층으로 올려
보내고, 삼십 닢을 내면 아예 데려가도 좋다고 해! 모조리 싸게 싸
게 팔아버려! 그리고 네년들도 귓구멍을 파고 단단히 들으라구!
암탉도 달걀을 낳고 암캐도 새끼를 낳는데 너희들도 내게 돈을 벌
어줘야 할 것 아냐! 너희들이 하루에 처먹는 것만 해도 빵 두 개,
만두 한 개, 쌀이 여섯 홉이나 된다구! 너희가 침대에만 올라가면
돈이 굴러오는 판이니 두 다리를 쫙쫙 벌려 돈을 긁어와야 할 것
아냐! 너희들 모두 내 말 똑똑히 들어라! 날 회니게 하는 날에는
살아도 사는 게 아니고 죽어도 죽는 게 아닌 고통을 맛보게 될 거
야! 내 말 똑똑히 알아들었어? 이 천한 기생년들아! 이 어르신도
볼 만큼 보고 겪을 만큼 겪은 사람이야. 에놈들? 새끼 씹게 씬데!

---

* 펑제중이 술에 취해 그저 생각나는 구절들을 마구잡이로 읊어대는 것으로 무의
미한 내용임.

오늘도 그놈들이 순순히 이 어르신께 돈을 갖다 바치는 거 다들 봤지? 그까짓 농사를 지어봐야 무슨 돈을 얼마나 벌 수 있겠어?"

그가 잠시 쉬었다가 말을 이었다.

"시오자와 대위는 내 친구라구! 하지만 쉽게 건드릴 수 있는 놈은 아니지. 그놈은 『홍루몽』도 다 읽었어. 다들 나한테 맞지 않도록 조심해! 너희들은 앞으로도 평생 이 짓거리나 하며 살게 될 거야. 그러다보면 너희도 점점 사는 게 나아지겠지. 너희들이 버틴다고 해서 내가 손해 보는 장사를 할 줄 알면 오산이야! 내가 누구랑 잔 줄 알아? 그래, 단오절에는 당연히 종쯔(粽子)*를 먹어야지. 내가 누구랑 잔 줄 아냐고? 내 말을 들으면 모두들 놀라 자빠질 걸? 그 여자가 누구냐면…… 바로 사령관 부인이야! 너희들 지프차가 어떻게 생겼는지 알아? 제깟놈이 뭐라고…… 제기랄! 만약 내가 일본 사람이었다면 감히 내게 덤빌 놈들은 없을 거야! 그깟 왜놈들이 대수야? 나한테는 프랑스 친구도 있어! 일본놈들은 정말 쩨쩨해! 그놈들은 안 돼! 절대 안 돼! 그놈들은 절대 못 따라온다니까!"

5

술기운이 펑제중을 완전히 제압했다. 펑제중은 몽롱한 와중에

---

* 중국의 단오절 음식으로 댓잎에 싸서 찐 찰밥.

물소리를 들었다. 몸집 좋은 여인이 누는 오줌발 소리 같았다. 큰 비가 내렸다. 빗물이 처마를 타고 떨어지며 푸른 주렴을 만들었다. 아홉 살 펑제중의 손에는 족제비털 붓으로 쓴 '현비탑(玄秘塔)'이라는 해서 모사품이 쥐어 있었다. 그의 붓대 위에는 동전 세 개가 위태하게 얹혀 있었고, 그 뒤로는 서당 훈장인 루(陸) 선생이 허리를 굽히고 서 있었다. 루 선생의 콧잔등에는 구식 안경이 걸려 있었다. 허연 턱수염은 권위는 있으되 무료하게 느껴졌다. 잠시 후 깊고 긴 탄식과 함께 루 선생이 손등으로 펑제중을 밀어낸 후 자리를 잡고 앉았다. 펑제중은 글씨를 연습할 때마다 뼈와 가죽만 앙상하게 남은 루 선생의 비장하고 숙연한 모습을 보는 것이 두려웠다.

붓을 쥔 가늘고 긴 노선생의 손가락이 힘차게 움직였다. '아납(雅納)' 두 글자였다. 루 선생이 말했다.

"한 글자 한 글자마다 하나의 우주가 존재한단다. 우리 한자는 필획마다 들고 나고 거두고 감추는 토납수장(吐納收藏)의 특징을 갖고 있지. 서예란 작게는 자신의 몸과 마음을 수양하고 크게는 가정과 국가를 다스려 천하를 구하는 방법이기도 하다. 서양 글자를 본 적이 있는데, 제비콩넝쿨이나 고구마넝쿨처럼 꼬불꼬불 서로 늘어붙어 있어 그 꼴이 영 말이 아니더구나. 한자는 한 획을 쓸 때마다 충분한 힘을 주어야 한다. 그렇게 써야만 모든 필획이 외미에서 벗어나지 않고 그 취지를 살릴 수 있다. 안으로는 비르고 곧게 빈 공간을 두며 밖으로는 둥글고 충만하게 휨이 있어야 한다. 그렇게 써야만 내적으로 반듯한 가운데 생기가 살아 숨쉬며

외적으로 빈틈없이 잘 들어차게 되어 천지의 영명함을 드러낼 수
있다. 그렇게 하면 한 글자를 가지고도 웅대한 기상과 용기, 그리
고 충정을 제대로 보여줄 수 있느니라."

루 선생의 말씀이 여기까지 이어졌을 때 평제중의 부친이 담뱃
대를 들고 안으로 들어왔다. 부친은 한창 풍류를 즐기는 장년이었
다. 루 선생이 종이 위에 쓰인 글자의 뜻을 평제중에게 물었다.

"아납의 뜻이 무엇인지 알고 있느냐?"*

평제중이 부친을 쳐다본 후 웃으며 대답했다.

"예, 알고 있습니다. 그건 소작료를 받는다는 뜻입니다."

평제중의 부친과 루 선생이 동시에 웃음을 터뜨렸다. 부친이 들
고 있던 담뱃대로 평제중을 가리키며 득의에 찬 어투로 말했다.

"이런 맹랑한 녀석을 봤나! 참으로 맹랑한 녀석이로구나!"

루선생이 부친을 따라 웃으며 몇 마디 거들었다.

"자제분이 아주 영민하십니다! 허허! 맹랑한 것도 나쁠 것은 없
지요. 암, 나쁠 것은 없습니다."

평제중이 부친의 손을 잡고 담배를 한 모금 빨았다. 그의 콧구
멍에서 두 줄기 연기가 흘러나왔다. 그러더니 종이 위에 쓰인 안
진경 체의 글씨를 보며 물었다.

"이 글자는 뭐예요? 굉장히 둔해 보이는 것 같아요."

루 선생이 대답했다.

"그도 그렇구나! 우직한 것은 충심과 통하고, 충심은 곧 우직함

---

* '우아하게 거두어들임'을 의미하는 서법의 한 경지.

을 의미하지. 이제 우직함도 없으니 충심도 볼 수 없게 되었구나."

펑제중이 물었다.

"누구를 향한 충심인가요?"

고개를 약간 숙인 채 생각에 잠겨 있던 루 선생이 대단히 엄숙한 표정으로 말했다.

"그야 물론 황제 폐하를 향한 충심이지!"

펑제중이 다시 물었다.

"황제 폐하가 어디 계시는데요? 도대체 어디 계시길래 제가 한 번도 본 적이 없는 거예요?"

입을 굳게 다문 루 선생이 정신이 나간 사람저럼 방문 밖에 내리는 빗줄기를 바라보았다. 부친이 새끼손톱으로 작은 주판알을 튕기며 맞장구를 치듯 말했다.

"세상이 변했지 않느냐? 황제 폐하라면 진즉에 다 돌아가셨지!"

루 선생의 얼굴에 근심과 비애의 기색이 어렸다. 오래전의 비극적 광경을 되살리고 있는 듯 보였다. 루 선생이 처량한 목소리로 중얼거렸다.

"세상이 변했지, 변했어! 충성할 것이 모두 사라져버렸어!"

타오쯔가 들어왔다. 그녀는 대바구니를 바닥에 내려놓은 채 눈을 아래로 살며시 내리깔고 아무도 쳐다보지 않았다. 부친과 루 선생은 우산을 들고 밖으로 나간 뒤였다. 타오쯔가 말했다.

"제준! 왜 아직까지 베이징에 가지 않은 거예요?"

펑제중은 타오쯔의 입에서 흘러나온 '제준'이라는 말이 너무나도 황홀하게 들렸다. 무척이나 듣기 좋은 이름이라는 생각을 했다. 펑제중이 말했다.

"내 이름을 어떻게 알았지?"

타오쯔가 신비로운 웃음을 지으며 말했다.

"제가 점을 쳐서 알아냈지요. 전 사람의 운명을 점칠 수 있거든
요. 수이인 스님이 가르쳐주셨어요."

펑제중이 타오쯔의 손을 잡고 그녀의 눈을 찬찬이 들여다 보았
다. 그녀의 아름다운 눈은 새의 깃털처럼 펑제중의 가슴속으로 사
뿐히 날아와 잠재된 욕망과 고요의 경계선 위에 앉았다. 타오쯔의
몸에서 알 수 없는 식물의 상쾌한 기운이 느껴졌다. 펑제중의 후
각이 허공을 더듬었다. 그의 후각은 어느새 고통스런 손가락으로
변해 두서없이 마구 움직이고 있었다. 펑제중은 타오쯔를 부여잡
았다. 타오쯔의 몸이 드렁허리처럼 조금씩 꿈틀거렸다. 펑제중은
추락하는 듯한 절망감을 느끼고 있었다. 펑제중이 말했다.

"타오쯔! 널 안을 수 있게 제발 가만히 좀 있어봐!"

타오쯔가 말했다.

"날 안을 마음이 없는 거예요! 도련님이 만약 진심으로 날 안으
려 한다면 안을 수 있을걸요!"

펑제중이 그녀에게 돌진했다. 책과 필묵이 높은 곳에서 와당탕
떨어져내렸다. 그녀의 겨드랑이 사이로 들어간 펑제중의 손이 그
녀의 단추를 더듬었다. 펑제중은 호흡을 멈춘 채 단추를 하나씩
차례로 풀었다. 마침내 마지막 단추를 풀자 몸에 꼭 달라붙은 타
오쯔의 연보랏빛 속옷이 보였다. 남색 상의가 그녀의 어깨에 걸려
있었다. 타오쯔의 입에서 고통스런 신음 소리가 흘러나왔다. 타오

쯔가 둥그런 어깨를 움직이자 남색 상의가 경쾌하게 흘러내렸다. 펑제중이 그녀를 바닥에 눕힌 후 방석을 가져다 그녀의 화려하게 휘어진 등줄기 밑에 밀어넣었다. 타오쯔가 말했다.

"도련님! 제 몸이 어때요? 마음에 드세요?"

펑제중이 숨을 헐떡이며 대답했다.

"응! 그래! 마음에 들어!"

타오쯔가 다시 말했다.

"전 도련님께 절 드리고 싶었는데 도련님은 그 왜놈에게 절 바치셨더군요!"

펑제중은 쌈싹 놀랐다. 그는 타오쯔의 손가락이 그의 허벅지를 타고 위로 올라오고 있는 것을 느꼈다. 그러나 펑제중은 자신의 성기가 가랑이 사이에서 축 처진 채 묵묵부답 숨죽이고 있는 것을 보았다.

타오쯔가 손으로 펑제중의 성기를 몇 번 툭툭 쳐보더니 말했다.

"원래 이런 꼴이었군요! 그래서 절 왜놈에게 넘겼군요!"

펑제중이 큰 소리로 외쳤다.

"아니야! 난 원래 이렇지 않아! 도대체 내게 무슨 일이 생긴 거야! 난 절대로 이런 사람이 아니야!"

펑제중이 고래고래 소리를 지르며 타오쯔의 몸속으로 자신의 물건을 깊이 삽입했다. 타오쯔가 비명을 지르듯 외쳤다.

"왜놈이다! 일본놈이 왔어!"

타오쯔의 외침을 들으며 펑제중이 잠에서 깨어났다. 펑제중은 통제할 수 없는 경험을 했다. 그의 몸속에서 어떤 액체가 고통을 깨듯 뿜어져 나왔다. 바짓가랑이의 색깔이 천천히 짙어지는 것이 보였다. 루 선생이 붓으로 쓴 글자가 종이 위에서 천천히 흩어지며 진하고 고풍스런 향내를 풍겨내는 것과 같았다.

펑제중이 외쳤다.

"진얼! 차를 내오너라!"

청옥관의 장사는 마치 썩어가는 하수구에서 오색찬란한 거품들이 부글부글 끓어오르는 것 같았다. 생각을 바꾼 몇몇 아가씨들이 먼저 새로운 생활에 열정적으로 몸을 던졌다. 그녀들은 이제 알았다는 듯 시큰둥한 어조로 말했다.

"그게 그런 것이었어."

이 말은 여인들로 하여금 가랑이 벌리는 일을 계속할 수 있도록 지탱해주는 힘이었다. 이 말은 위대한 중국어의 이상을 평화로운 육체의 지경으로 이끌었다. 중국어는 지금 이 무색무취의 추상적인 말 속에서 가장 찬란한 빛을 발하며 중국어를 사용하는 모든 후손들에게 소리 없는 경배를 받고 있었다. 그게 그런 것이었다……

청옥관의 저렴한 서비스 덕분에 추수이 성에 살고 있는 외롭고 고독한 남자들은 다시 한번 남자로 태어났다. 연배가 지긋한 남자들은 활기찬 모습으로 청옥관을 드나들며 마음껏 풍류를 즐기던 청춘 시절을 추억했다. 기녀들이 손님의 비위를 맞추려고 외치는 신음 소리가 밤마다 요란스럽게 울려퍼졌다. 몇몇 덕망 있는 유신(遺臣)들은 일부러 청옥관을 찾아와 아직까지 몸을 팔고 있지 않은 여인들에게 경의를 표했다. 칠현금의 고수인 정(鄭) 선생이 지

192

팡이를 끌고 청옥관을 찾아와 말했다.

"어려운 처지에 있는 아가씨들이 옛날의 현숙함을 그대로 간직하고 있으니 참으로 찾아보기 힘든 일이로구나! 몸을 파는 것 역시 격이 있지 않겠는가! 만악(萬惡)의 으뜸이 바로 음탕이니 남녀간 성교의 환락만을 추구한다면 곧 죄악이로다!"

노선생들은 큰 홀 안에 자리를 잡고 앉아 금기서화(琴棋書畵)와 매란송국(梅蘭松菊)을 이야기했다. 그들은 품속에서 돈을 꺼내 몸값을 지불함으로써 손님을 받지 않으려는 여인들을 전부 샀다. 펑제중이 허리를 숙인 채 말했다.

"제가 주의를 기울여 잘 가르치겠습니다."

정 선생이 말했다.

"펑 선생에게 손해를 끼쳐서는 안 되니 머리 올리는 값은 나중에 따로 주도록 하겠네."

당황한 얼굴의 펑제중이 말했다.

"저어…… 일본놈들이…… 저 아이들은 이미 처녀가 아닙니다. 일본놈들이 이미……"

정 선생이 펑제중의 말을 중간에서 자르며 역정을 냈다.

"그놈들 이야기라면 내 앞에서 꺼내지도 말게! 중국 사람 가운데 우리가 처음이라면 그것으로 족하네."

펑제중이 감개무량한 얼굴로 다시 말했다.

"저 아이들이 말을 잘 듣도록 제가 제대로 기르치겠습니다."

정 선생이 인상을 잔뜩 찌푸리고 말했다.

"절대 경솔하게 행동해서는 안 되네! 그렇게 되면 우리가 오입쟁이밖에 더 되겠나? 그러니 절대 경솔하게 행동하지 말게!"

이른 아침, 손님이 없는 시각이었다. 펑제중은 진얼에게 린장센 (臨江仙)과 위린링(雨林鈴)을 발가벗겨 의자에 묶으라고 지시했다. 두 여인은 아직까지 손님을 받지 않겠다고 고집을 피우고 있었다. 그녀들은 펑제중이 특별히 제작해 지급한 치파오를 갈갈이 찢으며 집으로 보내달라고 울부짖었다. 펑제중은 오늘 그녀들에게 본때를 보여줘야겠다는 생각을 했다. 진얼이 모든 여인들을 불러모은 후 펑제중에게 채찍을 건넸다. 펑제중이 말했다.

"이런 멍청한 놈을 봤나! 손님들이 원하는 게 바로 이년들의 보들보들한 살결인데 채찍으로 다 찢어놓으면 누가 돈을 주고 저년들을 품으려고 하겠나?"

펑제중은 작은 상자를 열어 두 대의 은침을 꺼냈다. 그리고 방 안으로 들어가 작은 삽살개를 한 마리 끌고 나왔다. 청옥관이 쥐 죽은 듯 고요해졌다. 사람들은 펑제중이 도대체 무슨 짓을 하려는지 알 수 없었다. 위린링 곁으로 다가간 펑제중은 그녀의 종아리에 있는 칠안혈(漆眼穴)을 찾아 두 개의 은침을 천천히, 부드럽게 꽂았다. 눈으로 보기에는 그다지 아파 보이지도 않았고 당사자의 비명 소리도 별로 크지 않았다. 펑제중은 진얼에게 두 개의 은침을 엇갈리게 비틀라고 시켰다.

"내가 그만 하라고 할 때까지 계속하거라."

펑제중이 이번에는 개를 끌고 린장센에게 다가가 웃으며 말했다.

"두려워할 것 없다. 삽살개는 원래 사람을 무는 종자가 아니란다."

펑제중이 삽살개를 잡아당기자 삽살개가 작고 부드러운 혓바닥으로 린장센의 발바닥을 간질이기 시작했다. 펑제중이 외쳤다.

"진얼! 힘을 주어 비틀거라! 힘껏 비틀도록 해!"

여인들은 청옥관의 여기저기에 흩어져 있었지만 홀 안 가득 울려퍼지는 처참한 비명 소리와 함께 미친 듯 웃어대는 소리를 들을 수 있었다. 여인들은 위린링과 린장센의 복부가 청개구리처럼 불룩이며 요동치는 것을 볼 수 있었다. 위린링의 비명 소리와 린장센의 웃음소리가 절정에 달하기를 기다려 펑제중이 말했다.

"그만! 이제 정신을 좀 차렸느냐?"

두 여인은 입을 벌린 채 거칠게 숨만 몰아쉴 뿐이었다. 펑제중이 기문이 상한 얼굴로 다시 말했다.

"이제부터는 방법을 바꿔라! 다른 한 년이 비명을 지르고 다른 한 년이 미친 듯이 웃는 거야!"

비명과 광소(狂笑)의 주인이 뒤바뀌자 사람들은 더욱 끔찍한 심정이 되었다. 한참이 지나자 위린링의 웃음소리가 더이상 들리지 않았다. 그녀의 얼굴에는 실성한 사람처럼 웃는 표정만 남아 있었다. 위린링이 고개를 떨군 채 펑제중을 바라보았다. 펑제중은 절망에 사로잡혀 애원하는 그녀의 눈빛을 읽을 수 있었다. 펑제중이 자리에서 일어났다.

"진얼! 저녀이 항복을 한 것 같으니까 진심인지 아닌지 네가 직접 시험을 해보두록 하거라!"

진얼이 손으로 허리춤을 만지며 난감한 표정으로 사방을 둘러보았다.

“저…… 도련님……”

펑제중이 무표정한 얼굴로 다그쳤다.

“진얼!”

진얼이 바지를 벗고 그녀에게 달려들었다. 진얼이 위린링에게 삽입을 하는 순간, 꺾여 있던 그녀의 고개가 좌우로 심하게 요동치며 머리카락이 어지럽게 흩어졌다. 잠시 후 펑제중이 다가가 진얼의 시커먼 등짝을 발로 밟자 진얼이 움직임을 멈추었다. 펑제중이 말했다.

“이제 어떻게 할 것인지 말해보거라.”

흩어진 머리카락 틈에 숨어 있던 위린링의 입에서 거친 숨소리와 나지막한 목소리가 흘러나왔다.

“그렇게 할게요.”

펑제중이 물었다.

“어떻게 하겠다고?”

위린링이 다시 말했다.

“손님을 받도록 할게요.”

“너희들 모두 들었느냐?”

펑제중이 모두를 둘러본 후 새로 산 라이터의 뚜껑을 단숨에 십여 차례나 딸깍이며 혼자 중얼거렸다.

“그래…… 그게 바로 그런 것이었어……”

정 선생은 반 시간이 넘도록 칠현금을 탔다. 그는 ‘추홍(秋鴻)’과 ‘어초문답(漁樵問答)’을 탄 후 홀로 세상사를 벗어난 사람처럼 앉아 있다가 문득 붓을 휘둘러 붉은 매화를 그렸다. 제목은 이랬다.

〈그 뜨거움을 감당하기 어려우니 설중매의 차가움을 빌어 열기를 식히노라〉.

한쪽에 '초주야학(楚州野鶴)'이란 낙관을 찍고 음문소전(陰文小篆)*으로는 '건무욕곤무위(乾無慾坤無爲)'라는 낙관을 찍어 뜻을 더했다.

저녁 일곱시 무렵 정 선생이 위린링의 방문을 열고 들어왔다. 침대에 앉아 있는 위린링의 모습에는 상심이 어려 있었다. 붉은 촛불에서 흘러나오는 불빛이 그녀의 얼굴 위로 피로한 듯 너울거렸다. 후난 성 대오리 돗자리가 좋은 배경이 되어 위린링의 곧게 내려뜨린 긴 머리카락과 서로 어우러졌다. 위린링의 젊은 육체는 엷은 박사(薄紗)만을 걸친 채 이제 돌이킬 수 없는 절망의 빛을 발하고 있었다. 여밈매듭이 그녀의 젖가슴 사이에 걸려 있었다. 주름이 자글자글한 정 선생을 한 번 쳐다본 위린링이 천천히 눈을 깜빡이며 매듭을 풀려고 하자 정 선생이 오히려 그녀를 말렸다. 노인은 손을 씻고 향을 피운 후 그녀를 침대 위에 바로 눕혔다. 그리고 그는 아버지처럼 자애로운 모습으로 그녀의 매듭을 부드럽게 풀었다. 위린링의 벗은 몸 옆에 책상다리를 하고 앉은 노인은 속세를 떠난 듯 위린링의 몸 위에서 앙상한 손가락으로 고운(古韻)과 탄력을 찾아 헤맸다. 그는 유쾌하면서도 고통스러운 듯 자신의 느낌을 마음껏 드러내며 자신만의 칠현금을 탔다. 위린링이

---

*중국 진시황 때 이사(李斯)가 만든 서체로 도장이나 그릇에 음각한 글자 또는 무늬.

조금씩 몸을 비틀기 시작했다.

"선생님, 이제 그만 들어오세요."

정 선생이 또렷한 어조로 말했다.

"저속한 것! 난 지금 현을 타고 있는 중이다. 네 귀에는 공자님이 현을 위해 만드신 유란(幽蘭)의 음이 들리지 않느냐?"

"이제 그만 안으로 들어오세요."

정 선생이 말했다.

"넌 참으로 훌륭한 현이로구나."

계속 현을 연주하던 정 선생의 손가락이 차츰 단단하고 날카롭게 변해갔다. 위린링의 얼굴에 춘삼월 봄비가 흩날렸다. 그녀가 신음 소리를 내며 입 안으로 중얼거렸다.

"선생님……"

정 선생이 손을 멈추고 말했다.

"내가 돈을 얼마나 많이 썼는 줄 아느냐?"

정 선생은 위린링의 머리에서 발끝까지 세세히 살피며 고음에서 저음까지 다시 연주했다. 연주를 마치고 드디어 그녀의 몸 위로 올라간 그는 있는 힘과 열의를 다해 한동안 몸부림쳤다. 그는 자신의 육체와 잔혹하고도 힘겨운 전쟁을 벌이고 있는 듯했다. 그리고 그는 끝내 자신의 몸이 말을 듣지 않는다는 사실을 인정하며 절망적인 마음이 되어 한쪽으로 몸을 치웠다. 위린링은 노인이 갖고 있는 생명의 뿌리가 큰 잘못을 시인하는 양 촛불 아래 쪼글쪼글해져 있는 것을 보았다. 위린링이 일어나 앉아 머리카락을 넘기며 말했다.

"선생님…… 도대체 뭐 하신 거예요?"

정 선생이 얼굴을 들지 못하고 몸을 옆으로 돌렸다. 늙고 추한 척추가 그대로 드러났다. 정 선생이 말했다.

"너한테 패방(牌坊)*을 세워주려고……"

평제중은 마침내 고화와 고서들을 살펴볼 여유가 생겼다. 서화를 보는 동안에도 그는 라이터 뚜껑을 딸깍이며 소리 내는 습관을 고칠 수 없었다. 오후 내내 그는 정판교의 돌 그림을 면밀하게 살펴보았다. 그러다가 문득 요즘 자신이 여자에 대해 별다른 흥미를 느끼지 못한다는 사실을 깨달았다. 그 깨달음은 빈 계곡 사이에서 부는 바람과 같이 쓸쓸한 느낌이었다. 평범한 점심시간이었다. 그는 여자를 찾아 기분전환을 좀 해야겠다는 생각을 했다. 그는 아래층과 위층을 돌며 문을 하나씩 열어보았다. 그와 눈이 마주친 여인들은 저마다 그를 유혹하려는 듯 웃음을 지었다. 이미 상황을 파악한 여인들이 웃는 웃음이었다. 그가 문을 하나씩 열 때마다 여인들이 그의 뒤를 따라 나왔다. 그녀들은 문기둥에 기댄 채 해바라기씨를 먹으며 과연 어느 여인이 도련님의 마음을 얻게 될지 궁금해했다. 그러나 몇 개 남은 문을 마저 열어보다 평제중은 다시 흥미를 잃었다. 잠시 머뭇거리던 그가 고개를 돌리자 여인들이 나란히 서서 자신을 관찰하고 있는 것이 보였다. 화려한 옷들이 청옥관을 가득 채우고 있었다. 사실 기녀가 옷을 입고 있다는 것

---

* 정절이나 도덕적 모범이 되는 사람에게 세워주는 기념비.

도 약간 우스운 일이었다. 어느 누구도 도련님을 품지 못했다는
사실 때문인지 여인들은 모두 즐거워 보였다. 때론 공평한 결과가
그 어떤 것보다 좋은 것이다.

돌돌 말린 고화를 펴면 항상 특이한 냄새가 났다. 그 냄새는 역
사를 이어나가는 가장 위대한 매개체일 것이다. 냄새는 문자와 전
설을 초월하는 그 무엇이다. 펑제중은 서화들을 하나하나 펼쳐 걸
었다. 분내와 향수 냄새, 치약 냄새 등이 서화의 냄새와 섞이며 제
법 단아한 향기가 되었다. 펑제중은 미묘한 심경이 되어 역사를
위한 탄식을 내뱉었다. 그는 붓과 화선지로 그려낸 서화가 사실상
공허하고 무의미하다는 것을 알았다. 서화 속에 형상화된 식물들
은 이미 생태적 의의를 상실하고 있었다. 중국에서는 풀 한 포기
나무 한 그루 노릇을 하기에도 이렇듯 힘겨웠다. 이러한 식물성
매춘부들은 소위 문화인들의 정신적 노리갯감으로 전락하여 강요
되는 모든 관계를 수용할 수밖에 없었다. 건조하고 아무런 열정도
없는 성교를 통해 문화인들을 고독과 불행에서 해방시켜주는 역
할을 할 따름이었다. 붓은 그런 식으로 한어(漢語)의 역사를 더럽
혔다.

타오쯔가 나무문을 열었다. 문은 게으르면서도 고적한 소리를
냈다. 뒷짐을 진 채 문기둥에 기대서 있는 타오쯔의 눈이 펑제중
의 눈과 마주쳤다. 펑제중은 자신이 어째서 이토록 당황해야 하는
지 스스로 어리둥절했다. 분위기는 몹시 어색했다. 한참이 지난
후에야 펑제중이 겨우 말했다.

"타오쯔구나······"

다시 또 한참이 흐른 후에 타오쯔가 겨우 미소를 지으며 눈을 깜빡였다. 그들 사이에서 오가는 더딘 반응들은 왠지 비애의 느낌을 풍기고 있었다. 잠시 후 펑제중이 그녀를 끌어당긴 후 문을 닫았다. 하지만 타오쯔는 더이상 가까이 다가오려 하지 않았다. 그녀는 여전히 문에 몸을 기댄 채 뒷짐을 지고 있었다. 많이 피곤해 보였다.

"저건 뭐예요?"

타오쯔가 손가락으로 탁자 위에 놓인 흑돌과 백돌을 가리키며 물었다.

"바둑알이야. 바둑이지."

"어디에 쓰는 건데요?"

그녀가 장작처럼 서서 건성으로 다시 물었다.

"어디에 쓰는 게 아니라 그냥 게임이야."

"어떻게 하는 건데요?"

"흑돌이 백돌을 먹지. 아니면 백돌이 흑돌을 먹어치우든지."

타오쯔가 고개를 숙이고 입술을 핥았다.

"날 죽이고 싶지 않아?"

펑제중이 웃으며 물었다.

"모두 제 운명인걸요."

타오쯔가 자신의 발끝을 내려다보며 말했다.

"모두가 제 운명이에요."

펑제중이 그녀에게 입을 맞추었다. 그녀는 뻣뻣하게 선 채로 거부하지도, 받아들이지도 않았다. 펑제중은 솜털이 가득한 타오쯔의 이마에서부터 왼쪽 귀로, 다시 오른쪽 귀로 옮겨가며 키스하기 시작했다. 펑제중의 입술이 타오쯔의 입가에서 멈추었다.

"가만있어."

펑제중의 오랜 입맞춤이 끝나는 순간, 타오쯔의 눈물 한 방울이 그의 윗입술에 떨어졌다. 펑제중은 그녀를 놓아주었다. 타오쯔의 눈가에 그렁그렁하게 맺힌 눈물이 수정처럼 반짝였다.

"도련님이 미워요! 죽여버리고 싶다구요!"

타오쯔가 외쳤다.

펑제중이 무표정한 얼굴로 타오쯔를 빤히 쳐다보았다. 펑제중의 말투는 차분했다.

"이게 운명이야. 뭐라고 해도 그저 운명일 뿐이야."

펑제중이 그녀의 허리를 끌어안았다. 타오쯔의 허리는 너무나도 탄력 있고 탄탄했다. 펑제중이 다시 그녀의 입술에 키스하자 타오쯔의 아랫입술이 미미하게 움직였다. 하지만 펑제중이 혀를 내밀자 타오쯔는 곧바로 미간을 찌푸리며 고개를 옆으로 돌렸다. 펑제중은 자신의 신체 일부가 반응하기 시작했다는 것을 알았다. 펑제중이 자신의 입술을 그녀의 윗입술 중간에 밀착시켰다. 그리고 한 손으로 타오쯔의 밑을 더듬었다. 타오쯔가 빠져나오려 몸부림치며 외쳤다.

"제발 이러지 마세요! 그런 일이라면 토할 것 같아요! 제발 이러지 마세요! 남자의 그것만 보면 토할 것 같다고요!"

펑제중이 타오쯔를 안아 침대로 데려갔다. 그녀의 발끝이 바둑알이 담긴 상자를 건드리자 바둑알이 타다닥 소리를 내며 사방으로 튀어 떨어졌다. 펑제중이 타오쯔의 바지를 벗기려 하자 그녀가 양 무릎을 세운 채 내리누르는 펑제중의 배를 가로막았다. 타오쯔가 말했다.

"도련님! 저 지금 손님이 왔어요! 그러니 제발 이러지 마세요!"

펑제중은 '손님이 왔다'라는 말이 무슨 의미인지 이해하지 못했다. 타오쯔가 다시 외쳤다.

"저 지금 깨끗한 몸이 아니에요! 엄청나게 많은 피가 나오고 있다구요! 지금 월경 중이라니까요. 그러니 제발 이러지 마세요."

펑제중은 송학도(松鶴圖) 앞으로 걸어가 남배에 불을 붙였다. 타오쯔가 옷매무세를 수습하면서 밖으로 뛰쳐나갔다. 펑제중이 남배 끝이 타오르는 것을 보며 혼자 중얼거렸다.

"손님이 왔다……"

6

폭우가 쏟아지기 전의 숨막히는 무더위는 방향감을 상실한 채 깊은 밤 구석구석을 어슬렁거리고 다녔다. 일상이란 대체로 빤하게 전개되었다. 비가 내렸다. 신선하고 당돌한 비였지만, 언제나처럼 변함없는 비였다. 청옥관의 손님들은 땀을 뻘뻘 흘리며 분투했다. 그들의 벗은 상체와 등판에는 기녀들의 가장된 격정이 만들어낸 손톱자국과 이빨자국이 선명하게 나 있었다. 그들은 한 여자의 배를 탔다가 이내 다른 여자의 배로 넘어갔다. 기녀들은 아라비아숫자순으로 손님을 받았다. 숫자순으로 그녀들은 웃고, 애교를 떨고, 몸을 비비다 남자들의 분비물을 받았다. 남자의 몸에서 나온 분비물 냄새가 청옥관 구석구석에 배어 있었다. 괴상하고 야릇한 이 냄새에는 추악하고 게으른 쾌락이 가득 차 있었다. 쏟아지는 백열등 불빛은 눈부시게 밝았고, 애란향(艾蘭香)*의 냄새는 피곤에 절어 있었고, 돗자리와 베개는 어딘가 크게 다쳐 앓고 있는 듯했다. 비가 왔다. 남자의 요동치는 허리처럼 맹렬한 기세로 차가운 비가 내렸다. 세찬 빗소리를 뚫고 기녀들이 내뿜는 과장된 신음 소리가 끊임없이 흘러나왔다.

그렇게 많은 비가 내리던 어느 깊은 밤, 백세방의 기생어미 하씨가 청옥관을 찾아왔다. 그녀는 세 명의 장정을 대동하고 있었다. 그녀는 검붉은 빛이 도는 유지 우산을 들고 마치 태후 마마가 행차하는 듯한 기세로 청옥관을 찾아왔다. 그녀는 흰 종이를 붙여 만든 작은 등롱을 한 손에 든 채 청옥관 내부를 슬쩍 훑어보고는 큰 홀로 들어섰다. 뒤를 따르던 남자들이 우산을 접고 하 씨의 뒤에 자리를 잡고 섰다. 그곳에서 진얼을 보게 된 것은 그녀도 예상치 못한 일이었지만, 그녀는 말없이 안면 근육을 씰룩이며 미소를 지어 보였다. 그녀의 입 안에서 반쪽짜리 금이빨이 반짝였다. 하씨는 그 누구의 얼굴도 정면으로 쳐다보지 않은 채 허공에 대고 외쳤다.

"우리 아드님한테 어미가 찾아왔다고 알리거라!"

---

* 향쑥의 일종.

잠시 눈을 껌벅이며 고민하던 진얼이 펑제중을 불러왔다. 홀에 나온 펑제중은 약간 놀란 모습으로 서 있다가 인사 대신 고개를 돌려 차를 내오라고 지시했다. 기생어미 하 씨가 말했다.

"아드님! 그런 건 필요없어요. 아드님은 어째 날이 갈수록 이 바닥의 규칙을 잊어버리는 것 같네요. 이런 곳에서 손님에게 차를 내오라는 것은 앵무새나 할 법한 소리이지요."

그녀의 입에서 흘러나온 '규칙'이라는 단어를 들으며 펑제중은 그녀가 찾아온 이유를 대충 짐작할 수 있었다. 그는 품 안에서 담배를 꺼내 불을 붙이며 웃는 얼굴로 말했다.

"어머님의 가르침이 맞습니다."

"이제야 우리 아드님이 절 어머니라고 부르는군요!"

하 씨가 흰 종이로 만든 등롱을 건네주며 말했다.

"우리 아드님 말로는, 베이징에서는 기녀가 손님을 마중할 때 이런 흰 등롱을 선물한다지요? 어차피 우리 아드님도 이 어미와 함께 화촉을 밝힌 적이 있는 사람 아닌가요? 그때 이 어미가 아드님을 머리에서 발끝까지 편안하게 모시지 않았어요. 그런 의미에서 오늘 이 흰 등롱을 드리려고 온 것이니 우리 아드님도 어미의 체면을 좀 봐주셔야지요."

펑제중이 난감해진 얼굴로 사방을 다급하게 둘러보았다. 얼굴이 빨갛게 달아오른 그가 황급히 말했다.

"어머니는 지금 무슨 말씀을 하시는 겁니까!"

그녀가 큰 소리로 웃자 그녀의 육중한 몸이 일제히 요동쳤다. 웃음을 그친 그녀가 다시 인상을 쓰며 말했다.

"아드님! 이 바닥을 몰라도 너무 모르네요! 장사를 하면서 값을 높이는 것이라면 몰라도 가격을 그렇게 내려서는 곤란하지 않겠어요? 지금 이 에미를 죽이고 싶어 안달이 난 건가요?"

펑제중이 하 씨를 바라보았다. 라이터를 딸깍이며 한동안 아무 말도 하지 않던 그가 다시 입을 열었다.

"그것은 모두 오해이십니다. 제가 데리고 있는 아이들을 어디 감히 어머니가 가르치신 아이들에 비하겠습니까. 이곳 아이들은 백세방 아이들에 비해 재주가 너무 떨어집니다. 게다가 저희 집 아이들의 머리를 올려준 일본인들이 애초에 내놓은 가격이 그 정도이니…… 만약 저희가 그 가격보다 높게 받으면 일본인들이 자기들 체면을 깎았다고 야단을 할 것 아닙니까? 그러니 제 고충도 좀 알아주세요."

하 씨의 얼굴이 굳어졌다.

"아드님! 정말 애송이로군요! 일본인들이라고요? 흥! 이 몸이 안 겪어본 사람이 어디 있나요? 내가 열 살만 더 젊었어도 나 혼자 그깟 일본군 열 명은 상대했을 겁니다. 괜스레 잘난 것도 없는 일본놈 거시기를 핑계 삼아 그 뒤에 숨을 생각일랑 집어치워요. 아드님이 정말 이 에미에게 미안하게 생각한다면 날 절대 무시해서는 안 되지요. 내가 그렇게 호락호락한 사람이 아니라는 걸 알아야지요! 두고 보면 알 거예요! 얘들아, 가자!"

펑제중을 막아선 것은 두 개의 칼날이었다. 총구에 꽂은 대검의 예리한 날끝이 그의 눈앞에서 번뜩였다. 펑제중이 고개를 들어 새로 지은 보루를 올려다보았다. 건물 꼭대기에는 일본 병사들이 벽돌을 쌓아올린 모양으로 서 있었다. 햇볕을 가리기 위해 모자 뒤에 달아놓은 천조각만이 바람을 타고 힘차게 펄럭이고 있었다.

평제중은 목을 길게 빼고 시오자와 대위의 이름을 불렀다. 잠시 후 시오자와 대위가 건물 삼층의 기관포 총구를 통해 고개를 내밀었다. 시오자와 대위의 이빨이 반짝이는 것을 보니 웃고 있는 게 분명했다. 한 손에 둥그런 통을 들고 있던 평제중은 일부러 천천히, 느긋하게 자신을 가로막고 있던 대검을 손등으로 밀어냈다. 일본 병사는 그런 그를 제지하지 않았다. 평제중은 일본 병사가 자신의 뒷모습을 지켜보고 있다는 것을 알고 좀더 품위 있는 자세로 걸어 들어갔다. 그의 뒷모습은 이미 열등감을 뛰어넘은 것이었다.

네모난 작은 탁자 위에는 바둑판이 벌어져 있었다. 형국은 이미 양패구상(兩敗具傷)*을 이루고 있었다. 흑돌과 백돌이 바둑판 위에 어지럽게 흩어져 있었다. 흑돌과 백돌이 한 치의 양보 없이 대치하고 있는 형세였다. 그러나 동시에 흑돌과 백돌 모두가 서로를 의지하면서 대범함 가운데 평안을 찾고 있었다. 시오자와 대위가 말했다.

"바둑이나 한판 두겠소?"

평제중이 황급히 손을 휘휘 내저으며 말했다.

"아니, 아닙니다. 전 바둑 못 둡니다."

시오자와 대위가 말했다.

---

* 대결하는 양쪽이 모두 상처를 입게 되었다는 의미.

"바둑을 잘 못 두는 사람은 있어도 바둑 자체를 못 두는 사람이 어디 있소?"

펑제중이 웃으며 대꾸했다.

"전 정말 못 둡니다."

시오자와 대위가 말했다.

"중국인이라면 잘 둬야 마땅한 것 아니오? 바둑의 이치야말로 지나인들의 존재 방식이 아닌가 말이오. 당신네 지나인들은 '비움(쑢)'을 좋아하지 않던가?"

펑제중은 웃기만 할 뿐 아무 대답도 하지 않았다. 벽에 걸린 일장기 밑으로 활처럼 휘어진 일본도가 걸려 있었다. 위로 둥그렇게 뻗어 올라간 손잡이와 차갑고 예리한 칼끝이 서로 멀찌감치 떨어져 있으면서도 서로 호응하고 있었다. 펑제중이 검지로 칼등을 가볍게 두드리자 좋은 쇠만이 갖고 있는 특유의 공명이 울렸다. 펑제중이 다소 갑작스럽게 말문을 열었다.

"대위님! 대위님은 귀국의 군대가 우리나라에 얼마나 더 있을 수 있다고 보십니까?"

"지금 우리 황군의 능력을 의심하는 거요?"

시오자와 대위가 얼굴색까지 파래지며 따져 물었다.

"아닙니다. 절대 황군을 의심하는 게 아닙니다. 황군이라면 우리나라 군대보다 훨씬 우수하지요. 하지만 군대로 전쟁에서 승리하는 것과 아예 한 민족을 점령하는 것은 별개의 일이 아니겠습니까? 한 민족을 점령하는 것은 총칼을 앞세운 무력이 아니라 소리 없는 힘을 무기로 해야 할 것입니다. 그럼 그 무기란 무엇이겠습니까? 전 그 무기가 바로 문화라고 생각합니다. 일본도로 사람의 다리 하나는 자를 수 있겠지만 비움 앞에서는 별다른 쓸모가 없을 것입니다."

펑제중이 둥그런 통을 감싸고 있던 황갈색 기름종이를 뜯어내자 한 폭의 서화가 나왔다. 펑제중이 조심스럽게 서화를 펼치니 푸른빛을 띠고 면면히 이어진 산자락이 구름바다를 에워싸고 있는 풍경이 드러났다.

"누구의 것이오?"

시오자와 대위가 다시 물었다.

"누구의 작품이냔 말이오?"

펑제중이 대답했다.

"누구의 작품인지가 중요한 게 아닙니다. 중요한 것은 우리 예술가들이 이 세상의 진리를 장악하는 방법입니다. 바로 나눔과 비움이지요. 이런 것들을 과연 칼로 어떻게 처리하실 것인지 한번 말씀해보시지요."

안색이 변하기 시작한 시오자와 대위가 살기등등한 눈빛으로 펑제중을 노려보았다.

"대위님께 이것을 드리겠습니다."

펑제중이 갑자기 서화를 내밀었다.

"제가 이것을 대위님께 선물로 드리겠습니다."

"뭐라고 했소?"

시오자와 대위가 다시 물었다.

"지금 뭐라고 했소?"

평제중은 고개를 돌려 일장기와 일본도를 바라보았다. 시오자와 대위는 그림을 바라보며 미동도 하지 않았다. 평제중은 문화에 정복당한 시오자와 대위의 모습을 냉랭한 시선으로 지켜보았다. 평제중이 말했다

"이것을 거래라고 생각하시고 제 부탁을 좀 들어주셨으면 합니다만. 귀찮은 일이 생겼으니 저희를 보호해주십시오."

시오자와 대위는 살찐 두 손을 뒤로 넘겨 뒷짐을 진 채 손가락을 몇 차례 퉁겼다. 무슨 의미인지 종잡을 수 없었다. 대위가 몸을 돌리자 딱딱한 가죽 군화 소리가 방 안 가득 울렸다. 대위는 여전히 뒷짐을 진 상태에서 짧고 굵은 두 다리의 발뒤꿈치를 살짝 들었다. 평제중은 앉은 채로, 시오자와 대위는 선 채로 서로를 마주 보았다. 바둑판과 그림, 일장기와 일본도가 이 역사적 순간의 증인이 되어주고 있었다.

"좋소! 내가 처리해주지."

평제중이 자리에서 일어났다. 시오자와 대위의 곁을 지날 때 시오자와 대위는 한 손을 평제중의 어깨 위에 올렸다.

"내가 보호해주지! 하지만 당신은 정말 부끄러움을 모르는 사람이오, 평제중!"

청옥관은 조용했다. 청옥관으로 돌아온 평제중은 거울을 바라보고 있는 만장홍을 발견했다. 만장홍의 얼굴에는 게으름이 잔뜩 묻어 있었다. 꽃무늬 천으로 만든 바지 엉덩이는 노인의 얼굴처럼 우글쭈글 주름이 잡혀 있었다. 그녀는 자신의 재능을 십분 발휘하

여 청옥관에서 으뜸가는 명기가 되어 있었다. 그녀는 정말 대단한 보물이었다. 그녀를 품에 안아본 남정네들은 모두 최고라는 찬사를 아끼지 않았다. 청옥관의 문턱을 넘어 들어오는 평제중의 마음은 더없이 홀가분했다. 그를 보자 만장홍이 자리에서 일어섰다. 그녀는 입술에 바른 연지를 골고루 퍼지게 하기 위해 열심히 입술을 문지르고 있었다.

"도련님……"

피곤에 지친 그녀의 모습을 보자 순간 애틋함이 밀려왔다. 그녀가 힘없이 토해낸 '도련님'이라는 호칭에는 금방이라도 질 것 같은 한 송이 꽃의 처연함이 배어 있었다. 평제중이 물었다.

"여기서 뭘 하고 있는 것이냐?"

만장홍이 대답했다.

"손님을 연달아 아홉 명이나 받았더니 너무 피곤해요. 좀 쉬어야겠어요."

대답을 하는 만장홍이 머리를 살짝 흔들자 그녀의 머리카락이 살아 있는 수초처럼 생동감 있게 출렁였다. 만장홍의 얼굴을 빤히 쳐다보던 평제중이 자기 방으로 향하며 말했다.

"내 방으로 오거라."

그 말을 들은 만장홍의 가슴이 설렘으로 들뜨기 시작했다. 그녀는 발끝을 들고 살금살금 평제중의 방으로 향했다. 두 손을 머리 뒤로 까지 긴 채 침대 위에 누운 평제중은 만장홍이 주저하는 발걸음이 다가와 멈추는 소리를 들었다. 만장홍이 문을 닫으려고 하자 평제중이 말했다.

"그냥 내버려둬!"

만장홍이 문을 반쯤 열어둔 채 평제중의 침대맡으로 걸어왔다. 평제중은 눈을 감고 가만히 누워 있었다. 만장홍이 쪼그려 앉으며 그의 허벅지와 가랑이 사이를 더듬었다. 평제중이 말했다.

"알아서 벗어!"

그녀는 문 바깥쪽을 한번 쳐다보더니 다시 활짝 열린 창문 쪽을 바라보았다. 그녀의 손은 자신의 몸을 가리기 위해 상하좌우로 분주하게 움직였다. 잔뜩 구겨진 그녀의 바지가 스르르 바닥에 떨어졌다. 만장홍은 왼발 끝으로 오른발 끝을 눌러 꽃신을 벗었다. 이어 오른발 끝으로 다시 왼발 끝을 눌러 왼발에 신고 있던 꽃신도 벗었다. 그녀의 몸은 물기를 머금은 듯 싱싱했다. 그녀가 성큼 다가오자 평제중의 코끝으로 신내가 전해졌다. 그것은 수많은 남자들의 체취가 혼합된 절망적인 냄새였다. 평제중은 눈을 가늘게 뜨고 그녀의 검붉은 유두를 쳐다보았다. 그녀가 말했다.

"제가 할까요? 아니면 도련님이 하실래요?"

청제중의 욕망이 혈압계의 눈금처럼 서서히 아래로 곤두박질쳤다. 평제중이 귀찮다는 투로 말했다.

"네가 하거라. 제대로, 열심히 하도록 해."

만장홍이 조심스럽게 평제중의 옷을 벗기기 시작했다. 그녀의 손끝은 지렁이처럼 평제중의 피부 위에서 천천히 움직였다. 그녀는 평제중의 숨결에 주의를 기울이며 가장 예민한 성감대를 짚어갔다. 그녀는 코끝과 혀끝을 이용하여 평제중의 살갗을 민감하게 자극했다. 평제중의 온몸 구석구석이 참기 어려운 자극에 꿈틀거렸다. 만장홍이 고개를 묻고 말했다.

"도련님…… 방문과 창문을 닫으면 안 될까요?"

평제중은 거친 숨을 몰아쉬었다.

"우리가 좋아서 이런다는데 뭐가 무서워서 그러느냐?"

"그래도…… 닫는 게 좋을 것 같아서요."

평제중의 몸은 만장홍의 손에 잘 달궈진 쇳물이 되었다. 강한 리듬의 두드림에 그의 몸은 금세 불덩어리가 되었다. 평제중의 몸은 항거할 수 없는 그 리듬을 타고 산산히 부서질 듯했다. 평제중이 외쳤다.

"아! 아! 아, 제기랄!"

어느새 평제중은 차가운 물속에 던져졌다. 담금질을 당한 후 한쪽에 버려져 다른 쇠붙이들과 함께 쇠비린내를 풍기고 있었다. 만장홍이 졸리운 고양이의 눈을 하고서 속삭였다.

"도련님……"

평제중은 상을 주듯 그녀를 쓰다듬고 어루만졌다. 손바닥으로 그녀의 얼굴을 감싸자 만장홍이 내키지 않는다는 듯 그 손길을 피했다. 평제중이 만족스러운 표정으로 말했다.

"넌 마치 기녀가 되기 위해 태어난 아이 같구나! 정말 좋은 재능을 타고났어!"

만장홍이 꽃신 위에 놓인 바지를 막 집어 들려는 순간 타오쯔가 방 안으로 들어왔다. 평제중은 이미 침대 위에서 가볍게 코까지 골며 잠들어 있었다. 타오쯔는 이 기막힌 광경을 목격하고서도 자신의 방으로 돌아가지 않았다. 그녀는 문 앞에 그대로 선 채 만장

홍이 상의의 마지막 단추를 채우는 모습을 지켜보았다. 만장홍은
승리감에 도취되어 엉덩이를 흔들며 타오쯔 옆을 지나 자신의 방
으로 돌아갔다. 잠시 그대로 서 있던 타오쯔가 만장홍의 방으로
돌진했다. 만장홍이 말했다.

"뭐야? 지금 뭐 하자는 거야?"

만장홍의 말투에는 피곤이 짙게 묻어 있었다.

"이…… 이 천박한 기생년 같으니……"

한참 만에 타오쯔가 겨우 말했다. 이와 이 사이에서 한기가 새
어나오고 있었다. 연꽃빛 손수건을 손에 쥔 만장홍이 깔깔거리며
그녀에게 다가왔다. 그녀의 손가락에서는 아직도 누군가를 유혹
하려는 듯 반투명한 빛이 돌았다.

"그럼 넌 뭔데? 자신을 좀 알아야지! 너는 뭐 특별한 존재인 것
같아? 그만 꿈 깨시지!"

"이 천하디천한 기생년 같은 게……"

타오쯔는 입술을 악 다물었지만 그녀의 눈에서는 눈물이 흘러
내리고 있었다.

"기생년이라고?"

만장홍이 냉소하며 말했다.

"누가 진짜 기생년인지는 두고봐야 알겠지."

만장홍은 더이상 타오쯔와 입씨름을 하고 싶지 않아하는 기색
이 역력했다. 그녀가 몸을 돌리자 부드럽게 추켜올라간 그녀의 엉
덩이가 타오쯔를 향했다. 타오쯔가 외마디소리를 지르고 만장홍
에게 달려들어 그녀의 머리카락을 움켜쥐었다. 만장홍의 새까만

머리카락이 타오쯔의 손길에 잡혀 이리저리 흔들렸다. 진얼이 달려왔을 때 두 여인의 머리카락은 마치 이 세상에 존재하는 모든 액체들처럼 마구 요동치고 있었다. 그녀들은 거리에서 먹을 것을 두고 다투는 암캐들처럼 보였다. 진얼이 소리쳤다.

"지금 뭣들 하는 거야? 그런 힘 있으면 남겨두었다가 손님 받을 때나 써!"

만장홍이 거친 숨을 몰아쉬며 악다구니를 썼다.

"손님한테 쓰라고? 저년한테 무슨 손님이 있어? 저년은 자기 거시기가 어디 달려 있는지도 모를걸!"

타오쯔는 거울 앞에 앉아 있었다. 타원형 거울이 타오쯔의 공허하게 흔들리는 마음을 비춰주는 듯했다. 타오쯔는 그렇게 한참이나 자신을 쳐다보았다. 하지만 시선만 가 있을 뿐 자신의 모습을 보는 것은 아니었다. 거울에 비친 타오쯔의 눈은 평안하고 고요했다. 지난 세월이 새삼 아름답게 느껴졌다. 타오쯔는 피부에 느껴지는 촉감이 아니라 거울을 통해 두 눈에서 눈물방울이 속절없이 흘러내리는 것을 알았다. 두부 공장과 사이잘삼의 풍경이 그녀의 상상 속에서 끝없이 펼쳐졌다. 두부 공장과 사이잘삼이 보이고, 다시 두부 공장과 사이잘삼이 이어졌다.

안개층에서 웃고 떠드는 여인들의 소리가 들려왔다. 에린향의 가늘고 긴 냄새가 기둥을 타고 올라왔다. 타오쯔가 손으로 거울을 건드리자 천장을 받치는 기둥이 보였다. 두껍고 튼실해 보이는 기둥은 거울 속에서 그녀의 얼굴 주위로 검은 배경이 되어주었다.

그녀는 반짝이는 두 눈으로 그 기둥을 바라보았다. 그녀는 둥근 기둥이 자신을 향해 부드럽게 손짓하며 따뜻한 목소리로 부르고 있다고 느꼈다. 죽음이 미소 짓고 있었다. 기둥 아래 걸린 아름답고 화려한 죽음의 얼굴이 그녀를 향해 고혹적인 눈짓을 보내고 있었다. 그녀는 자신도 모르게 환한 미소로 화답했다. 그녀의 맑은 두 눈이 기둥을 향해 동경의 눈빛을 보냈다. 그녀는 자신의 미소가 평소보다 훨씬 아름답게 느껴졌다. 그녀는 물고기가 소용돌이 속으로 빨려들어가듯 자신이 지금과는 완전히 다른 세계에 빠져들고 있다는 느낌을 받았다. 그녀는 머리를 빗고 세심하게 화장을 시작했다. 연지분은 오히려 그녀를 처연하고 왜소하게 만들었다. 죽음의 가장자리는 고귀한 새들이 물결 위에 남긴 그림자처럼 희미하고 몽롱했다. 타오쯔가 말했다.

"넌 누구지?"

거울이 대답했다.

"난 타오쯔야."

타오쯔가 물었다.

"너는 왜 여기 있는 거야?"

거울이 대답했다.

"오갈 데가 없어서 이렇게 기녀가 됐어."

타오쯔가 말했다.

"기녀가 됐으면 그만이지 뭘. 기녀가 된 여자들한테만 패방을 세워준다는 사람들도 많더라."

거울이 대답했다.

“하지만 난 이름만 기녀지 제대로 기녀 노릇도 못하는걸……”

타오쯔가 말했다.

“왜 그랬어? 도련님이 널 좋아한다고 착각한 거야? 어쨌든 기녀가 된 것은 마찬가지잖아.”

거울이 유리알처럼 공허하고 차갑게 웃었다.

“호호호! 넌 내가 그걸 모르고 있다고 생각하는 거야?”

타오쯔가 대답했다.

“다 알면서 아직까지 여기 앉아서 뭐 하는 거야? 고개를 돌려 저 기둥을 좀 봐. 지금 네가 오기만을 기다리고 있잖아.”

거울이 말했다.

“얼른 비단을 가져와! 그걸 기둥에 묶은 다음 매듭을 짓고 네 머리를 그 속에 들이밀어.”

타오쯔는 거울 속의 자신이 몸을 돌리는 것을 본 후에야 안심하며 고개를 돌렸다. 그녀는 버들고리를 열어 갖가지 종류의 천을 찾아 하나로 묶었다. 나무 기둥 위로 던진 비단은 죽음처럼 단단하고 질겼다. 그녀는 의자 위로 올라섰다. 그녀는 거울이 모든 것을 지켜보길 바랐다. 그녀는 죽음이 천천히 자신에게 다가오는 것을 두 눈으로 지켜보고 싶었다. 그녀는 천을 자신의 목에 걸었다. 타오쯔는 거울 속의 자신이 단아하고 아름답게 미소 짓고 있는 것을 보았다. 타오쯔가 말했다.

“내가 **봐도** 오늘은 정말 **예쁜**데!”

그녀는 서서히 멍한 상태로 빠져들었다. 이렇게 죽는 것이 아쉽다는 생각도 들었다. 목을 감싸고 있는 천을 풀려고 했지만 잘 되지 않았다. 뒤꿈치를 들어 끈을 풀려고 애쓰다보니 의자가 넘어졌다. 바닥에서 굉음이 울렸다. 타오쯔의 두 손이 끈을 잡았다. 살려달라고 고함을 쳤지만 아무 소리도 나오지 않았다. 타오쯔는 자신의 턱이 아래를 향해 절망적으로 벌어지고 있는 것을 보았다. 윤기 넘치고 부드러운 혓바닥이 조금씩 조금씩 아래로 처지는 것을 보았다. 입과 콧구멍으로 피가 흘러나왔다. 그녀는 선홍색 피가 사방으로 떨어지는 것을 보았다. 죽음은 뜨겁고도 요염했다. 혓바닥을 내놓고 죽기는 싫었다. 혀를 집어넣으려고 했지만 혀는 말을 듣지 않았다. 타오쯔의 두 다리가 허공에서 버둥거리자 그녀의 몸이 함께 흔들리기 시작했다. 타오쯔는 기둥에서 들리는 건조한 마찰음을 들을 수 있었다. 그녀는 그 소리를 다시 듣기 위해 애썼지만 더이상 아무 소리도 들을 수 없었다.

문을 열고 들어간 진얼의 눈에 가장 먼저 들어온 것은 타오쯔의 혓바닥이었다. 진얼은 달려가 두 손으로 그녀의 다리를 잡았다. 딱딱하고 차가웠다. 진얼은 바닥에 털썩 주저앉아 힘이 빠진 두 손으로 바닥을 짚었다. 사방이 온통 자잘한 핏방울들이었다. 진얼이 다시 일어나 끈을 풀자 뻣뻣하게 굳은 타오쯔의 몸이 쿵 하는 소리를 내며 바닥으로 떨어졌다.

진얼이 그녀를 안고 펑제중의 방으로 갔을 때 펑제중은 혼자서 바둑을 두고 있었다. 펑제중이 멍한 시선으로 그를 바라보았다. 진얼이 말했다.

"타오쯔가 죽었습니다."

펑제중이 말했다.

"알았어."

7

짙은 안개가 리워 강 전체를 뿌옇게 뒤덮고 있었다. 잔잔한 강물 위로 난 구불구불한 물길만이 그곳을 오간 배들의 흔적을 말해주었다. 그것은 물의 상흔이기도 했다. 고통을 모르는 물은 노가 휘서은 모양내로 갈라져 찢어진 후 그 상처를 스스로 치유했다. 추수이 성은 리워 강에 둘러싸여 있었다. 강가 언덕에는 생생하게 살아 숨쉬는 동물을 찾아보기 힘들었다. 형형색색의 갖가지 식물들만이 진흙과 햇볕, 그리고 습기가 혼합된 냄새를 먹고 내뱉을 뿐이었다. 그렇게 모래언덕은 부두가 되었고, 부두는 정박한 사람들이 노닥이는 곳이 되었다.

이른 새벽에 일본군 시체 한 구가 리워 강 모래언덕 위로 떠올랐다. 시체를 맨 처음 발견한 사람은 아침밥을 위해 쌀을 씻으러 나온 중년 여인이었다. 뱃전에 앉아 쌀 속에 든 흙을 까부르던 여인은 물밑에서 떠오른 황토색 웃소매를 보았다. 여인은 얼른 언덕 위를 살펴보았지만 아무도 없었다. 그녀가 손을 내밀어 황토색 상의를 건져냈다. 그러자 눈을 꼭 감은 채 죽어 있는 머리통이 보였다. 놀란 여인은 바닥에 털썩 주저앉아 아무 말도 하지 못했다. 일본 병사의 머리는 긴 촉수를 가진 해파리처럼 강물에 출렁이며 물결을 어지럽히고 있었다.

소문이 돌기가 무섭게 거리는 텅 비어버렸다. 그 한산한 모습이 아침 무렵 기녀들이 벗어놓은 바지 자락 같았다. 성안 사람들은 간밤에 시체 한 구가 더 늘어난 것을 알고 있었다. 일본 병사들의 발걸음이 어수선한 가운데 그들의 얼굴에는 새파란 살기가 돌았다. 그들의 총구는 신경질적으로 무언가를 찾고 있었다. 그들이 거칠게 내뱉는 일본어가 중국인들의 귓전을 마구 찔러댔다. 추수이 성에 사는 중국인들은 군화를 신은 일본어에 질려 어찌할 바를 모르고 있었다.

황혼 무렵 일본 병사들이 청옥관에 들이닥쳤다. 문을 지키고 있던 진얼을 황색 개머리판이 확 밀치고 들어왔다. 무슨 일인지 보기 위해 나왔던 기녀들이 비명을 지르며 자신들의 방으로 뛰어 들어갔다. 기녀들은 반쪽 얼굴과 한쪽 다리만 내민 채 방문을 반쯤 열어놓고 있었다. 서쪽 하늘에 피기 시작한 붉은 노을은 질병을 퍼뜨리는 악귀가 여기저기 마음대로 내뱉은 가래의 흔적처럼 보였다. 청옥관에 들이닥친 일본 병사들은 두 줄로 나란히 늘어섰다. 총끝에 매달린 대검의 날끝이 투명하고 예리하게 빛났다. 잠시 후 시오자와 대위가 마주 선 대열 가운데로 성큼성큼 걸어왔다. 시오자와 대위의 눈은 사람을 보지 않고 있었다. 펑제중은 일본 병사 두 명의 옷자락 틈새로 진얼의 얼굴을 보았다. 진얼의 얼굴은 평화로웠다. 그의 얼굴에서 적개심이나 두려움 따위는 찾아보기 힘들었다. 그는 태연자약한 모습으로 갑자기 들이닥친 일본 병사들을 그저 바라보고 있었다. 그리고 가끔씩 정신이 나간 듯한 시선으로 펑제중의 눈치를 살폈다.

시오자와 대위의 쌍꺼풀 없는 작은 눈에서 평소보다 강한 기운이 느껴졌다. 쌍꺼풀 없는 눈은 효과적으로 남자의 위엄을 느끼게 했다. 시오자와 대위는 뒷짐을 진 채 흰 장갑을 끼고 있었다. 전쟁의 시기에 흰색이란 선혈이 뿜어지기를, 뭔가가 오염시키주기를 고대하는 무한한 공포의 빛깔이었다.

시오자와 대위는 이층으로 올라갔다. 나무 층계를 밟는 끼익끼익 소리가 이층까지 길게 이어졌다. 펑제중은 내키시 않는 걸음으로 그를 따라 올라갔다. 사람들은 펑제중의 엉덩이에서 옹졸하고도 비굴한 심사를 보았다.

시오자와 대위가 펑제중의 방문을 밀고 들어갔다. 펑제중의 방 안에는 고서화가 잔뜩 걸려 있었다. 귀한 고서화들이 기생집 벽에 즐비하게 걸려 있었다. 중국의 옛사람들이 자신들의 모든 지혜를 모아 길게 늘어선 채로 시오자와 대위를 기다리고 있었다. 시오자와 대위는 걸음을 멈추고 미동도 없이 그림들을 바라보기 시작했다. 그의 얼굴은 무표정했다. 그가 고개를 돌리자 펑제중이 웃음을 보냈다. 시오자와 대위의 시선이 탁자 위의 바둑판에 고정되었다. 시오자와 대위가 흑돌 하나를 집어 들고 창문에 비추어 보며 눈을 가늘게 떴다. 푸르스름한 자색 광채가 흑돌 속에서 우아하게 빛났다. 그가 다시 백돌을 하나 집어 들어 자세히 살펴본 후 내려놓았다. 시오자와 대위가 갑자기 펑제중을 향해 알 수 없는 일본어를 쏟아내기 시작했다. 펑제중은 아무 말도 알아들을 수 없었지만 불길한 분위기만은 분명히 감지할 수 있었다. 말을 끝낸 시오자와 대위는 아래층으로 다시 내려갔다. 역시 계단에서는 고통스러운 신음 소리가 났다.

시오자와 대위가 두 줄로 도열해 있던 병사들 가운데로 걸어 들어가 뭔가를 지시했다. 일본 병사들은 민첩한 동작으로 몸을 돌려 나무토막처럼 병진했다. 시오자와 대위마저 떠나자 청옥관의 큰 홀이 갑자기 텅 빈 것처럼 황량하게 느껴졌다. 그때 펑제중의 코끝에 피비린내가 끼쳤다. 타오쯔의 방에서 스멀스멀 풍겨나오는 죽음의 냄새였다. 펑제중이 외쳤다.

"진얼! 진얼!"

잠시 후 진얼이 펑제중 앞으로 달려왔다.

"도련님, 찾으셨습니까?"

펑제중이 생각에 잠겼다가 겨우 말했다.

"함께 술이나 한잔 하자꾸나."

일본 병사의 시체는 장작더미 위에서 화장되었다. 불꽃이 피어오르는 장면을 본 사람들은 그 시체가 산 사람보다 훨씬 더 위험스러운 존재임을 믿어 의심치 않았다. 보루 위에 놓인 기둥형 탐조등이 어두운 밤을 창백하게 밝히고 있었다. 쥐새끼들조차 탐조등 불빛 뒤에는 뭔가를 갈망하는 총구가 있다는 사실을 잘 알고 있었다. 사람들은 추수이 성에서 뭔가 심상치 않은 일이 벌어지고 있음을 직감했다. 추수이 성은 누군가의 죽음을 기다리고 있었다.

어느 날 오후, 시오자와 대위가 펑제중의 방문을 열고 들어왔다. 그는 여덟 명의 병사를 대동하고 있었다. 병사들은 마치 바둑판의 포석처럼 여덟 개의 각기 다른 위치에 자리를 잡고 섰다. 시오자와 대위는 습관적으로 벽을 쳐다보았다. 벽 위에는 아무것도 없었다. 시오자와 대위는 여느 때와 마찬가지로 절도 있는 웃음을 보여주었다. 하지만 펑제중에게는 불안감이 엄습했다. 펑제중이 별 필요도 없이 그를 불렀다.

"대위님……"

펑제중이 자리에서 일어나자 시오자와 대위가 의자에 앉았다. 그는 갖고 온 술병을 꺼내 술을 두 잔 따르고 말했다.

"바둑이나 한판 두셌소?"

펑제중이 침대 밑에서 두 개의 바둑통을 꺼냈다. 시오자와 대위가 흑돌을 쥐고 먼저 화점에 놓았다. 대위의 바둑은 대담하고 용맹했다. 바둑알이 놓일 때마다 바둑판 위에서 메아리가 일었다. 펑제중은 백돌을 손에 들고 몇 번 굴리다 차분하게 삼삼에 두었다. 흑돌이 또다른 화점에 놓이자 백돌도 역시 또다른 삼삼에 놓였다. 한 손으로 턱을 괴고 있는 시오자와의 눈빛이 펑제중의 눈빛과 부딪쳤다. 대위가 말했다.

"지금 날 희롱하는 것이오, 아니면 바둑을 희롱하는 것이오?"

펑제중은 아무 말도 하지 않았다. 그의 백돌은 조심스럽게 흑돌 앞에 머리를 조아리고 있었다. 백돌의 위축된 모습으로 인해 흑돌의 이연성 포석은 더욱 기세등등해 보였다. 시오자와 대위가 말했다.

"나에게 저주지 말라. 명령이다!"

시오자와의 다섯번째 수가 천원(天元)*에 이르렀다. 시오자와 대위의 그 수는 오만방자한 모습으로 펑제중에게 긴장할 것을 명령하고 있었다. 펑제중은 얼굴색이 확 변하면서 바둑에 몰입하기 시작했다. 그는 우하의 흑돌에 백돌을 걸었다.

실내를 오가는 사람도, 소리를 크게 내는 사람도 없었다. 키 작은 일본 병사들이 총을 들고 차렷 자세를 취하고 있었다. 진얼은 방문 틈새로 총을 들고 있는 일본 병사의 한쪽 손을 보았다. 청옥관 사람들의 모든 관심은 온통 펑제중의 방 안에 집중되어 있었다. 그들은 지나치게 길게 느껴지는 적막을 주시하며 큰 화가 임박했음을 직감했다.

바둑판 위의 싸움이 치열히 전개되기 시작했다. 대담함과 신중함이 한 치의 양보 없이 대치하고 있었다. 흑돌과 백돌 모두 이빨을 드러내고 있었다. 그 모든 것은 눈에 보이는 동시에 보이지 않는 것이기도 했다. 한 수 한 수가 상대방의 모국어가 되어 상대방의 생각을 읽어나갔다. 바둑은 가장 뛰어난 통역관이었다. 대국자의 육감은 가장 직접적인 방식을 통해 상대를 감지했다. 시오자와 대위는 펑제중의 기민함을 느꼈다. 하지만 그는 펑제중의 기민함이 마음에 들지 않았다. 시오자와 대위는 그 기민함을 남김없이 부숴버리기로 결심했다. 그는 좌중앙에 위치한 일곱 개의 백돌을 향해 적나라하게 돌진했다. 그러자 펑제중의 눈에도 푸른 불꽃이

---

* 바둑판의 정중앙 화점.

일었다. 상대의 초강수 앞에서 펑제중은 장고하기 시작했다. 그러나 거의 사십여 분을 다 쓴 장고의 결과는 너무나도 보잘것없었다. 하지만 이 평범한 한 수가 시오자와 대위를 사면초가의 곤경으로 몰아넣었다. 중대한 사건들의 마지막 결말이 곧잘 별 볼일 없는 사람들에 의해 좌우되는 것과 비슷했다. 역사는 때때로 별 볼일 없는 사건으로 완성되곤 했다. 지금껏 시오자와 대위는 대학살을 전개해왔다. 하지만 살아남기 위해 발버둥치던 가련한 모습의 백돌은 이제 펑제중의 평범한 한 수로 흉악스런 면모를 드러내고 있었다. 잠을 자듯 고요하던 역사는 때가 되면 무시무시한 그림자와 함께 거대한 발톱을 드러내기 일쑤였디. 시오자와 대위는 진투를 포기하든시, 아니년 사신이 자지한 절반의 진영을 포기해야 할 처지였다. 짜증이 분노로 변한 대위가 펑제중의 근거지 앞에서 생사패를 걸어왔다.

펑제중은 생사패의 싸움에서 피비린내를 맡았다. 생사의 고비마다 머리 좋은 사람들에게서 가장 먼저 나타나는 현상은 유약함이었다. 머리 좋은 사람들은 늘 이익을 찾아냈고, 눈앞의 이익은 그들을 유약하게 만들었다. 펑제중의 수가 유연해지면서 바둑판 위의 상황이 또다시 급변했다. 시오자와 대위가 수를 조금만 움직이면 이기게 될 판이었다. 시오자와 대위는 펑제중이 투항하기를 기다렸지만 펑제중은 투항하지 않았다. 펑제중은 흑돌이 비어 있는 한쪽 구석에 다시 쓸모없어 보이는 수를 두기 시작했다. 시오자와 대위는 펑제중의 패를 용납하지 않았다. 그는 무례하기 짝이 없는 백돌을 끝장낼 생각에 여념이 없었다. 하지만 한 수 한 수 이

어지던 시오자와 대위의 수는 결국 스스로를 두번째 어려움 속으로 몰아넣었다. 평제중이 만든 그 패를 넘겨주든지, 아니면 가련하면서도 무례한 백돌과 공생을 해야 했다.

오후 네시가 되었다. 시오자와 대위는 조그맣게 살아남은 백돌을 바라보았다. 그 백돌들은 수없이 많은 흑돌에 둘러싸여 있었지만 끝내 생명을 유지한 채 바둑의 승부를 결정짓고 있었다. 금계독립(金鷄獨立)*이라는 말이 이번 대국의 전 과정을 대변하고 있었다.

시오자와 대위가 말했다.

"당신이 이겼군."

평제중이 고개를 들어 맞은편에 앉아 있는 사람을 보았다. 시오자와 대위…… 왜놈……

시오자와 대위는 비록 술기운이 오른 눈빛이었지만 차갑고 강경해 보였다. 그는 다리를 꼬고 앉아 평제중의 얼굴 윤곽을 아주 자세히 뜯어보았다. 마침내 대위가 입을 열었다.

"펑 선생, 내 병사가 중국 민간인의 손에 살해되었소. 범인은 분명 군인이 아니오."

평제중은 아까 자신이 두었던 절묘했던 한 수를 줄곧 생각하고 있었다. 시오자와 대위가 말했다.

"하지만 난 아무런 단서도 찾지 못하고 있소."

시오자와 대위가 차고 있는 손목시계의 초침 소리 외에 방 안은

---

* 보잘것없는 닭이 위풍당당한 모습으로 서 있다는 의미.

226

조용했다. 대위가 다시 말했다.

"황군의 명예를 위해 난 사람을 죽여야겠소. 난 그 살인범을 죽여야만 하오."

"그게 누굽니까?"

"바로 당신이오."

평제중이 웃음을 터뜨린 후 손을 내저으며 말했다.

"제가 감히 어떻게 황군의 병사를 죽일 수 있겠습니까?"

"당신이 죽이지 않은 것을 알고 있소."

시오자와 대위가 무섭게 인상을 쓰며 말했다.

"하지만 난 당신을 죽여야겠소."

평제중의 엉덩이가 천천히 의자에서 떨어졌다.

"왜죠? 이유가 뭡니까?"

"그야 누군가를 죽여야만 하니까! 이미 난 결정을 내렸소!"

평제중이 외쳤다.

"제겐 많은 골동품들이 있습니다! 대위님이 보시면 모두 좋아하실 것들입니다!"

"골동품이라면 물론 좋아하지. 그리고 저 바둑도 아주 마음에 드오!"

"헌데 왜 절 죽이시려는 겁니까?"

"난 다만 당신이 살아 있는 게 눈엣가시처럼 못마땅할 뿐이오. 당신의 중국 예술품들 역시 내 심기를 불편하게 만들어. 하지만 이번 바둑에서 날 이겼으니 죽을 때만큼은 점잖게 죽게 해주겠소. 당신이 우리 황군을 죽였다고 말해주지. 그럼 당신은 죽어서도 영웅이 될 것이오!"

"안 됩니다! 안 돼요! 제발 살려주세요!"

펑제중이 무릎을 꿇고 머리를 세차게 흔들며 외쳤다.

"이미 당신의 체면은 내가 봐준 셈이니 당신도 최소한 지켜야
할 자존심을 좀 지켜보란 말이야!"

시오자와 대위가 짜증스러운 듯 자리에서 벌떡 일어났다. 그가
일본어로 고함을 지르자 밖에서 두 명의 병사가 뛰어 들어왔다.
그들은 눈깜짝할 사이에 펑제중을 묶었다. 커다란 총구가 그의 입
안으로 들어오는 바람에 펑제중의 얼굴이 벌겋게 상기되었다. 그
는 뭔가 말하려고 했지만 그의 혀는 이미 중국어를 할 수 있는 혀
가 아니었다. 방 안에서 갑자기 벌어진 상황을 보면서 진얼은 불
현듯 죽은 일본 병사의 시체가 떠올랐다.

재판이나 수사 따위는 존재하지 않았다. 여명이 밝아오는 순간
이 형을 집행하는 시간이었다. 태양이 한참이나 애를 쓰며 솟아올
랐다. 햇볕은 더할 수 없이 맑고 깨끗했다. 햇볕은 그 어떤 냄새도
형체도 갖고 있지 않았다. 부드럽고 고운 햇살은 천천히 찾아왔
다. 무한하게 펼쳐져 있던 짙푸른 남색 지평선이 태양의 금빛 조
화를 기다리고 있었다. 간혹 울어대는 가을벌레들의 울음소리는
겁에 질린 듯했다.

의자 위에 묶여 있는 펑제중의 시야에 흰색 손장갑이 들어왔다.
총끝에 걸린 대검날에 햇빛이 부딪히며 눈부신 빛을 튀겼다. 펑제
중이 눈을 부릅떴다. 그의 이마에서 푸른 혈관이 꿈틀거렸다. 그

는 있는 힘을 다해 발버둥치며 몸을 흔들었다. 그는 무언가 말을 하고 싶었다.

형을 집행하는 사람은 열일곱 살의 일본 병사 키쿠치(菊池)였다. 그의 총구는 펑제중의 이마에서 불과 삼 미터 정도 떨어져 있었다. 펑제중은 총의 가늠자를 통해 어린 키쿠치의 눈빛을 보았다. 키쿠치의 눈빛은 두려움에 젖어 있었다. 방아쇠를 만지작거리는 그의 가늘고 긴 손가락은 푸른 뱀처럼 슈욱슈욱 소리를 내고 있었다.

총소리가 들렸다. 자신의 몸이 뭔가에 떠밀린 듯 쓰러질 때 그는 총소리를 들었다. 그는 땅바닥에 옆으로 누워 그 총소리가 허공에 산산이 부서지는 것을 느꼈다. 몸속 깊은 곳에 있던 피가 밖을 향해 달려 나가며 울부짖고 있었다. 앞을 다투며 밖으로 뛰어나온 그의 피는 허공에 새빨간 혈흔을 남겼다. 펑제중은 통증을 느끼지 못했다. 그는 감각을 되찾기 위해 노력했지만 눈과 코, 피부는 모두 이미 그를 떠나 있었다. 오직 청각만이 허공에 살아 있었다. 펑제중은 총이 땅바닥에 떨어져 철커덕거리는 소리까지 들었다. 누군가가 허둥대며 외치는 소리두 들었다.

"내, 내가 사람을 죽였어요! 내가 사람을 죽였다고요!"

뺨을 때리는 소리와 함께 뺨을 때린 자의 고함 소리가 들렸다.

"네가 죽인 것은 중국인이야, 중국인! 중국인을 죽인 거라고! 알았니?"

펑제중은 그 목소리의 주인공이 시오자와 대위라는 것을 알았다. 펑제중은 다시 전신의 힘을 모아 뭔가를 더 들으려고 애썼다.

하지만 이마 위로 흐르는 액체의 기포가 파열되는 소리 외에 그는
더이상 아무 소리도 들을 수 없었다.

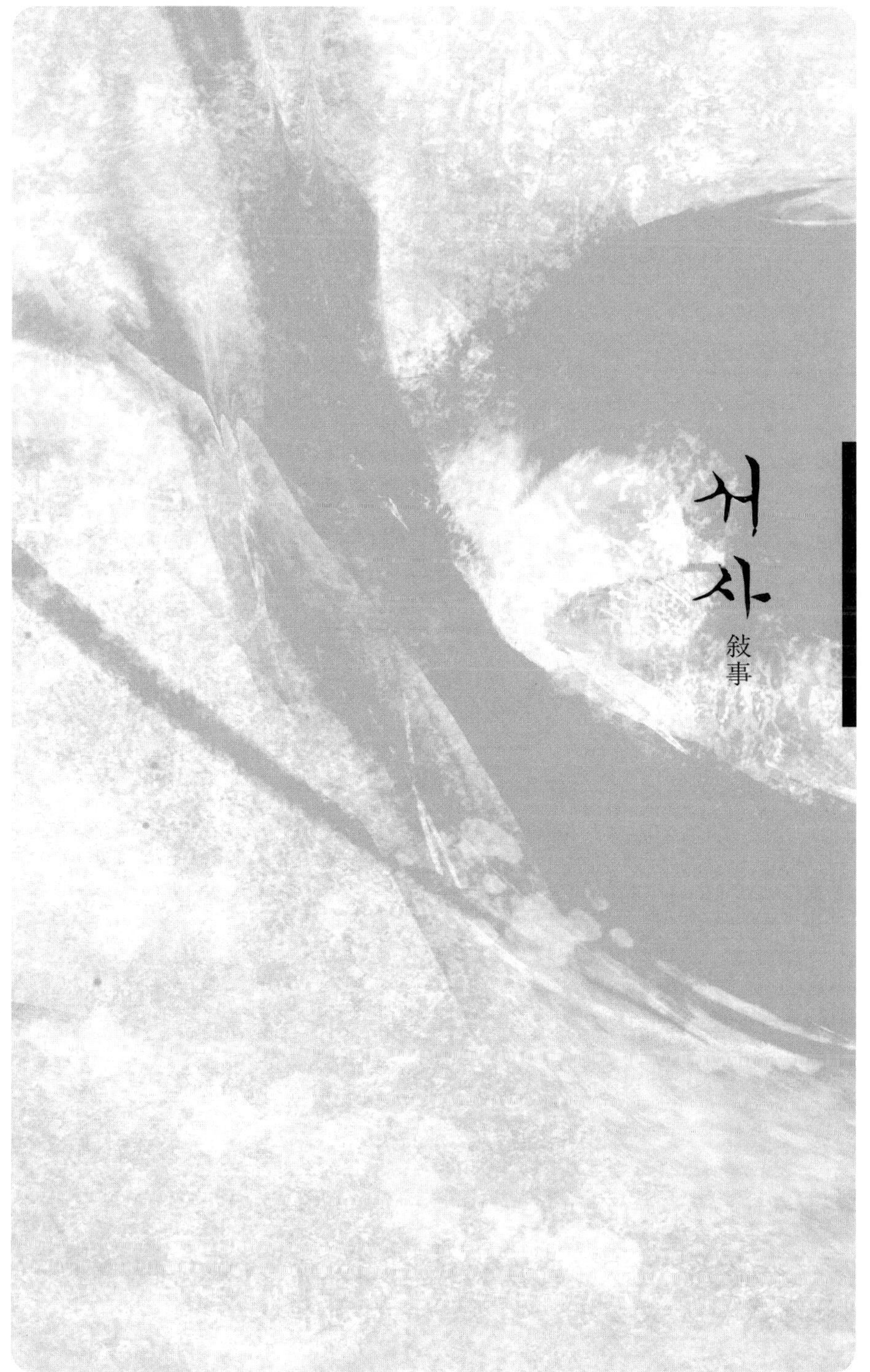

서사
敍事

그날 오후부터 내리기 시작한 함박눈 때문인지 네시경이 되자 하늘빛이 노랗게 물들기 시작했다. 마을 전체가 쏟아지는 눈에 완전히 고립된 후 마을 곳곳에 쌓인 풀 더미와 띠 무더기, 우물 가장자리는 모두 눈에 덮여 둥그런 모양새를 하고 있었다. 문을 열고 들어선 아버지가 쌓인 눈을 털어내며 짜증스럽게 말했다.

"어찌된 게 허구한 날 눈이 내리는 게야!"

아비지는 눅눅해진 방석과 솜을 맑고 화창한 날 햇볕에 말려 보금자리를 마련해놓고 어머니의 분만을 기다리고 싶었다. 그때까지도 아버지는 가까운 미래에 도시에서 눈이 갖게 될 위상을 짐작하지 못했다. 그는 흰 눈과 코카콜라, 그리고 축구가 한데 어우러진 이미지가 세기말 도시의 얼굴을 대표하리라는 것을 몰랐다. 나는 하얀 눈을 바라보는 도시 소녀들의 눈동자를 주의 깊게 살펴본 적이 있다. 동경으로 가득 찬 그들의 눈동자 속에는 투명하면서도 날카로운 육각 꽃잎이 반짝이고 있었다. 소녀들이 입은 털옷은 흩날리는 눈송이들과 함께 나풀나풀 춤추고 있었다. 소녀들의 눈꽃 예찬이 아마도 나에게도 감염된 모양이다. 나는 당시 아버지가 왜 그토록 좋은 것을 제대로 감상할 줄 모르는지 도무지 이해할 수 없었다.

방으로 들어온 아버지가 몸을 돌려 문을 닫을 때 어머니는 호롱불 아래 앉아 있었다. 어머니는 그 눈 내리던 계절에 붙박이처럼 늘 방 안에서 조용히 바느질을 했고, 그러다 소리 없이 임신을 했다. 임신한 몸으로 호롱불 아래서 바느질을 하는 어머니의 자태는 고전적으로 아름다웠다. 콧날과 입술을 경계로 한쪽 얼굴은 오렌지빛으로 물들었고 다른 한쪽에는 어두운 그늘이 졌다. 아버지가 문을 닫고 호롱불의 심지를 한 번 돋우자 어머니가 고개를 들어 아버지를 보았다. 아버지도 어머니를 한 번 쳐다보고는 품속에서 붉은 실이 십자 모양으로 묶여 있는 종이 꾸러미 하나를 꺼냈다. 흑설탕 반 근이었다. 아버지는 흑설탕을 한 숟갈씩 덜어 입구가 좁은 유리병에 담았다.

아버지는 자신에게 나타난 사상적 변화에 대한 보고를 하기 위해 '우익'이 되고 나서는 처음으로 아침 일찍 읍내에 나갔다. 아버지는 오후가 다 될 무렵까지 땀을 뻘뻘 흘리면서 자신의 사상과 감정에 생겨난 커다란 변화를 당조직에 보고했다. 하늘은 이미 나무 한 그루 키만큼 내려와 있었다. 아버지는 읍내 삼거리 모퉁이에 쪼그려 앉아 품속에서 전병 두 개를 꺼냈다. 전병을 반쯤 먹던 아버지는 문득 흑설탕을 사러 가게에 들러야겠다고 생각했다. 곰보 아줌마의 당부였다. 곰보 아줌마는 흑설탕을 사오라고 아버지에게 신신당부했다. 근엄한 표정을 한 곰보 아줌마가 말했다.

"아무리 돈이 없어도 흑설탕은 꼭 사야 해. 여자가 그걸 먹지 않으면 나쁜 피를 다 쏟아낼 수가 없거든…… 자칫 잘못해서 뱃속에 어혈이라도 생기게 되면 큰 병의 원인이 되고 만다고!"

어떤 사람의 말도 항상 잘 들어주는 아버지의 성격에 곰보 아줌마의 당부를 잊을 리 만무했다. 하지만 흑설탕 반 근을 사가지고 돌아온 아버지가 그것을 용기에 옮겨 담는 모습에서 당신의 마음이 얼마나 복잡한지가 그대로 드러났다.

갑자기 들려오는 신음 소리에 아버지가 고개를 돌리자 경직된 모습으로 굳어 있는 어머니의 모습이 보였다. 천장을 향한 어머니의 시선과는 반대로 손에 들린 바느질감이 아래로 축 흘러내려 있었다. 아버지가 물었다.

"왜 그래? 왜 그러는 거야?"

어머니가 대답했다.

"배가 아파요."

아버지는 손가락에 묻어 있던 설탕 가루를 급히 핥고는 달려가 어머니를 안았다. 어머니는 절망적인 눈빛으로 아버지를 쳐다보았다.

"안 되겠어요."

어머니가 말했다.

"배가 이상해요."

아버지는 어머니를 안아 침대에 눕힌 후 곧바로 산파인 곰보 아줌마네로 달려갔다. 아버지는 부서져라 나무 문짝을 두드리며 고래고래 곰보 아줌마를 불렀다. 자신이 도대체 무슨 말을 하고 있는지도 모른 채 아버지가 두서없이 떠들고 있는 동안 곰보 아줌마가 문을 열었다. 아줌마는 한 손에 솜을, 다른 한 손에는 잣다 만 실타래를 쥐고 있었다. 곰보 아줌마가 두텁고 큼지막한 아랫입술을 축 내려뜨린 채 물었다.

"진통이 온 게야?"

아버지가 대답했다.

"예, 그런가봐요."

아줌마는 실타래를 꼬면서 아주 느긋한 표정으로, 아버지더러 당장 돌아가서 큰 솥 두 개에 물을 끓이라고 했다. 아버지가 말했다.

"그 사람이 자꾸 소리를 질러요. 아프다고 계속 소리를 지른다구요."

곰보 아줌마는 방으로 들어가면서 중얼거렸다.

"놔둬. 여자란 원래 그런 게야. 그 짓 할 땐 좋다고 소리 지르고, 애새끼 낳을 땐 아프다고 소리 지르고…… 소리를 안 지르면 여자가 아니지."

분명히 말해 이 이야기의 주인공은 나의 어머니가 아니라 바로 나다. 당시 내가 처한 환경 때문에 내 신변에 어떤 일들이 일어나고 있는지는 몰랐지만, 그건 아무래도 상관없다. 어쨌든 어머니는 고통을 참아내야 했다. 그것은 이미 정해진 하늘의 뜻이었다.

바람이 잦아들고 눈이 그쳤다. 눈이 그친 밤의 달빛은 거울처럼 맑았다. 대지는 희디흰 빛으로 반짝였고 하늘은 유난히 새파랬다.

달이 환하게 웃고 있는 깊은 밤은 정적 속에서 한없이 고요했다. 세상은 너무도 깨끗했고 우주에는 티끌 한 점 없었다.

나는 새벽에 태어났다. 겨울달이 내뿜는 순백의 빛과 짙푸른 하늘빛 사이로 처음 떠오른 태양은 싱싱함과 부드러움을 뽐내고 있었다. 내가 나의 탄생을 이렇듯 시적인 풍경화처럼 묘사하는 것이 실은 우습기도 하고 너무 자아도취적인 것 같기도 하지만, 시적이고 그림 같다는 것이 꼭 좋은 징조만은 아니다. 여기서 나는 아주 구체적인 이야기를 하고자 한다. 산파인 곰보 아줌마가 나를 받을 때 그녀가 처음 본 것은 내 머리가 아니라 발뒤꿈치였다. 내가 왜 그런 방식을 택해서 태어났는지는 나도 알 수가 없다. 내 상태는 그야말로 위험천만한 것이었다. 내 발가락을 보자마자 곰보 아줌마의 표정이 싹 변했다. 얼굴에 난 곰보 자국이 더욱 깊게 파이고 두텁고 무거워 보이는 아랫입술은 더욱 도드라져 길게 늘어졌다. 세상의 한기를 느끼며 배에서 나온 내 발가락에는 붉은 피와 희멀건 태지(胎脂)가 잔뜩 묻어 있었다. 곰보 아줌마가 고개를 돌려 아버지에게 외쳤다.

"오생(啎生)*이야, 오생!"

아버지의 얼굴이 하얗게 질렸다. 어머니와 뱃속의 아이가 걱정이 되어 놀란 탓도 있겠지만 실은 아줌마의 표현 때문에 더 놀랐던 것 같다. 날 놓고 기역자도 모르는 무식쟁이 아줌마가 뜻밖에도 '난산'이라는 말 대신 '오생'이라는 어려운 표현을 썼던 것이

---

* 거꾸로 태어났다는 의미.

다. 그 말은 굉음이 되어 아버지의 귓가를 때렸다. 이것은 곰보 아줌마의 이름이 '야즈(雅芝)'*일 거라고는 상상도 못했던 것과 같은 이치였다. 나는 대학 1학년 때 『좌전·은공원년(左傳·隱公元年)』을 읽었기 때문에 오생이라는 말이 무슨 뜻인지 알고 있다. 『사서(史書)』에 이르기를 '……장공이 거꾸로 태어나 강씨를 놀라게 했다. 그래서 오생이라 이름 지었으며 마침내 그를 미워하게 되었다(庄公寤生, 驚姜氏, 故名曰寤生, 遂惡之)'라고 하였다. 장공이 난산으로 생모의 미움을 샀다는 것인데, 이로 볼 때 오생은 결코 좋은 징조가 아니었다.

그러나 내가 그런 자세로 태어났다고 해서 산모인 어머니의 생명이 위험했던 건 아니다. 곰보 아줌마는 손바닥으로 내 다리를 잡고 허리를 받쳤다. 바로 이때 그 아줌마가 내 다리 사이에 달려 있는 것을 보았을 것이다. 그녀의 손놀림이 더욱 분주해지기 시작했다. 내 몸뚱이는 가죽을 막 벗긴 토끼 새끼마냥 아주 뜨거웠다. 곰보 아줌마의 손바닥 위에서 하나의 생명이 꿈틀거리고 있었다. 그녀는 뭐라고 구시렁거리며 아랫입술을 끊임없이 움직였다.

"힘을 줘. 그렇지."

곰보 아줌마는 또 말했다.

"힘을 주라고. 있는 힘껏 줘봐! 그렇지."

아줌마가 내뱉는 이러한 말들이 처음에는 어머니를 격려하는 의미였겠지만 나중에는 그냥 습관처럼 내뱉는 말이 되어버린 것

---

* '우아한 풀꽃'이라는 의미.

같았다. 심지어 아줌마는 손등으로 콧잔등을 눌러 코를 풀면서도 그렇게 중얼거렸다.

"힘줘. 그렇지. 좋아, 잘했어!"

어머니는 입을 크게 벌린 채 힘을 주느라 무진 애를 썼다. 참으로 고통스럽고도 긴 여정이었다. 어머니는 거의 위험수위에 달해 있었다. 내 머리의 반쪽이 나올 즈음 어머니가 거의 기진맥진한 상태인 것을 보고 곰보 아줌마가 갑자기 나를 세게 잡아당겼다. 지금 내 머리가 이렇게 길고 뾰족한 이유가 바로 그 때문이 아닌가 싶다.

나는 몸뚱이에 탯줄만을 달고서 그렇게 거꾸로 이 세상에 나왔다. 아줌마는 허리를 굽힌 자세로 목을 길게 빼고는 이빨로 탯줄의 끄트머리를 물어뜯었다. 아줌마는 칼이 아닌 이빨로 탯줄을 잘라 나를 사람으로 태어나게 한 것이다. 이 세상에 나왔을 때 나는 꼼짝도 하지 않았다. 얼굴은 푸르딩딩했고, 콧구멍과 입속에는 양수가 가득 고여 있었다. 아줌마가 힘껏 코끝을 누르자 그제야 내가 우렁찬 소리로 울기 시작했고, 그 덕에 입속에 차 있던 모든 양수가 빠져나왔다. 내 콧날이 지금 이렇게 넓고 납작한 것도 곰보 아줌마의 솜씨인 것 같다.

일을 잘 끝내고 방문 앞에 서 있던 늙은 산파는 극도의 피로감을 느꼈다. 늙은 산파는 문틀에 기대어 한숨 돌리며 아버지에게 말했다.

"됐어! 아주 잘됐어."

그때 아버지는 양손과 턱을 아래로 축 늘어뜨린 채 멍하게 있다가 아줌마의 이 말을 들었다. 그리고 아버지는 아줌마의 두 손과 입 주위가 온통 선명한 핏빛으로 얼룩져 있는 것을 보고 깜짝 놀랐다. 그녀가 웃자 피 묻은 큰 입이 옆으로 쩍 벌어졌고, 그 안을 차지하고 있던 이빨 사이사이에도 피가 묻어 있는 게 보였다. 아줌마가 그렇게 피가 낭자한 채로 웃으며 아버지에게 말했다.

"됐어. 똥도 나왔고…… 고추도 달고 나왔어."

아버지가 들어섰을 때 나는 그를 본 척도 하지 않았다. 나는 강보에 싸여 난장판 속에 누워 있었다. 나는 다른 여느 아이들처럼 두 다리를 곧추세우고 두 주먹을 꼭 쥐고서 눈은 감은 채 울고 있었다.

대학교 3학년이 되던 어느 겨울날, 나는 일흔여덟의 곰보 아줌마 류야즈(劉雅芝)를 찾아갔다. 겨울비가 추적추적 내리고 있었고, 마을의 초가와 골목들은 더럽기 짝이 없었다. 나는 질척거리는 골목 구석에서 이미 과부가 된 곰보 얼굴의 한 노파를 찾아냈다. 돼지 우리 안쪽에 쪼그리고 앉아 있는 그녀 주위로 한 무리의 사람들이 빙 둘러 서 있었다. 한 사내아이가 꿀벌처럼 길을 안내하며 어른들의 바짓가랑이 사이를 뚫고 돼지 우리로 뛰어 들어가 큰 소리로 말했다.

"할머니! 읍내에서 누가 할머니를 찾아왔어요!"

사람들이 몸을 비켜 길을 내주었다. 곰보 아줌마는 덩치가 아주 큰 어미 돼지가 새끼 낳는 것을 거들고 있었다. 까만 어미 돼지가 낳은 여덟 마리의 작고 까만 새끼 돼지들은 황금빛 볏짚 위에 누위 어미의 발갛게 부어오른 젖을 헤집고 있었다. 머리를 틀어 올리고 소매를 바짝 걷어올린 곰보 아줌마의 얼굴에 난 곰보 자국은 타원형으로 늘어져 있었다. 실눈을 뜨고 입을 벌린 채 나를 바라보는 아줌마의 입속에는 지렁이를 연상케 하는 진한 자줏빛 잇몸과 달랑 두 개의 이빨만 남아 있었다. 그녀의 자줏빛 잇몸을 보니 불현듯 내 배꼽이 생각났다. 이런 연상은 내 기억 속에 어떤 역사적인 틈새를 만들면서 겨울비 속의 찬바람 같은 스산함을 안겨주었다.

곰보 아줌마는 힘들게 몸을 일으키며 나의 정수리 부분을 뚫어져라 쳐다보고는 정확하게 짚어냈다.

"너, 거꾸로 태어났지!"

나는 너무 놀란 나머지 아줌마에게 물었다.

"저를 아직 기억하시는군요?"

곰보 아줌마가 무표정한 얼굴로 말했다.

"기억이야 다 할 수 없지. 이 손으로 받은 아이가 돼지 새끼보다 훨씬 많은데 어떻게 다 기억하겠어?"

나는 흥분한 목소리로 말했디.

"저도 아주머니께서 받아주셨어요!"

마비된 듯 축 늘어진 곰보 아줌마의 양손 끝에서 반투명한 핏빛 물방울들이 아래로 뚝뚝 떨어졌다. 이때 누군가가 외쳤다.

"아홉번째냐. 아홉번째 새끼야!"

곰보 아줌마가 다시 자리에 앉아 빨갛게 부은 어미 돼지의 산도(産道)를 피 묻은 손으로 어루만졌다. 이번에 나온 녀석은 흰색이었다. 이렇게 돼지 새끼들이 각각 다른 색깔로 태어났다는 게 내 겐 아주 인상적이었다. 주위가 조용해졌다. 곰보 아줌마는 대단한 인내심을 가지고 새끼 돼지를 손으로 받쳐 들었다. 새끼 돼지는 정중동(靜中動) 속에서 태어났다. 일출 시에 우리가 해의 움직임 을 볼 수는 없지만 어쨌든 점차 해가 커지는 것과 같은 이치라고 나 할까…… 곰보 아줌마는 요술을 부리듯 돼지 새끼를 받아서는 마른 볏짚으로 닦고 또 닦아주었다. 곰보 아줌마가 돌아보지도 않 고 말했다.

"그만 돌아가거라, 애야. 내가 널 받지 않았어도 너는 이 세상에 나왔을 거다. 바로 그것이 도망칠 수 없는 네 운명이기도 하지."

모두들 일제히 고개를 돌려 나를 바라보았다. 나는 선물을 땅바 닥에 내려놓았다. 아줌마는 그냥 그렇게 계속 뭐라고 중얼거렸다. 아줌마가 돼지와 이야기를 나누고 있는 것은 아닌가 하는 의구심 속에서 나의 마음 한구석으로 서운함과 실망감이 밀려왔다. 나는 『좌전』『성경』『판단력비판』을 연구했던 안목으로 그녀의 두 손을 주시하고 있었지만, 그녀의 두 손과 내 생명 사이에는 그 어떤 역 사적 연결 고리도 찾아낼 수 없었다. 그 순간 곰보 아줌마가 손에 받쳐 들고 있는 것은 한낱 돼지 새끼에 불과했다. 난 기쁨과 동시 에 슬픔을 느꼈다. 도무지 내 감정을 통제할 수 없었다. 그때 곰보 아줌마가 다시 말했다.

"세상 만물에는 모두 자기만의 목숨이란 게 있지. 그 무엇도 그 것에서 벗어날 수는 없단다."

곰보 아줌마는 오래전에 돌아가셨다. 그분의 손도 나의 상상 속에서 이미 해부된 지 오래였다. 그분의 뼈들은 모두 대나무 마디마디처럼 한 조각씩 검은 흙 속에 가지런히 놓여 있었다. 나는 지금 바다 위에 있고, 내 품속에는 지도가 있다. 나는 원래 지도 보기를 좋아했다. 할 일이 없을 때 으레 지도를 펼쳐놓는 습관은 세계와 가까워지는 하나의 방식이었다. 나는 지도 속에서 아주 많은 곳을 가보았다. 아울러 이 지도를 가지고 실제로도 아주 많은 여행을 했다. 서로 판이하게 다른 두 가지 여행 방식을 통해 나는 가능한 한 섬세하고 구체적으로 미시적이고도 거시적인 체험을 했다. 그것은 결국 하나였다. 그것은 세계의 앞뒷면이었다.

지도는 때가 많이 탔고 접히는 부분은 이미 낡을 대로 낡아 가장자리가 너덜거렸다. 하지만 지도의 본질만큼은 변한 게 없었다. '일 대 육백만'이라는 비율은 지도와 세계의 관계를 말해주었다. 동등하지도 균등하지도 않은 이 관계 속에는 절대적인 대등함과 정확함이 존재했다. 세계는 인류의 지혜 앞에서 상당 부분 축소되었다.

나는 한 손으로 허리를 짚고 다른 손으로는 담배를 든 채 아주 오래된 측백나무, 오래된 돌 옆에서 자유롭게 상상의 나래를 펼치고 있다. 내 영혼은 사면이 바다인 곤륜(昆侖) 지역을 유영하고 있다. 나는 이런 내 모습이 전쟁 시절의 마오쩌둥과 닮아 있다는 것을 알고 있다. 그러나 그는 그이고 나는 나이다. 내가 지도를 보는 것은 오직 아름다움을 찾기 위한 것이다. 지도를 오래 들여다보고 있노라면 붕(鵬)이 푸른 하늘을 등지고 날듯 나 자신이 이미 구만

리 상공에 떠 있는 듯한 착각에 빠지곤 했다. 푸른 하늘 위에 있을 때면 나는 항상 우주를 다 가진 것 같은 행복감에 젖었다. 나는 지도를 앞에 놓고 심지어 고소공포증까지 느꼈다. 자칫 잘못하면 지도 속으로 추락할지도 모른다는 두려움에 떨기도 했다. 자고로 옛말은 틀린 게 없었다. 세계는 하나의 겨자씨 속에 숨겨진 태산과 같았다. 때로 세계는 아무리 발버둥쳐봐도 도무지 이해할 수 없는 불가사의였다.

지도가 갖고 있는 또 하나의 매력은 바로 색깔이다. 지도 위의 색깔들은 온갖 지역과 요소들을 서로 구분시켜주기도 하고 서로 보완해주기도 한다. 그렇게 지형과 지모(地貌)로 하여금 인문학적인 의미를 갖게 한다. 특히 내 눈에 비치는 색채들은 행정적인 의미보다는 언어적인 의미를 띠었다. 지도의 색채가 보여주는 화려한 선들 사이에는 무한한 언어의 다양성이 숨어 있었다. 신은 인류에게 동일한 언어를 쓰게 하지 않았다. 그것은 창세기에 드러난 신의 구상과도 부합되지 않았다. 어떤 것이 반드시 통일될 필요는 없다. 일률적인 통일성이 반드시 좋은 것만은 아니다. 대통합이 된 후에는 오히려 큰 난제에 봉착하게 될 수도 있으며, 자칫 잘못하면 천상의 계율을 범하게 될 수도 있는 것이다.

집을 떠날 때 나는 달랑 지도 한 장만 들고 나왔다. 나는 빈손으로 집을 떠나기로 결심했다. 난 이미 충분히 당할 만큼 당한 상태였다. 린캉(林康)은 잠자리에 있었다. 그녀는 나와 싸우고 또 싸우며 그렇게 이 주일을 버텼다. 그녀는 싸움을 시작하면 바로 전투

적으로 변했다. 그녀의 눈은 속물적이고 충동적이면서도 부서질
듯한 격정을 뿜어내곤 했다. 그녀는 싸움만 했다 하면 온몸에서 금
속성의 날카로운 광택과 꿈틀거리는 생명력을 분출해내곤 했다.

결혼 전 린캉은 내게 한 마리 작은 새였다. 그녀는 봄날과 여름
밤을, 그리고 나무와 사랑을 노래할 줄 아는 그런 여자였다. 그러
나 백오십팔 센티미터의 아담한 키는 결혼 후 곧바로 원자폭탄으
로 변했다. 대단히 위력적인 버섯구름이 그녀의 온몸을 뒤덮고 있
는 것 같았다. 그녀는 검푸른 얼굴에 놀라움과 두려움이 교차하는
눈빛으로 내게 악다구니를 쓰곤 했다.

"돈 벌어와! 어서 가서 돈 벌어오라고!"

요즘엔 남자들이 아니라 여자들이 미쳐 있는 것 같다. 여자들은
꿈속에서도 돈에 놀라 깨고, 깨고 나면 또 네발 달린 돈들이 그녀
들 곁에서 날다람쥐처럼 날뛴다. 그야말로 오로지 돈밖에 모르는
그녀들은 돈, 돈, 돈만을 부르짖고 있다. 특히 아내가 된 여자들은
더이상 지도의 비율을 가지고 세계를 따지지 않는다. 아내들은 그
저 지폐로만 세상을 본다.

나는 박사 학위와 나의 연구 주제를 포기했다. 나는 더이상 잃
을 것도 없었다. 애초에 갖고 있지도 않았던 것에 대해 무엇을 어
떻게 포기하겠느냐는 철학자들의 말이 맞다. 나는 떠나기로 결심
했다. 여전히 아름답고 성적으로도 충분히 매력적인 백오십팔 센
티미터의 원자폭탄, 그녀를 떠나기로 결심했다. 새벽 네시, 나는
조용히 지도 한 장만 담긴 배낭을 둘러멨다. 큰길에 서 있는 가로
등이 주먹을 한 대 날려 내 그림자를 시멘트 바닥에 내팽겨쳤다.

나는 몸서리쳤다. 새벽 네시는 고요하고도 음탕하게 일출을 향해 유혹의 손길을 던지고 있었다.

철길은 끝없이 뻗어 있었고, 거기서 반사되는 빛은 칠흑같이 까만 어둠 속에서 침울하게 반짝이고 있었다. 원을 그리며 피어오르는 농염한 연기 속을 밤새 질주하던 증기기관차의 대가리가 시커멓고 거친 숨을 몰아쉬었다. 철길과 기관차 때문에 세계는 온통 혼란으로 가득 찼다. 새벽 네시의 철길은 강렬한 메시지를 남겼다. 가로세로로 교차되어 있는 철길은 밤이 주는 안락함과 종점이 주는 안도감을 더이상 우리가 기대할 수 없는 그 무엇으로 변화시켜버렸다. 졸음이 쏟아졌다. 나는 옷깃을 세우고 나 자신을 레일 위에 서 있는 한 마리 개라고 상상했다. 저 멀리에 뼈다귀들이 잔뜩 쌓여 있었고, 그것들은 나를 향해 푸르고 흰 유혹의 냄새를 피워 보내고 있었다.

나는 후각이 이끄는 대로 해변으로 갔다. 기차로 장거리 여행을 하다보면 청각이 아주 무뎌지는 반면 후각이 더 예민해지는 것을 느낄 수 있다. 나는 깊은 잠에 빠져 파도 소리를 듣지 못했다. 부드럽고 섬세하면서도 그리움에 젖게 만드는 그 소리는 마치 사랑을 나눌 때의 마지막 비명처럼 가볍고 은밀하게 왔다가 지쳐 쓰러지듯 사라졌다. 나는 바다의 비릿한 냄새를 맡았다. 넓은 바다가 바로 코앞에 있었다. 지도의 우측면은 연한 파랑색이다. 첫사랑에 빠져 있던 시절, 린캉은 손가락으로 지도 속의 파란 해안선을 가리키며 내게 말하곤 했다.

"여기요, 여기! 우리 함께 여기로 가요!"

그때 그녀는 열아홉 살이었다. 영어를 전공하는 2학년생 린캉은 캠퍼스를 이리저리 누비고 다녔다. 그녀의 몸에서는 탁구공과도 같은 훌륭한 탄력이 묻어났다. 머리카락들이 아무렇게나 삐져나와 있는 그녀의 꽁지머리는 부나방 같은 뭇 남성들의 순정을 자극하는 대상이었다. 우리의 만남은 우연이었지만, 사랑은 필연이었다.

"사랑은 우연히 어깨를 살짝 스치고 지나가는 숙명이다."

나는 린캉이 도대체 어디서 이런 문구를 읽었는지 알 수 없다. 그냥 입에서 튀어나오는 대로 한 말일 수도 있다. 그것은 그녀의 사랑앓이가 만들어낸 말일 수도 있다. 연애라는 것은 열이홉 소녀의 입에서 수시로 진리의 언어들이 쏟아지게 만들었다. 우리의 첫 만남은 비 내리는 거리에서 이루어졌다. 그녀는 머리 위에 책 한 권을 올려놓고 입을 크게 벌린 채 곧장 돌진해 오다가 그만 내 온몸에 흙탕물을 튀겼다. 내가 말했다.

"거기 서봐요!"

그녀가 멈춰 서자 내가 말했다.

"내가 바래다줄게요."

그 순간, 삼십일 센티미터의 눈높이 차에도 불구하고 행복은 그렇게 우리 둘에게 찾아왔다. 린캉의 피부는 도자기 같았다. 그녀는 유야도 바르지 않은 열아홉이었다. 호기심 많은 사람들의 사랑은 모두 이와 같을 것이다. 그들의 연애가 십중팔구 우산 아래서 이루어지겠지만, 우산 아래서 성공한 결혼은 어느 날 새벽 네시에 대부분 종말을 맞이할 것이 분명하다. 어쨌든 그후에 우리는 입을 맞추었다. 그녀가 말했다.

"입맞춤이 너무 좋아."

그리고 우리가 자연스럽게 사랑을 나누게 되자 그녀가 또 말했다.

"섹스가 너무 좋아."

그리고 그녀가 내게 시집을 왔다. 첫날밤에 그녀가 내게 말했다.

"결혼이 너무 좋아."

이처럼 그녀가 말한 '너무 좋아' 라는 말의 첫번째와 세번째 사이에, 툭하면 지도 보기를 좋아하는 내 병이 린캉에게 옮았다. 우리는 많은 계획을 세우곤 했다. 사람의 흔적을 찾아볼 수 없는 곳이라면 그 어디라도 우리는 상상의 나래를 펴 날아갔고, 언제 어디서나 사랑스러운 연꽃 한 쌍을 활짝 피워내곤 했다. 린캉은 그 가늘고 긴 손가락으로 지도 위의 어느 한 점을 짚으며 한 번, 또 한 번 속삭였다.

"여기, 여기, 또 여기."

나는 또 일일이 대답해주었다. 세계는 모든 신랑들의 뒤뜰이었다.

바다 위에서 나는 지도를 펼친다. 배는 해수면의 호선을 따라 깊은 바다로 나아갔다. 바닷바람을 맞은 지도의 네 귀퉁이가 휘이익 소리를 낸다. 푸르디푸른, 끝이 보이지 않을 만큼 한없이 펼쳐져 있는 그것은 물이다. 세계는 복잡하지 않다. 그저 물의 이쪽과 저쪽이 있을 뿐이다. 바다 위에서 지도는 그 의미를 잃는다. 바다의 거대한 흐름은 인류의 포용력을 너무도 보잘것없는 것으로 만들어버린다. 나는 갑판 위에서 균형을 잃었다. 뱃멀미가 시작됐다. 음식물 찌꺼기를 다 토해내고 나니 얼굴색이 노래졌다. 다 토하고 나자 깊은 잠이 밀려왔다. 꿈을 꾸었다. 꿈속에서 노자와 아인슈타인을 만난 것은 정말 생각지도 못한 일이었다. 그것은 하늘이 내게 준 선물이었다. 회색 중산복(中山裝)*을 입은 노자가 아인슈타인에게 말했다.

"어서 오십시오, 아인슈타인 선생!"

아인슈타인도 인사를 했다.

"반갑습니다, 노자 신생!"

노자가 자리에 앉아 담배에 불을 붙이고 진지하게 한 보금을 음미한 후에 입을 열었다.

"다른 것은 차치하고 우리 철학 문제에 대해서 한번 논해봅시다. 제가 『도덕경』이라는 책을 썼는데, 선생께서도 읽어보셨겠지요?"

아인슈타인이 양손을 교차해서 마주잡고 대답했다.

"누군가가 중국어로 이 책을 썼다는 말은 들었는데, 아직까지 잘된 독역본이나 영역본이 없어서 읽어보진 못했습니다. 그래도 그 책을 통해 선생께서 무엇을 말씀하시고자 하는지는 대략 알고 있습니다."

아인슈타인의 머리는 하얗게 세어 있었고 얼굴은 온통 주름으

---

* 혁명 이후 중국의 공식 예복으로 일명 '마오룩(Mao Look)'이라고도 한다. 중국 공산당의 상징이다.

로 가득했다. 노자가 웃으면서 반문했다.

"번역본이라구요? 그런 것은 아마 영원히 나오지 않을 겁니다."

아인슈타인이 상반신을 세우며 말했다.

"좋은 책은 다 그렇지요."

노자가 고개를 끄덕이며 물었다.

"선생께서는 무엇을 연구하고 계십니까?"

아인슈타인은 노자 뒷편에 있는 책꽂이를 훑어보며 대답했다.

"저는 물리학을 연구합니다. 사물의 이치를 끝까지 탐구하다보면 진정한 앎에 이르지요."

노자가 말했다.

"속되군요. 우주가 도대체 얼마나 크다고 생각하십니까?"

아인슈타인이 손짓을 하면서 설명하기 시작했다.

"그것은 이렇습니다. 우주라는 것은 하나의 광활하고 끝없는 플러스 곡선인 포물선의 절대적인 무한값이며, 동시에 도망칠 수 없도록 스스로를 어떤 제한된 넓은 공간에 위치시키는 각진 사차원의 유한값이라고 할 수 있습니다."

"지금 무슨 말씀을 하시는 겁니까?"

노자가 미간을 찌푸리며 담배를 비벼 끄고는 말했다.

"의사는 늘 나보고 담배를 끊으라고 하지요."

"선생 자신을 일 마이크로센티미터의 차이도 나지 않는 삼차원 공간의 표면 위에 걸쳐져 있는 하나의 이차원적인 기하학적 물체라고 상상해보십시오."

아인슈타인이 말했다.

노자가 손을 내저으며 말했다.

"그런 것들은 다 부질없어요. 우리는 그저 사람에만 관심을 가지면 돼요. 살아 있건 죽었건 상관없지요. 다른 것들은 모두 그냥 내버려둡시다."

"우리는 우주에 관심을 가져야만 합니다."

아인슈타인이 항의했다.

"시간이 좀 있으니 먼저 식사부터 합시다. 시금치 두부탕이 있는데…… 내가 보기엔 이것이 바로 우주예요."

노자를 바라보던 아인슈타인의 큰 눈동자에 우울한 빛이 드리워졌다. 아인슈타인이 말했다.

"비록 물리학이 과학이긴 하지만, 물리학은 정치보다 더 훌륭하게 인류의 본질을 구현해낼 수 있습니다."

노자가 몸을 돌리며 얼굴에 노기를 띤 채 중얼거렸다.

"저 사람 우익이로군!"

나는 커다란 침대 위에 누워 있다. 꿈을 꾸며 또 구토를 했다. 꿈을 꾸고 구토를 하는 동안 물처럼 흘러간 시간들을 추억했다. 육지에 대한 바다의 적개심은 참으로 집요하다. 내가 육지를 남김없이 토해내지 않는 한 바다는 끝까지 나를 받아주지 않을 태세였다. 내장을 토해내지 않는다면 이제 더이상 토할 만한 뭔가도 남아 있지 않았다. 물론 나는 나 자신을 무조리 토해내고 싶지는 않았다. 내 마음은 충분히 혼란스럽다. 이것은 전적으로 뱃멀미 때문이다. 바다로 나아가기 위해서 반드시 치러야 하는 의식. 바다를 그토록 열망했던 사람은 물론 린캉이었다. 임신 기간 중에도 린캉은 바다에 대한 동경과 갈망을 숨기지 않았다. 그녀가 바다를 동경할 때의 표정은 실로 감동적이었다. 눈동자는 해맑게 빛났고 코도 반짝반짝 윤이 났다. 내가 그녀에게 물었다.

"당신은 바다가 왜 그렇게 좋은 거야?"

그녀가 대답했다.

"해변에서 돈 쓰는 게 좋아요."

그녀가 그 큰 배를 앞으로 불쑥 내밀어 보였다.

"난 가끔 내가 백만장자가 되는 상상을 해요. 우리들의 별장은 다롄(大連)에서 산야(三亞)까지 이어져 있고, 이 방에서 저 방까지 가리키려면 지도 앞에서 반나절이나 손으로 그려야 할 정도로 크다구요."

린캉이 임신한 기간 동안 나는 내 가족사에 대한 연구에 몰두했다. 어느 잔치에 참석했던 난 뜻밖에도 할머니에 관한 놀라운 이야기를 듣게 되었다. 내게 있어, 또 내 가족사에 있어 그것은 확실히 청천벽력이었다. 할머니에 관한 이야기는 내가 우리 가족사를 연구하는 데 있어 어떤 계기를 제공해주었다. 부계 사회였음에도 불구하고 우리 가족에게는 할머니가 가장 중요한 혈통의 고리였다. 그러나 아버지는 할머니에 대해서라면 내게 단 한 차례도 언급한 적이 없었다. 아버지에게는 할머니라는 공백의 이미지에 대해 곰곰이 따져볼 여력이 존재하지 않았다. 할머니라는 존재는 우리 고향에서 자주 하는 말로 '마치 하늘에 뚝 떨어진 것'이나 다름없었다.

나이가 지긋한 먼 친척 어른 한 분이 내게 말했다. 그는 상당한 양의 술을 마셨다. 독한 술은 그를 화통한 이야기꾼으로 만들었다. 나를 한쪽으로 잡아 끈 그가 은밀하게 속삭였다.

"자네한테 할머니가 계시다네. 진짜 할머니 말이야. 그분은 아직 살아 계셔. 상하이에 살아 계신다니까!"

그가 나를 뚫어져라 쳐다보며 다시 낮은 목소리로 말했다.

"자네는 우리 루(陸) 씨 집안의 사람이 아니야. 자넨 왜놈의 씨앗이야."

그는 이미 만취한 상태였기 때문에 나는 그 말을 그다지 귀담아 듣지 않았다. 하지만 그 이튿날 상황은 정말 심각해지고 말았다. 이튿날 오후에 더 연로한 친척 어른이 그를 데리고 우리집을 찾아왔다. 당사자는 손바닥으로 자신의 뺨까지 치면서 자신의 헛소리를 심하게 자책했다. 아버지는 이 모든 상황을 지켜만 볼 뿐 아무 말도 하지 않았다. 안색이 아주 좋지 않은 채로 의자에 앉아 있던 아버지가 마침내 입을 열었다.

"셋째 숙부님, 저는 숙부님을 원망 안 합니다."

이 결정적인 순간에 방 안에 있던 모든 사람들이 숨을 죽이고 나를 보았다. 바로 이때 나는 '취중진담'이라는 말 속에 역사적 진실이 담겨 있다는 것을 알았다. 역사는 술병 안에서 술처럼 쓸쓸했다. 그리고 역사는 마침내 술병 속에서 뛰쳐나와 거품과 냄새를 피우며 나를 당황스럽게 했다. 한 권의 진실된 역사서의 탄생 과정 자체가 늘 또 하나의 역사가 된다. 이것이 바로 역사의 특징이기도 하다. 우리는 역사를 받아들일 때마다 어쩌면 지금까지와는

전혀 다른 사실을 알게 될지도 모른다는 점에 대해 마음의 준비를
단단히 해둬야 한다. 셋째 숙부는 아버지의 말을 듣고 조용해졌
다. 양어깨를 축 늘어뜨린 채 풀이 죽은 얼굴이 마치 물에 빠진 개
와 같았다. 이 또한 역사의 진실을 밝힌 사람들에게서 흔히 볼 수
있는 모습이기도 하다. 셋째 숙부는 천천히 우리 집 문턱을 나서
며 혼잣말로 탄식했다.
　“늙으면 죽어야지…… 늙으면 죽어야 해……”
　텅 빈 방 안에 덩그렇게 남겨진 우리 부자의 시선이 마주쳤다.
시선을 마주하고 있던 그 순간이 여간 곤혹스럽지 않았다. 우리가
그렇게 마주한 시간 동안 내 마음속에 맹렬한 균열이 생기기 시작
했다. 그 짧은 순간 나는 죽음을 생각했다. 아닌 게 아니라 그것은
한 생명의 정통성이 다른 문화에 의해 죽음의 판결을 받는 것이었
다. 치명적인 정보가 아닐 수 없었다. 너무도 갑작스러워 미처 손
을 쓸 수 없는 상황이었다. 의도적인 아버지의 침묵 속에 미세한
동요가 일었다. 아버지의 몸이 힘없이 흔들리고 있었다. 잠시 후
방으로 들어간 아버지가 어두운 구석에서 여러 개의 자물쇠를 열
었다. 아버지는 다양하고 신비로운 열쇠 꾸러미로 나를 역사의 뒤
안으로 인도했다. 아버지는 색이 바랜 지 오래인 붉은 비단 꾸러
미를 꺼냈다. 그것은 햇볕에 말라비틀어진 핏자국처럼 얼룩덜룩
했다. 아버지가 붉은 비단을 풀자 사진 한 장이 모습을 드러냈다.
곰팡이가 잔뜩 낀 흑백사진이었다. 그 사진 속에는 개화기 시대의
구식 소녀가 있었다. 귀밑까지 내려오는 단발머리에 차이나칼라
의 흰색 반팔 셔츠를 입고 있었다. 그야말로 5·4문화혁명 시대의

젊은 여성을 대표하는 이미지 그대로였다.

"할머니이신가요?"

내가 물었다.

"그래, 할머니이시다."

아버지가 말했다.

"지금 어디 계세요?"

"할머니는 돌아가셨다."

"할머니는 상하이에 살아 계시대요."

"돌아가셨다니까!"

아버지는 울부짖었다.

"이 세상에 상하이라는 곳은 없어. 너희 할머니는 돌아가셨다."

나와 아버지의 시선이 다시 한번 마주쳤다. 아버지의 눈에 순식간에 눈물이 고였다. 아버지의 눈물 속에서 살기 어린 경고와 함께 나약한 애원의 뜻이 교차되고 있었다. 아버지가 간절히 원하는 대로 난 입을 다물었다. 하지만 그 침묵 속에서 내 가슴은 찢어졌다. 가슴의 균열 사이로 차가운 빙하가 지나갔다. 그때 아버지의 목소리가 들려왔다.

"이 일은 더이상 거론하지 말거라."

말을 마친 아버지의 모습은 상당히 안정을 되찾은 것 같았다. 그는 위대한 지도자처럼 나에게 지시했다.

"역사에 집착하는 사람은 바보이거나 다른 꿍꿍이가 있는 사람이다."

린캉은 이러한 상황에서 임신을 했고, 나는 이러한 현실을 감당할 수 없었다. 그녀 앞에서는 되도록 내색하지 않으려고 노력했지만 나는 갈수록 침울해졌다. 린캉의 임신 기간은 내게 고통의 시간이 되어버렸다. 그녀의 배는 내게 족쇄였다. 생명이란 그리 중요한 게 아니었다. 그것은 결코 세계사적으로도 거창한 주제가 되지 못했다. 종족 보존의 본능은 그저 생명의 본질적인 속성 중 하나였다. 하지만 종족과 문화의 어긋남은 내가 감당하기에 버거운 재난이었다.

임신하기 전 린캉은 그녀가 다니던 출판사 사장과 아주 심하게 다투었다. 그녀는 결국 출판사를 그만두고 무역회사에 취직해서 국제무역에 종사하게 되었다. 그녀는 분홍색 전화기를 지키며 컴퓨터 단말기 앞에 앉아 추상적인 견사(撚絲), 팥, 보리, 석유를 사고팔았다. 그녀는 처음에 일본과 거래를 하다가 사장의 지시로 미국과의 거래로 돌아섰다. 중국과 미국의 열세 시간 시차를 맞추기 위해 그녀는 어쩔 수 없이 매일 저녁 여덟시 삼십분에 무역센터로 출근해야 했다. 기혼 여성에게 바람직한 일은 결코 아니었다. 그녀는 내게 자신의 사장에 대해 말한 적이 있다. 그 사람은 중국 혈통과 영국 혈통이 각각 반반씩 섞인 혼혈로 영어와 중국어를 매우 유창하게 구사한다고 했다. 이 점은 린캉과 비슷했다. 그녀는 듣기 좋은 중국어와 영어를 구사할 줄 알았다. 사장에 대해 말할 때 그녀는 열아홉 시절의 목소리를 되찾은 듯했다. 여기까지는 뭐 그리 이상할 게 없다. 그런데 언제부터인가 그녀는 더이상 사장 이야기를 하지 않았다. 그녀의 몸에서 풍기는 향수 냄새는 날이 갈수록 진해지고 다양해졌다. 그녀는 아무 말도 하지 않았고, 나는 아무것도 알지 못했다. 그래서 그녀는 내가 아무것도 알지 못한다고 생각했지만, 나는 또 모든 것을 알고 있었다.

이러한 상황에서 린캉의 임신은 너무도 의심스러운 것이었다. 그러나 나는 일단 참았다. 아이가 나오면 보자는 심사였다. 만일 아이가 나를 닮았다면 모든 것이 순조로울 것이고, 만일 4분의 1의 영국 혈통과 4분의 3의 중국 혈통이 나온다면 그후 어찌해야 할지는 린캉 자신이 더 잘 알고 있을 것이다. 고등교육을 받은 그녀에게 이러한 자존심과 현명함을 기대하는 건 당연했다. 사실 아이 하나 낳는 것뿐인데 그렇게 시끄럽게 굴 일도 아니었다.

하지만 상황은 급변했다. 하루가 다르게 린강의 배가 불러오는 동안 나는 혈통의 뿌리를 찾는 힘겨운 작업에 열중해 있었다. 그 와중에 나는 엄청난 심경의 변화를 맞이하게 되었다. 린캉이 가진 아이가 차라리 영국 꼬마 신사이기를 간절히 바라게 된 것이다. 어쨌든 나는 그 아이를 사랑할 것이다. 그 아이의 생명의 뿌리는 그 어떤 모욕도 당하지 않을 것이다.

"당신 뱃속의 아이, 내 아이 맞아?"

어느 날 나는 마침내 묻고야 말았다.

"무슨 바보 같은 소리예요?"

"대답해봐. 내 아이냐고?"

"당신 애가 아니면 그럼 누구 애라는 거예요? 갑자기 바보 같은 소릴 하고 그래요?"

"젠장! 내가 아무것도 모른다고 생각하지 마!"

나는 책상을 치고 일어나 소리를 질렀다.

"당신이 뭘 안다고 그래요?"

"말해봐! 그 아이 누구 애야?"

"당신 애 맞다니까요!"

"내 애라고? 그 무렵에 내가 너랑 몇 번이나 잤다고 애가 생긴단 말야? 빌어먹을!"

린캉은 말이 없었다. 나를 바라보는 그녀의 눈빛은 아주 낯설었다. 그녀의 얼굴은 빨갛게 달아올라 있었다. 그녀가 결국 고개를 떨구었다. 내가 이런 식으로 말하는 것에 그녀가 익숙지 않다는 것을 나는 알고 있었다.

"상스럽게 그게 무슨 말투예요?"

그녀가 조용히 말했다. 나는 그녀의 머리를 잡아챘다.

"말해! 누구 애야?"

"당신 애라니까요!"

"네년과 그놈이 잤다는 걸 내가 모르는 줄아?"

"그 사람과 자긴 했지만…… 당신 애가 맞아요."

"아이도 그 튀기 자식의 애잖아!"

"당신 애라니까요. 그이는 분명 콘돔을 썼다구요."

나는 그녀의 뺨을 한 대 갈겼다.

"내가 잘못했다는 건 나도 알아요!"

"당장 떼어버려!"

"아이는 정말 당신 애가 확실해요. 맹세할 수 있어요. 콘돔은 내가 직접 산 거예요. 일제라서 절대적으로 안전해요."

나는 다시 한번 그녀의 뺨을 후려갈겼다.

"떼라고 했어."

"못 해요!"

린캉이 얼굴을 가리고 목청을 높여 소리쳤다.

"헤어지든 말든 당신 맘대로 해! 난 못 지워. 이 나쁜 놈! 내가 지울 줄 알아? 꿈 깨시지! 반드시 낳아서 어떤 놈의 종자인지 똑똑히 보여줄 거야!"

그렇게 소란스럽던 시절에 나는 상하이를 찾았다. 내 손에는 세계적으로도 유명하다는 상하이의 교통지도가 쥐어 있었다. 나는 부드러운 그 지방말을 들으며 무수히 많은 골목길을 누비고 다녔다. 나는 한 번, 또 한 번 지도를 펼쳤다. 내 할머니가 그 지도 안에 살고 있었다. 지도를 펼치면 내 눈에서는 뜨거운 눈물이 흘러내렸다. 그 감정을 억제할 수가 없었다. 상하이의 대로를 걷고 있는 나의 마음은 어느 것 하나 남아 있지 않은 것처럼 휑뎅그레했다.

내 상상 속의 할머니 머리카락은 이미 하얗게 다 세었고, 그녀는 세 치 정도밖에 안 되는 전족으로 날마다 이 도시를 돌아다니고 있었다. 문득 내 할머니가 상하이말을 하고 있을 것이라는 생각에 미치자 나는 그 듣기 좋은 성조에 귀를 기울이게 되었다. 나는 그 아름다운 말에 감동해서 하마터면 또 울 뻔했다. 그러나 나는 일본어를 못 알아듣는 것과 마찬가지로 상하이말을 잘 이해하지 못했다.

나는 상하이 난징루(南京路)를 밤부터 새벽까지 돌아다녔다. 나는 내 할머니가 매일 호흡하는 이 공기를 되도록이면 많이 호흡

하고 싶었다. 나는 한 번, 또 한 번 상하이의 수돗물에서 풍기는 진한 소독약 냄새를 맡아대곤 했다. 할머니를 느낄 때마다 나는 할머니와 조금 더 가까워졌고, 그럴 때마다 내 가슴속에는 아픔 하나에 절망 하나가 더해졌다.

열하루 동안 여행하면서 체중이 사 킬로그램이나 줄어든 나는 결국 무감각해졌다. 나는 가죽신을 끌면서 돌아다녔다. 상하이는 내 발밑에서 결국 한 장의 지도에 불과했다. 나는 아버지의 말을 믿게 되었다. 이 세상에 상하이는 없었다. 상하이는 단지 지도 한 장에 불과했다. 지도란 단지 벡터와 스칼라였을 뿐 거기에 땅에 대한 의미는 영원히 존재하지 않았다.* 상하이는 내 할머니의 거대하고 아득한 고독의 보금자리였다. 바닷바람에 백발을 이리저리 흩날리며 그분은 해안가에 선 채 고향 생각에 잠겨 있었다. 노을이 서쪽으로 기울 때 아득히 먼 곳에서 찾아오는 애끓는 아픔을 삼키고 있을 것이다.

비가 내리던 그날 오후, 나는 혼자서 상하이의 기차역을 걷고 있었다. 나는 두통이 아주 심했다. 커다란 광고판들은 상하이가 이제는 국제도시임을 끊임없이 일깨워주고 있었다. 나는 걷다가 고개를 돌렸다. 빗속에서 걸음을 걷다가 고개 돌리기를 반복했다. 나는 모든 노년 여성들에게 관심과 호의를 보여주었다. 그들은 경

---

* 물리학에서 '스칼라(scalar)'는 속력, 온도 등 크기를 나타내는 개념이며 '벡터 (vector)'는 속도, 힘 등 크기와 함께 방향을 나타내는 개념임.

계의 눈빛으로 나를 보다가 지갑을 얼른 숨기고는 도망치듯 떠나갔다. 낯선 도시는 사람을 철저히 외롭게 만들었다. 상하이는 신의 무관심과 무정을 처절하게 보여주고 있었다.

기차역 이층 찻집에 앉은 나는 유리를 통해 다시 한번 이 찻빛 도시를 조망했다. 유리 저편에 있는 상하이는 한없이 편안해 보였다. 문득 가슴속이 텅 비며 연민이 솟구쳤다. 이 아득한 연민에 이끌려 난 결국 상하이로 오게 된 것이다. 나는 얼굴을 가리고 소리 없이 오열했다. 나는 손바닥으로 가린 입을 크게 벌리고 스스로 제어할 수 없을 정도로 통곡했다.

나의 사 킬로그램은 얼굴을 누렇게 만들고 상하이에서 흔적도 없이 사라졌다. 역사는 여기서 파열되고 말았다. 찢어질 듯한 아픔이 열정적으로 나를 찾아왔다.

기차는 나를 북쪽으로 데리고 갔다. 거기엔 내 고향이 있었다. 기차가 모퉁이에서 몸부림치며 달리자 상하이는 남쪽으로 아득히 멀어졌다. 나는 차창가에서 '이 세상에는 상하이가 없다'고 하던 아버지의 말을 떠올렸다. 나는 이 말을 꼭 기억해두었다가 먼 훗날 나의 사손들에게 해줄 깃이다.

그해, 할머니는 열일곱 살이었다. 이 나이는 내가 정한 것이다. 열일곱이라는 나이는 여자의 일생 중 비극으로 나아갈 가능성이 가장 많은 나이이기 때문이며, 또한 여자의 일생 중 가장 나약한 생명력을 지닌 시기이기 때문이다. 내 할머니가 열일곱 살이 되던 해 여름은 무더위가 기승을 부렸다. 여기서 계절은 짐작이 아니다. 만일 불행이 반드시 닥쳐야만 한다면, 여름은 조용하게 기다리고 있다가 아주 기꺼이 비극의 배경이 되어주었을 것이다. 할머니는 막 여름방학이 시작되어 집에서 쉬고 있었다. 할머니의 부친은 그 마을에서 아주 덕망 높은 유지였다. 그는 전장(鎭江)에서 유성기를 가지고 왔다. 손으로 작동시키는 그 유성기에서는 하루 종일 영화 삽입곡이 흘러나왔다. 할머니의 여름은 그 유성기 소리와 함께 수박을 먹으며 그렇게 지나가고 있었다. 할머니는 대부분의 시간을 무료하게 지붕 위의 제비집이나 올려다보면서 방 안에서 보냈다. 할머니의 희디흰 팔은 늘 마호가니 탁자의 차가움을 느끼곤 했다. 그 차가움은 이 소녀에게 연모의 정을 상기시키기에 충분했다. 이때 분명히 그녀의 마음속에는 자신도 모르게 한 남자의 얼굴이 떠올랐을 것이다. 그 남자는 영화배우일 수도 있고, 아니면 잘생긴 그녀의 남자 선생님이었을 수도 있으리라…… 그때 할머니가 입었던 상의는 하얀색이었을 것이고, 나팔 치마는 물론 파란색을 골랐을 것이다. 귀까지 내려오는 단정한 단발머리는 하루 종일 무기력하게 늘어져 있었을 것이고, 그 우울해 보이는 옆모습은 사람의 마음을 끌기에 충분했을 것이다. 이 또한 나의 상상으로 아무런 역사적 근거는 없다.

할머니의 무료한 기분은 가을이 다가올 무렵 자취를 감추었다. 여름이 막바지에 이르자 할머니는 더이상 무료함을 느낄 여유가 없었다. 이유는 간단했다. 지금 손가락을 꼽으며 계산해봐도 알 수 있듯이, 그때 일본인들이 들어왔기 때문이다. 일본인들이 우리 고향에 들어오게 되는 자세한 과정은 나의 다른 작품에서 묘사한 바 있으며, 그 내용은 대체로 다음과 같다.

일본인들의 모터보트가 천천히 강가에 멈춰 섰다. 딱딱하게 굳은 표정의 일본 군인들이 부두에 일렬로 정렬했다. 얼마 되지 않아 일없는 사람들이 제법 많이 모여들었다. 그들의 눈빛에는 흥분과 호기심이 뒤섞여 있었다. 도열한 일본 군인들이 가슴을 쫙 편 차렷 자세에서 쉬어 자세로 바꾸더니 이동하기 시작했다. 이때 멀지 않은 누각 위에서 갑자기 누군가가 외쳤다.

"왜놈들이다! 일본놈들이야!"

서로를 쳐다보던 사람들이 갑자기 정신 나간 사람처럼 후다닥 도망치기 시작했다. 삽시간에 거리 전체는 서로 밀고 당기는 사람들의 비명 소리와 함께 엉망진창이 되어버렸다. 좌판 위의 과일들은 사방으로 쏟아져 나뒹굴었고, 쌓아놓은 찻잔과 그릇들은 놀라움과 공포 속에 쨍그랑거리며 힘없이 조각났다. 하지만 일본 군인들은 중국인들의 추태에 신경쓰지 않았다. 그들은 이열 종대로 왼손에 총을 든 채 오른손을 앞으로 쭉쭉 뻗으며 행진했다. 추수이 성의 길비닥에 깔린 푸른 석판 위로 엄격한 기율이 실린 군인들의 발소리가 울려퍼졌다. 탁! 탁! 탁! 탁!

—「추수이」 제4장

비극은 거의 언제나 우연을 통해 일어난다. 이른바 우연이라는 것은 몇 가지 상황이 피할 수 없이 한꺼번에 맞닥뜨려지는 것이

고, 그것은 다분히 운명적인 것이다. 역사학 석사인 나는 '규칙'
에 의거해 역사를 연구하는 것에 익숙하지 않았다. 역사는 이른바
낭만주의 시인이었다. 스스로 흥미를 느끼는 것이면 무엇이든 이
룰 수 있는 존재였고, 즉흥적일 뿐 계획적이지 않은 존재였다. '역
사의 규칙'이란 말은 사람들이 역사 앞에서 느낄 수밖에 없는 상
상력의 빈곤에 대한 변명일 뿐이었다. 물론 역사가 자신만의 논리
를 갖고 있긴 하지만, 논리란 단지 순서에 불과한 규칙이 아니다.
중국 현대사에 있어 일본은 풀리지 않는 수수께끼였다. 그리고 우
리 루 씨 집안에 있어 일본인 이타모토 로쿠로(板本六郎)는 또 하
나의 수수께끼였다.

이타모토 로쿠로는 어느 여름날 황혼녘에 작은 모터보트를 타
고 추수이에 들어왔다. 오는 길에는 어떠한 전투도 없었다. 소대
의 최고 지휘관인 이타모토 로쿠로의 관심은 기슭이 아닌 물속에
있었다. 고요한 가운데 온갖 역경을 다 겪어온 중국의 강물에서는
우울한 기품이 묻어났다. 일본인의 모터보트가 수면 위에 남긴 기
다란 흔적을 따라 강물의 차가움이 뜨거운 통증으로 변해 있었다.
이타모토 로쿠로는 모터보트 꼭대기에 앉아 있었고, 기관총을 든
오타니 마쓰이치(大谷松一)가 보트를 호위하고 있었다. 이타모토
로쿠로가 쓴 군모 뒤의 햇빛 가리개가 여름 바람에 휘날렸다. 중
국 분위기가 물씬 풍기는 그 군모 차양은 그의 뒤통수에서 나풀거
리며 부드러우면서도 동적인 청량감을 주었다.

현부(縣府)의 투항으로 점령은 어린애 장난이 되어버리고 말았
다. 전쟁은 늘 이런 식이다. 손바닥만 한 땅덩이를 놓고 대량의 사

상자가 발생할 수도 있는 반면, 광활한 대지를 놓고 두 손을 공손하게 맞잡은 채 예를 갖추며 서로 양보할 수도 있었다. 일본인이 추수이에 들어와서 한 일은 두 가지였다. 첫째는 항복을 받아들이는 것이었고, 둘째는 대웅전에 가서 부처에게 예를 올리는 것이었다. 일본인들이 사뭇 엄숙한 자세로 행했던 이 두 가지 행사는 이율배반적인 것이었다. 도살용 칼을 내려놓고 곧바로 불자연하는 꼴이었으니 아이러니가 아닐 수 없었다.

이타모토 로쿠로는 그 종교적 행사에서 아무런 느낌도 받지 못했다. 그는 중국의 부처가 일본어로 올리는 기도를 알아들을 리 없다고 생각했다. 기도를 올리는 중에도 그의 마음은 다른 곳에 있었다. 그는 의외로, 아니 매우 놀랍게도 다음과 같이 쓰인 대련 한 폭을 발견했다.

불탄 버들가지가 한 병 물에 살아나듯
고해는 늘 사람을 위한 배를 마련하는구나.

이타모토는 뛰어난 서법으로 쓰인 두 줄의 글귀를 바라보았다. 대련 앞에서 그는 또다른 종교에 귀의했다. 참으로 감미로운 문화적 귀의였다. 글씨는 조맹부 체로 쓰여진 것이었다. 삐침 사이에 통쾌한 율동이 살아 있었다. 유탄(柳炭)*을 바라보는 정적과 고요 속에서 풍류의 정감이 너무도 생생했다. 서예가는 글자의 분포와

---

* 버드나무를 태워 만든 숯으로 동양화에서 그림의 윤곽을 그리는 데도 쓰임

그 의미를 통해 인간 세상을 통달한 부처의 영감을 드러내고 있었다. 고행하고 있는 은자의 큰 행복과 즐거움을 보여주고 있었다. 절제와 자율 속에서도 자유롭고 멋스러운 느낌을 그대로 살려내고 있었다. 글자 하나하나가 고스란히 부처였다. 이렇게 작은 고을에 이처럼 훌륭한 서예가가 숨어 있다는 것 자체가 바로 중국다움이었다. 고결하고 아름다운 품성은 지금껏 중국인들이 지녀온 장점이었다. 이타모토 로쿠로는 주지를 찾아 예를 올리고는 종이 위에 썼다.

"저 대련은 누가 쓴 것입니까?"

주지는 한참 그 글을 보더니 붓을 건네받아 세 글자를 썼다.

"루치우예(陸秋野)."

이타모토 로쿠로가 루치우예를 찾는 것은 별로 어렵지 않았다. 그는 바로 다음 날 오후에 루치우예의 집을 방문했다. 그러나 루치우예는 집을 비우고 없었다. 그의 딸 완이(婉怡)가 혼자서 마호가니 탁자 옆에 앉아 책을 읽고 있었다. 고개를 들어올린 루치우예의 딸 완이는 복도를 걸어오는 군복 차림의 일본인을 보았다. 순간 그녀의 눈에 두려움과 놀라움이 교차되었다. 그 집안의 하녀 장 씨가 손에 걸레를 든 채 경직된 눈으로 이 역사적인 만남을 지켜보고 있었다. 장 씨는 훗날 우리 가족사에 있어 매우 중요한 인물이 되었다. 역사는 이런 것이다. 어떤 시기마다 일개 노비에 불과했던 사람을 아주 중요한 위치로 끌어올리기도 하는 것이다. 역사는 하층민의 관찰과 묘사로 인해 더욱 빛을 발하고, 이로써 역사는 색다르고 예사롭지 않는 그 무엇이 되곤 했다.

루치우예의 딸 완이는 일본인이 똑바로 선 자세로 마당에 가만히 서 있다가 돌아간 후에야 다시 자리에 앉았다. 그녀는 자신이 언제 자리에서 일어났는지조차 전혀 기억하지 못했다. 완이는 다시 자리에 앉고 나서 크게 심호흡을 했다. 하녀 장 씨가 걸레를 던져버리고 달려와 아가씨의 가슴을 쉬지 않고 주물렀다. 완이는 계속 외쳤다.

"아줌마! 아줌마! 아줌마!"

부인이 뒷마당에서 돌아왔을 때 완이는 어느 정도 진정이 된 상태였다. 부인은 아랫사람에게 뽕나무 빗장으로 대문을 걸어 잠그라고 분부하면서 머릿속으로 거듭 자문했나.

'무슨 일일까? 도대체 무슨 일이 일어난 걸까?'

완이는 바로 나의 할머니이다. 이것은 물론 아버지도 알고 있는 사실이지만, 역사를 이해하는 사람은 역사를 교묘하게 회피하는 데도 능하기 마련이다. 아버지는 이 세부적인 상황에 대해 나보다 더 잘 알고 있으리라……

어느 해 겨울, 어머니는 내게 1958년에 있었던 일에 대해 말해주었다. 이머니가 나를 막 임신했을 때, 아버지는 어머니에게 당장 병원에 가서 수술하라고 협박했다. 이것은 예사롭지 않은 대목이다. 그것은 최소한 우리 가족사에 대한 아버지의 이해 정도를 설명해주는 것이었다. 역시에 대한 통찰은 아버지의 내면에 존재하는 '징통성'에 대힌 혼린을 야기시켰다. '아버지를 이해하는 것이 아들을 이해하는 것보다 쉽다' 라는 말도 있듯이, 린캉이 임신하자 나는 내가 아버지를 이해했다고 확신했다. 다시 한번 말하지만 통찰은 이미 생명의 범주를 완전히 초월한 것이다. 여기서 정통성 문제는 이미 완성된 아버지의 과거와 지금 진행 중인 나의 현재를 끊임없이 잔인하게 괴롭혔다.

1958년 겨울은 하늘이 꽁꽁 얼고 땅이 눈으로 뒤덮인 계절이었다. 이때 아버지는 추수이가 아니라 시골에 내려가 있었다. 아버지는 아인슈타인과 마찬가지로 우익이 되었다. 어머니는 바로 그해 나를 임신했다. 너무 기쁜 마음에 어머니는 처음 임신한 여자들이 늘 해오는 방식대로 아버지에게 그 비밀을 이야기했다. 아버지를 부뚜막 한쪽으로 이끈 어머니가 목소리를 낮추어 말했다.

"아이가 생긴 것 같아요."

어머니를 바라보는 아버지의 표정에 순간 찬바람이 일었다. 쓸쓸한 겨울 풍경을 떠올리게 하는 얼굴이었다. 한참의 침묵 끝에 아버지가 말했다.

"알았어."

그러고는 아주 긴 침묵이 계속되었다. 아버지의 침묵은 면도날이 되어 어머니의 살점을 한 점 한 점 도려냈다. 며칠이 지난 후 아버지가 말했다.

"읍내에 가서 아이를 지우는 게 좋겠소."

어머니는 놀라며 반문했다.

"왜 아이를 지워야 하죠?"

아버지는 입을 다물었다. 이 무렵 어머니는 아버지를 따라 시골에 내려와 허물어진 절에서 동네 아이들에게 사칙연산과 『임대집 이야기』를 가르치고 있었다. 어머니는 한동안 아무 말이 없다가 결국 싫다고 대답했다. 어머니의 고집에 맞서는 아버지의 고집은 더욱 의미심장하고 강력했다. 아버지는 마른 얼굴을 늘어뜨리고 온종일 한마디도 하지 않았다. 아버지는 어머니와 대면하려고도 하지 않았고, 심지어 어머니가 가져오는 밥상에 손도 대지 않았다. 아버지의 침묵은 타인(사실은 어머니밖에 없었지만)의 신경에 상당한 스트레스를 줄 만큼 대단히 침략적이었다.

아버지의 침묵은 다른 데서 이미 한 차례 실패한 방법이었다. 침묵이란 방법으로 정치투쟁을 한 결과 완벽하게 실패하고 말았던 것이다. 사람들은 아버지를 우익으로 몰아 시골로 추방시켰으며, 아버지로 하여금 흙과 가축과 더불어 투쟁하게 했다. 흙과 가축과 아버지 중에 누가 먼저 입을 여는지를 누고 보자는 식이었다.

하지만 어머니는 결국 손을 들고 말았다. 어머니가 밥상을 들고 들어가 아버지에게 말했다.

"제가 읍내로 갈게요."

어머니의 말을 듣고 아버지는 마음을 풀었다. 그는 어머니가 가지고 온 밀가루 죽을 받아 그릇째로 들고 마셨다. 서로를 바라보던 그들은 서글픈 다행감을 느꼈다. 아이를 낳고 기른다는 것은 아버지가 결코 감당할 수 없는 그 무엇이었다. 나는 아버지의 황량한 심리 상태가 이미 생존의 극한을 경험한 사람의 것이라고 생각한다. 커다란 연민과 더불어 아버지는 가족의 현실을 직시하게 되었다. 아버지는 스스로를 우리 가족사에 있어 하나의 오점이라고 생각했다. 아버지의 존재란 그저 가족 중의 한 생명이라는 것을 의미할 뿐이었다. 그렇다. 나는 아버지가 자살할 생각이었다고 확신한다. 아버지가 자살에 성공하지 못한 것은 단지 기술상의 실수가 있었기 때문이리라.

하지만 어머니의 수술은 예정대로 진행될 수 없었다. 우연은 역사의 한순간에 다시 한번 그 공교로운 의도를 드러냈다. 나는 지금도 그 우연성의 검은 그림자를 볼 수 있다. 어머니는 수술비를 부두에서 날치기당했고, 돈을 잃어버린 분노로 '하지 않겠다'는 어머니의 결심은 다시 견고해졌다. 여기에는 설명될 수 없는 부분도 약간 있다. 어머니와 함께 마을로 돌아온 아버지는 곧장 군부대의 보건소를 찾아갔다. 아버지는 '맨발의 의사'*를 찾았다. 의사가 말했다.

"방법은 있지만 산모의 장기가 상처를 입을 가능성이 큽니다."

아버지는 아무 대답도 하지 않았고, 의사는 아버지에게 '키니네' 한 병을 내주었다. 열대식물인 키니네로 만든 이 특효약은 원래 말라리아를 치료하는 약이었지만 자궁을 수축시키는 부수적인 효과로 인해 중국에서는 낙태약이 되어 있었다. 그것은 마을의 사랑놀음이 빚어낸 비극에 가장 강력한 특효약이 되었다.

어머니는 키니네를 받아 들고도 평정을 잃지 않았다. 어머니는 약 한 알을 입에 넣었다. 몇 분이 지나자 어머니의 얼굴이 하얗게 질리기 시작했다. 자리에 누운 어머니는 그날 밤 내내 정신이 혼

---

* 문화대혁명 시기에 마오쩌둥 주석의 지시에 따라 일반 농민에게 삼 개월 정도의 교육을 시켜 농민들을 진료하게 했는데, 이들을 '맨발의 의사'라고 한다. 현재도 의료 시스템과 정규교육을 받은 의사가 부족한 중국의 실정에서 백만여 명에 달하는 맨발의 의사들은 향촌의로서 중요한 역할을 담당하고 있다.

미했다. 어머니가 숨을 몰아쉬며 물었다.

"나왔어요?"

아버지가 아무런 대답도 하지 않자 어머니가 말했다.

"다시 먹어야겠어요. 다시 먹어야 해요."

이때 아버지에게 공포감이 엄습했다. 그날 밤 어머니는 가망이 없어 보일 정도였다. 어머니는 그렇게 큰 곤욕을 치렀지만 낙태는 결국 성공하지 못했다. 나는 어머니의 자궁 안에서 견고히 진지를 지키며 최후의 승리를 쟁취했다. 내 머리가 그토록 자주 아픈 것이 바로 그 키니네 때문인지도 모르겠다. 내가 기억을 하는 날로부터 나의 두통은 시작되었다. 나는 여태껏 사람의 얼굴에 눈이 달리고 코가 달린 것처럼 사람이라면 으레 머리가 아픈 것으로만 알았다. 그러다 『서유기』를 읽고 나서야 손오공도 늘 머리가 아픈 것은 아니라는 사실을 알게 되었다. 두통은 누군가가 주문을 외운 탓이었던 것이다. 두통은 정말이지 내게 가장 큰 골칫거리였다. 나는 늘 왜 머리가 아플까를 생각했고, 그러다보면 머리는 또 어김없이 아프기 시작했다.

병석에서 일어난 후에도 어머니는 자신이 무엇을 해야 하는지 결코 잊지 않았다. 어머니에게는 이제 원망과 분노만 남아 있는 듯했다. 어머니는 낙태를 위한 낙태를 하려고 들었다. 어머니는 물동이를 지고 높이 뛰어오르고, 높은 곳에 오랫동안 쪼그리고 앉아 있다가 뛰어내리기도 했다. 그 뜨거운 여름날에도 어머니는 죽기 살기로 줄넘기를 했다. 줄넘기줄이 일부터 이천까지 그녀의 머리 위를 획획 지나갔다. 지쳐서 넘어지면 다시 일어나서 줄넘기를 했다. 어머니는 살아 있는 한 결코 낙태를 포기하지 않을 것처럼 굴었지만 결국엔 모든 믿음을 상실하고 말았다. 어머니는 만나는 사람마다 붙들고 이렇게 하소연했다.

"무슨 일인지 모르겠어요. 무슨 짓을 해도 애가 떨어지지 않으니 말예요."

어머니는 아버지에게도 말했다.

"아예 연자 맷돌을 가져다 배 위에 놓고 눌러보세요. 이렇게 떨어지지 않는 아이를 어떡하라는 거예요?"

아버지는 크게 노했다.

"낳아! 낳으라구! 도대체 어떤 물건인지 내 눈으로 똑똑히 봐야겠어!"

이때 어머니는 생명에 대한 믿음을 갖게 되었고, 목숨이란 것이 징그러울 정도로 질기다는 것을 알게 되었다.

린캉의 배가 하루가 다르게 불러오면서 그녀의 뒤태 역시 심란하기 그지없는 모습으로 변했다. 그녀는 낮에는 집에서 먹고 자고, 밤에는 무역센터로 출근했다. 그녀가 사장에게 어떻게 했는지는 잘 모르지만, 어쨌든 사장은 그녀에게 자유롭게 출퇴근을 하도록 허락해주었다. 내가 우리 가족사를 연구하며 참담하게 보내던 그 시절, 나와 린캉의 관계는 오히려 순탄했다. 우리 둘은 서로를 손님처럼 편안하게 대하며 아무 싸움 없이 지냈다. 심지어 며칠 동안은 린캉이 현모양처처럼 행동하기도 했다. 나의 역사 연구가 점차 그 깊이를 더해감에 따라 갈수록 야위어가는 나를 보며 린캉은 나의 외도를 의심했다. 내가 외도를 하게 되면 피차 서로에게 미안할 것이 없는 사이가 될 수 있었기에 그녀는 내심 나의 외도를 바라고 있는 듯했다. 그래서인지 린캉은 나에게 '밖에서 무슨 짓을 하고 다녀도 별로 상관하지 않겠다'고 거리낌 없이 말했다. 아내가 임신했을 때가 남자에게는 위기라는 사실을 그녀는 인정했다. 아내가 임신을 하게 되면 달리 욕구를 해소할 방법을 찾지 못한 대다수의 남자들이 외도를 한다고 그녀는 확신했다. 그러나 나는 이를 계기로 차라리 성적으로 무력해지기를 희망했다. 그렇게 된다고 해도 두려울 것은 없었다.

바로 이 무렵 나는 한자의 매력에 푹 빠져 일본 한자에도 관심을 가지기 시작했다. 신화서점(新華書店)[*]에서 찾아낸 일본어 교재의 표지 위에는 당시 유행하던 궁서체로 '日本語' 세 자가 적혀 있었다. 나는 '일본어'라는 세 글자가 일본어로 어떻게 발음되는지 알 수 없었지만, 공유하는 한자 문화를 밑천으로 겁 없이 일본어에 덤벼들었다. 세상에 존재하는 전혀 다른 두 민족이 자신이 속한 민족문화를 근거로 또다른 민족문화를 체험하는 일이었다. 서로 상이한 빛을 발하고 있는 두 문화였지만 문자라는 범주 안에 용케도 비슷한 것들이 남아 있었다. 가슴이 몹시 아팠던 어느 날 오후에 나는 일본어를 배우기로 결심했고, 일본어 서적과 교재 테이프를 하나를 안고서 집으로 돌아왔다. 린캉은 내가 들고 있는 것들을 쳐다볼 뿐 아무 말도 하지 않았다. 그녀의 얼굴에 드리워

---

* 중국의 대형 서점으로 각지에 지점이 있음.

진 알 수 없는 표정을 나는 보았다. 그녀의 표정은 애초에 내가 중국인으로 태어났음을 새삼 깨닫게 해주었다. 나는 곧바로 일본어 배우기를 포기했다. 배우겠다는 것과 배우기를 포기하겠다는 두 가지 결정을 하는 데 걸린 시간이라고는 겨우 칠십육 분에 불과했다. 나는 장차 내가 살아갈 인생이 바로 이 칠십육 분간 느꼈던 모순과 갈등의 장이 될 것이라고 생각했다. 나는 앞으로 이런 모순과 갈등 속에서 수많은 방황을 하게 될 것이다.

멀리 있는 달이
고요한 가을의 끝자락에서
계곡을 이리저리 비추네.

달이 떴다. 바다 위에 떠 있는 달이다. 그 달에서는 한없는 비애가 묻어난다. 바람 소리는 들리지 않았지만 바람에 산산조각 난 달빛은 해수면을 따라 사방을 환히 비추고 있다. 머리가 맑아지기 시작하면서 나는 나 자신을 완전히 토해냈음을 확신했다. 내 몸은 텅 비어 한없이 투명했다. 나는 더이상 뱃멀미를 하지 않았다. 이것은 기적이었다. 결국 두통이 멀미를 치료한 셈이다. 머리가 다시 아파오기 시작했다는 것은 나의 사색이 다시 시작되었음을 의미했다. 그러나 이번 두통이 내게 주는 의미는 아주 남달랐다. 그것은 출발점으로 회귀하는 두통이 아니라, 열반에 들어섬과 동시에 새로운 종교의 탄생을 의미하는 두통이었다. 두통은 천국의 계단처럼 나로 하여금 날카로운 감정선을 따라 위로 한 단계씩 사색하게 만들었다.

나는 깊은 밤 해수면 위에 서 있었다. 머리 위는 우주, 발밑은 바다였다. 바다의 혹독한 추위가 내 살갗 위로 엄습해왔고 나는 행복감에 전율했다. 나는 사람들이 내게서 멀리 떠나간 대신 신이 바로 내 곁에 와 있다고 확신했다. 한겨울 깊은 밤 나는 인간의 형상으로 신과 대면하고 있었다. 나는 또다시 행복한 전율에 온몸을 맡기며 큰 소리로 외쳤다. 예전에는 한 번도 들어보지 못한 괴상한 소리가 터져 나왔다. 있는 힘껏 고함을 질러보아도 구체적인 말은 할 수가 없었다. 내가 할 줄 아는 언어는 겨우 중국어에 불과했다. 세상의 모든 언어가 신의 진정한 뜻을 왜곡하고 있기에 나는 그 어떠한 언어도 사용하지 않을 것이다. 말을 하는 대신 괴상한 소리를 질러대는 내게 아무런 대답도 들리지 않았다. 그 느낌이 또 무척 좋았다. 달 밝은 밤은 세상 속에 달과 나만 남겨놓았다. 차가운 달빛을 받으며 나는 온몸으로 달빛의 한기를 만끽했다. 우주여, 나는 너를 느끼고 있다. 나는 춥다. 나는 행복한 마음으로 추위를 만끽하고 있다. 끝없는 충동으로 그 한기를 마주하고 있다. 그대들이여! 이제 육지는 그대들의 것이 되었고 바다는 나의 것이 되었다! 그대들이여! 이제 낮은 그대들의 것이 되었고 밤은 나의 것이 되었다. 그대들이 육지에서 꿈을 꾸고 도둑질과 섹스를 즐기고 서로를 죽이는 동안 나는 바다 위에서 달빛을 따라 우주의 가없는 슬픔을 목도하노라.

"너는 누구냐? 아이야. 너는 왜 바다에서 울고 있니?"

"오지 마세요. 당신은 누구세요?"

"나는 안데르센이라고 하지. 네가 여덟 살 때 내 책을 읽다가 눈물을 흘리지 않았느냐. 아이야, 그것이 아마 네가 독서하다가 처음으로 운 날이었지? 자, 받아라. 성냥이다."

"당신은 왜 바다 위에서 성냥을 팔고 있죠?"

"나는 성냥을 파는 게 아니란다. 아이야, 나는 네가 우는 소리를 들었단다. 나는 북유럽에 있는 하얀 동화 나라에 살고 있어. 아주 깨끗하고 눈처럼 하얀 곳이지. 난 네가 중국 사학자라는 것을 알고 널 보러 왔단다. 네가 중국어를 놓고 고민하는 것도 잘 알고 있지. 너무 힘들어할 것 없어. 아이야, 넌 참 소심하구나. 그건 아주 보잘것없고 사소한 일이란다. 아이야, 너는 중국어를 사랑해야 한다. 중국어가 너를 키우지 않았니. 신은 우리 모두에게 한 가지씩 언어를 주셨고, 그 언어들은 모두 신을 표현하는 각기 다른 방식일 뿐이란다."

"그것은 사소한 일이 절대 아닙니다. 안데르센 선생, 나는 칼 마르크스라고 합니다. 독일의 철학자죠."

어디선가 마르크스가 불쑥 끼어들면서 나와 안데르센 중간에 섰다. 그의 수염이 달빛 아래 흰 불꽃처럼 반짝였다.

"종교는 인민의 정신을 마비시키는 아편입니다. 안데르센 선생, 당신에게 그것은 동화이겠지요. 인류는 동화를 버려야만 합니다. 불꽃이 얼음을 멀리해야 하는 것과 같은 이치이지요."

"나는 당신의 책을 읽은 적이 있습니다. 칼 마르크스 선생, 당신의 중국어는 무척 훌륭하더군요."

"내가 중국어를 아무리 잘한다 해도 중국어로 출판된 내 저서는 읽고 이해하지 못한답니다! 나는 중국어로 사색할 수도 없습니다. 선생도 문제는 사유 자체가 아니라 언어라는 것을 잘 알고 계실 겁니다. 저는 많은 중국어 서적들을 샀습니다. 모두 제가 쓴 책들이지요. 옛날에는 중국에도 제 책이 아주 많았습니다만 지금은 일본 물건들이 더 많아졌습니다. 꼬마야, 너는 일본을 아느냐? 너는 일본에 관심을 가져야만 한단다. 이 시대에 일본은 한 국가나 민족이 아니라 하나의 형이상학이라 할 수 있지."

일본은 형이상학만이 아니었다. 일본인이 문을 두드렸다. 일본인은 루 씨 저택에 있는 두 개의 석조 사자상 중간에 서 있었나. 그는 손을 펴고 숭지의 관절을 이용하여 아주 형이하학적인 소리를 내고 있었다. 똑. 똑. 똑.

문을 연 사람은 하녀 장 씨였다. 그녀는 평상복 차림을 한 이타모토 로쿠로를 한눈에 알아보았다. 낯선 사람에 대한 하층민의 기억은 거의 천재적인 수준이라 할 수 있다. 장 씨가 본능적으로 문을 확 닫으려고 하자 이타모토 로쿠로가 재빨리 장 씨의 팔을 걷어내며 웃었다. 이타모토 로쿠로의 미소를 보리라고는 상상조차 하지 못했던 장 씨의 시야에 이타모토 로쿠로의 탄탄한 은빛 치아가 들어왔다. 그녀의 두 팔은 어느새 아래로 축 처지고 말았다. 이타모토의 그림자가 루 씨 저택의 우물 쪽으로 이동했다. 그의 두 다리는 벽돌 위에 그려진 사람 인(人)자 두안을 밟고 지나갔다. 복도를 걸어 나오던 루치우예와 그가 서로 마주치는 순간 주위에 정적이 감돌았다. 이타모토가 먼저 말했다.

"당신이 루치우예 선생이오?"

루치우예가 대답했다.

"그렇습니다."

이타모토가 계단 위로 올라갔다. 땀방울들이 루치우예의 이마에서 또르르 굴러 떨어졌다. 이타모토가 말했다.

"나는 이타모토 로쿠로라고 하오."

루치우예는 손으로 거실 쪽을 가리키며 말했다.

"안으로 드시지요."

이타모토 로쿠로가 문턱을 넘어섰다. 발걸음을 옮기며 장갑을 벗는 모습은 정중하고 지적이면서도 오만해 보였다. 장갑에서 손가락 하나하나를 천천히 뺀 후 마호가니 팔걸이의자에 앉은 이타모토 로쿠로가 흰색 장갑을 탁자 위에 던졌다.

이타모토 로쿠로가 말했다.

"선생이 쓴 글씨를 본 적이 있소. 난 선생의 글씨가 아주 마음에 드오."

루치우예가 웃으며 말했다.

"그저 졸필에 불과합니다."

이타모토 로쿠로의 얼굴이 약간 어두워졌다. 그가 다시 말했다.

"선생의 글씨가 아주 마음에 든다고 했소."

루치우예가 당황해하며 말했다.

"과찬이십니다. 정말이지 어디 내놓기에 창피한 잔재주일 뿐입니다."

"빠가!"

이타모토 로쿠로가 갑자기 큰 소리로 외쳤다.

"나는 당신이 쓴 글씨를 좋아한단 말이오!"

당황한 루치우예는 어떻게 대꾸해야 할지 몰라 허둥거렸다. 루치우예의 귓가에 '때앵' 하는 괘종시계 소리가 들려왔다. 한동안 아무 말이 없던 이타모토 로쿠로가 다시 말했다.

"선생의 서재를 한번 둘러보고 싶소."

루치우예가 돌아서서 말했다.

"장 씨는 차 좀 내오도록 해요."

이타모토 로쿠로가 손을 내저으며 말했다.

"차는 말고, 우리 술로 합시다."

서재의 사방 벽에는 별로 특별할 것 없는 서화가 각각 한 폭씩 걸려 있었다. 이타모토 로쿠로가 책상 위에서 담배 두 개비를 집어 라이터로 불을 붙인 후 백자 재떨이에 끼워놓고 말했다.

"내가 먹을 갈 테니 선생은 몇 자 가르침을 주시오."

이때 장 씨가 술상을 차려 내왔다. 루치우예가 장 씨에게 말했다.

"자네가 먹 좀 갈게나."

이타모토 로쿠로가 말했다.

"내가 직접 갈겠소."

하녀 장 씨는 꽃문양이 그려진 잔에 술을 따르고는 그 자리에서 물러났다. 이타모토 로쿠로가 술잔을 들어 조심스럽게 마시고 나서 공손하게 먹을 갈기 시작했다. 루치우예는 마음이 편치 않았으나 종이를 펴고 자리에 앉아 입정(入靜)했다.

각자 한 잔씩 마신 후 루치우예는 붓을 들고 '들나루엔 사람이 없도다(野渡無人)'라고 썼다. 그냥 종이를 확 말아버리고 싶었지만 이타모토 로쿠로가 뚫어지게 쳐다보고 있어 감히 그럴 수는 없었다. 이타모토 로쿠로가 글씨를 들고 한 번 쓰윽 보고는 말했다.

"형편없군!"

루치우예는 아무리 진정하려 해도 진정이 되지 않았다. 단숨에 네 폭을 써내려간 그의 얼굴이 수치심으로 달아올랐다. 이타모토 로쿠로가 기분이 상한 사람처럼 물었다.

"루 선생, 참으로 경박하군요. 내가 사람을 죽이기라도 할까봐 두려운 것이오?"

루치우예는 아니라는 말을 연거푸 다섯 번이나 되풀이한 후 술잔을 들고 말없이 마시기만 했다. 이타모토 로쿠로가 말했다.

"차라리 '진나라의 달이 한나라에 떴구나(秦月漢關)'라는 구절을 써보시오. 아주 재미있지 않겠소?"

붓을 들고 한참 정신을 가다듬던 루치우예가 이내 붓을 내려놓으며 말했다.

"이런 뜻은 쓰면 쓸수록 어렵습니다."

이타모토 로쿠로가 말했다.

"내가 먹을 간 성의를 봐서라도 좋은 글을 써주지 않는다면 말이 안 되지 않소?"

술을 한 잔 더 마신 루치우예가 '그대는 피리를 가르치는가(玉人敎吹蕭)'라고 쓰자 이타모토 로쿠로가 말했다.

"역시 조잡해!"

루치우예가 고개를 숙이고 다시 두 폭을 써내려갔다. 이타모토 로쿠로가 한참을 들여다 보고는 말했다.

"절에 있던 글씨는 선생이 어디서 훔쳐온 것 아니오?"

술잔을 들고 거실로 나가 조용히 앉아 있던 이타모토가 다시 서재로 돌아왔을 때 루치우예의 얼굴에는 취기가 오를 대로 올라 있었다. 책상 위에는 또다른 글씨 한 폭이 놓여 있었다. 예서체로 '대나무 서쪽에 좋은 곳에 있네(竹西佳處)'라고 쓰여 있는 것을 본 이타모토의 얼굴이 약간 펴졌다.

"좋은데? 아주 좋아."

잔을 부딪친 후 사리에 앉은 그늘은 다시 아무 말도 하지 않았다. 잠시 후 이다모토가 혼잣말처럼 말했다.

"중국문화는 확실히 미를 중시하는 문화야. 그렇지만 미인박명이라는 말도 있듯이 그 운명도 거의 다했지. 얼마 남지 않았어."

순간 루치우예가 크게 탄식하며 몸을 일으켜 손이 가는 대로 휘갈겼다. '봄이 가는구나(春去也)'라는 그 글씨는 가로와 세로의 기운이 약하여 마른 가지가 시든 것처럼 쓸쓸해 보였다. 이타모토 로쿠로가 술잔을 내려놓고 실눈을 떴다. 그러고는 턱을 만지작거리며 한참 뜸을 들이다가 말했다.

"최고요."

그가 고개를 돌리자 루치우예의 모습이 눈에 들어왔다. 루치우예의 눈에서 하염없이 눈물이 흘러내리고 있었다. 이타모토 로쿠로가 말했다.

"어둠이 내리고 세상에 쇠락한 기운이 도는데 중국문화는 갈수록 그 운치가 무궁하구나. 이건 하늘의 뜻이야."

취기가 오른 이타모토 로쿠로가 갑자기 술잔을 던지며 외쳤다.

"너희들이 무슨 쓸모가 있겠어! 너희 지나인들이 내뱉는 아름답고 서글픈 말들은 모두 심약한 장난질일 뿐이야. 너희들은 살 가치도 없어. 너희들은 모두 산송장이나 마찬가지인 것들이라고!"

'봄이 가는구나' 라고 쓴 자신의 글씨를 바라보고 있던 루치우예의 얼굴에 더할 수 없는 수치심이 차올랐다. 취기가 잔뜩 오른 루치우예는 다시 큰 종이 한 장을 펼쳐 붓을 바꾸고 있는 힘을 다해 마음껏 휘둘렀다. 한 번 붓을 움직이니 부드러우면서도 힘찬 기운이 넘치는 가운데 '타도일본(打倒日本)'이라는 글씨가 완성되었다. 이 네 글자는 피가 거꾸로 솟는 듯 분노로 가득 차 흉악스럽게 눈을 부릅뜬 형세였다. 글씨에서는 살기마저 느껴졌다. 이타모토 로쿠로는 넋을 잃었다. 호기롭던 술기운이 가신 얼굴로 한동안 글씨를 응시하던 그가 크게 외쳤다.

"이건 신의 작품이오!"

이타모토 로쿠로는 그대로 십여 분을 침묵하고 있다가 중얼거렸다.

"일본에도 이러한 예술이 있을 수 있을까…… 이러한 문화가 있을 수 있을까……"

이타모토 로쿠로는 흥분했는지 일본어로 한바탕 뭐라고 떠들다가 또 손짓을 해가며 앞에 있는 루치우예에게 고함을 질렀다. 그의 눈빛에는 희열과 분노가 교차하고 있었다. 그는 마지막으로 중국어 한마디를 했다.

"다시 오겠소."

이타모토 로쿠로가 돌아간 후 루치우예가 비틀거리며 후원으로 들어오자 그의 부인과 딸이 놀라서 달려왔다. 돌의자에 앉은 루치우예의 엉덩이로 전해지는 돌의 차가운 기운이 곧바로 정수리까지 전해졌다. 취기가 가셨다. 루치우예가 아내를 외면하듯 말했다.

"내가 미쳤지, 미쳤어. 우리 집안에 큰 화가 닥칠 거야. 우리 루 씨 집안이 화를 당하게 생겼어……"

부부는 흐느꼈다.

"술 때문에 망했어! 망했다고! 그놈의 술 때문에 내가 성미를 이기지 못하고 결국 일을 낸 거라고!"

이타모토가 세번째로 찾아온 것은 다음 날 저녁 무렵이었다. 이번에도 그는 혼자였다. 차분한 표정의 이타모토는 느릿느릿 집안으로 들어왔다. 이타모토의 조용한 태도가 루치우예의 부담감을 훨씬 덜어주긴 했지만, 그럼에도 불구하고 경계를 늦출 수는 없었다. 어쨌든 이타모토는 활달하고 여유로워 보였다. 그가 루치우예를 보자마자 소리쳤다.

"루 선생!"

이타모토는 루치우예와 함께 집안으로 들어가며 말했다.

"선생에게 중국 서예를 배우고 싶소."

루치우예기 몸을 굽혀 정중하게 받아들였다. 그리고 이타모토가 집 안을 편하게 돌아볼 수 있도록 안내했다. 루 씨 집안의 모든 사람들은 이타모토에게 일일이 인사를 올렸다. 물론 열일곱의 아가씨 완이도 예외일 수 없었다. 이것이 완이와 이타모토의 두번째 만남이었다. 두번째야말로 그들의 진정한 만남이라고 할 수 있을 것이다. 이번 만남에서 완이는 이타모토의 몸에서 풍기는 진한 비누 냄새를 맡았다. 여기서 세부적인 줄거리는 매우 중요하다. 여성의 후각은 많은 사건들의 서막이 되곤 했다. 비누 냄새는 이타모토의 이미지를 살아 숨쉬게 했으며, 열일곱 나이의 완이가 이타모토를 하나의 인간으로 느끼게 만들어주었다. 그리고 이러한 결론은 결국 우리 가족에게 크나큰 불행을 가져다주었다. 인간에 대한 '이다, 아니다'의 판단은 늘 그것과 상반된 결과를 가져오기 일쑤였다. '인간'과 '비인간'은 역사적으로 인간의 양극단이었다. 그것은 동일한 자석에 붙어 있는 양극, 음극과도 같은 것이다. 인간은 언제라도 흉악무도한 모습으로 돌변할 수 있다.

　나의 이러한 결론은 역사로부터가 아니라 린캉으로부터 나온 것이다. 나는 시대별로 유행하던 결혼 제도 등을 참고하여 역사를 연구하곤 했다. 이것이 곧 나의 연구 방법론이었다. 평범한 남자가 결혼 후에 천재가 되기도 하고, 천재였던 남자가 결혼 후에 평범한 사람이 되기도 했다. 나는 전자에 속했다. 결혼하고 처음 맞이한 새벽에는 이것을 깨닫지 못했다. 우리는 5월 1일 노동절에 결혼식을 올렸다. 전 세계의 노동자들이 정신적으로 풍요롭고 그만큼 성욕도 왕성할 때였다. 결혼하기에는 가장 적기였던 것이다. 우리는 5월 2일 오전 아홉시에 잠에서 깨어났다. 몸은 피곤했지만 마음은 상쾌했다. 나의 내면은 물처럼 고요했다. 어떠한 소란도 욕망도 존재하지 않았다. 제법 긴 시간 동안 동거를 했지만 그래도 마음 한구석에는 다소 꺼림칙한 부분이 있었다. 하지만 결혼은

우리를 당당하면서도 활기차게 만들어주었다. 전 세계의 노동자
들이 대동단결하는 그날에 우리는 뜨겁게 달아올라 청춘을 격정
적으로 불태웠다. 린캉이 잠에서 깨어난 후 우리는 다시 키스를
했다. 그녀는 마치 딱따구리 같았다. 입맞춤이 그렇게 경쾌하고
재빠를 수 있을까? 우리는 누구라도 먼저 침대에서 일어나려 하
지 않았다. 옷이며 신발, 양말 등을 한쪽에 던져두고 우리의 몸뚱
이는 또다시 어제처럼 서둘러 하나가 되었다. 열시가 되어서야 우
리는 일어났다. 잠자리에서 일어나는 과정 또한 우리 둘에게는 아
주 의미 있는 일이있다. 우리는 서로에게 속옷과 겉옷을 입혀주있
다. 이 모든 과정은 참으로 흥미진진했다. 우리들은 무려 한 시간
에 걸쳐 잠자리에서 일어났다. 그동안에도 열정석인 키스와 애부
가 계속되었다. 바로 그때 린캉이 대단한 말을 했다.

"결혼이 너무 좋아."

결혼 후 린캉은 활발한 사교 활동을 통해 날씬하고 아름다운 여
자들과 어울리기 시작했다. 린캉이 말했다.

"메리의 하트 목걸이는 정말 커요. 정말 거위알만 하다니까요.
근데 내 것 좀 봐요, 여보."

그녀는 또 말했다.

"샤오두 남편은 지난달에 주식으로 돈을 왕창 벌었대요. 세 시
간 만에 무려 사만 팔천 위안이나 벌었다던데."

그녀가 또 말했다.

"그 여자가 예쁘게 보이는 건 바로 그 반지 때문이라구요. 진짜
남아프리카 산 다이아몬드라잖아요. 구리로 테를 두른 내 것이랑

은 비교도 안 되지, 뭐."

린캉이 또 말했다.

"화란란의 집에는 파나소닉 노래방 기계가 있대요. 아마 마이크도 파나소닉일걸요! 금색인데 위에는 '파나소닉'이라는 로고가 새겨져 있대요."

그녀가 또 말했다.

"주통네 공장은 연 지 이 년밖에 안 되었는데 얼마나 귀하신 몸이 되었는지 몰라요! 화장실에 갈 때도 자동차를 타고 다닌다던데."

나는 그럴 때마다 책이나 지도를 들여다보며 린캉이 들려주는 바깥세상 이야기를 듣곤 했다. 린캉은 놀란 얼굴로, 흥분한 모습으로 쉼없이 이야기를 늘어놓았다. 그러다가 불안한 기색을 내보이기도 했다. 나는 린캉의 허리를 끌어안고 되도록이면 온화하게 말하려고 노력했다.

"먹고살 걱정은 하지 마."

린캉이 대답했다.

"먹고사는 거야 당연한 것 아니에요? 당신이 밥이나 겨우 먹게 해주려고 날 아내로 맞이한 것은 아닐 테니까요."

린캉은 나의 신부가 된 지 꼭 열이레째 되는 날 이러한 말들을 쏟아냈다. 그 순간 나는, 신부가 된 지 열이레째 되는 날이야말로 여자의 일생 중 가장 아름다운 하루라고 적혀 있던 책의 내용을 떠올렸다. 그리고 정말 그런지 궁금해졌다. 이런 생각으로 린캉을 하루 종일 관찰하던 나는 곧 낙담했다. 결혼 후 열이레째 되는 날의 린캉은 정말 형편없고 실망스러웠다. 세상은 정말 빨리 변하고 있었다.

나는 예민한 사람도 아니고 세계의 변화에 대해서도 둔감했다. 나는 결코 세상의 질주에 주의를 기울이지 않았다. 세상은 마치 바퀴라도 달려 있는 것처럼 빛을 번뜩이며 내달리고 있었다. 그렇게 자신도 잘 알지 못하는 방향으로 거침없이 달려가다 요란하게 충돌하기도 했다. 비즈니스와 경기로 신경이 곤두선 많은 사람들이 때로는 기뻐했다가 어느새 우울해지곤 했다. 예민하지는 않아도 나 역시 세상이 이미 변하고 있으며 그 변화가 우리집 근처까지 다가와 있다는 사실은 알고 있었다. 베토벤의 5번 교향곡처럼 운명은 우리집 대문을 두드리고 있었다. 린캉과 내가 한 번 싸울 때마다 운명은 한 걸음 더 다가왔다. 나는 세상의 위력을 느끼고 있었지만, 그 세상이 어디에 존재하는지는 알지 못했다.

나는 아무런 목적 없이 큰길을 걸었다. 햇살이 가득한 큰길 위에는 사람들의 행렬이 빠르게 움직이고 있었다. 어깨를 스치고 지나가는 사람들에게서 시큼한 땀 냄새가 풍겨왔다. 인체의 추악한 분비물들은 오히려 육체와 정신을 끈끈한 하나가 되게 했다. 거리의 운전자들은 조급하게 눌러대는 경적을 통해 내면의 번뇌를 털어버리곤 했다. 한참을 걷던 나는 피곤을 느꼈다. 너무 지쳐 내가 어디에 와 있는지도 잊어버렸다. 나는 다시 집으로 돌아와 책을 집어 들었지만 역사나 학문 같은 것들을 연구할 마음은 없었다. 단지 나는 린캉을 대할 만한 여유를 되찾을 때까지 뭔가 치밀어오르는 마음을 차분히 가라앉히고 잠시 조용히 있고 싶을 뿐이었다.

날씨가 더워지기 시작하면서 신혼의 신선함도 거의 사라져버렸다. 침대 위에서 벌이는 일에도 어느 정도 절제가 생겨났다. 무더운 날이면 나는 더이상 명상을 하지 않았고 쉽게 피곤을 탔다. 린캉은 하루가 다르게 우울해져갔다. 그녀는 하루 종일 우리 둘 중 한 명이 실직을 할 수도 있다는 생각에만 빠져 있었다. 내가 제안했다.

"노래방에 갈까? 거기 가면 혹시 기분이 좋아질지도 모르잖아."

우리는 일인당 삼십 위안으로 저렴하게 놀 수 있는 가장 싼 집을 골랐다. 그리고 에어컨이 있는 어두침침한 룸에 앉아 시원한 아이스크림을 먹으며 노래를 불렀다. 린캉은 기분이 많이 좋아졌다고 말했다. 기분이 좋아진 틈을 타 나는 그녀를 위해 노래 한 곡을 골라주었다. 그녀는 아주 신나게 노래를 불렀다. 저음은 내려가지 않았고 고음은 올라가지 않았다. 나는 린캉의 팔에서 시원하고 매끄러운 감촉을 느꼈다. 그 순간 나는 린캉과 처음 사랑에 빠졌을 때의 기분으로 돌아갔다. 저녁 내내 린캉은 열렬하게 '한 곡만 더!' 하며 소리를 질렀고, 나는 그런 그녀를 위해 계속 선곡해주었다. 자정이 거의 다 되어 노래방을 나올 때까지도 린캉은 '한 곡만 더!'를 외쳤다.

하지만 우리는 이렇게 고조된 기분을 집에 도착할 때까지 유지할 수 없었다. 노래방을 나오자마자 우리의 몸은 다시 더워지기 시작했다. 세상은 늘 그 자리에 있었다. 영원히 그 모습일 게 뻔했다. 우리가 아무리 숨으려 애를 써도 결국엔 세상 안으로 돌아오게 되어 있었다. 린캉의 기분이 다시 나빠지기 시작했다. 얼굴이 천천히 일그러지던 그녀가 이렇게 말했다.

"우리 집에는 언제 에어컨을 달 거예요? 일제 에어컨은 작은 거 한 대에 일만 위안이 넘는다는데."

내가 말했다.

"차라리 당신이 일본으로 가지 그래?"

그녀가 말했다.

"갈 수만 있었으면 진작 갔죠. 내 복에 무슨……"

내가 말했다.

"우리가 쫓아낸 일본놈들이 뭐가 그리 대단하다고 난리야?"

그녀가 코웃음을 치며 말했다.

"됐어요, 됐다고요! 중국인늘은 모누들 황제의 포부에 내시의 운명을 타고났나봐, 정말!"

내가 말했다.

"말이 너무 심한 거 아냐? 당신이 내시한테 시집온 것도 아니잖아."

그녀가 말했다.

"사실 그 정도 능력밖에 더 있어요?"

그녀가 내뱉은 말에 난 기분이 확 나빠졌다. 내 속에 있던 염증이 한여름밤처럼 익어갔다. 나와 린캉은 도시의 여름밤 속을 느릿느릿 걸었다. 도시의 야경 속에 사랑과 결혼의 위기가 고스란히 담겼다. 그때 내가 잠시 한눈을 팔았다. 나는 쓸쓸히 걷고 있는 소녀들을 한 번씩 훔쳐보았다. 나는 사실 바람기 있는 남자는 아니었다. 내가 하필 왜 그런 때 그런 여자들을 힐끔거렸는지는 알 수 없다. 그것은 분명 할 짓이 아니었다. 특히 아내가 보는 앞에서는.

린캉이 말했다.

"당신 지금 뭘 보는 거예요?"

여자들이란 마누라가 되자마자 모두 이 방면에 도사가 되는 모양이다. 내가 말했다.

"보긴 뭘 봤다고 그래? 아무것도 안 봤어. 그저 다른 생각을 하고 있었을 뿐이야."

"아니, 아니야! 그게 아닌 것 같아!"

그녀가 말했다.

"다른 생각을 한 게 아니라 딴마음을 먹고 있는 거겠지!"

내가 말했다.

"무슨 하늘에서 내려온 선녀들도 아니고…… 별로 볼 가치도 없어."

린캉이 걸음을 멈추는 바람에 나 역시 발걸음을 멈출 수밖에 없었다.

"흥! 째진 입으로 실토를 하시는군! 안 봤다더니 볼 건 다 봤네!"

그녀는 계속해서 험한 말을 늘어놓으며 걸었고, 나는 그냥 맥없이 그 뒤를 따라 걸었다. 나는 그녀가 '거짓말을 하고 있군요' 정도로 말할 줄 알았다. 그런데 뭐, 째진 입으로 실토를 한다고? 뒤늦게 린캉의 뒤를 바짝 따라가서 말했다.

"당신, 그 거친 말투만 보면 당장 리어카를 끌어도 되겠어."

린캉이 걸음을 멈추고 팔짱을 긴 채 냉소하며 말했다.

"호호, 참나! 당신네 루 씨 집안에 시집을 오면 리어카를 끌어야 하나보죠?"

린캉은 확실히 도를 지나쳤다. 바로 내 부친을 빗대 한 말이었다. 내 아버지는 거의 십 년 동안 리어카를 끌었다. 나의 어린 시절은 리어카 삐걱대는 소리와 함께였다고 해도 과언이 아니다.

아버지는 1958년부터 리어카를 끌기 시작했다. 아버지는 성공적으로 우익이 되었다. 아버지는 하루 종일 나무 바퀴 리어카를 끌고 가난한 프롤레타리아의 뒤를 따라다니며 당신의 사상을 개조했다. 리어카 끄는 아버지의 모습은 아버지가 내게 남겨준 최초의 기억이었다. 당시 아버지는 건장한 체격과 햇볕에 그을린 구릿빛 등을 갖고 있었지만 희고 부드러운, 정말 형편없는 엉덩이도 갖고 있었다. 아버지가 개울가에서 목욕하는 걸 보면 등과 두 다리 사이에는 절망적인 경계선이 그어져 있었다. 아버지의 엉덩이는 당신이 유일하게 개조하지 못한 부분이었다. '구시대'가 아버지에게 남겨준, 문인으로서의 마지막 면모였다. 리어카를 끄는 세월 동안 아버지는 벙어리인 양 거의 말을 하지 않았다. 인간의 언어에 대한 아버지의 적대감은 나의 지능 계발에도 지대한 영향을 미쳤다. 나는 세 살이 될 때까지 말을 못했고 아홉 살이 되었을 때도 여전히 말을 더듬었다. 그러나 아버지는 조급해하지 않았고 어머니 역시 그랬다. 나는 아버지가 당신의 모구어를 싫어하는 건지도 모른다고 생각했었다. 그러나 아버지가 리어카를 끌던 바로 그 시기에 시처럼 아름다운 나의 어린 시절이 만들어졌다. 리어카 위에 앉아 흔들리던 시간들은 내 인생에 있어 가장 아름다운 추억이 되었다.

아버지 세대가 겪은 불행은 아이들에게 유토피아를 만들어주었다. 나의 유년 생활은 낙원의 노래 속에 담겼다. 뽕나무 가지 꼭대기에서 닭이 울고 진흙담 가에서 개가 짖는 풍경은 한없이 평화로웠다. 나의 유년 세계에는 흙과 식물만이 존재했고, 나는 그것들을 통해 내가 원하는 모든 것을 얻을 수 있었다. 아버지가 도시를 떠난 것은 당신 자신에게 평안과 고요를 가져다주었고, 어머니에게는 다시금 자신의 존재감을 느낄 수 있는 기회를 제공했다. 아버지는 말하는 걸 별로 좋아하지 않았지만, 어머니는 시골에서 가장 우수한 선생이 되었다. 아버지는 사람들이 좋아하지도, 그렇다고 싫어하지도 않는 대상이었지만, 어머니는 마을에서 매우 인기가 있었다. 어머니는 언어 구사력이 남달랐다. 어머니는 문법적으로 매우 완벽하면서도 조리 있게 말을 잘했다. 어머니가 구사하는 언어는 『마오쩌둥 선집』에나 나오는 문장들처럼 적절하고 정확했다. 많은 농민들이 자기 자식들을 우리 어머니에게 보냈다. 그들은 자기 자식들이 우리 어머니처럼 범상치 않은 언어 실력을 가질 수 있기를 바랐다. 심지어 새봄이 왔을 때 자기 자식들이 붓으로 대련을 써서 당과 주석, 그리고 쌀과 면화, 간장, 식초, 기름, 소금 등에 대한 자신들의 깊은 애정을 대문 위에 표현해줄 수 있기를 바랐다.

아버지가 리어카를 끌던 시기의 후반부에 나는 과학 연구에 심취해 있었다. 나는 혁명 이후 세대들과 함께 하루 종일 신종 식물들을 연구했다. 그해 나는 다섯 살이었다. 그때 우리는 매우 원시적인 연구 방법을 사용하고 있었다. 우리는 사방을 돌아다니며 눈에 띄는 것을 남김없이 먹어치웠다. 굶주린 우리들은 신선하고 부드러운 식물들에 대한 끝없는 호기심과 욕망을 갖게 되었다. 자연에 관한 인간의 위대한 발견은 오로지 굶주림 덕분이라 해도 과언이 아닐 것이다. 인간이 굶주림 때문에 죽지 않는 것은 굶주림 그 자체 때문이다. 굶주림을 놓고 세계가 할 수 있는 일은 없다. 대학교 3학년 때 나는 도서관에서 한문판『자본론』을 읽었지만 마르크스조차 굶주림 자체에 대한 해법은 말해주지 않았다. 이것이야말로 '상품'으로 '생산'과 '생산관계'를 연구한 고전이라 일컬어지는 그 책이 우리에게 남겨준 아쉬운 부분이기도 했다. 어떤 것이 우리가 먹을 수 있는 식물이고 또 어떤 것이 우리가 먹을 수 없는 식물인가? 이것은 생존을 위해 아주 중요한 문제였다. 우리들은 목화다래를 먹고, 홰나무꽃과 구기자, 뽕잎, 딱총나무의 넓은 잎을 먹었다. 그리고 야생쑥갓, 갈댓속, 참죽나무의 뿌리 등을 먹었다. 우리들이 무엇을 먹을지 결정하면 곧 그것은 먹을 수 있는 것이 되었고, 우리는 그것을 아주 맛있게 먹었다.

1962년의 어느 봄날 홰나무꽃이 만발했다. 멀구슬나무 역시 그 어느 해보다도 아름답고 부드러운 꽃을 자랑했다. 갑자기 불어온 봄바람에 꽃잎이 흩날리면 세상은 온통 자줏빛과 순백색으로 어우러지며 아름다운 풍경을 연출했다. 홰나무의 하얀 꽃과 멀구슬나무의 자줏빛 꽃은 마치 우리 마을에 성대한 장례식이 거행되는 것 같은 착각을 하게 만들었다. 임대옥*이 묘사했던 것처럼, 꽃이 시들고 꽃잎이 하늘 가득 날아오르는 풍경 그대로였다. 다만 임대

옥은 제비집으로 만든 요리를 먹고 인삼탕을 마시며 흩날리는 꽃잎을 구경했지만 우리는 그런 것들에 관심이 없었다. 우리는 임대옥이 누군지도 몰랐다. 우리에게 있어 예쁘고 밉고 좋고 싫고의 유일한 기준은 바로 그 식물을 먹을 수 있느냐 없느냐였다.

회나무의 맛이 어떤지 궁금하다면 직접 한번 맛을 보는 게 확실하다. 회나무의 맛은 훌륭하다. 그 탓에 한번은 너무 많이 먹었던 모양이다. 그날 밤 나는 아주 심한 설사를 했다. 그때 설사로 너무 고생한 나머지 나는 더 예민해졌으며 아래턱은 더 길어지고 코는 더 납작해졌다. 이후로도 설사는 아주 오랫동안 나를 괴롭혔다. 몇 년이 흐른 후에도 나는 회나무 꽃잎이 날릴 때면 설사를 하곤 했다. 정말 희귀한 후유증을 남겨준 것이다. 아버지로서도 달리 무슨 수가 없었다. 아버지와 어머니는 그 당시 변비로 고생하고 있었다. 그분들은 쭉정이와 겨, 그리고 고구마 때문에 섬유질이 잔뜩 쌓여 장이 막혔던 것이다. 아버지와 아들이 직면한 배설 문제상의 상반된 상황을 통해 아버지는 어떤 영감을 받은 것 같았다. 맞불 작전이었다. 아버지는 쭉정이와 겨를 내 입속에 쑤셔넣었고, 바로 다음 날 이러한 맞불 작전은 대승을 거두었다. 나의 배설 투쟁은 쭉정이와 겨의 최종 승리로 막을 내렸다. 나는 더이상 설사를 하지 않았다. 오히려 그 반대 상황에 놓이게 되었다. 이제는 변의를 느끼면서도 설사할 때와 같은 상쾌한 기분을 느끼지 못했다. 그후로 오랫동안 나는 대변을 보는 꿈을 꾸곤 했다. 여러 가

---

* 『홍루몽』의 여주인공.

294

지로 노력을 했지만 아무 소용이 없었다. 항문의 압박감은 거의 나를 미치게 했다. 대학 시절에는 바로 이 문제 때문에 심리학 교수에게 상담을 받은 적도 있다. 키가 큰 이 불교 전문가는 정신분석학의 관점으로 볼 때 내게 성도착 증세가 있는 것 같다고 말했다. 그는 내게 관련 서적 리스트를 써주면서 많은 이야기들을 해주었다. 항문으로 리비도가 전이된다는 주의도 잊지 않았다. 변비로 고생하던 시기에 나는 방귀라도 뀔 수 있기를 간절히 소망했다. 그러나 또 어찌 생각해보면, 그리고 내 경험에 비추어보면 나는 내심 방귀를 뀌는 것도 그다지 원하지 않았던 것 같다. 뱃속의 모든 것들은 소중히 여겨야 한다. 방귀라고 에외일 수 없으므로 조금이라노 아끼려고 했던 것 같다. 방귀로도 상실과 우울을 표현할 수 있는 중화민족은 장편의 서사시와 예술성 있는 대작을 만들어내는 것이 당연하다. 중국인들이 실수로 『홍루몽』과 같은 작품을 탄생시켰다는 누군가의 말을 난 신뢰했다. 분명히 그런 일이 일어날 수 있었다. 나의 저작 활동 역시 매우 조심스러웠다. 자칫 실수라도 해서 『홍루몽』과 같은 대작을 만들어내기라도 하면 얼마나 겸연쩍은 일이 되겠는가!

내가 시상(詩想)과 독서열로 분주했던 그해 여름은 오래도록 추억의 대상이 되는 중요한 대목이기도 하다. 그때가 내 인생에서 가장 화려했던 시절이라고 고백해야겠다 그해 여름 강가는 사람들로 북적댔다. '산이 있으며 산을 의지해서 살고, 물이 있으면 물을 의지해서 산다'는 옛말은 정말 맞는 말이다. 중국어 문화권에 대한 유일한 해석틀은 바로 '먹는 것'이다. 사람들은 강가에 모여 물속의 모든 생명체들을 향해 도전장을 냈다. 나는 물가에서 더욱 열정적이고 활기에 넘치던 사람들의 모습을 기억한다.

1962년의 여름, 여러 구의 시체가 수면으로 떠올랐다. 물결을 따라 움직이는 시체들은 마치 아무것도 집어 들지 못하는 젓가락처럼 딱딱하게 굳은 채 여기저기 흩어져 있었다. 사람들은 그 많은 시체들을 물속에서 건져내어 들쳐 멨다. 그들은 큰 제방을 한 바퀴 돌고 나서 제방 위에 돌멩이로 큼지막한 글자를 썼다.

'미 제국주의 타도! 소련 타도!'

가슴속에 배고픔을 품은 채 우리는 우리의 눈을 세계로 돌리고 있었다.

나는 이번 바다 여행을 통해 세계로 눈을 돌렸지만, 그 소득은 참으로 어처구니없었다. 나는 아무것도 얻은 것이 없었다. 진정한 제국의 모습을 하고 있는 바다 앞에서 세계는 그저 바다의 기슭일 뿐이었다. 문명이란 바다의 의지와 상상력이 단지 육지에 적응하여 이루어진 것일 뿐이다. 만일 바다가 없었다면 세계사는 그저 독재자의 일기에 불과했을 것이다.

나는 낮 동안에는 거의 기관실에 앉아 있었다. 엔진 돌아가는 소리로 시끄럽기 짝이 없었지만, 그 시끄러운 소음이 내 생각을 정리하는 데 오히려 도움이 된다고 믿었다. 소음은 안정감을 가져다주었다. 그것은 안정의 극단적인 형태였다. 나는 담배에 불을 붙이고 고독하게, 그리고 행복하게 천마가 하늘을 날아다니듯 마음껏 상상의 나래를 펼쳤다. 나는 이러한 심리 상태를 아주 좋아했다. 바다는 광활했고, 일본은 바로 눈앞에 있었다. 많은 일본 어선과 유조선들이 멀리서 내게 아는 체를 하며 지나갔다. 나는 그들이 선박에 '환(丸)'이라는 한자를 쓰기 좋아한다는 사실을 알아차렸다.* 예를 들면 '앵화환(櫻花丸)' '천패환(川貝丸)' '설국환(雪國丸)' '부사환(富士丸)' 같은 것들이다. 나는 '환'이라는 글자가 일본어로 무엇을 의미하는지 알지 못했지만 갈수록 이 글자를 좋아하게 되었다. 바다 위에 있는 인간이 육지세상을 그리워하는 마음이 그 글자를 통해 잘 표현되고 있었다. 손으로 비벼 만든 한 알의 환(丸)**이 된 세계란 정말 우습기 짝이 없었다. 그것은 무료한 중에 바람에 실려 표류하기도 하고 파도를 따라 힘차게 흘러가기도 했다. 중국이로 사고하고 사물의 본질을 깨닫는 내가 무리하게도 인류와 가까워지려고 노력하고 있었다. 그러나 사실 세계라는 대상에서 가장 멀리 벗어난 언어가 바로 중국어였다. 그것은 마늘냄새와 황홀감으로 충만한 언어였다. 이렇듯 고도의 문학성과 예술성을 띤 언어는 결국 그 언어를 사용하는 자손들을 자기연민에 빠지게 했고 스스로 통제하기 어렵게 만들었다. 언어에 관한 전문가로 자처하는 나는 언어에 대한 신의 뜻을 완벽하게 이해할 수 있었다. 이 세상에서 나처럼 언어를 이해하는 또 한 사람은 '인민의 아버지' 또는 '인간백정'이라고 불리는 이오시프 비사리오노비치 스탈린이었다. 스탈린의 『언어』라는 작품은 매우 잘 쓰인

---

* 일본에서는 선박 이름에 '-丸'을 붙이는 경향이 있으며 '-호'의 의미로 해석할 수 있다. '-まる(마루)'로 읽는다.

** 여기서는 '환약' 또는 '알약'의 의미로 쓰이고 있다.

것이다.

갑판 위에 앉아 있는 나의 엉덩이 아래로 디젤기관의 강렬하면서도 미세한 전율이 느껴졌다. 나는 스탈린이 나의 상상력을 좇아 내게 다가오는 것을 보았다. 디젤기관의 떨림으로 인해 끊임없이 흔들리고 있는 스탈린은 심각한 파킨슨병 환자처럼 보였다. 많은 위인들이 이 불치병으로 죽었으며 마오쩌둥도 바로 그중의 한 명이었다. 스탈린은 바로 내 앞에 서 있었다. 팔자 수염을 기르고 군용 모직코트를 입고 목이 긴 군화를 신고 있는 그의 얼굴은 준엄하면서도 근심에 차 있었다. 중후하면서도 냉정해 보이는 그 눈빛에서는 지도자들에게서 종종 느껴지는 어떤 우주관이 엿보였다. 인간과 세계에 관심을 갖는 안목이 있어야만 이러한 눈빛을 지닐 수 있을 것이다. 내가 먼저 말을 걸었다.

"안녕하세요, 이오시프! 저는 선생님과 언어에 관한 이야기를 나누고 싶습니다."

스탈린은 걸음을 멈추고 우울한 눈빛으로 나를 바라보았다. 내가 목청을 높여서 말했다.

"우리는 바다 위에 있어요. 길도 없고 건물도 없는 이곳은 안전한 곳입니다."

스탈린이 사방을 한번 둘러보고는 말했다.

"나도 매우 안전하다는 걸 아오. 하지만 내게 아주 많은 경호대가 있다 할지라도 언젠가는 분명 안전 문제가 생길 것이란 것도 아오. 경호원이 많을수록 사람도 많을 수밖에 없지…… 하하! 우리는 이미 논리학의 범주로 들어왔군요."

"이오시프, 당신은 왜 그렇게 언어에 관심을 갖는 겁니까?"

스탈린이 반문했다.

"두 가지 이름이 다 날 지칭한다는 것은 알고 있지만 당신은 왜 나를 스탈린이라 부르지 않고 이오시프라고 부르는 것이오?"

"이오시프는 그냥 당신의 이름이고, 스탈린은 세계사적 의미를 지닌 당신의 이름이지요. 내 기억이 틀리지 않다면 '스탈린'은 레닌이 당신에게 지어준 이름이며 중국어로는 그 의미가 '강철'입니다."

"그것 보시오. 언어란 참으로 복잡한 것 아니오? 사상을 떠난 추상적인 언어란 언어를 떠난 사상처럼 존재할 수 없소. 당신이 중국인인 이유는 무엇이오? 그것은 바로 당신이 중국어로 사고하기 때문이오. 아주 간단한 논리요!"

"그렇다면, 한 중국인이 아주 자연스럽게 일본어로 사고한다면 그는 일본인이 되는 것입니까?"

"물론 그렇게 될 수 있소. 그것이 바로 내가 언어학을 연구하는 이유이기도 하오. 훌륭한 사상가라면 그 어느 때든지 언어에 관심을 가져야 하오. 이미 인류의 역사는 오늘날이 '영어 제국주의'로 대표되고 있음을 말해주고 있소. 마찬가지로 러시아어는 인류의 공산주의 언어요. 인류 대통합의 꿈은 반드시 언어 대통합으로부터 실현되어야 할 것이오."

"그러나 중국인은 중국어를 더 사랑합니다."

"으음…… 그건 이렇게 말할 수 있겠소. 그것은 중국적 특색이 남아 있는 '초기 공산주의'라는 것이오."

"이오시프, 그러면 구체적인 문제를 논해보지요. 자, 나는 일본어에 대해 아무것도 모릅니다만 일본인의 혈통입니다. 2차 세계대전 당시 나는……"

"그랬군……"

스탈린은 내 말을 끊으며 말했다.

"그런 일이 있었군요. 알겠소. 그러나 당신은 중국인이오. 이오시프가 스탈린인 것이 의심의 여지가 없는 것과 같은 맥락이오. 중국어는 동화될 수 없는 언어로 언어학에서는 특수한 예외요. 나는 중국어를 잘 알고, 중국인을 이해하오."

"나는 내가 중국인인 것이 아주 기쁩니다. 나는 이 민족에 대해 자부심을 가지고 있습니다. 그러나 내 혈통은……"

"나는 단지 인류에만 관심이 있소."

스탈린이 굳은 표정으로 말을 이었다.

"개인에 대해서는 관심이 없소이다."

이맛살을 잔뜩 찌푸린 모습의 스탈린은 고독한 낭만파 시인처럼, 예컨대 예이츠나 샤토브리앙처럼 보였다. 그는 인사를 한 후 기관실을 빠져나갔다.

태평양은 푸르고 끝이 없었다. 짙푸른 광활함 속에 있던 우주의 신비가 내게로 다가오면서 감당하기 힘들 만큼 나를 감동시켰다. 그러나 바다는 사람을 유혹했다가는 이내 다시 사람을 절망 속으로 빠져들게 했다. 태평양은 인간의 언어에 관심이 없었다. 바다는 오로지 스스로의 의지로 충만하여 출렁였다. 동서남북 어디에나 존재하는 바람과 파도는 이 세상 어느 한쪽으로도 치우쳐 있지 않았다. 손으로 난간을 잡고 있던 나는 태평양이라는 존재 자체가 인류에게 보내는 경고와 조롱임을 깨달았다. 나는 지구상의 모든 생명이 바닷물에서 기원했음을 확신했다. 육지 생물체의 출현은 바다 생명체가 한 차례 효과적으로 제거되었음을 의미한다. 이것이야말로 육지가 겪을 재난의 근원이기도 하다. 도시는 확실히 육지 최후의 무덤이다. 습관적으로 인류는 스스로 무덤을 판 후 자아도취된 상태에서 무덤을 향해 멋지게 뛰어 들곤 했다.

우리는 그냥 그렇게 도시에 살며 스스로를 학대했다. 도시는 인간이 자기 자신을 쫓아내는 마지막 방법이었다. 린캉과 싸운 후 나는 집을 나가야겠다는 결심을 했다. 이번 냉전은 상당히 오래갔다. 중간에 아주 잠시 화해의 분위기도 있었고, 심지어는 처음 사랑했던 당시의 감정이 되살아나기도 했었다. 린캉은 바로 이 무렵에 내 아이를 임신했고, 그 이후 모든 것은 엉망이 되어버렸다. 나는 내가 이러한 냉전 속에서 성장했다는 생각을 했다. 이때 느낀 좌절감이 내가 외도를 하게 된 계기가 된 건지도 몰랐다. 그 일은 퇴근 후에 벌어졌다. 퇴근을 하고 거리를 천천히 걷고 있던 나는 방금 월급도 탄 김에 자신감에 차 있었다. 저녁 바람은 살랑살랑 불었고 네온사인은 다채롭게 빛나고 있었다. 길을 걷는 사람들 역시 유난히도 아름답고 멋져 보였다. 이것은 개혁개방 이후에 생겨난 도시의 새로운 모습이었다. 요구르트를 마시던 나는 샤팡을 발견했다. 그녀의 본명은 왕샤팡(王霞芳)이었고, 샤팡은 그녀가 부대에서 줄타기를 할 때 쓰는 예명이었다. 사실 요구르트를 그다지 좋아하지 않는 내가 그것을 마셨던 것은 순전히 정신적인 갈망 때문이었다. 나는 그저 잠시 추억에 빠져들고 싶었을 뿐이다. 물론 여기에는 숨겨진 의미가 있다. 일본인들이 자주 쓰는 '요구르트, 그 새콤달콤한 첫사랑의 맛' 이라는 카피를 보며 나도 첫사랑의 추억에 사로잡히기를 기대했던 것이다. 편의점에 들어가 나는 말했다.

"요구르트 주세요!"

나의 외도가 그렇게 시작되었다. 대각선 맞은편에 서 있던 아가씨의 뒷모습은 요조숙녀 그 자체였다. 하얀색 스커트에 검은색 조끼를 받쳐 입은 그녀는 둥근 바가지 모양의 헤어스타일을 하고 있었다. 그녀의 종아리는 기가 막힌 곡선미를 자랑하고 있었다. 그녀의 목은 키스하려면 고개를 한참이나 옆으로 기울여야 할 것처럼 길었다. 그런 그녀의 목이 나를 흥분시키며 내게 새로운 생기를 불어넣었다. 그녀의 목은 확실히 새로운 사랑이나 외도를 야기할 수 있을 만큼 대단히 매력적이었다. 그녀가 몸을 돌렸을 때 우리의 눈이 마주쳤다. 둘 사이에는 소리 없는 교감이 수차례나 오갔다. 지극히 이성적인 남자라고 자처하던 내가 이런 방면에 이런 잠재력을 갖고 있었다는 사실이 스스로도 놀라웠다. 붉은 입술에 미소를 가득 머금은 그녀가 남자를 유혹하는 눈길을 보내고 있었다. 내가 말했다.

"안녕하세요?"

그녀는 고개만 끄덕였다. 마치 오래전부터 알고 있던 사이처럼. 계산을 마친 우리는 천천히 길을 걷기 시작했다. 도시의 야경이 더욱 사랑스럽게 느껴지면서 무지갯빛 찬란한 네온사인들이 어지럽게 흔들렸다. 나는 그녀의 목이 아름답다는 찬사를 늘어놓았다. 또 그녀의 목 윗부분과 아랫부분에 대해서도 칭찬을 아끼지 않았다. 요구르트 덕분에 내 머리에서 발효가 일어났는지 생각하지 못했던 놀라운 미사여구들이 거품과 함께 쏟아져 나왔다. 그녀가 진지하게 들었는지 어땠는지는 모르지만, 어쨌든 떠들고 나니 속이 다 후련했다. 나는 현실주의를 비판하던 열정으로 돈과 가정, 그리고 주식과 도덕을 비판했다. 일견 허무할 수도 있는 흥분 속에서 마치 나 자신이 대단한 위인이라도 된 듯한 기분이었다. 인내심을 가지고 내 이야기를 듣고 있던 그녀는 고개를 숙인 채 진지하게 왼손 집게손가락의 관절 부위를 깨물고 있었다. 사랑스럽고도 가련해 보이는 그녀의 그런 모습은 세상 남자들을 용기백배하게 만들었다. 가로등 아래서 길어졌다 짧아졌다를 반복하고 있는 우리의 그림자는 심오한 역사 의지와 불확실한 현실 사이의 길항을 대변해주고 있는 듯했다. 한참 후에 그녀가 말했다.

"제가 좀 피곤해서요."

그녀는 이 말을 하면서도 여전히 집게손가락의 관절을 깨물고 있었다. 그녀의 눈망울은 아름다운 원망으로 가득했다. 나는 걸음을 멈췄다. 그녀를 안고 싶었다. 하지만 입에서는 엉뚱한 말이 튀어나왔다.

"이름이 뭐예요?"

그녀가 대답했다.

"샤팡이라고 해요. 여름 하(夏)에 개방하다 할 때의 방(放)이에요."

나는 그녀가 그런 이름일 것이라고 예상했었다. 평범하지 않으면서도 의미심장한 그런 이름 말이다. 샤팡이 눈을 깜빡거리며 말했다.

"저 피곤해요. 정말 지쳤거든요."

어디 자리를 잡고 앉아 뭘 좀 마시자고 제안하는 내게 샤팡이 말했다.

"아뇨. 남자를 집으로 데려간 적은 한 번도 없지만…… 그냥 내가 사는 곳으로 함께 가실래요?"

마음이 흔들리기 시작한 내 입에서 바보처럼 웃음이 흘러나왔다. 그녀가 말했다.

"왜 웃어요?"

내가 말했다.

"갑시다."

난 내가 무슨 짓을 하고 있는지 조금도 의식하지 못할 정도로 극도의 흥분 상태에 빠져 있었다. 남자의 첫번째 외도는 결혼과 맞먹을 만큼 아주 중요한 의미를 지니는 법이다. 집 안의 꽃은 들꽃만큼 향기롭지 못하다고 했던가! 참으로 놀랍고도 조심스러운 타락이었으며 행복한 그 무엇이었다. 집 안으로 들어서면서도 나는 거듭 그녀의 늘씬한 다리를 칭찬했다. 그녀가 말했다.

"예쁜 게 당연하죠. 이 두 다리로 줄타기를 하는걸요."

두 다리가 얼마나 유연한지를 증명이라도 해 보이려는 듯 샤팡은 다리 하나를 쭉 뻗어 천천히 머리끝까지 올렸다. 그녀의 이런 행동이 내게는 재앙이었다. 시야에 들어온 그녀의 핑크빛 속옷이 나의 여름밤을 온통 뜨겁게 달궈버렸다. 그 순간 어디선가 음악 소리가 들려왔다. 퉁소였다. 기운이 느껴지다가도 어딘가 힘이 빠지는 듯한 그 소리는 오히려 나의 욕망을 더욱 자극하고 있었다. 내 눈동자가 강렬한 빛을 뿜어내는 만큼 그녀의 두 볼에는 수줍은 빛이 돌았다. 비록 이른 감이 없지 않았지만 결국 우리는 자연스럽게 그 분위기에 몸을 맡기고 정신없이 입맞춤을 하기 시작했다.

격렬한 키스에 그녀의 몸이 서서히 풀어졌다. 한여름밤! 나는 내 인생에서 중대한 일보를 내딛고 있었다. 샤팡은 내게 끝없는 신비감을 주었다. 그녀는 침대 위에서 대담하면서도 매우 세심하게 움직였다. 그녀의 움직임은 상상을 초월하는 것이었다. 그야말로 현실주의와 낭만주의의 완전한 결합이었다. 줄타기를 하는 그 여자는 나로 하여금 줄타기의 스릴과 쾌감을 모두 맛볼 수 있게 해주었다. 우리는 몇 차례에 걸쳐 절정에 달했으며 또 몇 번이나 경이로울 정도로 위험한 경지를 넘나들었다. 폭풍이 서서히 잦아들고 비가 그쳤다. 우리의 얼굴에는 만족감이 스민 지친 미소가 맺혀 있었다. 손목시계를 들여다보던 그녀가 갑자기 튀어오르듯 일어나 앉으며 내게 말했다.

"여덟시예요. 계산해주세요."

나는 상체를 일으키며 물었다.

"지금 뭐라고 했어요?"

샤팡은 내게 시선을 두지 않은 채 방금 전의 심상한 어조로 다시 말했다.

"계산하시라구요. 벌써 여덟시예요."

나는 일어나 앉았다. 나는 회춘을 고대하던 고목이 벼락을 맞은 것처럼 좌절했다. 내가 한 짓은 결국 창녀와의 오입질에 불과했다. 내가 물었다.

"당신 창녀야?"

그녀는 웃으면서 말했다.

"정말 듣기 싫어 죽겠네."

내가 말했다.

"제기랄. 창녀냐고?"

그녀가 말했다.

"나는 여섯 살에 줄타기를 시작했고 열두 살에 단장과 잤어요. 난 줄타기랑 남자랑 자는 거, 이 두 가지 일밖에 할 줄 몰라요. 그렇지만……"

그녀는 아랫입술을 깨물며 말했다.

"여자라면 누가 그런 말을 좋아하겠어요? 당신이 방금 했던 말…… '창녀' 말예요."

빌어먹을 밤은 비열하기 짝이 없었다. 나는 도시의 밤거리를 걸었다. 머릿속에서 수많은 생각들이 혼자만의 독백을 쏟아내고 있었다. 처음으로 창녀와 자고 난 문인의 머릿속은 위대한 영감으로 가득 차리라. 천지가 개벽한 날로부터 개혁개방에 이르기까지, 중화민족에서 아메리카합중국에 이르기까지 다양하고 웅장한 사유들로 넘쳐나리라!

나는 기를 쓰고 철학적인 사색을 하기 시작했다. 나는 몇 시간

동안 내 안에서 일어났던 심리적인 변화들을 자세히 들여다보았다. 하지만 그 어떤 구실도 찾을 수 없었기에 결국은 괴로웠다. 문인이 겪는 슬럼프는 대부분 타락에 상응하는 구실을 찾지 못해 상심하는 경우에 발생한다.

교태를 부리는 여인의 모습처럼 화사한 네온사인 불빛 속에서 나는 습관적으로 손을 호주머니에 넣었다. 텅 빈 지갑만 만져졌다. 나는 결국 내 안에서의 독백이 문화적 영감이 아닌 그저 두려움에 불과했다는 것을 깨달았다. 가지고 있던 돈을 몽땅 창녀의 배 위에 던져주었기에 집에 돌아가 린캉에게 내놓을 돈이 한 푼도 남아 있지 않았던 것이다.

히지만 중요한 긴 그게 아니있다. 문세는 침대 위에서 보여준 그녀의 자태가 여전히 나를 강하게 유혹하고 있다는 데 있었다. 그녀의 대담하면서도 치명적인 움직임과 신음 소리는 죄책감에 빠진 나를 다시 흥분시키기에 충분했다. 죄의식 속에서 처절하게 몸부림치면서도 그 순간의 흥분만큼은 쉽게 가라앉힐 수가 없었다. 하지만 인간이 원죄로 나아간다는 건 역시 일종의 해방이었다. 나는 마침내 나 자신을 벗어던졌다.

며칠 후 나는 요구르트를 샀던 거리로 다시 나갔다. 어쩔 수 없었다. 이는 결국 내가 유혹에 넘어갔으며 또한 규칙적인 타락의 길로 들어섰다는 것을 의미했다. 나는 전자제품 대리점에서 사꽈을 찾아냈다. 나는 그녀 곁으로 다가가 가벼운 목소리로 말했다

"우리, 일하러 갑시다."

그녀는 마치 자신이 숫처녀라도 된다는 양 부끄러운 기색이 섞

인 순수한 웃음을 지어 보였다. 순결함과 음탕함이야말로 빼어난 능력의 여인들이 가장 잘하는 연극이었다. 그녀가 말했다.

"방금 마돈나의 시디를 한 장 샀어요."

오늘 문득 지난날을 회상해보면서도 나는 당시 샤팡과의 사이에서 있었던 그 모든 미친 짓들을 뭐라고 해석해야 할지 알 수 없다. 육체는 욕정에 끌려다녔지만, 사실 그녀는 너무도 사랑스러운 여인이었다. 조강지처는 첩만 못하고, 첩은 남의 여자만 못하며, 남의 여자는 창녀만 못하다고 했던가! 성에 관련된 동양의 심미주의는 언제나 이 범주 안에 묶여 있었다!

내가 가족사를 연구하던 그 시절에 나는 때때로 아주 무서운 연상을 하곤 했다. 이타모토 로쿠로와 나의 할머니 완이를 떠올리기만 하면 나는 곧 나와 샤팡과의 일이 연상되었다. 절망스러운 일이었지만 반복되는 연상작용을 억제할 수 없었다. 나는 스스로 왜 이런 무서운 연상을 해야 하는지 몰랐고, 어쨌든 그것은 나를 너무도 힘들게 했다.

이타모토와 루치우예는 중국의 유명한 서예가인 안진경의 후덕하게 살오른 서체와 유공권의 강골한 서체, 그리고 왕희지와 조맹부의 서체에 관해 많은 이야기를 나누었다. 그들 사이에 어떤 문화적인 공감대가 생겼는지는 내게 그닥 중요한 문제가 아니다. 내가 관심을 갖고 있는 것은 단 하나, 이타모토가 언제 완이를 성적으로 정복했는가 하는 것이다. 나는 이 문제를 오랫동안 생각해왔다. 성적인 정복이야말로 본질적인 정복이다. 개인이나 민족을 다루는 수많은 주제들 역시 궁극적으로는 모두 이 문제와 관련되어 있다. 그때 완이가 꽃처럼 아리따운 자태와 물처럼 맑은 영혼을 버들개지처럼 연약하게 바람에 맡겨두고 있었다면, 이타모토는 혈기왕성하고 호방한 기운이 물씬 풍기는 그런 남자였다. 정복하는 자와 정복당하는 자에게 필요한 물리적인 요건들을 두루 갖춘 셈이다. 그 시절 중요한 역할을 담당했던 것 중 하나가 손으로 작동하는 유성기였다. 그것은 나의 가족사에서 사료적으로는 가장 가치가 있는 물건이다. 나는 다른 많은 작품에서도 이 에디슨의 발명품에 대해 언급한 적이 있다. 청동으로 만들어진 확성기 위에 얼룩덜룩 녹이 슨 유성기는 이미 그 실용적인 가치를 잃은 채 내 서재 구석에 방치되어 있지만 역사적인 흔적은 곳곳에 묻어 있다. 그 당시 유성기를 타고 가장 많이 흘러나왔던 곡은 아마도 메이란팡(梅蘭芳)의 노래였을 것이다. 당시 메이란팡은 경극단에서 은퇴하여 수염을 기른 일반인으로서 더이상 노래를 부르지 않고 있었다. 따라서 그의 음반이 더욱 가치 있게 된 매우 자연스러운 일이었다. 원래 루 씨 집안은 여름밤에 예인들을 초청하여 연회를 열곤 했다. 일본인이 온 이후로 이런 연회들은 유성기 감상회로 대체되었다. 여름밤, 이타모토와 루 씨 집안 사람들이 다함께 모여 메이란팡의 음반을 듣고 있는 광경은 매우 자연스럽게 상상되었다. 그들이 하늘의 별들을 우러러보는 동안 사위는 개구리 울음소리로 가득했고 반딧불이의 엉덩이는 푸두 가지 사이에서 힘겹게 명멸하고 있었다. 루 씨 집안의 불행은 이때 시작되었다. 불행은 늘 아름답고 평화로운 밤에 찾아오곤 했다.

그날 밤도 사람들은 여느 때처럼 둘러앉아 경극을 듣고 있었다. 모두들 안채와 사랑채 사이의 뜰에 앉아 있었고, 방 안에서는 촛불이 수줍게 타오르며 조용히 여름밤을 밝히고 있었다. 하녀 장 씨는 이타모토와 완이, 그리고 거실 안의 붉은 초가 우연히 한 줄로 연결되어 있는 것을 보았다. 완이의 매혹적인 자태가 이타모토와 붉은 초 사이에서 더욱 두드러졌다. 그녀의 옆모습과 목 뒤의 솜털은 가녀리고 야릇한 실루엣을 만들어내고 있었다. 완이의 아름다운 실루엣은 이타모토의 가장 왕성하고 민감한 육체의 한 부분을 일깨웠다. 그는 곧 중요한 결심을 내렸다. 그렇게 비극은 시작되었다. 그의 결정과 동시에 내 할머니 완이의 운명은 돌이킬 수 없는 길로 들어섰다. 완이의 불행은 중국의 역사 속에 존재하는 가장 본질적인 진리를 증명했다. 중국사에서 종국의 불행은 언제나 여인들이 감당하게 되어 있었다. 정말 빌어먹을 역사였다.

침략자의 뻔뻔스러운 행동은 침략이라는 본질과는 어울리지 않게 당당하고 호탕했다. 예의 바르고 점잖은 척은 다 하면서 파렴치한 행위를 끊임없이 저지르는 것이 바로 침략자들의 습성이었다.

이튿날 비가 내렸다. 그 불행한 사건은 완이가 보내는 소녀 시절의 마지막 밤을 덮쳤다. 오후, 일본군의 모터보트가 루 씨 저택의 후원에 있는 나루를 향해 다가왔다. 기슭에 내린 사람은 바로 이타모토 로쿠로였다. 이타모토는 거실로 들어와 루치우예와 웃으면서 한동안 이야기를 나누었다. 이때 일본인과 중국인이 뒤섞인 일개 소대의 군인들이 갑작스럽게 집 안으로 들이닥쳤다. 장총을 든 소대원들은 루 씨 저택의 모든 사람들을 뒤뜰로 몰아넣었다. 소란한 분위기에 놀란 완이가 막 자신의 방에서 나가려는 순간 밖에서 누군가가 문을 밀치고 들어왔다. 이타모토 로쿠로였다. 이타모토는 가까이 다가서며 완이를 내려다보았다. 완이는 뜨겁고 육중한 남자의 숨결을 얼굴에서 느꼈다. 침을 꿀꺽 삼킨 완이는 뒷걸음쳤다. 완이의 뒷걸음치는 발걸음과 이타모토의 밀어붙이는 발걸음은 공교롭게도 같은 리듬 속에 있었다. 완이의 턱이 바들바들 떨고 있었다. 그녀는 뭔가를 말하려고 안간힘을 썼지만 결국 아무 말도 하지 못했다. 완이의 코끝으로 일본산 비누에서 풍기는 진한 향기가 전해졌다. 침대 옆까지 물러선 완이는 주서앉은 재 신경질적으로 보기장을 움켜쥐고 앞가슴으로 끌어당겼다. 이타모토가 그녀의 허리를 끌어안았다. 이타모토가 그녀의 상의에 달려 있는 천단추를 풀어헤치는 동안 그녀의 뻣뻣하게 굳은 손과 두 눈은 공포에 떨었다. 그녀는 이타모토를 뚫어져라 쳐다보고 있었다. 그녀의 상의가 벗겨지면서 연보랏빛 가슴 가리개가 드러났다. 이타모토가 그것을 양쪽으로 세게 잡아당기자 거칠게 찢어지는 소리와 함께 완이의 가슴에도 날카로운 상처가 생겼다. 고개를 떨군 완이는 자신의 작은 젖가슴에서 푸른빛 공포가 뿜어져나오는 것을 보았다. 완이의 머릿속에서 육중하고 답답한 소리가 거듭 울렸다. 그녀는 결국 무너지듯 축 늘어져버렸다. 완이는 의식을 잃은 상태에서도 줄곧 다리가 여럿인 연체동물이 자신의 몸을 타고 마구 기어다니는 듯한 느낌을 받았다. 완이는 끔찍한 통증을 느끼며 다시 깨어났다. 무거운 것에 짓눌린 그녀의 몸은 강제로 연주를 당하는 악기처럼 마구 흔들리고 있었다. 눈을 뜨자 미친 듯이 이글거리는 또 하나의 눈동자가 덤벼들었다. 완이는 입을 벌린 채 다시 의식을 잃었다.

일본군이 철수하자 루치우예와 부인이 함께 앞뜰로 달려왔다. 뜰 안에는 안개가 가득 피어 있었다. 그들은 완이의 방문이 활짝 열려 있는 것을 발견했다. 발걸음을 멈추고 한동안 서로를 바라보던 그들의 귀에는 아무런 기척도 들리지 않았다. 주위를 살피며 방 안으로 걸어 들어간 부인은 딸아이가 발가벗겨진 채 침대 위에 널브러져 있는 것을 보았다. 딸아이의 몸은 절망적으로 축 늘어져 있었다. 차갑게 얼어붙은 그 모습은 죽은 듯 창백하면서도 짙푸른 빛을 띠고 있었다. 완이는 비록 눈을 크게 뜨고 있었지만 아무것도 안 보이는 사람처럼 눈만 깜빡거리고 있었다. 부인이 비틀거리며 외쳤다.

"우리 딸이 죽었어! 아이고…… 우리 딸이 죽었어!"

방 안으로 막 뛰어 들어가려던 루치우예는 코끝을 스치는 비린내에 그만 멈춰서고 말았다. 머릿속이 하얘졌다. 뜰 안의 젖은 돌바닥 위에서 반사광이 반짝였다. 그때 방문이 세게 닫혔다. 이런 상황에서도 냉정을 잃지 않은 그의 부인은 얼른 문을 잠그고 딸에게 다가갔다. 부인의 손길이 마호가니처럼 부드럽고 차가워진 딸의 피부에 가 닿았다. 부인이 바쁘게 뭔가를 수습하면서 딸에게 말했다.

"아가야, 말 좀 해봐라. 내 새끼! 엄마랑 말 좀 하자."

완이의 시선이 천천히 아래로 움직이면서 부인의 눈길과 마주쳤다. 입술을 움직이며 뭔가 말하려고 애썼지만 그녀는 결국 아무 말도 하지 못했다.

완이의 침묵은 그녀가 불행을 얼마만큼 감당할 수 있는지를 말해주는 것이었다. 우리 가계의 위대한 침묵은 바로 우리 할머니 완이로부터 이어진 것이다. 신은 인간에게 창의성과 인내심이라는 가장 중요한 두 미덕을 선물했다. 신은 그것들을 각각 강대한 민족과 약소한 민족에게 내려주었다.

우리 할머니에게 요구된 것이 굴욕을 참아내는 인내였다면, 내게 요구된 것은 배고픔에 대한 인내였다. 나는 대학 2학년 때 잭 런던*을 처음 만났다. 그는 책에서 다음과 같이 말했다.

'개에게 던져주는 뼈다귀 한 토막은 자선이 아니다. 자선이란 당신이 개와 똑같이 배고플 때 개와 나누는 뼈다귀이다.'

나는 이 구절을 도서관 이층에서 읽었다. 이 부분을 다 읽은 내 눈엔 뜨거운 눈물이 가득 고였다. 위대한 작가는 태어날 때부터 연민을 가지고 태어나 시공을 아우르며 인류를 감동시킨다. 잭 런던이 일깨워준 덕분에 나는 항상 배고프던 그 시절을 다시 추억했다. 배가 고팠던 그 시절에 내가 관심을 가졌던 것은 오로지 배고픔 그 자체였다. 나는 온종일 뼈다귀 하나를 갈망했고, 누군가가 내게 뼈다귀 하나라도 던져주기를 바랐다. 그 시대적 배경에 대해

---

*『강철군화』로 유명한 미국의 사회주의 경향 소설가.

서는 더이상 언급하지 않겠다. 자연재해가 창궐하던 시기였다. 그해 나는 여섯 살이었고 나의 굶주림 역시 여섯 살이었다. 심각한 칼슘 부족은 나의 오다리를 봐도 금방 알 수 있다. 내 다리는 그 사이로 수박이 하나 들어갈 만큼 휘어 있다. 친구들은 내가 어얼타스 대초원 출신이라고 생각했다. 말 잔등에서 자랐기 때문에 오늘날 이 모양이 되었다고 생각하는 것이다. 돌이켜보니 불행이란 늘 적당히 낭만적이고 유혹적이었다. 하지만 내가 나의 오다리를 의식하게 된 것은 어른이 다 되고 난 후의 일이다. 한창 굶주리던 시절에 내가 가장 관심을 가졌던 것은 손이었다. 나는 줄곧 내 안에 손이 하나 더 있다고 생각하곤 했다. 그 손은 내 위장 안에서 자라나 끊임없이 뭔가를 잡아채곤 했다. 어느 역사책은 '한 민족에게 무슨 문제가 발생했을 때, 그 민족의 자의식은 신화에 가까워진다'고 말한다. 여섯 살이 되던 해, 나는 상상이 아니라 오감에 입각하여 내 위장 안에 신비한 손이 하나 더 있다고 생각했다.

그 오후는 결코 잊지 못할 것이다. 시각적인 기억으로는 겨울이었다. 우리 몇몇 친구들은 돌담의 양지바른 곳에 앉아 일광욕을 즐기고 있었다. 말없이 앉아 있던 우리들의 코끝으로 황금빛 건초 냄새가 전해졌다. 우리는 나른한 햇볕 아래서 누군가가 다가오는 것을 보았다. 그에게서 제일 눈에 띄는 부분은 상의에 붙어 있는 네 개의 주머니였다. 그가 메고 있던 가방 위에는 '인민을 위한 봉사'라는 무명 벨벳의 빨간 글자가 적혀 있었다. 어떤 필요에 의해서인지, 아니면 하늘의 뜻에 의해서인지 아무튼 그가 우리들 곁에 와서 앉았다. 아주 피곤해 보이는 그는 눈을 감은 채로 우리와 함게 담벼락에 앉아 햇볕을 쬐었다. 그때까지는 모든 것이 순탄했다. 그 역시 우리를 방해하지 않았다. 그러나(역사의 중요한 순간에 '그러나'와 같은 접속사는 늘 불길하다) 그는 뜻밖에도 그의 황토색 서류 가방에서 전병 하나를 꺼냈다. 겨울날의 햇볕 아래서 전병이 발산하는 금빛은 날카로웠다. 전병의 향기로운 냄새가 일대에 진동했다. 우리들의 후각은 봄날의 부드러운 새싹처럼 예민해지기 시작했고 눈빛에서는 군침이 돌았다. 우리는 자리에서 일어났다. 전병 주변은 앙상하게 뼈만 남은 그림자들로 가득했다. 눈을 감고 전병을 맛볼 준비를 하는 그의 입속에서도 군침이 충분히 돌았을 것이다. 눈을 떴을 때, 사납고도 악독하게 서로를 경계하는 한 무리의 강아지들이 땅 위에 쪼그리고 앉아 있는 모습을 보고 그는 사뭇 놀란 듯했다. 강아지들은 그렇게 그가 손에 쥐고 있는 뼈다귀를 주시하고 있었다. 곧 냉정을 되찾은 그의 얼굴에 웃음이 번졌다. 굶주림에 지친 웃음이었다. 그는 입을 벌려 전병을 한입 베어 물고는 엄숙하게 씹었다. 그 행동에서는 일종의 사명감마저 느껴졌다. 그는 머리를 한 번 갸웃거린 후 곧 행복하고 자랑스러운 표정으로 그것을 씹기 시작했다. 우리는 그 박진감 넘치는 소리만 듣고서도 그의 이와 혀가 지금 어디쯤에서 어떻게 움직이고 있는지 가늠할 수 있었다. 마침내 가장 끔찍한 시간이 오고야 말았다. 그의 목젖이 움직이기 시작한 것이다. 아이들의 경험에 의하면, 그것은 무엇인가를 곧 삼키려는 동작이었다 그가 마침내 전병을 삼키자 큰 목젖이 부끄러운 줄도 모르고 위로 불쑥 올라갔다. 우리는 천천히, 서정적으로, 화려하면서도 절망적으로 전병이 이 세상에서 사라지는 광경을 지켜보았다. 나도 꿀꺽하며 같이 한입을 삼켰다. 그리고 내 뱃속에 있는 그 '손'이 뻗쳐나왔다. 나는 그가 아직 손에 들고 있는, 이미 한쪽 귀퉁이가 뜯겨져 나간 전병을 바라보고 있었다. 이후 오랜 세월 속에서 나는 그때 전병에서 떨어져나간 그 부분이 바로 비너스상의 잘려진 팔처럼 잔혹하고 놀라우면서도 회천(回天)의 힘을 잃은 미학적 상징이라고 확신했다. 그의 시선이 갑자기 나를 향했다. 그의 시선은 분명히 나를 주시하고 있었다. 나는 신비한 운명이 내게 다가오고 있음을 직감했다. 나는 어지러워 그대로 앉아 있을 수가 없었다. 그가 말했다.

"먹고 싶니?"

나는 입을 벌리고 엉덩이를 달싹였다. 하지만 대답은 하지 않았다. 말을 하자마자 거대하고 신비한 그 무엇이 곧장 사라질까봐 두려웠다.

"불러봐!"

그가 말했다.

"나를 아버지라고 불러보라고."

나는 얼른 그가 시키는 대로 했다. 그리고 왠지 미진한 듯하여 다시 한번 말했다.

"아버지!"

나는 개처럼 열심히 혀를 핥았다. 기분이 좋아 보이는 그는 손가락 중 가장 예민한 부분을 이용하여 누에콩만 하게 전병 조각을 잘라 내 손바닥 위에 내려놓았다. 나의 한쪽 손바닥은 누에콩을 받치고 있었고, 나머지 한 손은 다시 그 손등을 받치고 있었다. 나는 그 누에콩을 입 안에 넣었다. 미처 씹기도 전에, 아니 삼키기도 전에 뱃속의 그 손은 그것을 얼른 낚아채고 말았다. 나는 혀를 돌려가며 전병을 찾아 헤맸지만 전병은 그 어디에도 없었다. 그 순간 나의 공허한 입과 함께 어린 시절도 텅텅 비어버렸다.

"아버지!"

나의 친구들이 함께 큰 소리로 외쳤다. 그러나 그는 다시 한입을 베어 문 후 전병을 서류 가방 속에 넣어버렸다. 우리는 제비집 밖으로 뻗어나온 노란 주둥이들처럼 목청을 높여 아버지를 불렀다. 우리는 서로 경쟁하듯 힘껏 아버지를 외쳤다. 그가 고개를 끄덕이며 미소를 지었다. 그는 우리를 말리지 않았지만, 그렇다고 전병을 주지도 않았다. 그는 절체절명의 순간에 아이들의 몸에서 잠시 나타나는 그 성스러운 빛을 분명 보았을 것이다. 그는 아이들에게서 공포감을 느꼈을 것이다. 그가 움직이자 우리는 긴 줄로 늘어서서 뒤를 따르며 큰 소리로 '아버지'를 외쳤다. 성큼성큼 빠르게 걷던 그가 마침내 풀밭 옆에서 몸을 돌리더니 자취를 감췄다. 우리 앞에 놓인 길은 무정했다. 가슴이 저려왔다. 겨울날은 끝없이 길었고 하늘 위에는 굶주린 새가 날고 있었다. 새를 바라보고 있는 우리들의 더러운 얼굴 위로 눈물과 침이 함께 흘러내렸다.

내가 진정으로 모든 관심을 조류에 집중한 것은 바다 위에서였다. 하늘에는 기러기가 가득 날고 있었다. 나는 더이상 여섯 살의 어린아이가 아니었다. 바다 위에서의 오랜 경험을 바탕으로 나는 몹시 자연스럽게 조국을 가슴에 품고 새처럼 세계로 눈을 돌리게 되었다. 바다에서 새가 되어보는 것은 매우 기분 좋은 일이었다. 바닷새에게 있어 세계는 그저 바다일 뿐이다. 그곳은 국경도, 여권도, 영주권 같은 잡다한 것들도 다 필요 없는 곳이다. 그들의 소속을 나타내는 유일한 징표는 '무리, 떼'이다. 나는 선미에 서서 기러기들이 선체와 평행을 이루며 날아가는 광경을 지켜보았다. 아주 가는 깃털까지 눈에 보일 정도로 나와 그들의 거리가 가까워졌다. 그들의 동공 주위의 초록색 조리개가 번뜩이며 해수면을 조망하고 있었다. 그들은 인간과 천적을 걱정할 필요도 없었고, 폭풍우를 걱정할 필요도 없었다. 그들은 어떠한 고체도 존재하지 않는 세상에서 자유롭게 비상하며 액체 표면에 바짝 접근해 있었다. 그들은 그 세상 속에서 고체의 형태를 지닌 유일한 존재였다. 나는 상상 속의 기러기가 되어 구만 리 상공 위에서 인간세계를 내려다 보았다. 원래 육지에도 국가의 경계는 없었다. 그러나 인간들은 스스로 경계를 만들었다. 인간들은 수천 년 동안 전쟁을 하며 땅을 나누고 그 안에 정착했다. 지구를 조각조각 나눈 인간들은 '조국' '민족' '고향'이라는 그럴듯한 어휘들을 발명해냈다. 인간은 자신들의 발명품에 대해 각별한 애정을 간직하고 있다. 인간은 고향 밖의 지역을 '타향'이라 부르고, 고향 밖의 길을 '여행길'이라 부르며, 모국어 이외의 언어를 '외국어'라 부른다. 우리는 이렇게 경계를 지어 나머지 세상을 밖으로 몰아낸 후 그 안에서 만족하고 기뻐한다.

나는 나의 아버지가 결혼할 당시에 이미 아인슈타인처럼 성공적인 우익이 되었다고 말했다. 사실 아버지는 우리 가족사에서 유일하게 중국혁명에 뛰어든 선구자였다. 아버지는 우리 가족사에서 유일한 좌익이었다. 1949년의 이른 봄, 예기치 않게 국민당의 배신자가 되어 도망쳐 나온 아버지는 루 씨 집안을 멀리 떠나 혁명의 길에 투신했다. 아버지가 이렇게 했던 데에는 물론 나름대로의 논리적인 배경이 있었다. 그러나 아버지는 줄곧 이 일에 대해 언급하기를 꺼려했다. 아버지의 이러한 행동은 자연스럽게 내 작품의 소재가 되기도 했다. 하지만 어쨌든 아버지는 혁명군 내에서 '교양 있는 전사'가 되었다. 아버지는 즉흥적으로 어떤 문구에 노랫가라을 붙이고, 대지보를 적고, 석회로 큰 폭의 표어를 쓰는 등의 일을 담당했다. 아버지는 중국어를 비판의 무기로 삼아 장제스(蔣介石)의 집안 내력을 비판하는 일에도 동참했다. 아버지의 젊은 얼굴은 신생 공화국과 함께 번쩍번쩍 빛을 발했다. 혁명이 승리하고 공화국이 성립되었다. 아버지는 금의환향하여 뜨거운 젊음을 온통 불타오르는 혁명 시대에 바쳤다. 아버지는 실로 감격적으로 1957년을 맞이했고, 우익이 되었다. 아버지는 농촌으로 보내져 예전에 루 씨 집안의 소작을 부치던 사람들의 지휘 감독 아래 새사람이 되었다. 아버지는 농촌에서 일생 중 가장 충실하고 행복한 시간을 보냈다. 어머니는 아이를 사랑하기 때문에 그 엉덩이를 때리는 법이다. 아버지는 다른 우파 사람들에게 이렇게 말하곤 했다.

"우리가 우파가 된 것도 당이 우리 사상에 아주 큰 관심을 갖고 있기 때문 아니겠나?"

아버지는 중국공산당의 자상하고 부드러운 손길을 느낄 수 있었다. 그것은 분명 어머니의 손길과 같은 것이었다. 아프지만 모성애로 가득 찬 그런 손길이었다. 아버지는 마르크스가 쓴 『만국의 노동자여 단결하라』라는 책을 찾아 읽기 시작했다. 아버지는 그 책의 행간으로부터 인간이 겪어온 오랜 고통의 근원과 이상적인 내일을 찾아냈다. 우익이 된 이후로 아버지는 공산당의 최기층 조직에 자신의 사상변화에 대해 보고하곤 했다. 아버지는 그 어느 때보다도 공산당원이 되고 싶다고 말했다. 마을 당조직에서 지부서기를 맡고 있던 사람은 쉰아홉 살의 애꾸눈 노인이었다. 애꾸눈 서기가 아버지를 찾아와 돈을 빌려달라고 했을 때 아버지는 그에게 자신의 사상적 상황을 설명했다. 떠듬떠듬 이야기를 시작한 아버지는 이내 자신의 주장을 펴기도 하면서 매우 생동감 있게 말을 이어갔다. 늙은 서기가 한쪽 눈으로 아버지를 바라보며 말했다.

"당신, 돈 있소?"

아버지가 대답했다.

"없습니다."

자리에서 일어난 서기는 성큼 걸어 나가며 아버지를 등진 채 말했다.

"당조직은 이미 당신의 사상을 다 파악하고 있소!"

서기는 그 지방 사투리로 말했다. 아버지는 홀로 방 한가운데 서 있었다. 가슴에는 온통 혁명의 붉은 물결이 이는 듯했고, 머릿속의 복잡한 생각들이 일순간에 아주 명확하게 정리되는 그런 느

낌이었다. 곰곰이 늙은 서기의 말을 음미하는 동안 아버지의 눈에
는 뜨거운 눈물이 가득 고였다. 하지만 아버지는 입당 신청서를
썼다. 실현되기 어려운 일이라는 걸 알고 있었지만 정신적인 면,
흔히 말하는 '사상적인 부분'에 있어서는 자신이 있었다. 아버지
는 붉은 깃발과 노란 농기구를 바라보며 오른손을 높이 들어 주먹
을 불끈 쥐고 있는 자신의 모습을 얼마나 많이 상상했는지 모른
다. 그럴 때면 가슴속 깊은 곳에서 뭔가가 끓어오르면서 눈물이
샘솟듯 솟구치곤 했다. 아버지가 진짜 공산당원이 된 것은 1992년
으로, 생업에서 은퇴한 지 이미 삼 개월째 접어든 때였다. 아버지
는 입당한 후에도 의외로 몹시 차분해 보였다. 그닐 집으로 돌아
온 아버지는 내가 당신을 위해 순비한 저녁식사에 참석했다가 두
어 잔의 술을 드시고는 이내 잠들었다.

사실 내가 이야기하고자 하는 것은 아버지의 입당이 아니라 아
버지가 살던, 버려진 창고이다. 오랫동안 방치되었던 이 창고에는
썩어 문드러진 볏짚과 농약 냄새가 진동했다. 담장 곳곳에는 쥐구
멍이 수도 없이 나 있었다. 그때 아버지가 쥐들과 친구 사이였다
는 비밀은 내가 어른이 되고 난 후에야 알게 되었다. 당시 아버지
는 쥐들과 마주 보며 서로 진솔한 대화를 나누곤 했다. 아버지는
그들에게 책과 신문을 읽어주었고 이런저런 이야기를 들려주었
다. 그리고 그들과 함께 투쟁대회를 열어 독사와 검은 고양이를
비판하기도 했다. 아버지와 쥐들은 한곳에서 생활하며 서로 사이
좋게 잘 지냈다. 어쨌든 이러한 일들은 기적임에 틀림없었다. 뒤
늦게 기억해내긴 했지만 나는 수많은 쥐들이 마치 올림픽이라도

연 것처럼 아버지 앞에서 둥근 원을 만들어 있는 힘을 다해 뛰고 있는 광경을 목격한 적이 있다. 내가 들어가기가 무섭게 쥐들은 모두 부리나케 도망가버렸다. 내가 아버지에게 쥐들과의 관계에 대해 꼬치꼬치 물은 이후로 부자 사이에서 한동안 재미있는 대화가 오고갔다. 그때의 이야기들은 내가 그 내용을 일기에 적었을 정도로 매우 인상적이었다.

아버지는 바로 그 큰 창고 안에서 어머니와 정식으로 결혼했다. 두 분의 침대는 창고의 서북쪽 귀퉁이에 놓여 있었고, 침대와 진흙으로 지은 부뚜막 맞은편에는 넓은 공간이 자리하고 있었다. 밤이 되면 이 공간에 장엄한 어둠이 내리면서 쥐들이 쫓고 쫓기는 소리와 무언가를 갉아대는 소리가 가득했다. 숱한 밤을 어머니는 불을 내내 켜놓고야 잠이 들 수 있었지만, 사실 불을 켜면 공포감이 훨씬 더했다. 그 넓디넓은 빈 공간은 희미한 불빛 속에서 아득하고 끝이 없는 것처럼 보였고, 시각적으로 부피와 무게를 갖고 있는 것처럼 보이기도 했다. 그것이 어머니의 수면을 방해했으며 어머니를 끝없는 악몽에 시달리게 했다. 여름의 끝자락, 비가 퍼붓던 어느 날 밤에 창고는 벼락을 맞고 무너져버렸다. 창고가 있던 자리는 논으로 바뀌어 이후 여러 품종의 벼들이 들어찼다.

나는 가족사를 연구하는 와중에도 틈틈이 짬을 내어 서른일곱 번이나 샤팡의 침대로 기어 올라갔다. 그녀는 나를 파렴치하게 만들어 오히려 알 수 없는 쾌감과 위안을 안겨주었다. 육체적 욕망이 내내 나를 놓아주지 않았다. 그녀는 침대 위에서만큼은 천재였다. 나는 침대 위에서 큰 소리로 '나는 개다!'라고 외쳤다. 그녀가 곧바로 대꾸했다.

"그럼 전 암캐겠네요!"

이때 마돈나의 시디에서는 '라이크 어 버진, 라이크 어 버진'이라는 구절이 반복해서 흘러나왔다. 나는 샤팡이 마돈나에 비해 조금도 뒤지지 않는다고 생각했다. 나는 진지하게 내 모든 것을 그녀에게 바쳤다. 그것은 아주 기분 좋은 일이었다. 내 몸 구석구석의 모든 기능은 그녀 앞에서 완벽 그 자체였다. 나는 왜 이 빌어먹을 가족사를 그토록 연구하려고 기를 쓰는가. 중국 사람, 일본 사람, 말레이시아인, 앵글로색슨인, 독일 사람, 한국 사람, 아마존인, 피그미족, 에스키모인은 신이 만든 자손들로서 모두 한 가족이다. 친구들이여! 가족사는 역사의 반역이다. 인류가 가장 행복했던 선사시대에는 염치없는 가족 따위가 존재하지 않았다. 육체만이 역사의 유일한 단서이자 역사의 유일한 서사 언어이다. W. 휘트먼*의 말이 옳다. 만일 육체가 영혼이 아니라면 영혼은 또 무엇이란 말인가. 그래서 나는 요구했다.

"샤팡, 다시 한번 해줘."

그녀도 확실히 나한테 놀랐을 것이다.

"안 돼요. 이제 그만 해요. 당신은 너무 지쳤어요. 이러다 병나면 어떡해요?"

그녀가 마돈나의 시디를 끄는 순간 정적이 흐르며 한줄기 서양

---

* 시집 『풀잎』으로 유명한 미국의 초절주의 시인.

빛이 부드럽고도 음탕하게 집 안으로 새어 들어왔다. 내가 말했다.

"한 번 더 해줘."

그녀가 석양처럼 나를 바라보았다. 그녀의 눈에서 눈물이 흘렀다. 그녀가 고개를 흔들며 말했다.

"안 돼요. 당신 병난다구요."

내가 그녀를 덮치자 그녀가 말했다.

"지쳐서 죽을지도 몰라요."

그후에도 그녀의 말은 두서없이 계속되었다. 그녀는 나를 높은 허공의 곡예줄 위로 데려갔다. 우리는 불같이 열정적으로, 또 때로는 한없이 조심스럽게 움직였다. 내가 말했다.

"나를 욕해봐. 쪽발이새끼라고 욕해봐."

그녀가 거친 숨을 내쉬며 눈을 감고 말했다.

"당신은 미쳤어요."

새벽 한시, 그녀의 젖가슴 위에서 깨어난 나는 그만 일어나야 한다고 생각했다. 속눈썹에 이슬이 맺힌 그녀가 아무 말 없이 내게 키스했다. 오디오의 녹색 숫자가 쉼없이 깜박이고 있었다. 내가 그녀의 뺨을 어루만지며 말했다.

"내 돈은 전부 오입질에 써버렸으니 우선 장부에 달아둬."

그녀가 아주 행복하다는 듯 말했다.

"이런 쪽발이새끼!"

새벽 두시에 린캉이 일하고 있는 무역센터로 찾아간 것은 완전히 귀신한테 씌어서 한 짓이었다. 스스로도 내가 왜 거기를 찾아갔는지 도통 알 수 없었다. 대낮처럼 불이 켜진 건물 안에 놓인 수많은 컴퓨터 단말기에서는 아라비아숫자들이 꼬리에 꼬리를 물고 흐르고 있었다. 나는 구석에 있는 소파에 앉아 담배에 불을 붙이며 린캉의 뒷모습을 바라보았다. 나는 린캉의 뒷모습에 드리워진 비극의 그림자를 전혀 알아차리지 못했다. 그녀의 뒷모습과 컴퓨터 모니터는 매우 정상으로 보였다. 잠시 후 린캉이 자리에서 벌떡 일어나더니 두 손으로 모니터를 붙잡은 채 마치 불에 덴 사람처럼 난리를 치며 지껄이기 시작했다. 이어 관리자들이 그녀 주변으로 달려갔다. 보이지도 않는 사이버 시장에서 도대체 무슨 일이 일어난 것인지 나는 알 수 없었다. 누군가가 외치는 소리가 들렸다.

"어떻게 이렇게 순식간에 띨어질 수가 있시? 세상에! 어떻게 이렇게 순식간에 폭락할 수가 있느냐고!"

나는 담배를 끄고 린캉이 서 있는 곳을 향해 걸어갔다. 노란색 볼펜을 입에 물고 서 있는 그녀의 안색은 이미 잿빛으로 변해 있었다. 그녀의 얼굴에 난 기미가 하나하나 도드라져 보였다. 모니터를 바라보는 그녀의 두 눈동자가 천천히 위로 추켜올라갔다. 그녀는 한 번 몸서리를 치더니 그대로 검은색 소파 위로 털썩 쓰러졌다.

린캉은 병원에서 깨어났다. 깨어나자마자 넋이 나간 표정으로 나를 바라보기만 했다. 내가 그녀에게 물컵을 건넸지만 그녀는 미동도 하지 않았다. 한참이 지난 후에야 그녀가 겨우 한마디를 툭 던졌다. 그리고 그것은 비수처럼 날카롭게 날아와 내게 영원히 잊지 못할 기억으로 각인되었다.

"이 세상이 나를 속였어. 나를 완전히 속였다고!"

말을 마치고 눈을 감은 그녀의 눈썹 끝에서 눈물 방울이 흔들렸다. 그런 그녀의 모습은 정말 샤팡과 비슷했다. 나는 그녀의 배 위에 손을 올렸다. 손으로 천천히 그녀의 배를 어루만지면서도 나의 머릿속은 계속해서 샤팡을 추억하고 있었다. 그러나 아무리 노력해도 그녀의 얼굴만은 떠오르지 않았다. 나는 세상의 모든 여자들이 대부분 린캉과 비슷하게 생겼다고 생각되었다. 마누라란 존재는 이 시대의 제왕이었다. 그녀들은 상상력을 포함하여 남자가 가진 모든 것을 조종했다. 복도로 걸어나가자 알코올과 포르말린이 뒤섞인 냄새가 진동했다. 나는 어둠 속에서 담배를 피웠다. 담배는 위대했다. 담배는 이 세상의 모든 천재들과 여러 밤을 공유했다. 담배는 감상적이면서도 열정적이었다. 담배의 도움을 받으며 나는 내 아이를 상상했다. 그 아이는 린캉을 닮아 있었다. 린캉의 판박이인 그 아이는 피아니스트로서 열 손가락으로 여든여덟 개의 검고 흰 건반을 두드리며 이 세계와 교감했다. 그 아이의 손가락은 신의 소리를 내고 있었다. 그 아이는 아무런 통역 없이도 영어를 사용하는 사람들과 일본어를 사용하는 사람들의 마음속으로 당당히 걸어 들어갔다. 그 아이는 아주 맑은 눈동자와 반듯한 이마, 그리고 해맑은 미소를 지녔다. 그 아이는 만딩고어[*]를 쓰는 감비아에서 유명한 영웅인 쿤타 킨테[**]의 흑인 후예를 아내로 맞이

---

[*] 서아프리카의 만데어.

[**] 미국의 아프리카계 흑인 노예들의 가족사를 다룬 알렉스 헤일리의 소설 『뿌리』의 주인공.

했다. 그들은 진정으로 종족을 뛰어넘어 평화롭고 온화한 마음으로 인류를 대하며 살았다. 비행기를 타고 세계를 여행하는 그들의 눈에는 국경이 아니라 산봉우리와 강물이 보였다. 내 아이는 경도와 위도를 따라 모든 지표면을 날아다니며 피아노를 연주했다. 사람들이 모두들 흰 머리, 흰 수염, 빨간 모자와 빨간 옷을 입고 있는 산타클로스를 알고 있는 것처럼, 사람들은 모두 상상 속에서 이미 내 아이의 연주를 듣고 감상한 적이 있었다. 산타클로스가 현실적 인물은 아니지만 어쨌든 그는 인류의 희망과 함께 영원히 존재할 것이다. 내 아이도 그럴 것이다. 내 아이는 열 손가락만을 사용해서 아주 간단하게 그 모든 희망을 완성할 것이다.

이런 밤에 나는 다시 한번 어찔 수 없이 이타모토 로쿠로를 떠올렸다. 내 마음은 나의 고물 컴퓨터가 바이러스에 감염된 것처럼 완전히 뒤죽박죽되고 말았다. 깊은 밤 내 머릿속에서 서로 아무런 상관도 없는 일들이 겹겹이 떠올랐다. 나는 이타모토 로쿠로가 누구인지 알지 못했고 그에 대해 아는 것도 없었다. 문화적인 감흥에 이끌려 우리 할머니의 집으로 걸어 들어간 사내, 할머니의 육체 위에서 거대한 비극을 지어낸 이 사내를 나는 알지 못했다. 이 침입자는 중국문화를 숭배하면서도 여전히 중국인에 대한 정복의 야망을 버리지 않고 있었다. 그는 자신이 원하는 대로 행동함으로써 진정한 정복자가 될 수 있었다.

열일곱의 완이가 어느 날 오후에 여자의 일생을 다 살았다면, 아버지는 자신의 일생이라는 시간을 다 쓰고서도 자신의 진정한 오후를 완성하지 못했다. 이것은 할머니와 내 아버지의 차이이기도 했다. 완이는 이미 여러 차례 자신의 목숨을 끊으려 했지만 부친에 의해 번번히 저지되곤 했다. 사실 완이는 루 씨 집안의 운명을 손에 쥐고 있었다. 열일곱 어린 소녀의 손에 루 씨 집안의 운명이 달려 있었다. 어린 소녀 완이는 하루 종일 자신의 방에 틀어박혀 일본인에게 겁탈당하는 순간을 기다렸다. 나의 할머니…… 열일곱의 소녀 완이에게는 선택의 여지가 없었다.

일본인 이타모토 로쿠로가 루 씨 집안에서 한 일은 서예를 연습하는 것과 완이를 겁탈하는 것 두 가지였다. 그는 일상처럼 그 일을 해치웠고, 루 씨 집안은 어느 순간부터 일상처럼 그 일을 받아들였다.

맨 처음의 통증과 공포가 지나간 후 그녀에게 진정한 의미의 수치심이 찾아왔다. 기혼자였던 이타모토 로쿠로는 악랄한 모습으로 그녀를 겁탈하고 강간했다. 놀라울 만큼의 인내심을 보여주는 그의 육체와 언어는 그러나 달콤하기 짝이 없었다. 완이의 몸이 꿈틀거리기 시작하면서 스스로를 배신하는 공포스러운 감각들이 살아났다. 그녀는 성적 쾌감을 느끼기 시작했다. 너무나도 수치스럽고 굴욕적인 느낌이었지만 아무리 제어하려 해도 제어되지 않는 욕망이었다. 오르가슴을 느낄 때마다 그녀는 죽고 싶은 마음뿐이었다. 이타모토 로쿠로를 통해 느끼는 오르가슴은 나의 할머니를 속수무책으로 만들었다. 자신의 손톱으로 자신의 젊은 피부를 후벼파야 할 정도로 그녀는 자신의 육체를 증오하고 육체에 분노했다. 나의 할머니는 자신을 배신한 무정한 육체를 저주했다. 육체가 영혼과 다른 것이라면 영혼은 또 무엇이란 말인가.

그녀의 굴욕과 모욕감 속에서 나의 부친이 태어났고, 또 내가 태어났으며, 그렇게 우리 가족의 대가 이어졌다. 『성경』이 원죄에서 시작되는 것도 이해할 만하다. 그것은 원죄로 인해 진정한 의미의 역사가 생겨났다는 뜻으로도 해석할 수 있을 것이다. 역사란 조상들의 죄악에 대한 가족 구성원들의 참회 과정이다. 또한 그것이 바로 인문학의 본질이다.

린캉은 안정제를 맞고 나지막이 코까지 골며 곤히 잠들어 있었다. 나의 아이는 그녀의 평안한 수면 속에서 함께 평안한 수면을 취하고 있었다. 태양이 밝아오자 나는 형용하기 힘들 만큼 졸렸다. 세상 전체기 잠들고 싶어했다.

하늘이 서서히 밝아오고 있었다. 동이 트는 바다의 새벽은 말할 수 없이 맑고 깨끗했다. 실로 감동적인 장면이 아닐 수 없었다. 최근 들어 나는 일출을 보지 못했기 때문에 떠오르는 태양을 꼭 한 번 봐야겠다고 작정했다. 세수를 하고 이를 닦은 후 뱃머리에 조용히 앉아 나는 작은 의식을 시작했다.

하늘은 푸르렀고 바다는 컴컴했다. 햇살의 기운은 천지에 뻗어 있었지만 태양이 벌써 솟아오른 것은 아니었다. 세상은 겸허히 태양을 기다리고 있었다. 종교적 분위기마저 물씬 풍겼다. 손톱만 한 태양은 선홍색이었다. 이어 조금씩 태양이 커져갔다. 태양과 일대일로 마주한 나는 처음으로 지구가 자전하고 있다는 느낌을 인체 기관을 통해 체험했다. 실로 위대한 경험이었다. 동쪽 하늘이 붉어지며 태양이 떠오르는 광경 앞에서 나는 갑작스런 슬픔을 느꼈다. 아무 이유가 없었다. 지구가 자전을 하는 동안 나는 둥그런 지표면에 바짝 달라붙어 이 위대한 과정에 동참하고 있었다. 도도하게 출렁이는 해수면이 붉어지면서 바다도 슬픔에 잠겼다. 거대한 물의 세계가 고요 속에 흔들렸다.

의식은 일상이 시작되는 시각에 끝이 났다. 나의 눈물이 두 뺨 위로 채 흘러내리기도 전에 나의 감동은 수그러들었다. 누군가가 오만한 모습을 드러냈다. 그가 날 훈계하듯 말했다.

"아이야, 내 말을 잘 들어보렴! 모든 사람들은 전부 하나의 경계를 갖고 있고, 모든 생물종 역시 예외 없이 하나씩의 경계를 갖고 있단다. 그것은 내가 제대로 보살펴야만 지구가 잘살 수 있다는 뜻이지."

"당신은 누구세요?"

"나? 나는 태양이란다."

"태양? 난 당신을 알고 있어요. 우리 조상인 과부(夸父)*가 당신을 쫓아다닌 적이 있고 후예(后羿)**가 당신을 떨어뜨린 적도 있어요. 모두가 당신 때문에 일어난 일들이었어요."

"나도 알고 있단다. 넌 사람이지. 지구 위에 살고 있는 사람들은 극단을 너무 좋아해. 들리는 말로는 너희들이야말로 만물의 영장

---

* 중국의 고대전설에서 과부는 태양을 쫓다가 목이 말라 황하와 위수의 물을 다 마시고도 모자라 다른 곳으로 물을 찾으러 가다가 죽었다.
** 중국의 고대전설에서 항아의 남편인 후예는 하늘에 떠오른 열 개의 태양 중 아홉 개를 활로 쏘아 떨어뜨렸다.

이고 우주의 중심이라고 떠든다지? 내 말이 맞느냐? 그럼 너희 인간들이 사자를 이길 수 있느냐?"

"이길 수 없어요. 하지만 우리에겐 지혜가 있어요."

"어리석은 녀석! 지혜는 바로 내가 너희 자신들을 괴롭히는 데 쓰라고 던져준 미끼에 불과해."

"그런 말씀 마세요! 우리는 우리들의 지혜로 우주의 신비를 이미 벗겨내고 있는걸요! 우리는 우리 자신은 물론 우주도 이해하고 있어요."

"어리석은 녀석! 우주의 신비는 이미 내가 안전한 곳으로 옮겨둔 지 오래다. 바로 너희 인간들의 머릿속에 두었지. 하지만 너희들 머릿속 깊은 곳에 숨겨두었다. 그래서 너희들은 생각이란 것을 하면 할수록 비밀로부터 더 멀어지게 되는 거야. 너희들은 자신의 눈으로 자신의 눈빛을 볼 수 없는 것처럼 영원히 우주의 비밀을 보지 못할 거야."

"거짓말 마세요! 당신의 말은 아무도 믿지 않을 거예요."

"하하! 내가 널 속여서 무엇에 쓰겠느냐? 네가 개미를 속일 필요가 없듯이 나도 너희들을 속일 하등의 이유가 없단다. 다만 너희들이 너희들 자신을 속이고 있을 뿐이야. 예를 한번 들어볼까? 오래전부터 지구는 내 주위를 돌고 있었지만 너희들의 눈에는 내가 지구 주위를 돌고 있는 것처럼 보였지. 그런 단순한 원리를 찾아내는 데 너희 인간들은 수천 년을 허비했어. 그래놓고 상식을 발견한 사람들을 영웅이라고 칭송하고 있지. 아이야! 잘 기억해두거라. 사람들이 칭송하는 영웅들은 모두 상식을 발견하고 불멸의 이름을 얻게 되었지만, 가끔 진정한 진리를 발견한 사람들은 오히려 영웅이 되지 못했다. 그것은 진리를 받아들이는 시간이 너무 길었기 때문이지. 모든 사람들이 알게 될 만큼 진리가 보편적으로 전파된 것은 발견 후 이미 수세기가 지난 후였다. 하지만 그때가 되면 진리는 이미 상식이 되어버린 지 오래란 말이지.”

“그런 이야기에는 아무 관심도 없어요. 내가 알고 싶은 것은 우리 할머니와 그 나쁜 일본놈 이타모토 로쿠로에 관한 것뿐이에요.”

“네가 관심을 갖는 것도 당연하지. 탄생 과정을 모르면 부끄러움도 모를 것이고, 어디서 왔는지를 모르면 어디로 가야 할지도 모르니까.”

“제게 그 일에 대해 말해줄 수 있나요?”

“아니…… 그건 안 돼. 난 대지를 비추고 그림자를 만들어줄 뿐 인간의 사연 따위에는 관심이 없어. 시간과 시계가 무관한 것처럼 태양과 진실도 무관하단다.”

“당신은 거짓말쟁이에요!”

“난 태양이다. 이제 그만 헤어져야겠구나. 난 할 일이 있어. 태양으로 살다보니 내 몸이 내 몸이 아니구나. 이제 난 할 일을 하러 길을 떠나야겠다.”

“인간의 존경과 숭배를 받는 존재로서 자기 할 말만 하고 간다고 하면 그만인가요? 이제 보니 당신은 우주에서 가장 악독한 존재로군요.”

“존경과 숭배를 받는 것도 내 일 중의 하나란다. 이미 약속된 일이야.”

태양이 이내 떠오르며 세상이 찬란한 금빛에 휩싸였다. 바다 역시 금빛 광채를 발했다. 태양의 만리안(萬里眼)이 날 보며 웃고 있었다. 그는 우리를 내려다보고 있었다. 쌍꺼풀이 진 큰 눈에 살찐 그 모습은 자상하고 자애로워 보였다. 사방으로 광채가 번져가고 있었다. 하늘은 그의 한가로운 산보를 위해 서둘러 길을 내고 있었다. 그의 말은 옳았다. 이것이야말로 이미 약속된 일이었다. 태양과 진실은 무관했다.

바다는 변함없었다. 액체의 세상은 도도했다. 바다는 바람과 비를 몰고 오는 거대한 평면이었다. 저 멀리 원양어선들이 보인다. 세계무역을 위해 전 세계를 종횡무진 돌아다니는 원양어선들이 바다 위에 멈춰선 것처럼 보인다. 망망대해 가운데 떠 있는 국적을 알 수 없는 원양어선들은 마치 어린아이들이 재미 삼아 세숫대야 속에 띄워놓은 장난감처럼 보인다.

문화대혁명 시기에 나는 늘 이런 놀이를 하면서 시간을 보내곤 했다. 민물조개 몇 개를 세숫대야의 물 위에 띄워놓고 놀고 있노라면 아버지는 내게 바다라는 큰 개념을 심어주곤 했다. 나는 아버지가 왜 내게 그런 말들을 하는지 알 수 없었다. 아마도 너무 쓸쓸하고 외로워서 그랬던 건 아닐까. 문화대혁명은 아버지의 생애에서 가장 힘들고 고통스런 시기였다. 아버지는 자신이 공산당에 입당할 수 없다는 사실을 너무나도 잘 알고 있었다. 하지만 그것은 다음 문제였다. 맹렬한 기세로 진행된 대혁명의 물결 속에서 부친은 혁명의 주도 세력에도 낄 수 없었고 반혁명 분자가 될 수도 없었다. 심지어 혁명의 대상조차 되지 못했다. 아버지는 죽은 호랑이에 불과했다. 아버지는 혁명의 테두리 바깥에 존재했다. 아버지는 이 문제를 놓고 비관하고 상심했으며 가슴 아파했다. 아버지나 아버지 세대의 사람들은 운명적으로 출세할 수 없는 사람들이었다. 하지만 그들은 입신양명을 갈망했다. 그들은 전쟁의 최전선에서 구사일생의 위험한 고비를 넘긴다 해도 후회하지 않을 사람들이었다.

노년기에 접어든 아버지는 말 그대로 세상에 대한 욕망이나 사리사욕 없이 할 일 없는 무료한 시간을 보냈다. 아버지는 이미 극한에 이르는 영혼의 시련을 경험했다. 아버지의 경험은 『장자』와 같은 추상적 깨달음에서 비롯된 것이 아니라 바로 문화대혁명에서 비롯된 것이었다. 아버지가 문화대혁명으로 야기된 대환란의 모진 바람을 직접 감당한 것은 분명 아니었지만, 아버지에게 있어 문화대혁명은 한마디로 악몽 그 자체였다.

아버지는 내게 바다에 대해 말해주었다. 아버지는 내게 여러 차례에 걸쳐 보이지 않는 피안의 세계로서의 바다를 묘사해주었다. 지금 생각해보면 그 말들 속에는 당신이 절절이 느끼던 절망과 슬픔이 고스란히 배어 있었고, 오랜 시간이 흐른 뒤에 내가 직접 떠나게 될 바다 여행에 대한 예언도 포함되어 있었던 것 같다. 피안의 세계는 눈에 보이는 모든 것들의 초월을 전제로 하는 것이었다. 아버지의 계시에 따라 나는 세숫대야를 바다로 상상했고 비슷한 비율에 입각하여 개미 한 마리를 나로 대체했다. 다시 말해 당시의 개미는 바로 나였다. 난 개미가 이쪽 해안에서 저쪽 피안으로 건너갈 수 있을지 여부를 자신할 수 없었다. 당시 나는 물에 비친 내 그림자를 보며 어쩔 줄 몰라 허둥거렸다.

"아버지, 저기 보이는 '나' 는 도대체 누구예요?"

상상력이 맨 처음 발동하는 시기에는 무엇보다 먼저 자신에 대한 의문이 생기기 마련이다. 그것은 불가항력이다.

그날 밤 내가 아버지에게 물었다.

"전 어디서 왔어요?"

아버지가 대답했다.

"주워 왔다."

"어디서 주워 왔는데요?"

"쓰레기 더미 속에서 주워 왔다."

"왜 쓰레기 더미 속에 있었는데요?"

"누가 버렸는지 신문지에 싸여 있더구나."

"누가 버렸는데요?"

"널 낳은 사람이 버렸겠지."

내가 다시 물었다.

"내가 어디에서 나온 건데요?"

"겨드랑이 밑에서 나왔지."

내가 또 물었다.

"겨드랑이 밑에 아무 구멍도 없는데 어떻게 나올 수가 있었죠?"

"칼로 째고 꺼냈지."

내가 얼른 작은 가위를 가지고 와서 겨드랑이를 찌르려고 하자 아버지가 가위를 재빨리 뺏어늘더니 내게 말했다.

"이제 그만 나가 놀거라."

이런 대화는 나의 유년 시절에 흔히 있어온 것이었다. 하지만 난 아버지의 그 말 때문에 늘 우울했다. 나는 내 또래 대부분의 중국 사람들이 나와 같은 정신적 부담 속에 살았을 것임을 감히 장담할 수 있다. 우리에게 해답은 없었다. 아버지나 어머니들은 대답이 궁해지면 항상 '그만 나가 놀거라' 라는 말로 아이들의 고뇌를 방치했다. 중국의 부모들은 자신과 자신의 아이들 사이에 깊은 관계가 형성되는 것을 별로 원하지 않는 듯했다. 여기에는 아마도 부모 세대들의 나약한 정체성이 도사리고 있었는지도 모른다. 중국의 부모들은 하나같이 자신의 자식들이 자신들과는 확연히 다른 모습으로 살아가기를 기대했다. 따라서 나는 세숫대야 안의 민물 조개를 들여다보며 바다를 떠다닐 수밖에 없었다. 나의 바다는 세숫대야였다. 그것이 나의 우울병적 기질과 미래 작가로서의 생애를 결정했다.

우울증은 샤팡과의 외도가 시작되기 전까지 항상 날 괴롭혔다. 하지만 외도를 하면서 난 쾌활해지기 시작했고, 그 일을 통해 내가 얼마나 음탕하고 천박한 사내인지를 알게 되었다. 나는 곧 다른 여러 여자들과의 잠자리를 즐기기 시작했다. 이런 상황에서 열이면 아홉 여자가 모두 내 요구에 응한다는 사실도 알게 되었다. 그녀들은 오로지 남자의 가벼운 입놀림을 두려워하고 있었지만 난 입이 무거운 남자였다. 나 같은 남자는 욕망이 꿈틀거리는 도시에 그야말로 적합한 인물이었다. 그녀들은 내가 떠들어대는 것을 두려워할 필요가 없었다. 임신한 린캉이 집 안에 있는 것과 내가 밖에서 바람을 피우는 것은 서로에게 아무런 지장을 주지 않았다.

나도 내가 왜 그렇게 변했는지는 알 수 없었지만 어쨌든 바람을 피운다는 것은 참으로 무궁무진한 매력을 갖고 있었다. 외도는 시작이 있어도 끝은 없는 과정이었다. 외도를 함으로써 사내들은 눈부시게 아름다운 시선으로 인생을 마주 볼 수 있었다. 나는 다가오는 어떠한 기회도 놓치지 않았다. 나는 남자와 대부분의 여자들 사이에 무한한 가능성이 존재한다는 것을 알았다. 그러한 이론적 기초와 인식하에서 왕샤오판(王小凡)을 알게 되었다. 종합대학 내 지행관(知行館) 앞에서 나는 그녀를 알게 되있다. 왕샤오판…… 여자…… 방년 열아홉…… 물리학과 3학년…… 베이징 출신…… 키 백육십일 센티미터…… 몸무게 육십 킬로그램…… 약간 그을린 피부…… 쌍꺼풀이 있는 동그란 눈…… 까만 눈동자…… 오똑한 콧날…… 두툼한 입술…… 그 얼굴에는 자신의 인생을 사랑하는 사람들 특유의 싱그러움이 가득했다. 내가 그녀를 발견한 것은 그녀가 억지로라도 암기하려는 듯한 시선으로 영어책을 보고 있을 때였다. 그녀가 멋지다는 생각과 함께 나는 그녀에게 다가갔다. 바로 그 순간 상황은 끝났다. 그녀에게 더 좋을 일이 또 무엇이란 말인가!

우리는 그날 저녁 바로 키스를 했다. 학교는 마치 여름방학이라 바람을 피우는 음탕한 남녀들에게는 더할 나위 없이 좋은 시즌이었다. 그녀 앞에서 나란 인간이 뻔뻔하기 이를 데 없는 저질이라는 사실이 다시 한번 입증되었다. 내 목적은 분명했다. 일단 침대로 올라가 일을 끝내는 것이었다. 하지만 난 서두르지 않았다. 그러한 과정 역시 중요한 것이었다. 지금 생각해보면 그때 다른 많은 여자들을 제쳐두고 하필이면 그녀와 같은 어린 아가씨를 노렸다는 것이 지나치긴 했다. 하지만 나도 달리 어쩔 도리는 없었다. 그런 상황에서 내가 그냥 놔두면 분명 다른 수컷들이 건드릴 게 뻔했다. 그럴 바에야 차라리 내가 하는 편이 백 번 낫지 않겠는가. 이것이 나의 철학이었다.

우리는 만난 지 사흘째 되는 날 오후에 잠자리를 같이했다. 나중에 되짚어보니 그 과정이 다소 보수적이란 생각도 들었다. 우리는 건물 안으로 들어가 기숙사 문앞에 걸린 '외인출입금지'라는 팻말을 뜯어냈다. 작은 나무 침대에 누운 우리의 온몸은 곧 땀으로 범벅이 됐다. 열정적인 입맞춤을 퍼부은 후에 나는 그녀에게 나지막한 목소리로 물었다.

"어때? 좋아?"

그녀가 머리를 베개 위에 두고 눈을 꼭 감은 채 살며시 고개를 끄덕였다. 내가 서둘러 그녀의 초록색 체크무늬 치마를 벗기려 하자 그녀가 거부했다. 내가 다시 벗기려 하자 그녀는 또다시 거부했다. 그녀의 얼굴은 새빨갛게 상기되어 있었다. 그녀가 눈을 감은 채 모기만 한 소리로 말했다.

"잠깐 내려가 계세요."

나는 침대에서 내려와 콘크리트 바닥을 서성였다. 그녀가 다시 말했다.

"모기장을 좀 쳐주세요."

난 얼른 휘장을 쳤다. 그녀가 말했다.

"집게로 잘 집어주세요."

어린 소녀들의 이러한 의식은 남자를 참 행복하게 하기도 하고 참 슬프게 하기도 한다. 모기장 안에서 나는 소리는 미세하고 부드러웠지만 내게는 천둥소리처럼 크게 들렸다. 나는 모기장 안에서 일어나고 있는 자연스런 일들을 추측할 수 있었다. 나는 얼른 그 안으로 고개를 집어넣었다. 날 마주 보는 그녀는 눈조차 깜박이지 않았다. 이윽고 그녀는 안쪽을 향해 돌아누우며 말했다.

"그걸 써요."

베개 밑으로 손을 넣어보니 콘돔들이 만져졌다. 그야말로 즐비했다. 내가 말했다.

"어떻게 이런 걸 갖고 있지?"

"그런 건 묻지 마세요."

그녀의 대답에 나는 기분이 나빠졌다. 나와 그녀 중에서 도대체 누가 누구를 사냥하고 있는 것인지 알 수 없었다. 어쨌든 우리는 섹스를 시작했다. 그녀가 아랫입술을 깨물며 머리를 흔들기 시작하자 검은 머리카락이 물결처럼 출렁였다.

"비둘기…… 내 작은 비둘기……"

나의 속삭임에 그녀가 동문서답을 했다.

"당신…… 그건 당신이죠."

그 성경험이 내게 안겨준 의미는 실로 대단했다. '뼛속 깊이 가인되었다'라는 표현을 사용해도 무방할 정도였다. 난 어느 순간 나 자신이 내가 아니라 이타모토 로쿠로가 되는 환상을 경험했다.

내 아래서 신음하고 있는 사람은 왕샤오판이 아니라 완이였다. 그 누구에게도 털어놓을 수 없는 환상이었다. 나는 성행위로 인해 발생하는 모든 환상들이야말로 사람들이 늘 애써 회피하고자 하는 진리임을 알게 되었다.

그런 생각 때문인지 난 그녀와의 두번째 섹스에 집중할 수 없었다. 그녀도 눈치를 채고 있었다. 우리는 서둘러 대충 두번째 섹스를 마무리지었다. 샤오판은 내가 흘린 땀을 닦아주며 팔꿈치로 한 번 쿡 찌르더니 이렇게 말했다.

"헤이……"

나는 그녀에게 키스를 하려 했지만 그녀가 고개를 돌리며 싫다고 말했다. 어두운 환상을 보고자 하는 내 속마음은 수그러들지 않았다. 내가 숨을 헐떡이며 땀을 흘리고 있으려니 샤오판이 물었다.

"부인 생각해요?"

"아니…… 그런 게 아냐."

"그럼 무슨 생각해요? 얼굴을 보니까 꼭 식민지 시절을 생각하는 사람 같아요!"

"맞아. 난 해방 이전을 생각하고 있었어."

내 대답에 샤오판이 웃음을 터뜨리며 몸을 돌려 내 가슴에 입을 맞추었다. 나는 문득 가슴속에 끓어오르는 분노를 느꼈다. 나는 샤오판을 바로 눕힌 후 그 위에 올라탔다. 이번 섹스에서는 그야말로 온몸이 산산조각으로 부서지는 소리가 났다. 내가 그녀에게 명령하듯 외쳤다.

"말해! 어서 말해! 일본 제국주의를 타도하자! 이렇게 말해! 어서 빨리 일본 제국주의를 타도하자고 말해보라니까!"

바람 속에 놓인 풍경(風磬)처럼 심하게 요동치는 샤오판의 몸은 금방이라도 미쳐버릴 태세였다. 그녀가 말했다.

"당신…… 미친 거야! 미쳤어! 당신은 미쳤다고!"

완이는 결국 임신을 했다. 내 아버지를 임신한 것이다. 굴욕의 역사일지언정 생명을 잉태하기는 마찬가지였다. 여기서 보충 설명을 하자면 이렇다. 완이를 임신시킨 이타모토 로쿠로는 끝까지 그 사실을 알 수 없었다. 그는 소규모 전투에서 그만 목숨을 잃었다. 전쟁은 늘 이 모양이나. 전쟁은 누군가의 이야기에 귀를 기울이지 않는다. 전쟁은 언제나 관련자들이 어떤 서사의 계승자인지에 대해서는 신경을 쓰지 않는다. 전쟁에서 세시에 죽으라고 명령하면 다섯시까지 살아남을 수 있는 사람은 아무도 없다. 나의 이야기를 위해, 전쟁은 평생을 쓰고 또 써도 채울 수 없을 만큼 무한한 빈틈을 남겨두었다. 상하이에서 할머니의 절망을 찾아다니며 나는 이미 여러 차례에 걸쳐 이타모토를 떠올렸다. 나는 사실 그가 그리웠다. 우리 가족을 파멸로 몰아넣은 그 악마를 나는 그리워했다. 그는 나의 할아버지였다. 상하이의 큰길에서 일흔 살쯤 된 그의 늙은 모습을 상상해본 것이 한두 번이 아니었다. 그런 상상은 내 애간장을 모두 녹여놓았다. 나의 상심은 극에 달했다. 민족과 국가는 가끔씩 아주 구체적으로 개인 감정의 미세한 부분까지 건드리곤 했다. 나약한 우리의 정신에 대고 역사에 대한 짐을

지라고 요구하는가 하면, 차마 감당하기 힘든 역경을 통해 자신들의 위대함을 체험하라고 강요하기도 했다. 나는 이러한 결론을 대하면 대할수록 가슴이 시리고 아팠다. 상하이는 나를 겁나게 만드는 대도시였다. 상하이에 오니 미쳐버릴 것 같았다. 나는 나의 할머니가 보고 싶었다. 나의 할머니 완이가 보고 싶었다. 짐승만도 못한 짓을 한 나의 할아버지도 보고 싶었다. 오래전 그들 젊음의 윤곽이 서로 의지하고 서로 적대하는 모습들이 내 가슴팍 여기저기를 휘젓고 다녔다. 나는 오늘도 여전히 괴롭다. 나는 다른 역사가들에게 중국의 근대사가 사실상 완벽하게 끝나려면 아직 멀었다고 말해주고 싶다.

나의 할머니 완이는 어느 날 복도 난간 옆에서 기절했다. 그녀의 얼굴은 백짓장처럼 새하얬고 그녀의 표정은 허공에서 소리 없이 흩날리는 지전(紙錢) 같았다. 깨어난 그녀는 긴 대나무 의자에 누워 있었다. 이것저것을 자세하게 물어보며 진맥을 하던 의원이 자리에서 일어나자 루치우예가 물었다.

"무슨 일인가? 도대체 무슨 일이야?"

의원이 아무 말도 하지 않자 루치우예가 다시 물었다.

"무슨 약을 먹어야 하겠나?"

의원이 말했다.

"그냥 몸이 허해서 그런 것이니 별다른 약을 드시지 않아도 됩니다."

루치우예가 다시 물었다.

"저 아이에게 무슨 병이 생긴 것인가?"

의원은 대청 중앙에 걸린 그림을 한동안 응시하다가 다시 고개를 돌려 완이의 얼굴을 살폈다. 완이가 낮은 목소리로 말했다.

"아버지…… 의원님이랑 나가서 차나 한잔하세요. 저한테 병 같은 건 없어요."

하지만 의원은 차를 마시지 않고 총총히 떠났다. 하인들까지 모두 물러가자 완이는 자리에 누운 채 소리 없이 눈물을 흘리기 시작했다. 그녀가 말했다.

"어머니, 의원은 왜 부르셨어요? 내가 무슨 죽을병이라도 걸렸을까봐요? 앞으로 어떻게 낯을 들고 살아야 할지가 더 걱정이라고요!"

잠시 멍해 있던 부인의 입에서 외마디소리가 터져 나왔다.

"너 혹시 이번 달에 월경을 하지 않은 것이냐?"

완이가 대답했다.

"벌써 스무사흘이나 됐어요."

부인이 중얼거렸다.

"나무아미타불…… 나무아미타불……!"

순서에 따라 다음에는 나의 아버지에 대해 거론하겠다. 이것은 매우 곤란한 화제임에 분명하다. 사실 지금 이 순간에도 어떻게 이 문제를 설명해야 할지 잘 모르겠다. 아버지가 이타모토와 완이 사이에서 태어난 아들임은 더이상 말할 필요가 없다. 혈연관계를 놓고 따져보면 아버지는 루치우예의 외손주가 분명했지만, 나의 가족사에서 아버지는 언제나 루치우예를 '아버지'라고 불렀다. 이 꼴사나운 일들은 모두 일본인 이타모토 로쿠로 때문에 빚어진

것이다. 내가 쓴 이 소설을 일어로 번역하여 소개할 기회가 있을
지 없을지 잘 모르겠지만, 나는 이타모토 로쿠로의 가족들이 이
작품을 읽을 수 있게 되기를 소망한다. 나는 그들 한 사람 한 사람
이 모여 인류를 구성하고 있음을, 하지만 인류의 마지막 보루는
바로 가족임을 그들에게 알려주고 싶다. 이 문제에 대해서라면 우
리 모두가 전가할 수 없는 책임을 지고 있다고 말해주고 싶다.

완이가 임신을 한 구 개월 동안 이 집안의 마님 역시 구 개월 동
안 임신을 했다. 이것은 루 씨 집안에 있어 실로 풀기 어려운 난제
였다. 사실 이 방법 외에 다른 묘책은 없었다. 루 씨 집안의 하인
들은 모두 이 집의 안주인이 늦둥이를 가졌다는 소식을 듣게 되었
다. 이런 거짓말은 물론 상전들의 입에서 만들어진 것이었다. 거
짓말을 하는 사람은 항상 자신의 거짓말에 대해 매우 자신감을 갖
고 있다. 특히 상전들이 만들어낸 거짓말이라면 더욱 그랬다. 루
씨 집안의 상전들은 하인들이 자세한 내막을 모르고 있다고 자신
했다. 그들은 아주 그럴듯한 거짓말 속에서 연극을 했다. 그 한 해
동안 루 씨 집안에서 자라는 식물들은 유난히 아름답고 고왔다.
후원에 핀 파초와 연못에 핀 연잎들도 유난스레 크고 왕성했다.
햇살 아래 연잎의 푸른빛은 초를 발라놓은 것처럼 반짝였다. 아무
튼 루 씨 집안은 그 한 해 동안 이상하리만치 고요했고, 이상하리
만치 재물이 모였으며, 사람들은 이상스런 짓을 많이 했다. 그 모
든 것이 나의 아버지 때문이었다.

완이의 해산에 극적인 요소는 없었다. 나의 할머니 완이는 어린
나이치고는 이상하리만큼 순조롭게 첫 출산을 했다. 그녀의 출산

을 도와 내 아버지를 받은 사람은 하인 장 씨였다. 상전의 비밀을 알게 된 탓에 그녀는 곧 우리의 가족이 되었으며 어느새 우리 가족 내에서 가장 시건방진 여인이 되었다. 하지만 비밀을 여기저기 가장 잘 흘리고 다니는 사람 역시 바로 그녀였다. 사람들은 그녀가 비밀을 누설할까봐 두려워했다. 물론 그 문제는 별로 중요하지 않다. 중요한 것은 루치우예였다. 나는 그가 맨 처음 나의 아버지를 보았을 때 어떤 마음이었을지 짐작할 수 없다. 난 그와 입장을 바꿔놓고 생각할 수가 없다. 루치우예는 분명 아기를 목졸라 죽이고 싶다는 무서운 생각을 했을 거라고 나는 생각한다. 나는 이러한 추측이야말로 중국사와도 아주 잘 어울린다고 생각한다. 그 방법은 모든 문제를 일기에 해결할 수 있었다. 아버지가 살아남을 수 있었던 것은 오로지 완이 덕분이었다. 완이의 위대한 모성애가 아버지를 살린 것이다. 하지만 그녀는 자신의 아들이자 동생인 나의 아버지를 단 한 번도 보지 못했다. 나는 직감에 의존하며 이러한 결론에 도달했다. 루 씨 집안은 다시 한 가지 거짓말을 더 만들어냈고, 완이는 그 거짓말에 순응해서 추수이를 영원히 떠났다. 거짓말로 일단 전환점을 마련하면 거짓말로 다른 거짓말을 연결해나가는 것 외에는 다른 길이 없었다. 그런 방법을 통해서만 역사책은 형식 면에서 완벽한 것이 될 수 있었다. 역사학으로 석사가 된 이후로 나는 보다 완벽한 논리가 갖춰진 역사서일수록 역사의 본질에서 더 많이 벗어나 있다는 보편적인 이치를 발견했다. 그것은 역사 해석자들이 자신의 필요에 의해 자신의 머리로 연역해서 만들어내는 것이 바로 역사이기 때문이다. 역사 자체에 많은 빈틈이 존재하는 것과 마찬가지로 훌륭한 역사책은 많은 허점을 지니고 있었다.

나는 지금 그 공허하고도 의미 없는 진리에 대해 냉정한 어투로 이야기하고 있다. 사실 나는 다시 눈물을 흘리고 있다. 내가 왜 울고 있는지 이유도 모른다. 나는 스탠드 불빛 아래 앉아 있다. 자그마한 알람 시계의 붉은 초침만 기계적으로 분주히 움직이고 있다.

나는 나의 할머니가 루 씨 집안을 영원히 떠나던 이른 새벽을 떠올린다. 이른 새벽일 것이라고 확신한다. 우리 가족이 목숨을 잃는 사건은 모두 이른 새벽에 일어났다. 작은 배가 후원 나루에 정박해 있었고, 새벽이슬이 맺혀 있는 나루에는 사람을 움츠러들게 하는 한기가 서려 있었다. 상심에 젖은 완이의 몸이 추위를 느꼈다. 나루를 향해 걸어가는 그녀는 고향에서의 생존권과 희망을 완벽하게 상실하고 있었다. 나는 그 순간 완이가 더이상 아무런 고통도 느끼지 못했을 것임을 알고 있다. 모든 것에 무감각해진 그녀였지만 청각만큼은 오히려 예민해지고 있었다. 그녀의 귓가에 사공이 젓는 노의 탄식이 들려왔다. 나의 할머니가 나룻배에 올라타자 세상이 불안하게 흔들리며 저 멀리서 수탉이 울었다. 사공이 트림을 하는 소리도 들렸다. 이윽고 배가 강심을 향해 미끄러지기 시작했다. 정신을 가다듬은 그녀의 가슴속에 서러움과 절망감이 북받쳐 오르기 시작했다. 시커멓게 보이는 루 씨 저택의 실루엣을 바라보는 할머니의 명치께에서 뜨거운 것이 솟구쳐 올라왔다. 배 위에 그대로 쓰러졌던 그녀가 다시 정신을 차렸을 무렵에는 이미 해가 중천에 솟아 있었다. 완이가 나지막이 소리쳤다.

"어머니! 아들아! 어머니! 내 아들아!"

높이 떠오른 태양이 강물을 황금빛으로 끝없이 수놓고 있었다. 완이가 태양을 향해 소리쳤다.

"하늘아! 하늘아!"

배가 회전을 할 때 완이, 내 할머니의 모습은 사라지고 없었다. 부는 바람 탓에 물길의 흔적조차 사라진 수면은 다시 평상의 모습을 되찾고 있었다. 천만 년이 지나도 변치 않을 그 모습 그대로였다. 그것은 나의 고향에 대한 꿈과 상심에 젖은 상하이를 연결시켜주고 있었다.

이야기를 보충하기 위해 나는 이쯤에서 다른 사건 하나를 꼭 언급하고 넘어가야 하겠다. 사건은 중국이 항전에서 승리한 후 어느 비 내리는 밤에 발생했다. 자정을 넘어 새벽이 다가오는 시각, 물에 젖은 검은 옷을 입은 네 사람이 루 씨 저택의 담을 넘었다. 루치우예는 그때 잠들어 있었다. 그가 잠에서 깨었을 때는 이마 정중앙에 모젤권총의 동그란 총구가 겨누어져 있었다. 그 느낌은 단단하고 차가웠다. 어둠 속에서 낮은 목소리가 들려왔다.

"꼼짝 마! 우리랑 잠깐 가줘야겠다!"

냉혹하기 그지없는 타지인의 말투였다. 루치우예는 입이 틀어막힌 채로 네 사람에 의해 먼 곳으로 끌려갔다. 그들은 어느 하수도 근처에서 걸음을 멈추었다. 그때도 비는 거세게 내리고 있었다. 누군가가 루치우예에게 무릎을 꿇으라고 명령한 후 입을 틀어막고 있던 천을 치우며 물었다.

"이름이 무어냐?"

그가 대답했다.

"루치우예요."

타지인이 다시 말했다.

"인민을 대신해서 친일 매국노 루치우예를 사형에 처한다!"

루치우예가 뭐라고 말하기도 전에 그의 귓가에서 총성이 울렸다. 1945년, 루치우예에 관한 이야기들이 문득 자취를 감추었다.

하지만 역사는 모젤권총의 충격을 아버지와 나에게 그대로 남겨주었다. 내가 가족사를 연구하기 이전부터 오랫동안 아버지는 루치우예를 언급할 때마다 '네 할아버지'란 표현을 사용했다. 역사를 고의적으로 은폐하려는 아버지의 시도를 통해 나는 오히려 역사가 주는 공포를 체험했다. 나는 비 오는 날 자정쯤이면 불면에 시달리며 역사의 거대한 그림자를 대면해야 했다. 역사는 귀신처럼 나를 향해 압박하듯 다가왔다. 운이 없는 날에는 할아버지의 태양혈에 뚫린 총알 자국을 봐야 했다. 빗물이 핏자국을 말끔하게 씻어내렸지만 새까맣게 타버린 상흔에서는 우울한 육향(肉香)이 희미하게 느껴졌다. 나는 무서움에 벌벌 떨며 어린아이처럼 따뜻한 입맞춤과 포옹을 갈망하곤 했다. 나는 내가 남자라는 사실조차 잊은 채 어두운 방 안 구석구석을 찾아다니며 숨기에 급급했다. 나는 항상 이런 나의 행동을 부끄럽게 생각하며 친구들에게조차 제대로 털어놓지 못했다.

하지만 이 모든 일들이 린캉의 눈을 벗어나지는 못했다. 그녀는 나의 아버지에게 여러 차례에 걸쳐 내가 정신병자가 아니냐고 물었다. 나의 아버지는 아버지로서의 웃음을 만면에 띤 채 대범하게 웃고 말았다. 하지만 아버지의 그 웃음이 내가 느끼는 감정을 풀어주지는 못했다. 부부 생활이 점점 심각해지고 있었다. 세상의 모든 마누라들은 남자들의 공간마다 틈입하지 않은 곳이 없었고 남자들의 은밀한 비밀 하나하나에 미치지 않는 바가 없었다. 하지만 린캉은 나의 출생에 관련된 비밀만큼은 모르고 있었다. 정말 다행스럽고 감사한 일이었다. 더이상 혼자만의 짐을 지고 갈 수는 없다는 생각에 린캉에게 모든 것을 말해주고 싶은 밤이 한두 번이 아니었지만 나는 감히 말할 수 없었다. 그 여름밤 동안 나는 늘 혼자 거리를 거닐었다.

어느 날 거리를 걷던 나는 내 몸속의 피가 어떤 모양으로 흘러다니는지 궁금해졌다. 그것을 확인하는 작업이 내게 대단히 중요한 일처럼 여겨졌다. 나는 몸속의 피들이 마치 '손'처럼 나를 단단히 붙들고 있다는 사실을 인정할 수밖에 없었다. 그 손은 내 생명을 단단히 틀어쥐고 있었다. 나는 내 피를 직접 봐야겠다고 결심했다. 한시바삐 그 색깔과 형태를 알고 싶었다. 집에 돌아간 나는 냄비를 가져와 깨끗하고 맑은 물로 가득 채웠다. 물은 허무할 정도로 깨끗했다. 내가 부엌칼로 손목을 긋자 내 몸속의 피가 긴 대오를 이루며 냄비 속으로 떨어졌다. 부드럽게 물속으로 스며드는 핏줄기는 동중정(動中靜)의 색채를 담고 있었다. 가볍게 물속을 떠다니는 그 모습은 마치 칠월의 꽃구름처럼 이 모양 저 모양을 만들어내고 있었다. 나의 피는 허공에 선홍의 호를 그리며 쏟아지고 있었다. 갑자기 겁이 더럭 났다. 그 '손'은 끝내 찾을 수 없었다. 사실 나는 그 손이 나타나지 않을 것임을 잘 알고 있었다.

그 손은 나의 핏줄을 꽉 붙잡은 채 내 몸속 깊은 곳에 도사리고 있
었다.

배를 불쑥 내놓고 방 안에서 걸어 나오던 린캉이 냄비 속에 든
핏물을 멍하니 바라보다 외쳤다.

"무슨 일이에요? 도대체 무슨 짓을 한 거예요!"

"내 손이야! 당신 손은 멀쩡하잖아! 난 그 손을 찾고 싶어!"

린캉이 짜증스럽다는 듯 말했다.

"어휴! 정말 정신병이라니까!"

린캉의 임신은 우리 가족사에 있어 한 차례 사고였다. 그날 오
후에 우리는 함께 프랑스 영화를 관람했다. 처음부터 끝까지 진한
애정신을 보여주는 영화였다. 집에 돌아온 린캉은 한창 감정이 고
조되어 있는 듯했다. 그녀는 핑크빛 속옷으로 갈아입은 후 내게
자신의 다리를 한번 보라고 했다. 그녀가 내게 물었다.

"어때요? 예뻐요?"

"응, 아주 예뻐!"

그녀가 다시 섹시하냐고 물었고, 나는 즉시 섹시하다고 대답했
다. 그녀가 다리를 쭉 펴며 외쳤다.

"이것 봐요! 어서 좀 보라구요!"

그녀의 안달을 더이상 버틸 수 없게 된 나는 읽던 책을 내려놓
고 그녀의 다리를 다시 바라보았다. 린캉은 기분이 나쁘다는 듯
말했다.

"무슨 그런 눈으로 봐요? 쳐다보는 눈빛에 아무런 애정도 담겨

있지 않잖아요? 좀 뜨거운 시선으로 봐주면 안 돼요?"

린캉이 다시 말했다.

"다시 봐요! 눈빛에 뜨거운 애정과 열정을 담아서 좀 보라니까!"

난 자리에서 일어나며 말했다.

"사랑하는 여보! 지금 나더러 당신을 강간이라도 하란 말이야? 그럴 수는 없는 일이잖아!"

"그게 어때서요? 그게 왜 그럴 수는 없는 일이에요?"

기분이 확 상한 듯 린캉은 화장실로 들어가 수도꼭지를 시끄럽게 틀었다. 어느 책에는 기혼 여성들이 종종 성폭력을 기대한다고 쓰여 있었다. 우리의 위대한 사랑을 유지하기 위해 나는 이내를 기습 공격히기로 마음먹었다. 그녀가 한창 목욕에 몰입하고 있을 때 나는 문을 거칠게 열고 화장실로 들어갔다. 그녀를 안고 화장실에서 나온 나는 그녀를 바닥에 내려놓았다. 흥분한 린캉이 앙탈을 부리며 건성으로 반항을 했다. 바닥에 비누 거품과 물방울이 잔뜩 묻었다. 그녀는 내게 저질스럽다고, 창피한 줄도 모른다고 욕을 했지만 결국 내게 몸을 맡겼다. 그리고 그녀는 임신을 했다. 자신이 임신한 것을 안 그녀가 따져 물었다.

"피임은 왜 안 한 거예요? 일부러 날 골탕 먹이려고 그런 거 아니에요?"

나는 잠시 생각에 잠겨 있다가 대답했다.

"눈에서 불이 나는데 그런 거 생각할 틈이 어디 있었겠어?"

린캉이 입을 삐죽이며 말했다.

"어휴, 정말 못됐다니까! 정말 제멋대로인 남자야!"

린캉은 그렇게 임신을 했다. 비극은 그렇게 시작되었다. 실로 큰 문제였다. 하지만 문제는 린캉에게 있는 것이 아니라 나 자신에게 있었다. 나는 린캉의 배를 볼 때마다 심한 혐오감을 느꼈다. 나는 원래 눈에서 불이 잘 나지 않는 사내였건만 겨우 한 번 눈에 불을 켠 것이 결국 사고를 내고 말았다. 그제야 나는 어쩌면 아버지도 비슷한 심정으로 내게 살의를 느꼈을지 모른다는 생각을 했다. 나는 정말이지 진심으로 린캉의 뱃속에 있는 아이를 지우고 싶었다.

지금 생각해보면 아버지가 날 지워버리지 못한 진짜 이유는 아마도 정치 때문인 듯하다. 온 집안이 정치에 휘말려 그 속에서 정신을 차리지 못하다보니 나에게까지 신경을 쓸 여유가 없었던 게 분명했다. 내가 성장하는 동안 아버지는 단 한 번도 내게 사랑을 표현한 적이 없었다. 대신에 아버지는 과학을 사랑했다. 문화대혁명이 시작되고 얼마 되지 않아 아버지는 과학에 많은 관심을 기울이기 시작했다. 정치에 대한 아버지의 사랑이 어느새 과학으로 이어진 것은 참으로 수수께끼였다. 아버지가 사랑한 것은 물론 자연과학이었다(내게는 '사회과학'이란 개념이 여전히 알쏭달쏭하다). 아버지는 시골에서 과학에 깊이 빠져들었다. 아버지는 명예나 돈을 위해서가 아니라 그저 자신을 위해 열심히 탐구하고 연구했다. 어려서 서당 훈장에게 글을 배운 아버지가 근대과학에 대해 아는 바는 거의 없었다. 하지만 아버지는 과학에 대한 열정을 불태웠다. 아버지는 중학교 대수학과 기하학으로 시작하여 한 걸음 한 걸음씩 과학의 본질을 향해 나아갔다. 연산과 추론은 아버지가 목숨을 유지하는 방식이 되었다. 아버지는 하나하나의 법칙과 공식을 새롭게 연구 관찰했다. 아버지는 천재였다. 아버지를 회고할 때마다 나는 늘 파우스트가 연상되곤 했다. 노년의 아버지는 말이 별로 없었다. 아버지는 하루 종일 커다란 머리를 푹 숙이고는 땅바닥을 원고지 삼아 뭔가를 그리고, 고개를 갸웃거리다 한숨을 쉬었다. 아버지는 쉼이 없었다. 아버지는 한 뭉치의 마분지를 가져다가 '유클리드의 평면'을 오려 만들기도 했다. 아버지는 그 종이들을 담벼락 사방에 붙여놓고 하염없이 바라보곤 했다. 춘절 설날의 폭죽도 그 즐거움을 빼앗지는 못했다. 그후에는 물리학을 연구하기 시작했다. 1970년대에 들어서자 아버지는 우리 마을의 아인슈타인이 되어 있있다. 마침내 과학에 대한 아버지의 열정은 경이로운 발견을 했다. 며칠 밤을 지새우며 연구에 몰두하던 아버지는 어느 날 이른 새벽에 대문을 박차고 뛰쳐나가 일을 하러 나가던 가난한 농민들을 향해 큰 소리로 외쳤다.

"내가 증명했다! 내가 드디어 증명했어! 사과를 던지면 사과가 반드시 땅바닥으로 떨어진다는 사실을 내가 알아냈어!"

아버지는 흥분에 몸을 떨며 자신의 위대한 발견을 사람들에게 설명해주었다. 아버지의 설명을 듣던 농민들이 말했다.

"그럼 사과가 땅으로 떨어지지 하늘로 올라가나?"

아버지가 얼른 돌멩이를 하나 집어 허공을 향해 던지자 활선을 그리며 올라갔던 돌멩이는 탁 소리를 내며 바닥으로 떨어졌다. 아버지는 들뜬 목소리로 외쳤다.

"이것 봐! 이걸 보라고! 내 말이 사실이지?"

아버지의 그런 모습을 보고 사람들이 걱정스럽다는 듯 혀를 찼다.

"저 우익 분자가 아주 미쳐버린 모양이야! 머리가 잘못돼도 한참 잘못됐어!"

몇 년 후 아버지는 한 과학 잡지를 통해 난생처음 아인슈타인의 상대성이론을 접하게 되었다. 아버지가 내게 말했다.

"이 양놈의 말이 정말 옳아. 아주 정확해."

"그만 좀 하세요. 그런 거 알아들을 사람이 세상에 몇이나 된다고 그러세요?"

아버지는 상심에 젖은 얼굴로 나를 바라보았다. 아버지가 큰 소리로 말했다.

"저 사람이 어떻게 계산했는지는 몰라도 그 결론은 내가 생각한 것과 똑같단 말이다!"

아버지는 정말 미쳐 있었지만, 천재였다. 하지만 정말 가슴 아픈 것은 그 천재성이 다른 사람이 아닌 바로 내 아버지에게 부여됐다는 점이다.

나와 아버지는 과학 때문에 말다툼을 크게 한 적도 있었다. 대학입시가 부활한 첫해였다. 내게는 역사학을 공부하겠다는 원대한 계획이 있었다. 하지만 아버지는 내게 어리석다고 호통을 치며 물리학이야말로 현실적으로 직접 관심을 가져야 할 학문이라고 주장했다. 나는 확신에 넘치는 말투로 당당하게 말했다.

"뭐가 문제라는 거예요? 전 다만 한계를 넘기 위해 인류를 연구하려는 것뿐이라구요!"

아버지의 말은 실로 범인의 예상을 뛰어넘는 것이었다. 그가 말했다.

"어리석은 녀석 같으니! 인류의 역사야말로 하나의 한계임을 모르겠느냐? 한계가 없는 것은 바로 우주밖에 없다. 그럼 우주의 역사가 무엇이냐? 그것이 바로 물리학이다!"

마흔이 넘은 아버지의 주장은 아들에게 별 위협이 되지 못했다. 나는 망할 놈의 물리학을 선택하지 않았다. 나는 그런 학문 따위에는 별로 관심이 없었다. 나는 역사를 선택했고, 전후 오천 년의 시간을 성공적으로 공부했다. 나는 정말로 많은 책을 읽었다. 나는 인류의 근원을 정확히게 이해했으며, 이내 그 표현은 내 자부심의 원전이 되었다. 린캉만 아니었다면 나는 박사 학위까지 공부했을 것이다.

나는 내가 역사학을 선택한 것이 잘한 일임을 누구보다 자신했다. 하지만 바다는 나를 산산이 부수어버렸다. 나는 아버지에 대해 새롭게 연구하기 시작했다. 서른을 넘긴 남자에게 아버지의 모습이 갑자기 다시 부각되면서 대단한 힘을 발휘하기 시작했다. 바다라는 무한한 공간과 끝없이 출렁이는 해수면을 바라보며 나는 인류의 역사라는 것에 대해 전에는 느끼지 못하던 염증을 느끼기 시작했다. 가슴 깊은 곳에서 허무가 끓어올랐다. 나의 영혼은 곧 무기력하고 고독해졌다, 길게 늘어선 물결이 기계적이고 단조로운 모습으로 계속 이어졌다 나는 미완의 물리학에 대해 생각하기 시작했다. 나는 고개를 들고 새파란 하늘 위에 우주에 관한 암호를 가득 써보았다. 그것들은 모두 물리학을 설명하는 개념들이었지만 사실 나는 그것을 제대로 이해하지 못했다. 나는 그 암호들이 바람에 실려 떠내려가는 광경을 눈을 동그랗게 뜬 채 그저 지켜보고만 있었다. 한밤중의 바다에서 우주를 바라보고 있는 나에게, 우주는 내가 얼마나 무식한지를 깨닫게 해주었다.

바다 위에서의 나날들이 하루 또 하루 지나며 내게서 멀어져갔다. 바다는 내게 밝은 낮을 남겨두고 떠났다. 바다의 낮은 실로 황량했다. 바람도, 시간도, 아무것도 없었다. 뱃머리에 서 있던 나는 나 자신을 검증할 수 있는 그 무엇도 찾아내지 못했다. 그러나 이 순간에도 역사는 도서관 지하실 비밀창고 속에서 주름이 쪼글쪼글한 얼굴로 입을 헤 벌린 채 냉소하고 있었다. 역사는 중국어, 일본어, 영어, 프랑스어, 러시아어, 독일어, 스페인어, 이탈리아어, 포르투갈어, 크로아티아어, 인디언어를 써가며 큰 소리로 날 비웃었다.

"이 어리석은 녀석아! 넌 나한테 속은 거야!"

바다는 침묵한 채 내게 등을 돌리고 있었다.

고요하고 아름다운 새벽 무렵, 나의 바다 여행이 끝났다. 나는 지도를 들고 육지에 상륙했다. 도시였다. 상하이였다. 새벽바람이 서늘하게 느껴졌다. 상하이는 불야성을 이루고 있었다. 휘황찬란한 이 동방의 도시를 황푸(黃浦) 강이 감싸고 있었다. 상하이는 세상의 모든 불빛들에 나쁜 버릇을 심어준 듯했다. 도시의 모든 등은 상하이 소녀들처럼 아름답고 제멋대로였다. 동쪽이 밝아오려고 할 때 멀리서 차량들의 숨가쁜 기침 소리가 들려오기 시작했다. 상하이는 이제 곧 잠에서 깨어나려는 참이었다. 황푸 강에 거꾸로 비친 그림자 속에서 상하이는 세상을 맞이할 준비를 하고 있었다.

나는 다시 나의 할머니를 떠올렸다. 이 순간 그녀는 평안한 잠을 자고 있었다. 그녀는 지금 꿈을 꾸고 있었다. 그녀는 꿈속에서 추수이 방언으로 오래전 과거와 마주하고 있을 것이다. 그녀는 온몸으로 진지하게 상하이를 느끼고 있을 것이다. 나는 상하이를 지키는 황푸 강의 눈빛에 감사했다. 이것은 나의 할머니 완이가 절대 가져보지 못한 눈빛이었다. 나의 슬픔은 말로 표현할 수 없을 만큼 커졌다. 나는 지금 할머니 곁에 있었다. 그러니 역사는 우리가 대면하는 이 단순한 순간을 원치 않고 있었다.

가로등 불빛 속에 나는 육지에 발을 내딛었다. 상하이라는 도시는 나의 두 다리에 자상한 느낌을 주었다. 거리에는 아직 이른 새벽의 싸늘함이 느껴졌다. 나는 걸음을 제대로 옮길 수 없었다. 나는 내가 육지 멀미를 시작했음을 알았다. 육지는 바다와 원수지간이었다. 바다가 나를 인정하면 육지는 더이상 나를 인정하려 들지 않았다. 나의 착각 속에서 콘크리트 바닥이 출렁이기 시작하더니 내 두 다리가 휘청했다. 나의 생물학적 기관들이 육지를 토해내고 바다의 리듬에 적응한 지 이미 오래였다. 육지는 참으로 옹졸하기 그지없었다. 육지는 인간의 배신을 조금도 묵과하지 않았다. 바다를 있는 대로 토해내지 않으면 육지는 우리에게 등을 돌리며 모른 척을 했다. 나는 바닥에 쓰러졌다. 나는 바다와 육지 사이의 분리대로 기어가 미친 듯이 구역질을 하기 시작했다. 신선하고 부드러운 해산물들이 쏟아져 나왔다. 콘크리트에 흘어진 토사물에서 지독한 냄새가 났다. 나는 육지가 대체 내게 왜 이러는지 알 수 없었다. 힘이 다 빠져버린 나는 걸을 수 없었다. 나는 어느 고층 건물 계단 입구에 벌렁 드러누웠다. 머리 위에는 높게 달린 고압 네온사인이 있었다. 연보랏빛 네온등의 비릿한 냄새가 코를 자극했다. 두 눈을 감고 누워 있는 동안 자동차의 행렬이 무섭게 곁을 스쳐 지나갔다. 나의 척추는 자동차들이 전해주는 진동을 그대로 느꼈다. 대지는 무정하리만큼 싸늘했다. 나는 깊은 밤 큰길 위에 누워 동방의 도시가 내뿜는 차가운 기운을 느꼈다. 놀라 허둥거리던 할머니의 손가락처럼, 눈물이 나의 두 뺨을 타고 어지럽게 흘러내렸다.

옮긴이의 말

　국내에 처음으로 소개되는 비페이위(畢飛宇)는 서사성, 진정성, 해학미라는 중국문학의 오랜 전통을 충실히 따르고 있으면서도 자유분방한 상상력과 환상성을 앞세운 문학적 실험을 구사하는 작가이다. 그는 특히 거대한 역사의 흐름과 끊임없이 반목하는 개인적인 욕망의 결을 적나라하게 드러내는 것을 좋아한다. 『청의』는 이러한 비페이위의 도발적인 창작 정신이 고스란히 드러나 있는 소설집이다.

　이번에 『청의』를 번역하면서 나는 혹시 이 작가가 천재가 아닐까 하는 생각을 했다. 세 편의 소설을 통해 작가는 참으로 많은 것을 독자들에게 던져주고 또한 많은 생각을 하게 한다. 단순히 호불호로 느낌을 표현하는 게 아니라 생각하고, 읽으며 배우고, 읽으며 고개를 끄덕이거나 혹은 고개를 가로저을 수 있게 썼다는 생각이 들었다.

개인과 도시 그리고 역사를 서술함에 있어 비페이위는 작중인물의 성격과 심리를 심도 있게 연구한 것은 물론 작품의 배경과 소재에도 역시 많은 노력과 시간을 들였을 것이다. 그런 세심하고 주도면밀한 연구와 관찰이, 각 소재와 배경에 대한 지적 배경과 조예가 없었다면 주인공들의 마음속 깊은 곳에 내재되어 있는 내면의식이나 각 분야에 대한 정통성을 세밀하고 구체적으로 그려낼 수 없었을 것이다. 그 덕분에 번역자로서는 많은 부분을 공부해야 했지만 말이다.

첫번째 소설인 「청의(青衣)」를 번역하면서 나는 누구나 마음속에 자신이 진정 원하는 일과 그 일에 대한 자신만의 자부심을 갖고 살아간다는 사실을 새삼스레 실감했다. 그러나 그 일에 대한 자부심이 오만이 되고 오만이 집착으로 유아독존이 되면 결국 파멸에 가까워진다는 것을 「청의」의 여주인공을 통해 다시 한번 생각하게 되었다. 세상은 변화하고 가치관은 뒤바뀌며 소중하게 여기던 것들은 세월이라는 불가항력에 의해 하나 둘씩 손가락 사이로 빠져나가는 모래알이 되어버린다. 하지만 그러한 불가항력적인 상황 속에서 내가 할 수 있는 것은 정말 없는 것일까? 후회 없는 인생이란 정말 있기나 한 걸까? 그때 내가 이렇게 했다면 결과가 어떻게 달라졌을까? 우리들은 보통 이런 가정으로 얻어진 결과가 아름다울 거라고 상상한다. 필시 가보지 못한 길, 해보지 못한 일에 대한 동경이거나 막연한 기대 심리 때문일 것이다. 결국 소설의 등장인물들도 우리와 마찬가지로 살아가며 고민하고 자책하고 욕심을 버리지 못하고 치열하게 살아가는 것은 마찬가지일

텐데 사람들은 대체 무엇을 찾기 위해 소설책을 펴는 것일까. 그것은 등장인물이 선택한 결과를 보며 자신을 돌아보기 위함이 아닐까.

항상 번역을 할 때마다 주인공의 선택이 최선이었을까를 생각한다. 경극의 여주인공인 '청의'의 운명을 타고난 여인 샤오옌추역시 비극적 성격과 비극적 인생을 비껴가지 못하고 있다. 청의만이 자신의 운명이라고 믿는 샤오옌추의 청의에 대한 집착과 사랑, 아집과 미련은 예술가라면 가져야 할 끼와 애착이라 해야 할 것이다. 하지만 자신의 꿈과 운명을 지키기 위해 돈을 포함한 주변 상황과 손쉽게 타협하는 모습은 배금주의와 안일주의에 빠진 현대인을 단면을 그대로 보여주기노 한다.

「추수이(楚水)」는 일제 점령하의 한 지방 도시를 배경으로 중국의 전통문화와 일본인들의 이율배반적인 정복욕이 치열하게 격돌하는 현장을 사실적으로 그리고 있다. 펑 씨 집안의 망나니 도련님으로 어수선한 시국에 양학까지 공부한 펑제중은 몰락해가는 집안을 벗어나 추수이에서 기생집을 운영하다 거대한 역사의 수레바퀴에 속에서 비극적인 종말을 맞게 된다. 주인공 펑제중의 기회주의적인 속물근성과 중국문화에 대한 자부심, 일본인 시오자와 대위의 제국주의적 우월감과 문화적 열등감 등 등장인물들 내면의 모순 심리가 전편에 걸쳐 치밀하게 묘사되고 있다.

「서사(敍事)」는 자신의 3대 가족사를 연구하면서 역사가 갖는 허구성을 비판하고 있다. 주인공의 할머니인 완이가 일제강점기를 살며 일본인에게 겪어야 했던 고통과 굴욕, 그리고 혼혈아로 태어난 아버지가 겪은 내적 정체성에 대한 갈등과 이념적 갈등은 주인공 자신에게도 고스란히 전해진다. 주인공의 아내 린캉이 대표하는 물질에 대한 숭배와 성적 자유로움, 창녀와의 관계를 통해 내적 자유로움을 느끼는 주인공은 격동기를 살며 세워진 관념과 가치관들이 어느 순간 어느 세대에서 결정된 것이 아니라 오랜 시간에 걸쳐 채에 바쳐져 걸러지듯 변화하고 이동하며 만들어진 것임을 시사하는 것 같다. 사실 내가 그곳에 있지 않고 그 일을 본 듯 들은 듯 그대로 쓸 수 있는 사람은 몇이나 될까? 그래서 항상 진실은 변하는지도 모른다. 같은 본체에 다른 모양을 갖고 있는 것이리라.

「청의」「추수이」「서사」는 각기 다른 내용을 다루고 있지만 공통적으로 물질만능과 배금주의를 풍자하고 있다. 작가는 작품을 통해 중국에 팽배해 있는 '돈을 향해 가자' 는 의식을 풍자하면서 현실 속에 묻혀 돈에 굴복하는 인간상을 그려내고 있다. 아울러 중국의 전통문화가 어떻게 변질되고 왜곡되었는지를 자유롭고 적나라하게 비판하고 있기도 하다. 20세기 중국은 참으로 엄청난 격동기를 맞게 되면서 국민들 모두 정신적으로 물질적으로 감당하기 힘든 고통을 겪어야 했다. 그 세월 속에서 많은 사람들은 자신이 살기 위해 스스로 자신을 부인하고, 가족과 친구를 배신하며, 지금껏 가져온 모든 가치관과 양심을 외면해야 했다. 현대 중국작품을 애독하는 독자들이 점점 많아지는 것을 느끼며 작품이 쓰여진 그 시대의 배경과 역사, 그리고 문화가 독자들에게 좀더 폭 넓게 소개되어야 할 것이라는 생각을 했다.

책을 읽으며 무엇을 느끼고 생각하며 결론을 내리는 것은 항상 독자 자신의 몫이다. 나 역시 번역자이자 독자로서 내가 살고 있는 삶을 되짚어보았다. 사람이 가져야 할 야망과 욕심, 하지만 스스로 선을 그을 수 있는 용기와 신념, 자신보다 늘 중요한 위치에 있어야 할 가족이라는 이름의 사람들…… 항상 선택은 자신의 몫이고 후회 역시 자신의 몫이다. 이 작품을 읽으며 독자 여러분들이 자신만의 가치를 훌륭하게 세우고, 아름다운 선택 속에 행복해지길 바란다.

2008년 봄
김은신

옮긴이 **김은신**

고려대학교 중문과와 한국외국어대학교 동시통역대학원 한중과를 졸업하고, 고려대학교 중문과 박사과정을 수료했다. 남서울대학교 겸임교수를 역임했으며, 현재 전문번역가로 활동하고 있다. 옮긴 책으로 『눈물』『쌀』『금잔화』『비련초』『은잔화』『포청천』『로빙화』 등이 있다.

문학동네 세계문학
청의

초판인쇄	2008년 5월 2일
초판발행	2008년 5월 15일
지 은 이	비페이위
옮 긴 이	김은신
펴 낸 이	강병선
책임편집	강건모 오영나 한정수
디 자 인	김리영 이원경
마 케 팅	안정원 한숙경 장으뜸 방미연 정민호 신정민 한민아
관 리	박옥희 지수현 경성희 박숙진 한보미 김정인
제 작	안정숙 차동현 김정후
펴 낸 곳	(주)문학동네
출판등록	1993년 10월 22일 제406-2003-000045호
주 소	413-756 경기도 파주시 교하읍 문발리 파주출판도시 513-8
전자우편	editor@munhak.com
전화번호	031) 955-8888
팩 스	031) 955-8855

ISBN 978-89-546-0569-4 03820
www.munhak.com